KB145744

천국의 문

프롤로그 –

버지니아의 여름은 한국만큼은 아니어도 어지간히 후텁지근하고 덥다. 바다가 가깝기도 하지만 크고 작은 습지가 많고, 잘 자란 나무들로 숲이 우거져 여름에는 습기가 제법 심하다. 미국 생활 6년째 접어들던 그해 여름은 나의 가족들에게 커다란 변화가 예고되고 있었다. 학생이었던 남편의 비자가 취소되는, 상상조차 해보지 못한 일이 벌어지면서 나의 가족은 졸지에 불법체류자가 되었고, 이민국으로부터 출국 명령을 받았다. 딸아이가 고등학교 졸업반인 상태였다. 그때 난 하루 12시간씩 일주일 70시간을 작은 픽업스토어에서 일하면서 체력적으로나 정신적으로 지칠 대로 지쳐있었다. 딸이 고등학교를 졸업하면 딸을 미국 대학에 입학시키고, 우리 부부는 한국으로 돌아올 계획이었지만, 딸의 졸업을 몇 개월 남겨두고 발생한 예상치 못한 상황에서 나는 법을 지키느냐, 딸의 장래를 생각하느냐 중대한 결정을 내려야 했다. 결국 딸의 졸업을 위해 우리 부부는 불법체류자로 몇 개월을 버티기로 결심했고, 졸업과 동시에 한국으로 돌아왔다. 원서를 넣은 대학에 당당히 합격을 하고도 딸은 대학에 가지 못했고, 나의 가족은 한국으로 돌아올 수밖에 없었다.

불법체류자가 되던 그해 여름에 작은 픽업스토어에서 쓰기 시작한 소설이 바로 '천국의 문'이다. 나는 같은 여자로서 한 많은 내 어머니의 삶을 지켜보면서도 이해보다는 판단으로, 용서보다는 심판으로, 세상의 그 누구보다 더 냉혹한 잣대를 들이댄 딸이었고, 결혼하여 세상 누구보다 현명하고 바람직한 엄마가 되고 싶었지만 무한한 한계를 느끼며 수도 없이 좌절했고, 절망했던 엄마였다. 준비되지 못한 채, 보고 배운 것이 없이 자라

난 성숙하지 못한 부모로 인해 고통 받는 아이들의 방황과 슬픔을, 그럼에도 어리석고 부족한 부모로 살 수밖에 없었던 준비되지 못한 부모들의 변명을 난 이 소설을 통해 이야기하고 싶었다. 이 소설은 그 누군가의 딸이면서 어머니가 된 여인의 이야기이며, 누군가의 딸이면서 언젠가 어머니가 될 여자의 이야기다. 나의 어머니의 이야기이면서 나의 이야기고, 내 딸의 이야기도 될 수 있는 그런 이야기지만, 결국 부모와 자녀로 구성된 가족으로 살아가면서 어떻게 우리의 가정을 이 세상의 천국이 될 수 있도록 만들 수 있는지에 대한 고민이며 탐구다. 그 어떤 입장에서도, 위치에서도 인간은 약점과 나약함을 지닌 존재이기에 변명하고 싶은, 용서받고 이해받고 싶은 인간적인, 너무도 인간적인 어머니고 아버지며, 딸이고 아들의 이야기이다.

난 아주 오랜 세월, 내 어머니를 이해하지 못했지만 이제는 세상 그 누구보다 따스한 손길로 그녀를 감싸 안을 수 있게 되었다. 그리고 충분히 성숙하고 현명하며 이해심 많은 자애로운 어머니가 되어 주지 못한 미안함을 내 딸에게 말하고 싶었다. 그래서 난 이 소설을 내 어머니와 딸을 위해 썼고, 그들에게 이 소설을 바친다. 또한 어렵고 괴로운 위기와 시련을 함께 겪으면서 이십 년이 넘도록 성실함으로 인내하고, 변함없는 사랑으로 곁을 지켜준 남편과 바르고 착하게 잘 자라준 나의 딸에게 깊은 감사를 전하고 싶다. 일 년이란 시간을 그 누구보다 힘겹게 보냈을 딸은 현재 캐나다 주립 대학에 재학 중이다. 내가 엄마를 지켜보면서 보고 깨달은 것으로 좀 더 나은 엄마가 될 수 있었던 것처럼 딸아이도 나의 부족했던 삶을 지켜보았기에 나보다는 적은 실수와 시행착오를 겪으며 살아 줄 것이라 믿는다.

내가 속한 나의 가정이 이 세상에서 가장 행복하고 아름다운 천국이 되도록 만들어 준 것은 나의 가족이다. 내가, 남편이 그리고 나의 딸이 노력하고 또 노력하여 얻은 행복이다. 그 어떤 행복도 노력 없이 얻어지지 않으며, 노력 없이 지켜지지 않는다.

차례

1

비구름이 몰려오는 잿빛 하늘을 걱정스레 쳐다보며 언덕을 급하게 올라가고 있다. 이런 날씨에 비를 맞고 싶지는 않다. 아니, 이런 기분에 비를 맞고 싶지 않다고 해야 할 것이다. 가을이 깊어가고 있다. 해가 지면 싸늘한 가을 공기가 더 없이 무거워져서 내 마음도 함께 가라앉는다. 때로는 이런 가을 공기에 가라앉는 쓸쓸함을 즐길 때도 있다. 하지만 오늘은 그럴 기분이 아니다.

오늘은 야간 학습을 끝까지 마치지 못했다. 몰래 빠져나온 걸 담임은 알아차릴 것이다. 그러면 내일은 오늘보다 더 힘든 하루가 될 것이 분명하지만 난 도저히 견딜 수가 없었다. 집밖에는 갈 곳도 없으면서, 집에 가면 더 기분이 엉망이 될지도 모른다는 걸 알면서도 난 학교를 뛰쳐나올 수밖에 없었다.

재희는 내게 한 번도 그런 태도를 보인 적이 없었던 내 단짝 친구다. 누구보다 나를 이해해 주는 유일한 친구가 아니었던가. 그런 재희가 오늘은 달랐다. 그것도 다른 반원들이 다 보고 있는 앞에서 내게 그렇게나 쌀쌀맞은 행동을 하고 말을 하다니. 도대체 무엇이 잘못된 것일까.

집에서도, 학교에서도 마음을 터놓을 사람 하나 없는 내게 재희는 내 유일한 친구이자 자매다. 난 외톨이다. 내가 외톨이가 된 것은 나 스스로가 아이들 틈에 끼지 않기 때문이다. 분명 시작은 그랬던 것 같다. 난 언제나 사람들에게 거부당할 것 같은 두려움에 시달리고 있다. 낯선 사람들에 대한 뚜렷한 이유를 모르는 경계심 때문에 새로운 인간관계의 시작을 두려워하는 것이다. 그래서 홀로 등교를 하고, 홀로 점심을 먹고, 홀로 하교를 한다. 내게 호기심을 가지고 손을 내밀었던 아이들은 많았지만 난 저들의 관심을 거북하게 여겼고, 그래서 저들이 등을 돌려 나를 비난하는 빌미를 제공하곤 했다. 그렇게 학교생활 내내 처음부터 친구를 사귈 수 있는 기회를 스스로 차단해 버리고, 고립된 고독 속에서 철저한 소외감을 즐기려 노력하고 있었지만 정말 그게 가능한 적은 없었던 것 같다. 그저 내가 숨 쉬는 순간들을 견뎌내기 위해 선택했던 도피처가 고독이었을 뿐이다.

재희는 1학년 때부터 나와 같은 반이었다. 그녀를 눈여겨 본 적은 없었지만 2학년 여름방학이 끝나고 학교로 돌아갔을 때, 나는 그 친구가 내민 손을 잡았다. 그렇게 난 재희가 내민 손을 잡으면서 절대적인 소외감 속에 숨어 아이들을 비웃고 있던 나의 비틀린 감정을 어느 정도는 내려놓을 수 있었고, 또래 아이들 사이에 묻혀 지내며 저들의 별 의미 없는 이야기에 맞장구를 쳐줄 수 있게 되었다. 여전히 마음 깊숙한 곳에서는 홀로 될 준비를 하고는 있지만 난 여느 여학생들처럼 저들 속에 하나인 것처럼 행동하려 노력하고 있다. 나의 친구 재희를 위해서, 그녀와 지켜나가고 싶은 우정을 위해서 내가 해야만 한다고 생각하는 노력이다.

난 내 자신의 이야기를 재희에게조차 말해본 적이 없다. 그 친구가 자신의 집으로 나를 초대하여 함께 밥을 먹고, 수다를 떨면서 밤을 지새운 적이 많음에도 불구하고 난 내 신상에 관한 이야기를 한 적이 없다. 난 그녀의 이야기를 들어 주고 진심으로 공감해 준다. 그럼에도 나에 대한 이야기는 하고 싶지가 않다. 다행히 그녀는 자신의 이야기를 들어 줄 친구를 원하고, 난 그런 친구 역할에 만족한다. 내게서 뭔가를 듣고 싶은 것보다는 자신의 이야기를 들어 주고 공감해 주는 친구를 원하는 재희가 난 편한 것이다.

재희는 권위적이고 무섭기만 한 아버지에 대한 불만이 너무도 많은 아이이다. 거의 매일 아버지에게 꾸지람을 듣는 것에 화가 나있고, 그럴 때마다 나에게 불평을 늘어놓는다. 그녀는 내게 맘껏 하고 싶은 이야기를 함으로써 어느 정도 마음의 괴로움을 내려놓는 것 같고, 난 그런 그녀가 분출하는 분노의 표현들을 통해 나의 답답한 마음에 숨통을 틈으로써 대리만족을 얻는다. 우리의 우정은 처음부터 그렇게 시작되었고, 그렇게 지속되어 온 것에 불만을 느낀 적은 없지만 그녀의 성향이 나보다 건강해 보이는 것만은 부인할 수 없는 일이다.

오늘, 재희가 무엇 때문에 내게 그런 태도를 보였는지 알고 싶지만 굳이 물어보고 싶지는 않다. 난 그녀가 내게 어떤 식의 반응을 보일까 두렵기 때문이다. 내가 홀로 남게 되는 것보다 더 두려운 것은 내 마지막 자존심을 잃게 되는 것이다. 그 자존심이 지금까지 나를 버티게 해준 힘이었고, 나의 유일한 피난처였으니까.

비가 곧 쏟아질 것 같았지만 다행히 맞지 않고 집까지 한걸음에 달려왔다. 숨이 끊어질 지경이다. 집안으로 들어서자 알코올에 뒤범벅이 된 시큼한 위액의 강한 악취가 코를 찌른다. 여기저기에 굴러다니는 소주병이 발에 차이고, 살림살이가 널브러져 있는 모양이 낯설지 않은 풍경임에도 나는 또다시 낯선 곳으로 내동댕이쳐진 기분을 느끼며 무력하게 서 있다.

드디어 비가 쏟아지는 모양이다. 바깥세상에서 들려오는 천둥소리와 빗소리를 듣고 있다. 비를 맞지 않아 다행이라는 생각이 들지 않는다. 비가 쏟아져 젖을까 염려되어 달음질을 하다시피 언덕을 올라온 나다. 비를 피할 지붕은 있지만, 불행을 피할 지붕이 없는 집으로 내가 돌아온 것이다.

나는 무거운 책가방을 내려놓지 못한 채 집안을 살폈다. 안방구석에 뱀처럼 웅크리고 앉아있는 사람의 형체에 순간적으로 놀랐다. 엄마다. 여기저기에 토해낸 오물들로 지독한 악취를 풍기고 있는 방안 구석에서 그녀는 무엇을 하고 있는지 모르겠다. 잠이 든 것인지, 휴식이 필요해 숨을 고르는 것인지, 아니면 자신의 어리석음을 후회라도 하는 것인지 알 수가 없다. 나는 이맛살을 찌푸리고 엄마를 쳐다보았다. 나도 모르게 입에서는 한숨이 흘러나온다. 저 바깥의 빗속으로 뛰쳐나가고 싶다. 이 고통의 악취를 씻어낼 수만 있다면 오는 비를 다 맞아도 좋을 것만 같다.

나는 가방을 한쪽 구석에 살며시 내려놓고, 화장실로 달려가 걸레를 빨아왔다. 그리고 익숙한 몸놀림으로 걸레질을 해서 토해낸 오물을 닦아내고 있다. 내 입술에는 험악한 욕지거리가 튀어 나오려 움찔거리고, 아무리 참으려고 해도 눈물이 터져 나오는 것을 막을 수가 없다. 깊은 절망감이 온몸을 전율하듯 짓눌러 온다. 한두 번 겪는 일도 아니건만 결코 익숙해지지 않는 감정에 몸서리를 치며 무릎이 시리도록 방바닥을 훔쳐댄다. 아무리 닦아내도 쉽게 지워지지 않는 위액이 섞인 알코올 냄새가 나의 폐 속으로 거침없이 밀려들어 온다.

"시은이 왔니? 이리 오너라. 너에게 할 말이 있어."

방문 밖에서 아버지의 축축하고 음울한 목소리가 들려왔다. 나는 방바닥에 힘없이 주저앉아 눈가의 눈물을 손으로 닦아내보지만, 내 마음의 슬픔까지 닦아낼 수는 없다는 사실에 절망한다.

"시은아!"

나는 나를 부르는 아버지에게 응답하고 싶지 않아 화장실로 달려간다. 부서져라 세게 문을 닫고, 물을 틀어 놓는다. 이제는 마음껏 울어야 할 차례이다. 세상의 모든 불행이 내 가냘픈 어깨 위에 모두 지워진 것만 같다. 난 도저히 이 고통을 감당할 수가 없다. 심장이 조각조각 찢겨지는 것 같이 아프다. 살아있다는 것이 견딜 수 없이 괴롭고 슬프다.

"이리 와 보라니까 그러는구나. 내 말 좀 들어보란 말이다. 내 속이 타 들어가 죽을 것 같아. 시은아, 이리 와서 네 애비 말을 들어 봐라. 이제는 정말 참을 수가 없다. 이제는 끝을 내야겠단 말이야. 그러니 이리 와서 내 말 좀 들어봐라."

아버지는 절망에 찬 분노의 일그러진 목소리로 나를 계속해서 찾고 있지만, 나는 대답하지 않았다. 오늘은 아버지의 신세타령을 듣고 싶지 않다. 도저히 참아 낼 자신이 없다.

엄마의 변함없는 태도에 아버지도 언제나 같은 말을 반복한다. 이제는 끝을 내야겠다고. 가족이 다시 한 지붕아래 모인 지난 몇 년 동안, 질리도록 같은 행동을 반복하는 엄마와 같은 하소연을 하고 있는 아버지에게는 어제도 오늘도 달라진 것이 없는, 달라질 수도 없는 습관이 되어버렸지만, 나에게는 매 순간이 기억이 되고 역사가 된다. 나의 마음에 쌓여가는 이 고통스런 기억들이 얼마나 끔찍한 역사가 되고 있는지 저들은 모르는 것 같다. 나의 마음을 몰라주는 부모를 위해서라면 나도 할 수 있는 일이 없다. 어떻게든 도망치는 것 밖에는.

나를 애타게 찾는 아버지를 외면하기로 작정하고 난 전쟁의 폐허와 같은 집을 뒤로하고 밖으로 나왔다. 잦아들기는 했지만 여전히 비가 내리는 어두운 마을은 쓸쓸한 비탄 속에 잠겨있는 것 같다. 나는 우산을 쥐고 있는 손목에 힘껏 힘을 준다. 마치 이 작은 우산만이 나를 지켜줄 수 있는 유일한 피난처가 되기라도 하는 것 마냥 가슴으로 더욱 밀착시켜 붙잡았다.

산 위의 작은 분지 모양으로 형성된 마을은 평소보다 더 어두워 보인다. 지붕이 낮은 작은 집들이 옹기종기 붙어 있는 초라하기 그지없는 작은 창문에서 새어나오는 불빛도, 몇 개 되지 않는 마을의 가로등 불빛도 빗물에 흡수되어 제 빛을 내지 못한다. 나는 어둠이 삼켜버린 마을을 벗어나기 위해 더 짙은 어둠에 묻혀 있는 언덕을 내려가기 시작했고, 빗물에 젖은 비탈길이라 신경을 곤두세우고 조심했음에도 몇 번이나 넘어졌다. 그래서 우산을 받쳐 들고 있지만 교복뿐 아니라 속옷까지 이미 축축하게 젖어버렸다.

언덕을 반쯤 내려온 나는 그 집의 지붕을 바라볼 수 있는 위치에 서 있다. 지난달에 갑자기 모습을 드러낸 그 집은 언제 공사를 시작했는지, 언제 끝났는지 알 수가 없다. 나는 언제나 같은 길로 등하교를 해왔기 때문에 누구보다 이 지역을 잘 알고 있다. 분명한 것은 얼마 전까지 이곳이 그저 숲이었다는 사실이다. 나는 이른 아침에 언덕을 뛰어 내려가 야간학습으로 늦은 밤에야 돌아오기 때문에 집이 완성되어 가는 모습을 보지 못했다고 생각했음에도 어느 일요일 오후, 두 개의 언덕을 이어주는 이곳의 숲속, 빼곡한 나무들 틈사이로 짙은 회색빛을 한 지붕이 드러난 모습을 보았을 때, 강한 호기심과 함께 두려움에 가까운 놀라움에 휩싸였던 것이다. 울창한 숲으로 집을 지을 만한 평평한 땅이 없었던 곳이다. 게다가 부촌과 가난한 산동네를 구별하는 경계선상에 이토록 크고 멋진 집을 짓는 사람이 있으리라고는 생각해 보지도 못한 일이다.

나는 두 가지의 전혀 다른 길로 학교와 집을 오갔다. 좀 더 안전한 길은 재래시장으로 연결된 산동네 마을을 지나는 것이다. 빼곡하게 들어선 집들이 좁은 길을 사이에 두고 빈틈없이 산등성이를 채우고 있기 때문에 사람들의 왕래가 많을 뿐 아니라 가로등도 많다. 하지만 반대편인 이 길은 사정이 다르다. 아름다운 정원을 갖춘 오래된 부촌 마을은 완만한 언덕 하나가 끝날 때까지 그림처럼 펼쳐져 있지만, 두 번째 언덕이 시작되는 곳은 포장이 여기저기 파헤쳐진 거친 길에 양 옆으로 울창한 숲이 형성되어 있다. 이 숲속은 종종 젊은이들의 놀이터로 이용되는 곳이다. 산동네의 몇몇 젊은이들이 이 숲에서 패싸움을 하다가 다치기도 한다는 것을 나는 들어서 알고 있었고, 한번은 내가 목격을 했던 범죄 현장이기도 하다.

아무리 많은 세월이 지난다고 해도 결코 잊을 수 없을 것 같은 그 끔찍한 밤에 나는 젊은 여자가 몇 명의 남자들에게 둘러싸여 희롱당하는 모습을 보았다. 야간학습을 끝내고 집으로 돌아오다가 두 개의 언덕이 교차하는 지점인 바로 이 숲 앞에서 목격한 광경은 지금도 방금 전의 일처럼 생생하기만 하다. 도와달라고 애원하는 여자의 목소리를 듣고도 너무도 무서운 마음에 급하게 도망치듯 이 자리를 벗어난 나는 오랫동안 죄의식에 시달렸다. 여자에게 집중한 남자들은 내가 그들 곁을 지나쳐 가는 것을 묵인했다. 어린 여학생이라 그런 것인지, 그 여자에게 정신이 팔려 그런 것인지는 모르지만 나는 이곳을 무사히 벗어날 수 있었다. 나는 이불을 뒤집어쓰고 두려움에 떨던 그날의 공포감을 잊지 못한다. 하지만 그 무엇보다 나의 어리석었던 태도를 잊을 수 없다. 경찰에게도, 부모에게도 알리지 않았다. 그저 내가 무사한 것에 안도하면서 잠이 들었던 것이다. 이후 그날을 얼마나 후회하고 괴롭게 기억할 수밖에 없는지를 생각하면 그 때로 시간을 되돌리고 싶다는 마음이 간절하다. 그 때로 시간을 다시 되돌릴 수만 있다면 무엇이라도 그 여자를 도울 수 있는 방법을 찾을 것이다. 소리를 지르던, 부모에게 말해 경찰을 부르던. 그렇게 남의 일이라고 외면하고 도망만 치지는 않을 것이다. 그 사건 이후로 나는 가끔씩 꿈을 꾸곤 한다. 괴롭힘을 당하는 그 여자가 되기도 하고, 괴롭힘을 당하는 여자를 비열하게 바라보는 방관자가 되기도 한다. 가끔은 여자를 희롱하는 남자들과 한패가 되기도 한다.

이곳에서 일어나는 범죄 사건들은 대체로 요란하고 시끄러운 형태로 발생함에도 불구하고 은밀하게 감춰지고, 어떤 사건들은 나와 같은 목격자도 있겠지만 후환이 두려워 외면하기도 했을 것이다. 경찰들이 수시로 순찰을 하고, 집집마다 보안도 철저한 부촌 마을은 언제나 평온하고 안전한 지역으로 정평이 나 있는 것과 정반대의 일들이 두 번째 언덕에서는 수시로 일어나고 있음에도 누구도 책임을 지려는 사람은 없는 것 같다. 그렇게 책임을 지지 않으려는 사람 중에 나도 포함되어 있다. 나는 내가 어린 여자이고, 아무런 힘이 없다는 변명으로 나를 숨긴다. 다른 사람들도 나처럼 그럴 듯한 변명거리로 저들을 숨길 것이다. 내가 속해 있는 세상은 온통 비굴한 겁쟁이들로 가득하다.

그 무시무시한 경험 때문에 얼마동안은 이 언덕으로 다니지 않았다. 거의 일 년 가까이 피했던 것 같다. 그러다가 지난 여름방학이 끝나고 다시 이곳을 찾았다. 그때의 기억이 희미해진 것은 아니지만 이 언덕이 그리웠다. 여러 가지 사건사고가 끊이질 않는 위험천만한 범죄 지역인 이 언덕을 난 그리워하고 있었다. 이곳의 숲도 좋아하지만 역사가 오래된 마을은 집집마다 크기와 모양이 다른 정원을 가지고 있는데, 어떤 집은 철제로 된 대문이 달려 있어 정성스럽게 가꾸어 놓은 아담한 정원을 들여다 볼 수 있기 때문이다. 매일 늦은 시간에 하교를 하기에 토요일 하루만의 여유일 뿐이지만 이 언덕을 다시 찾을 수밖에 없는 이유는 오직 남의 집 정원을 훔쳐보기 위해서다.

빗물에 젖은 가로등 불빛이 울고 있는 모습을 바라보며 나는 얼어붙은 사람처럼 멍하니 서서 어렴풋하지만 지평선처럼 넓어 보이는 그 집의 지붕을 바라보고 있다. 집은 어둠에 묻혀 있다. 집을 감싸고 있는 숲속에서 차디찬 바람소리가 들린다. 사람이 살고 있기는 한 것일까. 왜 저 집이 내 마음을 이렇게 사로잡는지 모르겠다. 강한 호기심이, 저 집에 가보고 싶다는 억제하기 힘든 호기심이 나의 마음을 사로잡는다. 이상하게도 두려움은 없다. 마치 시간이 멈춘 것 같다. 시간의 흐름을 일깨워주는 것은 오직 빗소리뿐이다. 신비로운 정적이 나의 마음을 감싸고돌면서 기분이 점점 좋아진다. 무슨 일인가 일어나 주었으면 좋겠다는 생각이 든다. 상상으로 만들어 낸 세계에서 언제라도 일어날 수 있는 신기한 일들을 생각하고 있다. 나의 입가에 쓴 웃음이 머문다. 도대체 무엇을 기대하고 있단 말인가.

나는 남은 하나의 언덕을 마저 내려왔다. 그리고 무작정 버스를 탔고,

알지 못하는 정거장에 내렸다. 정처 없이 거리를 걷기 시작했다. 나는 지금 습관이 되어버린 의미 없는 한걸음 한걸음을 무겁게 떼며 계속 걷는다. 목적지도 없고, 이유도 모른다. 그저 나는 걷는다. 다리가 아프다. 하지만 난 어디에서 멈추어야 할지 모르겠다.

나는 작고 아담하지만 일반 주택과는 달라 보이는 건물 앞에 멈춰 섰다. 삼각형의 지붕 위로 길게 철제 기둥이 보이고, 그 꼭대기에 십자가가 보인다. 교회가 분명해 보인다. 어릴 때 엄마와 함께 교회라는 곳에 가본 적이 있다. 그곳은 대단히 화려하고 거대한 건물이었다. 사람들이 매우 많았고, 그 사람들이 모두들 웃고 있었다. 그곳에 모인 사람들은 참 행복해 보였던 기억이 난다. 무엇이 사람들을 그토록 행복하게 해주었을까. 문득 의문이 생긴다.

나는 입구로 보이는 문 앞에 서서 손잡이를 잡았다. 열어도 될까하고 망설이며 한참을 서 있다가 나는 용기를 내어 문을 열었다. 이 안에 행복이 가득 들어앉아 있다가 나를 반겨줄지도 모른다는 생각을 하면서.

건물 안은 은은한 조명 때문인지 분위기가 차분해 보인다. 사람은 보이지 않는다. 나는 깔끔하게 정리된 나무 의자 사이로 걸어가면서 정면 벽에 걸린 십자가 모양의 조각상을 보았다. 거의 걸친 것이 없는 남자의 축 처진 머리에는 가시 모양의 관이 씌워져 있고, 양팔을 벌린 두 손과 가지런히 포개진 두 발은 무언가에 박혀 있는 것 같다. 나에게 조각상은 전에는 느껴본 적이 없던 새롭고도 이해할 수 없는 강렬한 슬픔으로 다가온다. 이해할 수 없는 이 슬픔은 그저 막막하고 답답한 절망의 슬픔은 아니다. 아련한 아픔이지만 벗어날 수 없을 것 같은 그런 고통도 아니다. 참으로 이상한 기분이다.

이곳은 믿기지 않을 만큼 평온한 느낌을 주는 것 같다. 감정을 차분하게 가라앉히는 위엄이 있는 기운이 느껴진다. 마구 헤집어지고 조각난 내 마음이 제자리를 찾아 하나로 결합되는 것 같은 기분이다. 방금 전까지 세상을 장악하며 기세등등하던 어둠이 환하게 비치는 한줄기 빛에 쫓겨 사라지듯 나를 사로잡고 있던 절망이 희망에 쫓겨 숨어버릴 것 같은 기분이다. 이 고요하지만 분명한 평화는 어디에서 온 것일까.

나는 여러 사람이 앉을 수 있는 기다란 나무 의자에 앉았다. 오랫동안 같은 자리에 앉아 숨을 고르고 있다. 이것은 내 마음에 주는 진정한 휴식이다. 이 순간만큼은 영원히 끝나지 않았으면 좋겠다는 생각을 하고 있을 때, 누군가가 출입문을 열고 안으로 걸어 들어오는 소리가 들렸다. 나는 놀라서 자리에서 벌떡 일어났다.

"기도를 방해했다면 미안해요. 나는 무서운 사람은 아닙니다. 그러니 앉아요."

그의 목소리는 감미롭고 따뜻하지만 사람을 압도하는 권위가 느껴진다. 나는 훤칠한 키에 다정한 눈빛을 가진 젊은 남자를 쳐다보았다. 처음 보는 사람이지만 이상하게도 낯이 익은 느낌이 든다.

"네……."

나는 긴장감이 잔뜩 배어 있는 가느다란 목소리로 중얼거리듯 답했다.

"저는 길을 가다가……, 이 건물이 보여서 허락도 구하지 않고 들어왔어요. 미안합니다. 지금 나가야 하나요?"

"아니요. 이곳에 주인은 사람이 아니에요. 누구라도 이곳에 들어올 수 있습니다. 제게도 마찬가지이고요. 만나서 반가워요. 오늘도 많이 힘들었죠?"

남자는 측은한 눈빛을 하고는 부드러운 목소리로 말했다. 나는 의아한 눈빛으로 그를 뚫어지게 쳐다보았고, 남자는 부드러운 눈빛으로 나를 바라보며 잔잔한 미소를 지었다.

"이런 시간에 교회를 찾는 사람들은 무엇인가로 인해 마음의 고통을 지닌 경우가 많으니까요. 위로와 휴식이 필요해서 이곳을 찾는 사람들이 일반적이니까요. 누구라도 짐작해 볼 수 있는 일이지요."

나는 남자의 말에 수긍하며 고개를 돌려 정면 벽에 걸려 있는 십자가를 쳐다보았다. 아련한 슬픔이 다시금 마음속으로 밀려든다.

"이제 집으로 돌아가야지요? 많이 늦었는데."

남자가 조용히 말했다.

"집이요? 그래야겠지요."

나는 중얼거리듯 대답했다.

"마음이 많이 아팠군요? 뭐든 이야기해 봐요. 제가 친구가 되어 줄게요."

나는 다시 남자를 쳐다보았다.

"마음에만 품고 있는 게 좋은 것은 아니에요."

"말을 한다고 달라지는 것은 없어요."

"그래도 말을 해봐요. 속이 후련해질지도 모르잖아요?"

남자는 여전히 인내심을 가지고 말했다. 이상하게도 그에게는 모든 것을 다 말해버리고 싶다는 생각이 든다. 나를 모르는 사람이니까, 다시는 만날 일이 없을 거니까. 하지만 나에 대해 다 말해버리고 나서 마음이 공허해질까 두렵기도 하다. 어쨌든 말을 한다고 해결되는 것은 없을 테니까. 그래도 이상하다. 이곳의 분위기 때문인지, 이 남자 때문인지는 몰라도 오늘은 뭐든 이야기가 하고 싶다.

"저는 거리를 걷는 게 좋아요. 그냥 바람을 맞으며 걷다보면 마음이 편해지기도 하거든요. 그렇지 않을 때도 많지만요. 어떤 고통도 충분히 괴로워하지 않으면 마음에서 없어지지 않는 것 같아요. 충분히 괴로워해도 절대로 없앨 수 없는 고통도 있지만요. 눈물이 더는 날 수 없을 때까지 울고 나면 속이 후련해지는 것 같다가도 마음이 허전해지고, 더 우울해지기도 하고요. 사실 어떻게 해야 할지를 모르겠어요. 울고 싶어도 참는 게 좋은 것인지, 우울해지더라도 실컷 우는 게 좋을지……, 오늘도 거리를 걸었어요. 무작정 버스를 타고 이렇게 알 수 없는 곳에 내려서 지칠 때까지 걷는 게 제 취미예요. 웃기죠? 집에 돌아가야 하는 것도 알아요. 집이 아무리 끔찍해도 거기 밖에는 갈 곳도 없고. 오늘은 친구와도 좋지 않았어요. 이런 적이 없었는데……, 저는 용기가 없어서 가출도 못 해요. 몇 번인가 가출을 해야겠다고 결심했지만 결국 못했어요."

난 한숨을 쉬었다.

"세상에 천국이 있을 것 같나요?"

남자는 의미심장하게 물었다.

"없어요, 천국 같은 건."

내가 단호하게 말했다.

"있다면 찾고 싶어요?"

"찾아요? 없는 것을 어디에서 찾아요?"

"만일 있다면요."

"그렇다면 찾고 싶겠죠? 아저씨 말처럼 정말 있다면……."

"천국이 있다는 걸 믿으면 찾을 수 있을 거예요."

나는 웃었다. 무슨 대화가 이럴까. 이런 바보 같은 대화가 또 있을까 싶다.

"천국이 있다는 걸 믿는다고 해도 나와는 상관이 없어요. 그 천국이 어떤 모양이든 내게는 모습을 드러내지 않을 거니까. 나와는 전혀 어울리지 않는다는 말이에요."

"그렇지 않아요. 자신이 찾는 천국은 자신의 것이라 숨거나 없어질 수 없지요."

남자가 확신을 가지고 말했다.

"저는 행복할 수 없을 거예요. 왜 세상은 이렇게 불공평하고, 왜 제게는 행복이 허락되지 않는지 이해할 수가 없어요. 제가 뭘 잘못했죠? 하늘은 왜 제게 이렇게 잔인한 것인지 모르겠어요. 내가 도대체 뭘 잘못했다고……."

"사람은 똑같은 경험으로 발전하거나 진보하지는 않기 때문이에요. 그저 우연히 사람이 되지 않은 것처럼, 그저 우연히 인생이 주어진 게 아니지요. 중요한 것은 사람에겐 맞춤처럼 부여된 훈련 과정이 있다는 것입니다. 시련이나 역경이 단지 고통만을 남기기 위해서 주어진 것은 아니라는 거지요."

"바보 같은 말이에요."

나는 강하게 반발했다.

"저기 벽에 걸린 조각상을 봤어요?"

"네, 저 조각상을 보고 있으면 이상한 기분이 들어요. 슬프기도 하지만 꼭 그런 감정만은 아닌, 참 이상해요."

"저분은 가장 위대한 인간이셨지만 세상에서 가장 비천하고 낮은 곳에서 태어나 상상할 수도 없는 고통 속에서 돌아가셨어요. 저분은 마구간에서 태어나 십자가에서 생명을 거두셨지만 이 세상에서 저 분보다 위대한 존재는 없지요."

"마구간에서 태어나 십자가에 달려 돌아가신 분이 이 세상에서 가장 위대한 분이셨다고요?"

나는 놀라 되물었다. 이보다 더 황당한 이야기가 있을까 싶다.

"네, 저분은 세상의 모든 사람들을 위해 돌아가셨거든요. 사람들을 구원하시고자 자신을 내어주셨지요. 저 분의 역할은 오직 저 분만이 하실 수 있었지만, 사람도 다른 누군가를 위해 자신의 소중한 것을 내어줄 수 있어요. 누군가를 구하는 것이 자신을 구하는 것이 될 수 있지요. 천국은 먼 곳에 있지 않아요. 천국은 어딘가에 있는 것이 아니라, 어딘가에 건설해야 하는 것입니다."

"건설이요? 아저씨가 말하는 천국이 무슨 집을 짓는 건가요?"

"당신도 곧 답을 얻게 될 것입니다. 때가 되었어요. 이제 집으로 돌아가요. 시간이 많이 늦었어요. 다시 만날 때까지 잘 지내요."

남자는 자리에서 일어서며 말했다. 그리고는 순식간에 가버렸다. 나는 그를 붙잡을 틈이 없었다. 그에 대해 아는 것이 아무것도 없다. 이름도, 사는 곳도, 전화번호도 알려준 것이 없다. 게다가 나에 대해 말해 준 것도 별로 없다. 그런데 다음에 만날 때까지 잘 지내라니. 도저히 이해할 수 없는 말만 남기고는 그저 가버리다니. 나는 어리둥절한 기분이다.

난 그와 좀 더 대화를 나누고 싶었다. 그의 이야기가 터무니없다는 생각을 하면서도 호기심이 생겼고, 어쩌면 내 마음을 후련하게 만들어 줄 답을 그가 가지고 있을지도 모른다는 생각도 든 게 사실이다. 그런데 그 남자는 나를 남기고 가버렸고, 난 서운하면서도 아쉬운 마음에 약간 화가 난다. 하지만 어차피 현실을 바꿀 수 없다면 그 어떤 답도 내겐 의미가 없을 것이고, 현실은 절대로 바뀌지 않는다는 걸 나는 알고 있다. 그 남자와 밤새 대화를 나누었던들 무슨 소용이 있었을까.

나는 밖으로 나왔다. 비는 그쳤고, 겨울을 재촉하는 가을비에 젖은 도시로 스산한 바람이 불어온다. 채 마르지 않은 옷감의 감촉은 얼음처럼 차갑게 느껴지고, 나는 두 손으로 팔뚝을 문질러 보지만 서서히 파고드는 한기를 몰아내기에는 역부족이다.

나는 버스를 탔다. 버스 안에는 나를 포함하여 세 사람이 전부이고, 여러 정류장을 거쳐 가면서 두 사람마저 내려버렸다. 이 늦은 시간에 집까지 걸어 올라가야 할 언덕길을 떠올리니 마음이 무거워진다. 평소에도 한적한 언덕길인데, 더구나 지금은 아무도 없을 것이다. 이 시간에 사람을 만나는 것이 더 무서운 일이기는 하지만 혼자서 언덕을 오를 생각에 겁이 난다. 난장판인 집에 들어가는 것보다 집까지 가는 길이 더 걱정된다. 나는 무사히 집에 도착해 있는 나를 상상해 보려고 애쓰고 있다. 그래도 집에 가면 따뜻한 물에 샤워를 할 수 있을 것이고, 저녁에는 난방을 하는 방안은 따뜻할 것이다. 평소에는 제대로 챙겨먹는 일이 별로 없는데도 엄마는 내 밥을 항상 준비해 놓는다. 지금까지는 엄마가 그러는 이유를 생각해 보지도 않았고, 감사할 줄도 몰랐다. 오늘은 정말 간절히 엄마가 준비해 놓은 밥이 먹고 싶다.

내가 예상한 대로 언덕을 오르는 길에는 길거리를 배회하는 길 잃은 고양이조차 눈에 띄지 않는다. 차디찬 늦가을 밤의 쓸쓸한 바람소리만이 귓가에서 윙윙거린다. 나는 누군가에게 들킬까 두려워하는 사람처럼 종종

걸음을 더욱 재촉하고 있다.

하나의 언덕을 올라 두 번째 언덕을 만나는 곳에서 걸음을 멈춘 것은 그 집에 환하게 불이 켜졌기 때문이다. 아까 이 언덕을 내려가면서도 보지 못했고, 다른 날에도 불을 켜진 것을 본 적이 없다. 오늘 이사를 한 것일까. 아니면 오늘 처음으로 집주인이 자신의 집에 온 것일까. 이유가 무엇이든 불이 켜진 그 집을 보니 나의 가슴이 무섭게 뛰기 시작했다. 이렇게 설레는 기분을 느껴 본 적이 없는 것 같다.

나는 그 집을 향해 조심스럽게 발걸음을 옮기고 있다. 이미 많이 떨어져 버린 낙엽들이 바닥에 수북이 쌓여 폭신한 카펫을 만들었고, 물기에 촉촉이 젖어 있어 발소리를 감춰주고 있다. 덕분에 발소리를 내지 않고 최대한 가까이 이 집까지 접근할 수 있었지만, 대문이 없어도 더 이상은 들어가면 안 될 것 같아 잔디밭이 시작되는 곳에 멈춰 섰다. 깔끔하게 손질이 잘 되어 있는 잔디밭 한가운데에 집이 우뚝 서 있는데, 숲속의 나무들과 조화를 이루고 있어 언제나 이곳에 이 집이 있었던 것만 같은 느낌이 든다. 나는 측면으로 밖에 저택을 볼 수 없는 위치에 있지만 전체적인 이 집의 규모를 짐작해 볼 수 있고, 이토록 크고 아름다운 저택을 직접 눈으로 본 적이 없었기 때문에 저절로 감탄사가 입에서 흘러나왔다.

갑자기 휴대폰의 벨소리가 숲속의 모든 생명을 다 깨울 듯이 울려댄다. 나는 너무도 놀라 주머니에서 휴대폰을 꺼내다가 바닥에 떨어뜨리고 말았고, 저택에서 누가 나올까 두려워 재빨리 휴대폰을 집어 들고 숲을 벗어나 뛰기 시작했다. 그렇게 언덕을 한걸음에 뛰어 올라가 집에 거의 다다랐을 때, 숨이 끊어질 정도로 헉헉거리며 간신히 아버지의 전화를 받았다.

"왜 그러니, 시은아? 왜 그렇게 숨이 차서……, 이 시간까지 집에 들어

오지 않고 어디에 있는 거냐? 아빠가 데리러 갈까?"

아버지의 걱정스런 목소리가 마치 현실이 아닌 아득한 곳으로부터 들려오는 것만 같다.

"아뇨, 됐어요. 집에 다 왔으니 그냥 주무세요."

나는 냉담하게 대꾸했다. 집에 들어갈 때 아버지의 얼굴이 보고 싶지 않다. 아버지는 그다지 엄한 사람은 아니다. 때로는 세상에서 가장 재미있는 사람처럼 나에게 장난을 걸기도 하고, 다정하고 따뜻한 모습을 보여줄 때도 많다. 하지만 아버지는 자신의 감정을 조절할 줄 아는 사람은 아니다. 뭐든 마음 내키는 대로 말하고, 마음 내키는 대로 당신의 감정에 충실한 분이다. 그런 점이 반드시 나쁘다고 할 수는 없지만 나는 부모로서의 성숙함이 부족하다고 생각할 수밖에 없는 감성적이기만 한 아버지의 성향을 감당하기가 너무 힘들다.

"이렇게 늦은 시간까지 어디를 갔다 오는 거니?"

대문 앞을 서성거리던 엄마가 원망과 근심이 섞인 목소리로 말했다. 그녀의 입에서는 여전히 강한 알코올 냄새가 진동한다. 나는 대답도 하지 않고 집안으로 들어와 버렸다.

"저녁은 먹은 거니?"

나를 뒤따라오며 엄마가 물었다.

"내가 저녁을 먹는 것에 관심이나 있는 거야? 귀찮으니까 자꾸 묻지 말고 가서 자!"

버스를 타고 오면서 엄마가 해놓은 밥이 먹고 싶다는 생각을 했었음에도 난 화가 난 목소리로 퉁명스럽게 말했다.

"밥하고 찌개가 있으니까 챙겨 먹고 자. 날씨도 추운데 옷은 그게 뭐니? 코트라도 입고 다니지. 감기에 걸리면 어쩌려고."

"그만 가서 자. 내가 알아서 한다니까!"

"알았어. 엄마는 자러 갈게. 따뜻한 이불을 꺼내 줄까?"

엄마의 말이 끝나기가 무섭게 나는 방문을 닫아 버렸다. 이렇게라도 화를 내지 않으면 엄마는 내 마음을 영영 모를 것만 같아서 이미 마음이 풀렸음에도 난 냉담한 태도를 보이고 말았다. 이렇게 한다고 엄마가 달라질 것이라고 믿는 것도 아니다. 다만 나는 내가 얼마나 아픈지를 표현하고 싶은 것이다. 내가 아픈 것도 좀 보아달라고 애를 쓰고 있는 것이다.

방안은 어둡고 고요하다. 전쟁터는 황량한 정적에 잠겨 있다. 추악한 욕지거리가 오고 가고, 발악하는 고함소리에 집안이 떠나갈 듯이 요란할 때보다 그 뒤에 남은 정적이 더 고통스럽다. 그리고 무엇보다 괴로운 시간은 새벽의 어스름한 빛이 밝아올 때다. 싸움에 지친 부모는 세상모르게 잠이 들어 언제 그랬냐는 듯이 또 다른 아침을 쉽게도 맞이하는 것 같지만, 나는 밤새 뒤척이며 잠들지 못하다가 새벽녘이 되어서야 선잠이 들어도, 태양이 새로운 날을 재촉하는 시간이 되면 어김없이 깨곤 한다. 그럴 때마다 맞이하는 아침이 얼마나 끔찍한지, 새로운 날이 시작된다는 것이 얼마나 싫은지, 희망이 보이지 않는데도 살아내야 할 나의 오늘이 얼마나 서글픈지 표현할 길이 없다. 그렇게 새로운 나날을 살아내면서 새로운 희망을 품게 되는 것이 지긋지긋하게 싫으면서도, 늘 산산이 부서져버리고 말 희망을 품게 되는 것에 지쳐버렸음에도 난 또다시 희망을 품는다. 고통스런 기억들을 잊을 수 있기에 이렇게 살 수 있는지도 모르겠지만 희망을 품어서는 안 된다는 것마저도 잊고 사는 나에게 화가 나고, 내가 품은 희망을 지켜주지 못하는 부모에게 끊임없이 분노한다. 무엇보다 한심하다는 생각이 드는 것은 내가 도저히 어쩔 수 없다고 포기하고 또 포기하는 부모에 대한 희망을 완전히 버릴 수가 없다는 것이다. 이 질긴 미련이 사랑인 것인지, 연민인 것인지는 모르겠다. 그저 이 지긋지긋한 괴로움에서 벗어나고 싶을 뿐이다.

"다 큰 여자아이가 이렇게 늦은 밤까지 밖으로 쏘다니는 것은 좋은 일이 아니야. 이 동네가 위험하다고 그렇게 말했는데…… 엄마 말도 한 번은 들어야 하지 않겠니? 부모가 걱정하는지도 모르는 철없는 것아!"

엄마는 방문 앞에서 딸꾹질을 하며 몇 마디를 던지고 사라졌다. 이제야 족쇄에서 풀려난 기분이 든다. 엄마의 이야기를 더 듣고 있다가는 미쳐 버릴 것 같은 기분이다. 오늘은 엄마에게 대들 힘도 없다.

나는 오늘 하루 동안 일어난 일들을 곰곰이 생각해 본다. 오늘은 얻은 답은 하나도 없고 의문점만 쌓인 하루이고, 모든 것이 꿈을 꾼 것 같은 날이다. 그 집의 불빛을 본 것도, 교회라는 곳에서 그 남자를 만난 것도 현실 같지가 않다. 그 집에 누가 살고 있을까. 그리고 교회에서 만난 그 남자는 도대체 누구일까.

나는 이불이 깔려 있는 아랫목으로 기어들어 갔다. 따뜻한 온돌이 나의 꽁꽁 얼어붙은 몸과 마음을 녹여내는 것 같다. 나는 곧 깊은 무의식의 세계로 빨려들어 가는 기분에 사로잡혔고, 어둠은 부드럽게 나를 감싸 안았다.

2

나는 그 남자를 만났던 교회 앞에 서 있다. 오늘은 꼭 그 남자를 다시 만날 수 있으면 좋겠다. 여기에 오면 다시 만날 수 있지 않을까 기대하면서도 설마 그럴 수 있을까를 의심하면서 이곳까지 왔다. 기대감에 설레면서도 실망이 두려웠고, 실망 밖에는 남는 게 없을지라도 기회를 만들고 싶었다.

난 교회 입구로 올라왔다. 그리고 출입문을 열어보았다. 그런데 전에는 부드럽게 열리던 이 문이 열리지 않는다. 안으로 들어가지 못하게 될 줄은 몰랐다. 난 출입문에 기대어 멍하니 하늘을 올려다본다. 눈물이 나올 것 같아서, 참으려고 노력하는데 도저히 참을 수가 없어서 하늘을 바라본다. 눈이 내려주면 좋겠다. 갑자기 추워진 날씨에 하늘까지 우중충하다.

대학입학시험이 치러지는 오늘, 나는 시험을 보는 장소에 가지 못했다. 아니, 가지 않았다. 엄마와 아버지는 내가 당연히 시험장에 있을 거라고 생각할 것이다. 어쩌면 내가 어디에 있든 관심조차 없을지 모른다. 난 부모의 도움으로 대학에 가지 않을 결심을 했다. 부모의 도움으로 공부하는 것이 싫다. 아니, 저들이 원하는 대로 망가져 주고 싶다. 철저히 망가져서 저들에게 복수하고 싶다. 나는 저들이 자신의 분신이 망가져가는 것을 보며 가슴 아파할 것이라고 기대하면서도 확신이 없다. 나는 내가 비굴하고 나약하다는 것을 인정한다. 하지만 내 안에 어떤 의욕도 남아 있지 않다는 것도 알고 있다. 부모의 마음을 믿을 수 없는 나는 내 자신에 대한 믿음도 없다. 나의 눈에서 결국 눈물이 흘러내린다. 차디찬 바람이 불어와 눈물로 얼룩진 나의 두 볼에 감각을 지운다.

"여기서 뭘 하는 거지?"

갑자기 나이가 무척 들어 보이는 남자가 나타나 의아한 목소리로 물었다.

"여기에서 뭘 하느냐고 물었어, 학생! 보아하니 교회에 다니는 학생은 아닌 것 같은데, 구도자인가? 교회에 다녀 보려고?"

"아니요, 전 그냥……, 교회 문이 닫혀 있어서… 있을 곳을 찾다가……, 죄송합니다. 전 그만 가볼게요. 안녕히 계세요."

나는 교회 안으로 들어갈 수 있느냐고 물어볼 생각이었지만 그만 당황하여 말을 더듬거리기만 했고, 급한 마음에 후다닥 계단을 내려와 재빨리 교회의 반대 방향으로 걷기 시작했다.

"학생, 언 몸을 좀 녹이고 가지. 교회 문을 열어 줄 테니 기도하고 싶으면 얼마든지 그렇게 해도 돼."

남자는 미안한 감정을 실어 말했다.

"아니에요. 저는……, 그냥 가보겠습니다."

나는 잠시 뒤를 돌아 나이 든 남자를 쳐다보며 응수했지만 이내 고개를 돌려 버렸다. 걷잡을 수 없이 눈물이 쏟아지고 있어 부끄럽기도 하고, 세상 야속함에 받은 상처를 드러내고 싶지 않음에도 속절없이 드러내고만 내 마음을 들키고 싶지 않아서다.

“잘 지냈어요?”

“아저씨는…….”

나는 순간 넘어질 뻔했다.

“괜찮아요?”

그 남자는 환하게 웃고 있다.

“어이, 학생! 괜찮은가?”

나이 든 남자가 뒤에서 소리쳤다. 나는 뒤돌아 어색하게 웃어보였다.

“괜찮아요.”

나는 나이 든 남자에게 손을 들어 보이며 말했다.

“갈까요?”

나는 순순히 함께 가주기를 권하는 이 남자를 따라 나섰고, 어디로 가는지 묻지 않을 생각이다. 어디라도 좋으니 나를 멀리, 다시는 되돌아올 수 없는 곳으로 데려가 주었으면 좋겠다. 이 현실에서 아주 먼 곳으로 나를 데려다 주면 좋겠다.

우리는 한강 둔치에 자리를 잡고 앉았다. 잔잔하게 흘러가는 강물을 바라보며 앉아 있는 우리는 가끔씩 서로의 눈을 마주치고는 어색한 미소를 지을 뿐 오랫동안 말이 없었다. 이상하게도 이런 어색함이 그리 싫지 않을 만큼 마음이 편안하다. 아무것도 물어주지 않는 이 남자가 고맙고, 오늘 나를 만나러 와준 것이 얼마나 반가운지 말하려다 그만두었다. 강렬하게 내리쬐는 햇빛을 온몸으로 받고 있자니 차디찬 겨울바람조차 부드러운 산들바람처럼 다정하게 느껴진다.

내가 자리에서 일어나 강물 가까이로 내려가자, 남자가 따라왔다. 나는 어깨에 메고 있던 가방을 열어 커다란 상자를 하나 끄집어냈다. 상자를 열자 각양각색의 예쁘고 작은 종이학이 금방이라도 날아오를 것처럼 생생한 표정으로 나를 쳐다본다. 마치 내게 작별인사를 고하는 것만 같은 표정을 짓고 있다.

"예쁜 종이학이네요. 직접 접은 건가요?"

"네, 천 마리예요. 이걸 강물에 띄워 보내려고요."

"이유를 물어봐도 될까요?"

"소원을 들어 준대요. 이렇게 천 마리의 학을 접으면."

"소원이 무엇인지도 물어보고 싶은데."

"그건……."

"말하기 어려운 모양이지요?"

"이 종이학을 접으면서 죽게 해달라고 했어요."

나는 웃었다.

"정말로 그랬어요?"

"제 이름은 시은이에요. 정 시은. 아저씨 이름을 물어봐도 돼요?"

나는 감정을 숨기고 싶어 화제를 돌렸다.

"내 이름을 알고 싶어요? 이름이라……, 시은이가 내 이름을 하나 지어 주면 어떨까요? 자신이 좋아하는 이름으로 지어주면 좋겠는데. 뭐든 시은이 마음에 드는 걸로."

"이름이 없는 사람은 없을 텐데요. 혹시 기억을 잃어버렸어요?"

"아니요, 모든 것을 다 기억하지요. 그저 시은이 지어주는 이름이 갖고 싶을 뿐이에요."

"그렇다고 다 큰 어른의 이름을 제가 어떻게 지어요?"

"너무 어려워할 필요는 없어요. 좋아하던 남학생 이름도 좋고, 연예인 이름도 좋고."

"아저씨는 자신의 이름이 싫은가요? 난……."

"시은은 뭐가 싫지요?"

"알았어요. 좀 생각해 볼게요. 아저씨는 나쁜 사람 같아 보이지는 않아요. 좀 이상하게 들리겠지만 마치 전부터 잘 알던 사람처럼 느껴져요. 전 낯을 좀 가리는 편인데……, 혹시 저에게 마술이라도 걸었어요?"

나는 화제를 바꾸며 장난스럽게 말했다.

"시은이 마음이 나쁘지 않아서 그래요. 사람은 자신의 마음으로 세상을 비춰보는 거니까요. 자신이 보고 싶은 것을 보고, 자신이 비춰내고 싶은 것을 비춰내지요. 그래서 세상은 어떤 사람에게는 천국이 되고, 어떤 사람에게는 지옥이 되는 거예요. 모든 답은 자신 안에 있어요."

"그런가요? 내가 답을 가지고 있나요? 난 아무 것도 할 수가 없고, 내가 바꿀 수 있는 것이 세상에는 하나도 없어요. 난 무능하고 무책임해요. 나에게는 아무것도 없어요. 아무것도……."

나는 우울한 목소리로 중얼거렸다.

"시은에게는 모든 게 있어요. 지금은 그것을 모르고 있을 뿐이지요. 이제부터 찾게 될 거예요. 준비가 되었으니까. 시은이가 나를 불렀어요. 그래서 내가 여기에 있는 거예요. 시은이가 원하지 않았으면 오지 않았을 겁니다."

"제가요? 전 아저씨를 모르는 걸요."

나는 의심스런 눈초리로 남자를 쏘아보았다. 지난번에도 느꼈지만 참 알 수 없는 말만 하는 남자이다. 그런데도 이 남자를 다시 만나고 싶었다니 나도 이상한 사람이다.

"모르는 게 당연해요. 그래도 시은이가 나를 원해서 내가 올 수 있었던 거예요. 나를 필요로 해줘서 굉장히 기뻤어요. 난 기다리고 있었지요. 시은이가 부를 날을 기다리고 있었어요."

"아, 그렇구나……."

나는 교회에서 이 남자를 본 이후로 다시 만나고 싶다는 생각을 여러 번 했다는 것을 떠올렸다. 내 마음의 간절함 때문에 이 남자와 텔레파시가 통한 것인지도 모른다.

"다시 만나 기뻐요."

남자가 환하게 웃으며 말했다.

"저도요."

"이름은 생각나는 게 있어요?"

"음……, 시헌, 어때요?"

"시헌, 아주 좋은 이름이군요. 이 이름에는 특별한 의미가 있나요?"

"그 이름은……."

나는 이 이름이 죽은 오빠의 이름이라고 말할 수가 없다. 기억의 한조각도 남아 있지 않은 오빠지만 나에겐 늘 그리움의 대상이었던 오빠의 이름이라고 지금은 말하고 싶지가 않다.

"그냥 다른 이름이 떠오르는 게 없어서……, 이름은 마음에 들어요?"

"아주 마음에 들어요."

시헌이 활짝 웃는다. 아주 만족스럽다는 표정으로.

"시은이가 있어야 할 곳에 있지 않군요. 포기하지 않기를 바랐는데……."

시헌의 목소리에 연민이 느껴진다.

"뭐가……, 아 시험이요? 친구들은 모두 시험장에 있을 텐데…… 알아요. 포기하지 않았으면 더 좋았겠죠. 하지만 꼭 해내야 한다는 책임감도 없었어요. 의욕도 없고요. 제게 미래는 의욕 없는 오늘의 연장일 뿐이에요. 그저 오늘과 다를 게 없는. 내일은 내게 아무런 의미가 없어요. 어제나 오늘처럼 말예요."

나는 의미 없는 시선으로 잔잔하게 흘러가는 강물을 바라보고 있다. 강물 위로 부서지듯 쏟아지는 햇살이 눈부시게 아름답다. 이 광경이 이토록 아름다운 것에 서글픈 마음이 든다. 아직도 세상에는 이렇게도 아름다운 것이 많이 남아 있다는 사실에 이렇게나 서글퍼지는 내 마음이 가여워진다.

"전 누구와도 터놓고 마음을 이야기한 적이 거의 없었는데……, 요즘엔 정말 이상해요. 아저씨에게는 이야기가 하고 싶거든요. 이렇게 제 마음을 누군가에게 털어 놓고 싶었던 적이 없었던 것 같은데. 제 가장 친한 친구인 재희하고 다시 화해를 했는데요. 얼마 전에 오해가 좀 있었거든요. 그런데 예전처럼 재희가 편하질 않는 거예요. 그 친구 이야기를 들어 주는 것도 예전만큼 좋지도 않고. 이젠 제 이야기를 들어 주는 친구를 갖고 싶어요."

나는 종이학을 손바닥에 올려놓고 이리저리 흔들었다.

"전 열등감이 심해요. 알아요. 제가 그렇다는 것을. 그래도 동정을 받는 것은 싫어요. 동정을 받는 존재가 되는 것이 참기 힘들어요. 전 당당하고 강한 모습만 보여주고 싶어요. 동정을 받는 것은 무시 받는 기분이니까요. 나를 동정하는 사람들이 나를 무시하는 것은 아닐 거예요. 하지만 내 자신이 초라하다는 생각이 들수록 사람들이 나에 대해 아는 게 싫어요. 모든 사람들이 나를 형편없는 사람으로 보는 것 같은 기분을 떨쳐내기가 힘들어요. 자존심이 너무 상해서, 제가 초라하다고 느끼는 만큼 자존심이 상해서 자꾸만 방어적인 자세를 취하게 되더라고요."

"사람들은 저들의 삶이 얼마나 가치 있는지 모르고 살기도 해요. 자신의 존재가 얼마나 특별한지 인식하지 못하기도 하고. 세상의 너무도 많은 고통들이 흐려놓은 강물에 정처 없이 표류하는 게 인간이지요. 하지만 누군가에게는 아무리 갈망해도 가질 수 없는 오늘을 살아가고 있다는 것을 잊지 말았으면 좋겠어요. 그 아픔까지도 누군가에게는 부러움의 대상이 된다는 것을 잊지 말아요. 하늘은 온 힘을 끌어 모아 시은의 존재를 지켜주고, 시은이가 인생을 통해 배워야 할 무엇인가를 적절한 시기에 내어주기 위해 노력한다는 것을 잊지 말아요. 이 우주가 존재하는 이유는 시은이가 존재하기 때문이니까."

"그런데 정말 저 같은 사람을 부러워하는 사람도 있나요?"

"그럼요. 시은이가 상상할 수 있는 것보다 많지요."

"믿기지 않는 말이네요."

"시은이 눈앞에 있는 나도 해당이 돼요."

"아저씨가요? 아저씨는 저보다 불행하다고 스스로 생각하는 모양이죠?"

"그런 것은 아니에요. 세상에서 하고 싶었던 일이 있는데, 더 오래 하고 싶었던 일이 있는데 내게는 기회가 없으니까요."

시현이 쓸쓸한 미소를 지었다.

"저도 그래요. 세상 사람들은 다 자신들이 하고 싶은 대로 하며 사는 것 같아 보이는데, 저만 그럴 수 없는 사람처럼 생각될 때가 많거든요. 아저씨에겐 무슨 문제가 있나요?"

"설명을 하자면 길어요. 분명한 한 가지는 세상에서 가장 자유롭지 못한 어떤 사람보다도 더 자유로울 수 없다는 거예요."

"아저씨도 참 힘들게 사는 모양이군요."

나는 종이학 한 마리를 공중으로 높이 날렸고, 내 마음을 종이학에 담아 잠시지만 종이학과 함께 날았다. 종이학은 공중에서 한 바퀴 빙글 돌더니 이내 강물로 곤두박질치고 말았다. 나는 쓸쓸한 기분으로 강물 위에 엎어져 천천히 물결을 따라 흘러가는 종이학을 바라본다. 그 한 마리의 종이학을 따라 형형색색의 수많은 종이학들이 강물을 따라 흘러가도록 상자 안에 있는 종이학을 모두 강물에 내려놓으면서.

"이제 진짜 소원을 빌어 봐요. 진실로 시은이가 바라는 소원."

"이루어질까요?"

"이루어질 거예요. 시은의 소망이 이루어질 거예요. 아니, 그 소망을 이뤄내야 해요."

시현의 눈빛에는 확신이 있다. 그를 믿어도 좋을 것 같은 눈빛이다. 나는 천 마리의 종이학을 모두 떠나보내면서 불가능하다고 믿지만 꼭 이루어지기를 바라는 마음의 소망을 빌고 있다.

"잘했어요. 이제 집으로 돌아가요, 시은. 내가 데려다 줄게요."

"집으로 돌아가고 싶지 않아요. 다시는 돌아가지 않아도 된다면 얼마나 좋을까요. 두 번 다시 돌아가지 않아도 된다면…… 그래도 돌아가야겠지요. 아직 난 갈 곳이 없으니까. 그렇죠, 아저씨? 세상 어디에도 오라는 곳이 없고, 반겨줄 곳도 없으니까."

"언젠가는 부모의 곁을 떠나겠지요. 하지만 아직은 가족을 위해 해야 할 일이 있잖아요?"

"가족을 위해서요? 부모님은 제 말을 들으려고도 하지 않아요. 제가 얼마나 아픈지 돌아보지도 않는걸요. 제가 할 수 있는 일이 없어요. 마음이 아무리 간절해도 제가 할 수 있는 일이 아니에요."

"그렇지 않아요. 시은도 가족의 일원이잖아요. 물론 세상에서 가장 필요로 하는 사람은 훌륭한 부모이고, 자식이란 그 부모의 손길에 담겨 있는 행복만큼만 나눠가질 수밖에 없는 처지이기는 해도, 세 개의 기둥이 받치고 있는 가족의 구성원으로서 시은은 그 하나를 책임지고 있다는 걸 잊으면 안 돼요."

"모르겠어요."

내가 절망스럽게 말했다.

"힘을 내요. 포기하지 않는 사람을 위해 꿈이 존재하는 거예요. 이제 집으로 가요."

"걸어서 가요."

집까지 걷기에는 지나치게 먼 거리라는 걸 알지만 난 시현과 좀 더 함께하고 싶어 말했고, 내 제안에 그는 고개를 끄덕였다. 천천히 걸어가면서 난 그에게 처음으로 내 가족 이야기를 꺼냈다. 이렇게 모든 것을 이야기한다고 달라질 것이 없다는 걸 모르는 것은 아니지만 솔직한 내 감정을 표현하기 시작하자, 마음에 쌓이기만 했던 억눌린 슬픔과 분노가 대기 바깥으로 흩어져 사라져 버리는 것 같은 기분이 들기 시작했고, 후회하게 될지도 모른다는 내 예상과는 달리 전에는 결코 느껴본 적이 없던 자유롭고 편안한 감정을 느끼기 시작했다. 해가 거의 질 무렵이 되어서야 우리는 두 개의 언덕이 시작되는 곳에 이르렀다.

"이 언덕을 오르는 건 언제나 힘들어요. 지금은 이렇지만 제가 어렸을 때는 정말 좋은 집에 살았었어요."

두 번째 언덕에 거의 다다랐을 때, 내가 우울하게 말했다.

"그랬군요. 가난을 좋아하기는 힘든 일이지요."

시헌이 담담하게 말했다.

"맞아요. 정말 끔찍하게 싫어요."

"그렇더라도 가난을 부끄러워하지는 말아요. 시은은 그런 것들이 사람의 가치를 매기는 세상에 흔들리지 않았으면 좋겠어요. 쉽지는 않아요. 하지만 이 세상의 것들은 티끌 하나라도 저 세상으로 가져갈 수 없어요. 시은의 존재를 생각하면 인생은 그저 한순간이고, 그 한순간의 인생에 부여되어 있는 많은 가치들이 너무 허무한 것들이어서 실망하게 될 거예요. 그 아무것도 아닌 것들이 세상을 살아가면서는 절대적으로 필요한 것들이라는 것을 알아요. 그렇다고 그런 것들에 대한 필요 이상의 욕망까지 필요한 것은 아니에요."

"아저씨 말이 맞을지도 모르지만 현재의 저는 이 세상을 살고 있어요."

난 쓴 웃음을 지었다.

"시은에겐 시간이 있어요. 시은의 꿈을 이룰 기회도 많을 거예요. 어떤 사람으로, 어떤 인생을 살고 싶은지에 대한 선택은 시은에게 맡겨져 있어요."

"되는대로 살면 되죠. 어떻게 살고 싶다고 어떻게 살아지는 게 아니잖아요?"

나는 강한 거부감을 드러냈다.

"마음이 아파요."

"아저씨가 왜요? 나를 알지도 못하면서……, 이제 겨우 두 번째 만난 건데. 제가 평소와 다르게 개인적인 것을 이야기했다고 해서……."

"알아요. 시은의 마음을 알아요. 마음을 상하게 했다면 미안해요."

시헌이 당황하여 말했다. 나는 그에게 미안한 감정이 들면서도 화가 난다. 내 안의 분노가 늘 이런 식으로 불쑥불쑥 튀어나오는 것에 무력감이 느껴지고, 이런 내가 한없이 부끄럽다.

"마음이 많이 상했군요?"

시헌이 걱정스러운 목소리로 물었다.

"전 제 자신에게 가장 화가 나요. 제 운명에 화가 나요."

"그럴 수 있어요. 그래도 현실을 바꿀 수 있는 힘이 시은에게 있다는 것을 말해 주고 싶어요. 지금은 아닐지라도 언젠가 내 말을 이해할 수 있는 날이 올 거예요."

시헌이 인내심을 가지고 말했고, 나는 그를 보며 어색하게 웃었다.

"저 집을 보세요. 정말 아름답죠? 저렇게 멋진 집은 처음 봐요. 이런 산동네에 저런 집을 지은 사람이 어떤 사람일까 궁금해요. 저런 집에 살면 정말 멋질 텐데……."

그 집 앞에 이르렀을 때, 나는 걸음을 멈추고 감상에 젖어 말했다.

"시은을 기다리고 있어요."

"뭐가요?"

"저 집."

"저를 기다려요? 저 집이요?"

나는 너무도 놀라 시헌을 뚫어져라 쳐다보았다.

"저 집은 시은을 위한 집이니까요. 가까이 다가가서 실체를 보고, 그 안에 들어가면 실망하게 될 거예요. 그래도 시은을 위해 준비되어 있다는 걸 잊지 말아요. 되찾아야지요."

"저를 위해 준비되었다니요? 그리고 무엇을 되찾아요?"

"종이학을 띄워 보내면서 시은이 소망하던 것."

"아저씨는 제가 무엇을 바랐는지 모르잖아요?"

"그것은 시은만이 할 수 있는 거예요."

"정말 알 수 없는 말만 하세요, 아저씨는. 저 집의 주인을 알고 있는 거예요? 저 집의 주인도 모르는데 제가 함부로 들어갈 수는 없잖아요? 정말 가보고 싶기는 하지만."

"그럼, 들어가요."

"정말 저 집 주인이 누군지 알아요? 혹시 아저씨가 주인인가요?"

"아니요. 하지만 저 집의 주인이 시은을 기다리게 될 거예요."

"저 집에 주인이 저를 기다리게 될 거라니요?"

"용기를 잃지 말고 끝까지 자신을 믿어야 해요. 시은이 포기하지 않으면 모든 것을 이겨낼 수 있어요. 시은 안에 답이 있어요. 우리는 다시 만나게 될 거예요. 시은이가 나를 필요로 하는 곳에서 내가 기다리고 있을 겁니다. 다시 만날 때까지 어떤 어려움이 닥쳐와도 절대로 용기를 잃지 말아요. 알겠죠?"

내가 무엇이라 말을 꺼내보기도 전에 시헌은 나에게 손을 흔들더니 언덕을 내려가기 시작했다. 나는 멍하니 그의 뒷모습을 쫓다가 그 집을 바라보고 있다. 그의 말이 사실일까. 정말 저 집에 들어가 보고 싶기는 하지만 그럴 용기가 내게 있을지 모르겠다.

3

날카로운 엄마의 비명에 가까운 고함소리에 온 집안이 떠나갈 듯 요란하다. 나는 엄마의 날카로운 목소리에 익숙할 대로 익숙해져 있음에도 소름이 돋는 기분을 느끼며 잠에서 깨어났다. 가족들이 오후가 되어야 활동을 시작하는 일요일 새벽에 일어난 갑작스런 소란에 집안은 벌집을 쑤셔 놓은 듯 시끄럽다.

"당신은 인간도 아니야! 딸자식은 자식이 아닌가? 이제 하나 밖에 남지 않은 자식인데 어떻게 그렇게 모질게 굴 수가 있냐고! 이 파렴치한 인간아! 네가 사람이냐? 네가 애비야? 어느 하늘에 너 같은 애비가 있다더냐!"

엄마의 목소리는 갈라지고 부서졌다.

"내가 뭘 어쨌다고 이 여편네가 새벽부터 난리야? 내가 그러라고 한

게 아니잖아! 제 멋대로 한 거야. 어떻게 말려볼 수도 없었잖아? 나는 지금 괜찮은 거 같아? 당신이 이러지 않아도 내 속도 속이 아니야. 당신이야 말로 지금까지 뭘 한 거야? 집안에서 뭘 한 거냐고! 당신 설마 시은이가……."

"나를, 나를 어떻게 보고… 당신이 어떻게 나에게 그런… 아이가 듣고 있는데, 당신 지금 제 정신이야?"

엄마는 미친 듯이 소리 질렀다.

"그러니 그만 해! 제발 그만 좀 하라고!"

아버지는 목청껏 소리를 지르며 현관문을 박차고 밖으로 나가버렸다. 나는 넋이 나간 사람처럼 엄마를 바라본다. 무슨 이유이든 내가 싸움의 대상으로 지목된 적은 없었다. 나를 위해 엄마가 목소리를 높인 것을 처음으로 본 것이다. 정말이지 낯선 광경이다.

"너는 어쩌자고 네 멋대로 대학을 포기한 거냐? 도대체 무슨 마음으로 그런 거야? 내가 복창이 터져 말을 못하겠다. 무슨 애가 부모와 상의도 없이……, 겁도 없는 년. 정말 뭘 하자는 것이야? 이제 뭘 할 거야? 뭘 할 거냐고!"

엄마는 나의 팔을 붙잡고 울부짖었다.

"이제 와서…… 정말 우습다, 엄마. 내가 이러길 바랐던 거 아냐? 그런데 이제 와서 왜 그랬냐고? 난 엄마 아빠가 원하는 대로 했을 뿐이야. 그래, 내가 더 엉망이 되어야겠지. 이 정도로 만족이 되겠어? 이제는 더 이상 여기에 살 필요가 없어졌으니 조만간 집을 떠날 생각이었어. 난 이 집이 너무도 지긋지긋하다고. 이 집이 너무도 끔찍해. 나의 존재가, 내 삶이 너무도 비참해. 이 정도로 뭐가 어쨌다는 거야? 대학에 가지 못하는 게 어디 나뿐인가? 앞으로 내가 어떻게 살든 상관하지 마! 지금까지도 그랬지만 관심 있는 척은 할 필요도 없어. 나 때문에 싸울 필요가 없다고."

"이 철없는 것아! 이 망할 것아! 네가 이 엄마의 속을 어찌 다 알겠니? 이 썩은 속을, 이 썩어 문드러진 내 속을 네가 어떻게 알아? 엄마처럼 살지 않겠다고 했지? 그래, 제발 나처럼 살지 마라. 제발 부탁이니 나처럼은 살지 마라. 그러려면 좀 더 악착을 부렸어야지. 그렇게 포기를 해버리다니. 아무리 집안 형편이 어려워도 네 교육은 어떻게든 시켜줄 생각이었는데. 내가 무슨 짓을 해서라도 해주려고 했는데……."

"허울 좋은 계주 노릇에 돈이나 뜯기고, 보험 한다고 빚이나 지고 다니시던 분이 무슨 수로? 궁지에 몰리면 아버지의 실수를 들추어 집안을 쑥대밭으로 만들면서 간신히 모면하기에 바쁜 엄마가? 자신도 제대로 추스르지 못하면서 나를 어떻게 한다고? 책임이라는 것을, 지금까지 책임이라는 것을 제대로 진 적이 있었어? 자식도 자신들의 욕망을 채우려는 수단일 뿐이잖아. 더러운 욕망의 찌꺼기가 나였잖아. 나 때문에 죽지 못해 살았다고? 내가 좋은 핑계거리를 엄마에게 제공해 준 것이겠지. 자식 때문에 참고 살았다고? 죽으려고 했지만 죽을 수가 없었다고? 도망치려 했지만 견디며 살 수밖에 없었다고? 이제 내 대학이 문제인 거야? 내가 언제까지 엄마의 핑계거리 역할을 해줘야 하는 거야? 그리고 언제까지 그럴 수 있다고 믿는 거지? 결국 엄마를 지키려고 자식이라는 방패를 이용하는 걸 모르는 것 같아? 내가 계속 그런 변명거리를 만들어 줄 것이라고 생각한다면 오산이야. 난 자식노릇을 이제는 그만 둘 거니까. 오빠가 살아 있었다면 모르겠네. 세상에 둘도 없는 착한 아들이었다며? 오빠가 내 나이까지 살아 있었다면 나보다 나았을까? 누구라도 엄마 아빠 같은 부모와 살면 제 정신일 수가 없었을 거야. 자신들을 돌아보고 살아! 엄마의 참 모습을 좀 보라고! 자신이 어떤지 알기나 해? 지금까지 생각이라는 것을 해 본 적은 있어? 인간으로서 고민이란 것을 해봤냐고! 누구도 엄마 편인 사람은 없어. 그리고 누구도 엄마가 자신이 하고 싶은 것을 포기해 가며 살아가길 바라는 사람도 없어. 죽고 싶으면 죽어 버리라……."

나는 마지막 말을 하려다 두려운 눈빛으로 엄마를 바라보았다. 내가 한 말이 무서워 입술이 떨렸다. 망연자실한 표정으로 나를 쳐다보는 엄마를 뒤로 하고 내 방으로 돌아와 문을 잠갔다. 나는 힘없이 자리에 털썩 주저앉았다. 엄마에게 대든 것도 하루 이틀이 아니다. 하지만 오늘처럼 지독한 말을 한 적은 없었던 것 같다. 언제나 나는 엄마와 마치 마지막일 것처럼 싸우고 또 싸워온 게 사실이지만, 오늘은 정말 해서는 안 되는 말들을 폭풍처럼 쏟아내고 말았다. 내가 무섭다.

나는 아무것도 먹지 못해서 뒤집힐 것 같이 쓰린 배를 손으로 쓸었다. 부엌으로 가서 먹을 것을 찾아볼까도 생각했지만 엄마와 부딪칠까 두려워 망설여진다. 평소 같으면 아무리 심하게 말다툼을 했을 때라도 밥을 먹으라고 나를 불렀을 엄마가 잠잠하다.

나는 집을 나섰다. 마음이 답답할 때면 정처 없이 거리를 쏘다니곤 했던 평소의 습관처럼 단지 걷기 위해서 나는 어딘가 낯선 곳을 헤맸다. 내가 걸었던 거리의 풍경을 기억하지 못하지만 이 세상의 모든 거리가 내겐 익숙하다. 거리에서 나는 나를 찾기 위해 노력하지만 언제나 내 존재감이 사라진 것 같은 허무에 몸서리치곤 한다.

오늘은 대단히 춥다. 이런 날씨 속에서 마냥 거리를 걷는 것은 무리라는 생각이 들만큼 춥다. 그럼에도 나는 걸음을 멈출 수가 없다. 목적지가 없기에 멈추어야 할 이유도 없다. 이렇게 정신없이 걷다가 내가 서 있는 곳이 어디인지를 둘러보았다. 밤은 제법 깊어 있고, 내 몸의 모든 감각은 꽁꽁 얼어붙었다. 내 눈앞에 그 집이 보인다. 나는 멍하니 서서 그 집을 쳐다보고 서 있다. 언제 여기까지 왔는지 모르겠다. 아무 생각 없이 걷고 있었는데 어느새 난 여기에 와 있다. 난 마법에 홀린 사람처럼 꼼짝할 수가 없다. 그 집에서 흘러나오는 불빛은 이상하리만치 따뜻한 기운이 느껴지는 것 같다. 그 환한 불빛이 겨울의 황량하고 거친 바람을 흡입해 버리는 것 같다. 가로등 불빛이 시리도록 차가워 보이는 것과는 다르다. 아니, 나는 다르다는 느낌을 받고 서 있다. 단지 그렇게 느낄 뿐이지만 나의 얼어붙은 몸에 따뜻한 피가 도는 것처럼 온기가 느껴진다. 시헌의 말처럼 저 집이 나를 기다리고 있는 것만 같다. 가보고 싶다.

나는 그 집을 향해 천천히 발걸음을 옮긴다. 바싹 마른 낙엽이 부스러지는 소리가 들릴 만큼 밤의 정적은 고요하다. 이 정적은 내 마음 깊숙한 곳에 잠들어 있던 원초적인 공포감을 일으키기에 충분할지 모르지만 난 상관하지 않고 그저 마음으로 흘러드는 따스한 온기를 따라 앞으로 계속 걸어갈 뿐이다. 정원의 경계를 나타내는 잔디밭 앞에 잠시 멈추어 섰다. 이 경계선을 넘으면 내가 상상하고 있는 신비로운 세계로 나를 데려다 줄 것 같은 설렘에 심장이 뛴다. 그곳이 어디든 나는 기꺼이 갈 것이다.

커다란 현관문 앞에 서자, 나의 심장이 무섭게 뛰기 시작했다. 장인의 손으로 만들어진 것 같은 신묘한 솜씨의 현관문은 어딘가 내가 알지 못하는 상상의 세계로 데려다 줄 것 같은 범상치 않은 분위기를 풍기고 있는데, 이렇게 매력적이고 신비로운 느낌을 주는 현관문은 처음이다.

나는 빛이 새어나오는 창문을 올려다보았다. 모두 다섯 개의 커다란 창문이 나 있는데, 두 개의 창문만이 환하게 불빛을 밝히고 있고, 다른 하나의 창문은 빛을 내고는 있지만 마치 두꺼운 커튼에 가려진 빛처럼 희미해 보인다. 나머지 두 개의 창에는 불빛이 전혀 없다. 이렇게 큰 저택에 오직 다섯 개의 창문만 있고, 근사한 대리석으로 마감된 외벽의 아름다움과 전혀 조화를 이루지 못하는 들쑥날쑥한 창문의 위치가 무척 괴상하게 보여, 이 저택을 향해 걸어오면서 나의 가슴을 벅차게 만들었던 모든 기대감이 실망감으로 바뀌고 말았다. 이렇게 겁도 없이 남의 집 안마당에 들어 와 있는 나의 선택에 회의감이 들기 시작할 즈음, 나는 다시 현관문으로 시선을 돌렸는데, 바로 저 문이 나에게 말을 걸고 있는 것 같은 야릇한 착각이 드는 것이다. 믿기 어렵지만 바로 저 문이 지금까지 나를 기다리고 있었다고, 어서 들어와 보라고 손짓을 하는 것만 같다.

나는 마법에 걸린 사람처럼 주저하면서도 조심스럽게 현관문 앞에 이르렀다. 그리고 문을 세차게 두드렸다. 이렇게 늦은 시간에 남의 집 현관문을 두드리다니. 이런 용기가 어디서 나온 것인지 모르겠다.

안에서는 응답이 없다. 누군가가 문을 열어 매서운 눈으로 나를 노려보지나 않을까 두려우면서도 계속 현관문을 두드리는데, 여전히 안에서는 응답이 없다. 불빛은 있는데 아무도 없는 것인지, 문을 열고 안으로 들어가 내 마음대로 확인을 해봐도 괜찮을지, 이러저러 복잡한 생각이 마음을 어지럽힌다. 이대로 돌아가면 이곳에 다시 와 볼 용기를 낼 수 없을 것 같고, 무엇보다 지금은 이대로 돌아가고 싶지가 않다.

나는 마음의 결심을 하고 힘껏 문고리를 잡아당겼다. 육중해 보이던 것과는 달리 너무 쉽게 열려서 놀랐다. 더욱 나를 놀라게 한 것은 창문의 불빛만으로도 충분히 밝은 바깥보다 비정상적일 만큼 어두워 보이는 집안이다. 어둠에 익숙해지는데 약간의 시간이 필요할 정도로 실내는 칠흑 같은 어둠에 잠겨 있다.

집안으로 들어서자 이상하리만치 매서운 한기와 습기 때문에 온몸이 움츠러든다. 따스한 온기가 느껴지는 빛을 쫓아 찾아온 집이다. 당연히 이 늦은 밤, 겨울의 숲속보다는 따스할 것이라 믿고 있었다. 하지만 빛조차 보이지 않는 집안은 사람이 살 것이라고 믿기 어려울 만큼 차디차고 공허한 정적에 짓눌려 있다.

"실례합니다. 아무도 안 계세요? 아무도……."

나는 온몸을 한껏 웅크리고 천천히 집안 깊숙이 들어서며 말했다. 나의 말이 메아리가 되어 돌아올 뿐 응답하는 사람은 없다. 나의 커다란 발자국 소리가 집안이 텅 비어있다는 것을 말해 주고 있다. 발에 걸리는 물건조차 없는 것을 보니 집주인이 이사를 오지 않은 게 분명하다. 그렇다면 창문으로 새어나오는 빛의 근원은 어디에 있는 것일까.

"누구 없어요?"

나의 목소리가 떨린다. 그 떨림을 고스란히 담아낸 메아리에 나의 마음이 점점 더 두려움에 짓눌려가고 있다. 여기서 도망쳐야 한다고 생각하면서도 그러고 싶지는 않다. 비굴하다고 나를 비웃을 사람도 없는데 말이다. 나는 두려운 마음을 다잡으며 안쪽으로 더욱 깊숙이 들어가고 있다. 어디에서 멈춰야 하는지, 주위의 풍경이 어떤지 모르고 거리를 걸을 때처럼 그저 무작정 앞으로 걸어가고 있다.

난 드디어 아주 가늘기는 하지만 문틈으로 불빛이 새어나오는 곳까지 왔다. 방문이 틀림없다. 창문의 불빛이 어디에서 시작되었는지를 찾은 것이다. 나는 방문에 두어 번 노크했다. 대답이 없다. 방문에 귀를 바싹 가져다 대보았다. 안에서 소리가 들린다. 나는 화들짝 놀라 도망칠 자세를 취하고는 다시 방문에 귀를 가져다 대본다. 다시 소리가 들린다. 무슨 소리인지는 모르겠다. 텔레비전의 소리인지, 사람의 말소리인지 분명하지는 않지만 누군가 안에 있는 게 분명하다. 들키기 전에 어서 빨리 이곳을 떠나는 게 좋을 것 같다. 불법으로 남의 집에 들어 왔으니 잡히면 경찰에 넘겨질지도 모른다. 바람직한 선택은 내가 집으로 올라가는 언덕 위에 있는 것이다. 그런데 난 방문 앞을 떠나지 못하겠다. 기껏 용기를 내어 여기까지 왔는데 아무런 수확도 없이 돌아간다는 것이 섭섭해서는 아니다. 나를 사로잡고 있는 이 강렬한 호기심이 이대로 포기하고 달아나기를 허락하지 않는 것이다.

나는 몇 번 더 노크를 해본 후에 대범하게 방문을 열었다.

4

흙 담 뒤에서 한 소녀가 울고 있는 모습이 보인다. 소녀는 열 살 정도로 밖에 보이지 않는 어린 아이인데도 불구하고 한이 깊이 서린 것처럼 흐느낀다. 이놈의 지지배가 어디로 간 거야? 이리 당장 나오지 못해! 내 손에 잡히면 다리몽댕이를 분질러 놓을 거야. 내가 그냥 두나 봐라. 어디로 숨었냐? 이리 나와! 내 복장이 터져 버릴 지경이야. 어서 못 나와! 빨간 립스틱을 칠한 입술이 천박한 인상을 주는 중년여자는 빗자루를 휘두르며 미친 듯이 소리를 질러댄다. 소녀는 손으로 입을 틀어막는다. 울음소리 때문에 들킬까 두려워하는 것 같다. 그러면서도 설움이 복받치는지 힘겹게 어깨를 들썩인다. 중년여자는 찾기를 포기하고 치마를 탁탁 털며 부엌으로 들어갔다. 부엌에서 자욱한 연기가 흘러나오고 있다. 중년여자는 반쯤 열린 부엌문으로 얼굴을 내밀고 그래, 어디 쫄쫄이 굶어봐라! 밥을 얻어

먹을 생각은 하지 않는 게 좋을 거야. 천하의 쓸모없는 년! 내가 무슨 복으로 저런 것을 맡아 키워야 한단 말인가. 내 이 집을 당장에 나가고 말지. 잘난 사내라고 홀딱 넘어가 여기까지 온 내가 미친년이다. 어디 사내가 세상에 너 뿐인가? 남자들이 줄을 서서 내 손을 한 번만이라도 잡아보려고 안달을 했는데. 내 팔자야! 이 더럽고 한심한 내 팔자야! 라고 빨간 립스틱의 중년여자는 허공에다 악을 쓰며 소리를 질러댄다. 소녀는 여전히 손으로 자신의 입을 틀어막고 힘없이 주저앉아 있다. 눈물은 말라 버렸지만 서러움에 지친 마음은 쉽사리 누그러지지 않는 모양이다. 해가 기울어 가고 있지만 소녀는 움직이려 하지 않는다. 밤이 슬그머니 다가와 세상의 온갖 형체를 삼켜버릴 때까지도 소녀는 같은 자리에서 움직이지 않는다. 초가을의 쌀쌀한 기운이 소녀를 떨게 만든다. 온몸을 고치처럼 돌돌 말아 추위를 막아보려 해도 역부족인 듯싶다. 그럼에도 소녀는 집안으로 들어갈 엄두를 내지 못한 채 떨고만 있다. 너 여기에서 왜 이러고 있는 거냐? 걸걸한 목소리의 풍채가 좋아 보이는 남자는 신식 양복을 갖춰 입었고, 한 손에는 지팡이를 들고 있다. 추운데 여기서 왜 떨고 있냐고? 어서 집안으로 들어가! 하나 뿐인 딸자식이 얼어 죽었다는 말을 듣게 할 참이냐? 어서 안 일어나고 뭐해? 들어가! 풍채가 좋아 보이는 남자는 소녀의 팔을 잡아 일으키며 화가 난 목소리로 말했다. 그럼에도 소녀는 머뭇거린다. 풍채 좋은 남자의 손에 붙잡혀 가면서도 도살장에 끌려가는 짐승처럼 주저한다. 하지만 결국 소녀는 남자의 힘을 감당하지 못하고 대문 안으로 들어섰다. 방의 불은 이미 꺼져 있고, 기둥 옆, 문설주에 달린 전등이 싸늘한 빛을 내고 있을 뿐이다. 풍채 좋은 남자는 아내를 부른다. 몇 번을 불렀음에도 방에서는 응답이 없다. 너는 네 방에 들어 가서 잠이나 자거

라. 어서 들어 가. 풍채 좋은 남자의 목소리는 아까와는 달리 측은한 연민의 정이 담겨 있다. 소녀가 방안으로 들어가는 모습을 지켜 본 남자는 거칠게 안방 문을 열고 안으로 들어갔다. 곧 얇은 창호지의 방문은 방안의 백열등 불빛으로 두 사람의 그림자를 비춰준다. 풍채 좋은 남자의 멱살을 잡고 악을 쓰는 빨간 립스틱의 중년여자와 헛기침을 해대며 소리치는 풍채 좋은 남자의 살기 어린 목소리가 담장을 넘어 정적에 쌓인 이웃집으로 퍼져 나간다. 여기저기에서 개들이 짖어댄다. 소녀는 방안 구석에 쪼그리고 앉아 옆방에서 들려오는 소리를 듣지 않으려 귀를 틀어막고 있다. 소녀의 눈물로 씻겨 진 두 볼 위로 또다시 뜨거운 눈물이 흘러내린다. 그렇게 그날 밤의 어둠은 울다가 지쳐 잠든 소녀의 가냘픈 어깨를 감싸 안았다.

갑자기 장면이 바뀌었다.

소녀는 풍채 좋은 남자의 손에 이끌려 혹독한 눈보라가 내리치는 좁은 시골 길을 힘겹게 걸어가고 있다. 손과 얼굴은 벌겋게 얼어 있고, 옆구리가 찢어진 고무신을 신은 발은 감각이 없어 보인다. 소녀의 목과 머리에 꽁꽁 동여 맨 목도리에는 하얀 얼음 조각이 덜거덕 거린다. 걷는 것인지 끌려가는 것인지 분간할 수가 없는 처량한 모습이다. 눈보라는 유령의 휘파람 소리처럼 음산하고도 무섭게 휘몰아친다. 저들이 걷는 길은 끝이 보이지 않는다. 가도 가도 얼어붙은 논과 밭이 끝없이 펼쳐져 있을 뿐, 인적도 마을도 보이지 않는다. 마치 영원히 그 길 위에서 벗어날 것처럼 보이지 않는다. 그렇게 오랜 시간을 걸어 눈보라가 지나간 자리마다 드러나는 푸른색의 양철 지붕이 모습을 드러내자 소녀의 눈빛에는 안도와 피로감이 서린다. 따뜻한 방안으로 들어 선 소녀는 후들거리는 다리를 주체하지 못하고 주저앉았다. 꽁꽁 언 두 손을 부비면서도 처음으로 미소를 짓는다. 소녀의 엄마인 듯 보이는 여자와 소녀의 아버지인 풍채 좋은 남자는 방구석에서 작은 목소리로 이야기를 주고받는다. 소녀의 엄마는 심각한 표정으로 이야기를 나누며 소녀를 여러 번 돌아본다. 그러니까 이제 와서 저 아이를 내게 떠넘긴다는 거예요? 왜, 그 싸구려 여자가 더는 당신의 씨를 키워줄 수 없다고 하던가요? 참, 기가 막히네. 그래, 재산은 다 어떤 년들에게 퍼다 부어주고 거지꼴이 되어 이제야 집에 들어온다고? 참 뻔뻔스런 위인이네. 이제는 받아주는 여자가 더는 없는 모양이지? 아직도 허우대는 멀쩡한데 어째서 여자들이 다 도망간 것인가? 소녀의 엄마의 목소리가 점차 커지고 있다. 그러나 그녀의 목소리에는 분노보다는 비굴한 만족감이 담겨 있다.

다시 장면이 바뀌었다.

소녀의 모습에는 어느덧 처녀티가 난다. 신체의 성장은 열다섯 정도로밖에는 보이지 않지만 얼굴빛은 조금 더 나이가 들어 보인다. 게다가 비정상적으로 보일 만큼 말랐다. 소녀의 눈빛에는 생기가 없다. 그럼에도 소녀는 예쁘다. 그녀가 대단한 미인이 될 거라는 것을 누구도 의심치 않을 것이다. 소녀가 소녀의 엄마와 함께 살기 시작하면서 볼 살이 오르기 시작했다. 촉촉한 아침 이슬을 머금은 나팔꽃처럼 소녀의 모습도 점차 생기를 되찾아 가고 있다. 소녀는 무엇이라도 먹는다. 나중을 기약할 수 없기라도 한 것처럼 먹을 수 있을 때는 배가 터질 지경으로 먹어댄다. 소녀는 들짐승처럼 산과 들을 헤집고 다니며 야생딸기와 오디를 따 먹고, 포도가 막 익기 시작하는 계절에는 이웃 마을에 있는 포도밭에 들 고양이처럼 몰래 숨어 들어가 서리를 하다 사람들의 시선을 피하려고 깊은 숲속으로 숨어들기도 한다. 가을무가 한창 달달할 때에는 무를 뽑아 통째로 뜯어 먹고, 겨울에는 김장독에서 살얼음이 맺힌 동치미를 가져다가 먹는 것을 좋아한다. 소녀는 언제나 배가 고픈 것 같다. 아무리 먹어도 성에 차지 않는 사람 같다. 소녀의 엄마는 소녀의 행동에 항상 화가 나 있다. 다른 무엇보다 소녀의 식탐에 대해 잔소리를 한다. 소녀의 엄마는 늘 남편을 위해 맛좋은 음식을 장만해 놓고 밤이 늦도록 남편을 기다리지만, 남편은 집에 머무는 날보다 바깥에서 떠도는 날이 많다.

마치 영화의 필름이 빠르게 돌아가듯이 그 많은 세월이 순식간에 지나가고 있다. 내 눈이 핑핑 돌 지경이다.

소녀는 학교에 다닌다. 공부에는 그다지 흥미가 없는 것 같지만 몇 리가 되는 시골길을 따라 더운 날에도 추운 날에도 조금도 개의치 않고 학교에 다닌다. 등록금이 밀려 담임선생의 독촉에 시달려도 학교를 빼먹는 날은 없다. 소녀가 그토록 열심히 학교에 다니는 것은 집을 벗어날 수 있는 가장 합법적인 방법이 그것 밖에는 없기 때문인 것 같다. 집에 있을 때면 소녀의 엄마는 소녀를 하녀 부리듯 한다. 여자가 공부를 해서 뭣에 쓰려고 그렇게 열심히 학교에 다니는 거냐? 여자 팔자는 뒤웅박 팔자인 거야. 어떤 남자를 만나느냐에 팔자가 바뀌는 거다 이 말이다. 나를 봐라. 천하의 몹쓸 네 애비를 만나 이때까지 이 모양 아니냐. 일본 유학까지 갖다 오고, 집안에 가산이 넉넉하다고 네 할아버지가 어렵게 성사시킨 결혼이었지만, 난 이날 이때까지 마음 편하게 살아 본 적이 없어. 네가 태어나고 얼마 되지 않아 네 아버지는 싸구려 여자들에게 미쳐 재산을 다 거덜냈지 않니? 네가 불화를 몰고 온 원인이었어. 네가 이 모든 불행의 씨앗이었던 거야. 집안의 액운을 네가 다 가져온 거다. 남편 복이 없는 년은 자식 복도 없다고 하더니, 딱 그 짝인 거라고. 지지리 복도 없는 내 팔자야. 이런 더러운 팔자가 또 있을까. 소녀의 엄마는 방바닥을 치며 하소연을 늘어놓곤 한다. 소녀의 교육을 위해 내놓을 돈은 없다고 하면서도 남편의 강압에 못 이겨 소녀를 학교에 보내고 있던 엄마다. 그녀는 자신의 불행이 딸 때문이라고 확신하고 있는 것 같다. 그리고 자신의 확신을 소녀가 잊지 않기를 바라고 있는 것이다. 자신의 처지가 처량하다고 느낄 때마다 소녀에게 분풀이를 하는 것이 그녀의 유일한 탈출구이고, 자신의 말 한마디에 소녀가 받을 마음의 상처 따위에는 조금의 관심도 없어 보인다.

새엄마와 살 때의 소녀는 늘 배가 고픈 것 같았다. 새엄마는 소녀에게 성장에 필요한 만큼의 음식을 주지 않았다. 배가 고픈 소녀가 부엌에서 도둑고양이처럼 음식을 훔쳐 먹을 때마다 소녀는 새엄마에게 매질을 당했다. 소녀의 아버지는 그러한 사실을 알지 못했다. 소녀의 친엄마에게 온 이후로 소녀는 배를 곯지는 않는다. 하지만 소녀의 마음은 여전히 굶주려 있는 것 같다. 소녀는 말이 없는 편이고, 자신을 둘러싸고 있는 세상에 냉담해 보인다. 자신을 지키는 방법이 누구에게도 마음을 열어 보이지 않는 것이라고 소녀는 굳게 믿고 있는 듯하지만, 오직 한 사람, 그녀의 마음을 열게 만든 한 소년이 소녀의 곁을 지키고 있다. 마을에서 가장 부유한 집안의 둘째 아들인 소년은 타고난 쾌활함에 명민하면서도 진솔한 성격으로 소녀를 웃게 만드는 유일한 친구다. 소녀를 만나러 올 때마다 소년은 부자들이나 맛볼 수 있는 온갖 진귀한 음식을 가지고 와 소녀가 맛있게 먹는 모습을 행복하게 바라보곤 한다. 남편이 있지만 과부와 다를 게 없는 소녀의 엄마는 마을 사람들의 냉대를 받고, 아무런 잘못도 없는 소녀까지도 따돌림의 대상이 된 마을에서 소년은 언제나 소녀를 감싸주는 유일한 사람이다.

많은 세월이 지나갔고, 소녀는 고등학교에 입학을 한다. 기적과 같은 일이다. 소녀가 살고 있는 마을은 제법 규모가 큰 마을임에도 고등학교가 없다. 소녀는 마을에서 먼 소도시의 고등학교로 진학을 하게 되었고, 덕분에 소녀의 엄마는 마을에 남아 있던 얼마간의 땅과 집을 처분하고 소도시로 이사를 할 명분을 얻었다. 소녀는 학업을 계속할 수 있다는 기대감에 더하여 소년이 서울에 있는 명문 고등학교로 가야하기에 어쩔 수 없는 이별을 받아들이기로 한다. 내가 너를 만나러 갈 거야. 나를 기다려 줄 거지? 소년의 말에 소녀는 얼굴을 발그레 붉히며 수줍게 고개를 끄덕인다. 두 사람이 각자의 인생을 위해 정진하고 노력하는 동안에 세월은 빠르게 지나간다.

소녀가 소년을 다시 만난 때는 고등학교를 졸업하고 동사무소에서 일을 시작한 그해 여름이다. 그즈음에 소녀의 아버지가 병들어 집으로 돌아왔고, 찻집을 운영하던 소녀의 엄마는 그런 남편이라도 받아들이기는 한다. 어머니가 나 시집을 보내면서 한 말이 뭔 줄 알아요? 시집을 가면 시집에 뼈를 묻으라고. 그 집 귀신이 되라고. 시집가는 딸에게 마지막으로 하신 말씀이 그거였어. 당신도 첩에 빠져 조강지처라고 인정조차 않던 아버지를 평생 원망하며 사셨으면서도 말이야. 당신은 사내여서 참 좋기도 하겠소. 여자로 태어난 이 년의 팔자가 더러운 거지 누굴 원망하겠냐고. 소녀의 엄마는 한탄을 하면서도 자신에게 돌아와 준 남편을 반겼고, 소녀도 몇 년 만에 대학생이 되어 자신을 찾아 온 소년을 반긴다. 어른이 되어 만난 두 사람의 마음은 장밋빛 희망으로 벅차오른다. 소년은 부잣집 아이들에게 과외를 하며 여름방학 내내 소녀의 곁에 머물고, 소녀에게 더 이상의 행복은 없어 보인다. 그 어느 때보다 그녀는 아름답게 빛나고 있다. 그런 소녀를 바라보는 한 남자가 있다. 동사무소에서 함께 일하는 동료인 남자는 소녀의 환심을 사기 위해 온갖 노력을 다한다. 하지만 소녀에게 남자의 정성은 부담스럽기만 하고, 소년을 만나는 소녀를 숨어서 지켜보던 남자의 눈빛은 참을 수 없는 질투심에 이글거린다.

난 이렇게 행복해 보이기만 한 소녀를 본 적이 없다. 소녀의 삶을 지켜보는 것이 결코 마음 편한 일은 아니었다. 마치 거울 속에 있는 또 다른 나를 보는 것처럼 가슴이 미어지도록 슬프고, 송곳으로 심장을 찌르는 것처럼 아프기만 하다. 하지만 지금의 나는 소녀의 행복을 지켜보면서 기쁘기도 하고, 질투심에 소녀의 뒤를 밟는 남자 때문에 불안하기도 하다. 나는 지금 소녀의 바로 옆에 서서 그녀를 보고, 그녀와 걷고, 그녀의 숨소리를 들으며, 마치 내가 소녀가 된 것 같은 기분을 느끼고 있다.

소녀는 평소와 달리 회식 자리에서 술을 많이 마시고 있다. 소년이 졸업을 앞둔 이 마지막 방학에 소녀에게 오지 못한 이유 때문으로, 소년의 부모가 소년에게 고향으로 내려 올 것을 강력하게 요구한 것은, 소년의 부모가 오래 전에 사돈을 맺기로 약속한 집안과의 혼사를 밀어 붙일 생각인 것을 소녀가 알고 있기 때문이다. 소년은 부모의 뜻을 진정시키고 소녀와의 결혼 허락을 구할 목적으로 고향 집으로 갔지만, 소녀의 답답한 마음은 달랠 길이 없어 보인다. 소녀는 여기저기에서 따라주는 술을 다 받아 마신다. 늦은 밤, 동료들이 모두 집으로 돌아가고, 동료인 남자는 소녀를 집까지 바래다 줄 사람으로 남는다. 소녀는 취할 대로 취해 아무것도 분간을 못하고, 남자는 소녀를 여인숙으로 데려간다.

소녀는 의사의 말에 경악하는 표정으로 앉아 있다. 의사는 뱃속에 아이가 건강하다고 말했다. 소녀는 거리 위에 서 있다. 거리는 오가는 사람들로 북적이지만 소녀는 그 무엇도 인식할 수 없는 사람처럼 멍하니 거리 위에 서 있다. 소녀는 하늘을 올려다본다. 그리고 이제야 그녀의 눈에서 눈물이 흐른다. 소녀는 자신의 배를 움켜쥐고 자리에 주저앉아 울고 있다. 이건 아니야. 이건 아니야. 이런 법은 없어. 이러면 안 되는 거야. 나에게 이러면 안 되는 거야. 운명아, 너는 나에게 이러면 안 돼! 제발 이러지 마. 나에게 이러지 마. 나는 아니야. 이건 아니야. 소녀는 울부짖는다. 거리의 행인들이 소녀를 의아한 눈으로 바라보지만, 소녀는 사람들을 의식하지 못한다.

소년은 소녀의 통보에 놀라 말을 잇지 못하고 서 있다. 부모님은 내가 설득할 거야. 나를 믿으라고 했잖아. 왜 이러니? 너까지 이러면 난 어쩌라고. 힘든 거 알아. 하지만 내가 반드시 부모님을 설득할 거야. 우리는 함께

할 수 있어. 만일 부모님이 끝까지 반대한다고 해도 난 너와 결혼할 거야. 결국 부모님도 어쩌지 못하실 거라고. 우리가 잘하면 돼. 그러면 모든 게 잘 될 거야. 나를 믿고 조금만 기다려줘. 이제 졸업이잖아. 너를 사랑해. 우린 헤어질 수 없어. 소년은 애절하게 말했다. 소녀의 얼굴은 지나치게 상기되어 있다. 눈물을 참느라 애처로운 노력을 하고 있는 것이다. 이제 그만 해. 난 다른 남자와 곧 결혼할 거야. 내 뜻대로 살아지지 않는 것이 인생이라는 것을 어릴 때부터 알았어. 내 인생은 이 한계를 도저히 벗어날 수 없다는 것을 알고 있었다고. 내 운명은 내 편인 적이 없었어. 지금까지 그랬던 것처럼 앞으로도 그럴 거야. 난 이 모양으로 밖에는 살 수가 없는가 봐. 이렇게 사는 게 싫다면 죽어야지. 죽고 싶은데, 정말 죽어버리고 싶은데 마음대로 죽어버릴 수 없는 이유가 생겨 버렸어. 하늘은 나를 괴롭히고 싶은 거야. 그렇게 결정이 되었다면 괴로워해야지. 나를 이렇게 만들고 싶어 한 하늘의 뜻을 따라야지. 내가 당신을 놓지 못한 것은 내 욕심 때문이었어. 이 버림받은 인생에 무슨 행운이 있을 거라고 기대를 품고 내려놓지 못했을까. 난 왜 그리도 희망을 갖고 싶어 했을까. 단 한 번도 내 편인 적이 없었던 희망을 붙잡고 살 수밖에 없었던 것일까. 이유가 뭐겠어? 아무리 품지 않으려고 해도 내 마음은 희망을 갈구하고 있었던 거야. 마치 공기를 느끼지 않지만 공기를 들이마시며 생명을 이어가듯이 희망을 인식하지 못하면서도 희망에 기대어 어제를 살아 냈고, 오늘을 살고, 내일을 바라보았던 것이지. 어김없이 실망감만 남은 가슴을 부여잡고 울어도 눈물이 그치면 또다시 희망을 품어내는 것이 나였어. 아니, 울고 있는 동안에도 난 희망을 품고 있었던 거야. 희망이 없었다면 울 필요조차 없었을지 모르지. 나를 포기하고 버려. 그게 당신에게 좋은 길이야. 나 같은 여자와 얽히면 당신의 미래도 엉망이 되고 말거야. 내가 아는 것은, 내가 믿는 것은 나 없이 살아야 당신도 잘 될 거라는 거야. 다시는 나를 찾지 말아줘. 다시 나를 찾아와도 이 자리에 난 없을 거니까. 영영 가버릴 거니까. 당신이 없는 길로 가다가 막다른 길을 만나면 그때는 정말로 이 지긋지긋한 삶을 끝내버리고 말 거니까. 그게 정해진 내 운명이겠지. 소녀는 말끝을 흐린 채 멍하니 허공을 응시한다. 소년이 무슨 말을 해도 소녀는 더 이상 아무 말도 듣고 있지 않는 것 같다. 마음으로 닫아 버린 귀에 빗장이 단단하게 잠겨버린 것 같다. 소년은 나중에 다시 이야기하자는 말을 남기고 소녀를 두고 떠났다.

세월은 쏜살같이 달려 소녀의 삶은 어머니로서의 의무와 수많은 일거리로 나날이 분주하다. 엄마가 되어 진정한 여인이 된 소녀에게 더 이상 과거의 흔적은, 과거의 사랑은 남아 있지 않은 것 같아 보인다. 하지만 여인이 된 소녀는 자신의 사랑을 잊은 적이 없다. 아니, 소녀는 과거의 사랑을 잊지 않기 위해 노력하는 것 같다. 마치 그것을 잊으면 자신의 본질이라도 잃어버릴 듯이 두려워한다. 여인이 된 소녀의 마음을 채워주는 것은 추억으로 남겨진 사랑의 기억뿐이다. 그럼에도 남편에게 아내 노릇을 하고, 자식에겐 엄마 노릇을 충실히 잘 해내고 있다. 남편이 된 남자 동료는 첫 아들을 얻고는 뛸 듯이 좋아한다. 그에게 더 이상의 행복은 없는 것 같다. 비겁하게라도 자신이 사랑하는 여자를 얻고, 자신의 분신인 아이를 얻었기 때문이다. 남자는 성실하게 직장 생활을 하며 가정에 최선을 다하는 충실한 남편이고 아버지가 된다.

아들이 태어나고 몇 년이 지나지 않아 남편은 이웃집 단칸방에 살고 있는 여자와 마주친다. 여자는 짙은 화장에 매혹적인 향수 냄새를 풍기면서 남편의 옆을 지나간다. 그녀의 살짝 흘긴 눈빛에는 찐득한 욕망이 담겨 있다. 그 피할 수 없는 유혹의 눈빛에 남편은 이성을 잃어버리고, 들끓는 욕망에 잠을 이루지 못한다. 남편은 이웃집 여자와 마주치기 위해 노력하고, 처음에는 눈인사로, 몇 마디의 안부인사로, 그리고 사람들을 피해 둘만의 대화 장소로 옮겨간다. 그렇게 남편은 아내를 속이고 이웃집 여자를 만나기 위해 온갖 거짓말을 하지만, 소녀는 남편을 믿고 있다. 소녀는 남편이 충실한 가장 노릇을 해주는 것에 위안을 받으며 현실을 사랑하려고 노력한다. 이제 소녀에게 소년에 대한 그리움은 마음의 더 깊숙한 곳으로 숨겨진 것 같아 보인다. 여인이 된 소녀의 얼굴에 진정한 웃음이 어린다. 어린 아들의 해맑은 웃음소리에 행복한 그녀의 웃음소리가 더해진다.

강보에 쌓인 어린 아기를 안고 온 이웃집 여자가 여인이 된 소녀를 찾아왔다. 난 이 아이를 키울 수가 없네요. 내가 딸을 낳자, 이별을 통보하고 댁의 남편이 나를 버렸어요. 내 손에 돈 몇 푼 안겨주고는 자신의 책임을 다한 것처럼 구네요. 아이의 양육비를 대겠다고 하지만 믿을 수가 있나요? 난 남자들을 믿지 않아요. 남자들의 약속이란 언제나 그럴듯하죠. 속을 내어주는 것처럼 온갖 사탕발림을 하지만 결국 욕망을 채우고 나면 차갑게 굳어버리는 심장을 가진 족속들이니까요. 말랑한 입술에 담는 남자들의 진심이란 것이 아침이슬이 말라버리는 것만큼이나 짧은 순간이라는 것을 모를 만큼 순진한 여자도 아니고요. 죽이든 살리든 당신 남편의 씨니까 알아서 하시죠. 난 내 갈 길을 홀로 걷는 것조차 힘겨운 사람이에요.

이런 핏덩이를 지고 갈 수 없어요. 내 인생을 희생하여 아이를 키워낸다고 내게 고마워하지도 않을 걸요? 원망이나 하겠지요. 이 아이 아버지가 그 원망을 다 들으라 하세요. 이웃집 여자는 여인이 된 소녀의 망연자실한 표정을 바라보며 비굴한 웃음을 흘린다. 그리고 아이를 내팽개치듯 현관문 앞에 내려놓고는 유유히 사라져 버렸다. 여인이 된 소녀는 아이를 바라본다. 그리고 죽음을 생각하는 것 같다. 자신의 삶을 더는 지고 갈 자신이 없어져 버린 사람처럼 그녀의 눈빛에는 생명의 빛이 보이지 않는다. 피로감에 지친 여인이 된 소녀는 손바닥에 가득 쥐고 있던 과량의 수면제를 모두 삼켜 버린다. 잠든 아들 곁에서 여인은 깊은 잠에 빠져 든다.

잠이 든 여인이 된 소녀를 보고 있는데 갑자기 장면이 완전히 바뀌었다.

황량한 벌판이 끝도 없이 펼쳐진 길 위에 여인이 된 소녀가 서 있다. 스산하고 메마른 바람이 불어와 여인의 머리카락을 흩어놓는다. 여인은 어디로 가야 할지 몰라 망설이고 주저하며 주위를 두리번거린다. 어디에도 생명이 느껴지지 않는 풍경이다. 여인은 두려움과 외로움으로 온몸을 부르르 떤다. 그리고 방향도 없는 길을 걷기 시작한다. 그렇게 한참을 걷고 있을 때, 멀지 않은 곳에서 작고 초라한 집을 한 채 발견한다. 여인은 놀라고도 반가워하며 집을 향해 달음질쳤다.

들판으로 거세게 불어대는 바람이라도 피할 마음으로 집 주위를 살핀다. 그러나 아무도 살지 않는지 인기척이 없다. 안에 누구 없어요? 여인이 몇 번을 큰 소리로 물었지만, 안에서는 응답이 없다. 여인은 필시 버려진 집일 거라고 생각했는지 용기를 내어 곧 떨어져 나갈 것 같은 초라한 현관문을 열고 안으로 들어갔다.

집안은 어둡고 축축하다. 기분 나쁜 습기에 불안감이 밀려드는지 여인은 양팔을 두 손으로 부여잡고 온몸을 최대한 웅크린다. 그녀는 조금씩 어둠이 익숙해지자 집안 구석구석을 살펴보기 시작한다. 여인은 천천히 조심스럽게 발을 내디디며 한걸음씩 앞으로 나아간다. 그러다 뭔가 딱딱한 물체에 발이 걸려 앞으로 넘어지려는 순간, 누군가의 손이 여인의 옷자락을 잡았다.

여인이 겁에 질린 눈빛으로 뒤를 돌아보자, 어린 소녀의 형체가 어둠에 싸여 있다. 소녀의 모습은 간신히 알아볼 수 있을 정도로 흐릿하지만, 눈빛만큼은 날카롭게 빛나고 있다. 숨어서 먹잇감을 노리는 짐승처럼 예리하고도 위험한 눈빛에 여인은 경직되고 말았다. 너는? 너는 누구지, 아가야? 이 집에 너 혼자 뿐이니? 어른은 안 계시고? 여인의 목소리는 가늘게 떨렸다. 미안하다. 아무리 불러도 인기척이 없어서 말이지. 밖은 춥고 난 너무 지쳐서 말이야. 주인의 허락도 없이 이렇게 들어왔단다. 부모님은 외출하셨니? 여인이 물었다. 부모가 뭐예요? 그런 거 난 몰라요. 난 여기서 혼자 살아요. 언제나 혼자였어요. 집 밖으로 나가 본 적도 없어요. 이 집에는 찾아오는 사람도 없었어요. 당신이 처음인 걸요. 당신처럼 큰 사람도 있군요. 소녀는 여전히 그 속을 알 수 없는 눈빛으로 여인을 바라보며 말했다. 어떻게 너처럼 작은 아이가 혼자서 살 수 있지? 음식은? 누가 널 돌보지 않는다면 무엇을 먹고 지내는 거니? 여인은 연민이 담긴 목소리로 부드럽게 물었다. 내겐 음식 따위는 필요하지 않아요. 내가 잡아주지 않았다면 당신은 우물에 빠졌을 거예요. 거기에 빠지면 나올 수가 없죠. 들어

갈 수는 있어도 나올 수는 없어요. 소녀가 싸늘하게 말했다. 여인이 우물을 들여다본다. 집안에 우물이 있는 것이 이상하군. 이렇게 어두워서 뭐가 보여야지. 여인은 두려운 마음에 뒷걸음질 치며 중얼거렸다.

나의 친구 때문에 놀라는군요. 세상에서 가장 친절한 내 친구를 보고 그렇게 겁을 먹다니. 소녀는 깔깔거리며 웃었다. 어린 소녀의 웃음소리라고 생각하기에는 지나치게 교활한, 소름이 끼치도록 잔인한 웃음소리다. 당신은 내 친구가 되어 영원히 여기에서 살게 될 거예요. 나와 함께 영원히 살게 될 거예요. 나를 위해 모든 것을 하게 될 거예요. 매일 나를 안아줘요. 그리고 나를 위해 자장가를 불러줘요. 난 잠을 자지 않지만 그래도 자장가를 불러줘요. 그렇게 당신은 오직 나를 위해서 사는 거예요. 그 누구도 내게서 당신을 빼앗아 가지 못할 거예요. 당신은 이제부터 내 것이니까. 알겠어요? 소녀가 의미심장한 목소리로 말했다. 여인은 소녀를 측은한 눈빛으로 바라본다. 그래, 여기에 머물러도 된다면 잠시 신세를 지마. 그리고 너를 돌봐주고 싶어. 이렇게 어린 아이가 혼자서 살아왔다니 놀라울 뿐이구나. 네가 좋다면 나를 엄마라고 생각하렴. 여인이 아이를 안는다.

여인은 매일 아이를 안아주고, 잠들지 않는 아이에게 자장가를 불러준다. 그러다 지쳐 잠이 들곤 한다. 집안은 넓어서 매일 새로운 장소를 발견하게 된 여인은 미로처럼 복잡하게 얽혀 있는 집안을 살피고, 아이를 돌보면서 하루하루를 보낸다.

밖으로 나가는 문은 오직 처음에 들어왔던 현관문뿐이고, 창문은 어디에도 없다. 밤이고 낮이고 촛불을 밝혀 두기는 하지만 집안은 늘 지나치게 어둡고 축축하다. 어두운 것은 어느 정도 익숙해지는 것 같지만, 결코 사라지지 않는 축축한 습기에 여인은 몹시 불편해 보인다.

그렇게 많은 세월이 지나갔다. 여인은 조금씩 뭔가를 기억해내기 시작하는 것 같고, 그것은 여인의 마음에 강한 그리움을 불러일으키는 것이 분명하다. 처음에 그것은 아주 막연한 느낌으로, 형체도 모양도 없는 막연한 동경과 그리움이었던 것 같다. 하지만 점차 여인의 마음에서 희미했던 형체가 모습을 드러내기 시작했는지 여인은 떠나야 한다는 결심을 하게 된다. 아가야, 나는 여기를 떠날 때가 된 것 같구나. 너를 혼자 두고 가는 것이 편치가 않아. 넌 여전히 어리고 나의 손길을 필요로 하니 말이다. 넌 이 집을 떠나고 싶지 않을지도 모르지만, 나와 함께 가는 게 어떻겠니? 난 기억을 찾았단다. 내가 서 있는 곳이 어디인지 몰랐어. 어디로 가려고 했는지도 몰랐지. 그때에 너를 만났단다. 너와 함께 했던 시간을 후회하지 않아. 이 집에 정이 들지는 않았지만, 너를 돌본 시간들은 정말 좋았어. 하지만 내겐 해야 할 다른 일이 남아 있다는 것을 알게 되었단다. 내가 돌봐야 할 아이가 있다는 것을 알았어. 난 그 아이가 자라 청년이 되고, 결혼하여 행복하게 사는 모습을 지켜보고 싶단다. 엄마로서 끝내지 못한 일을 마무리할 수 있기를 진심으로 바라게 되었지. 난 돌아가야겠다. 나를 기다리는 아이 곁으로 돌아가야겠어. 이제 결심을 해다오. 네가 원한다면 넌 내 딸이 될 거야. 난 너를 사랑해 줄 거야. 나를 믿으렴. 여인은 소녀의 손을 잡고 간절히 말했다. 당신을 믿으라고? 어림도 없는 소리예요. 한 번 버림받았는데 또 버림을 받으라고? 웃기는 소리네요. 당신은 여길 떠날 수 없어! 내가 보내주지 않을 거니까. 내가 처음에 말하지 않았던가요? 당신이 여기에 들어 올 수는 있었어도 나갈 수는 없다고 했을 텐데요. 그러니 아예 꿈도 꾸지 않는 게 좋을 거예요. 소녀의 목소리는 차갑고 냉정하다. 여기에서 널 데려가겠다고 하지 않니? 널 절대 버리지 않을 거야. 그런 일은 없어. 약속하마. 넌 내 딸이 될 거야. 그러니 나를 믿고 함께 떠나자. 여인은 인내심을 가지고 말했다. 당신은 나를 버렸어. 한 번으로도 부족해서 또 다시 나를 버리려하고 있어. 내가 모든 미련을 끊게 해주지. 저기로 들어 가! 날카롭게 소리를 지르며 소녀는 갑자기 여인을 우물로 밀쳤다.

여인은 우물로 떨어지기 전에 입구의 모서리를 간신히 붙잡았다. 거기로 들어가라고. 거기에 내가 있을 거야. 나의 곁에 영원히 있게 될 거야. 그러니 어서 들어가란 말이야! 소녀는 소리를 지르며 여인의 손가락을 돌멩이로부터 떼어내려고 안간힘을 쏟는다. 아들아, 나의 아들아. 엄마를 도와 줘! 내 아들아! 여인은 있는 힘을 다해 소리를 지른다. 곧이어 현관문을 두드리는 요란한 소리가 들리면서 문이 부서졌고, 늠름한 청년이 집안으로 들어왔다. 소녀의 비명소리와 청년과 말다툼을 하는 소리에 집안은 떠나갈 듯이 요란하다. 손바닥에서 나는 땀 때문에 간신히 붙잡고 있던 돌멩이를 놓친 여인의 두 손이 허공을 가르며 끝이 없는 나락으로 떨어지려는 찰라, 청년의 손이 여인의 팔을 붙잡는다. 너였구나! 내 아들. 내 사랑하는 아들아! 우물 밖으로 나온 여인은 청년을 끌어안는다.

갑자기 백색의 공간이 드러나면서 모든 색들을 지워버린 것처럼 순식간에 모든 장면이 사라져 버렸다. 나는 놀랍고도 두려워 사방을 두리번거리기 시작했다. 조금 전까지 내가 보고 있던 모든 것이 완전히 사라지고 오직 백색의 무한 공간이 여기에 있을 뿐이다. 도대체 무슨 일이 일어난 것일까. 걷잡을 수 없는 불안이 나를 휘감는다.

마지막 장면이 사라지기 바로 직전에 여인이 된 소녀가 엄마라는 확신이 들었다. 엄마의 젊은 시절이 분명하다. 술에 취하면 말이 많아지는 엄마의 이야기를 귀담아 들은 적은 없지만 내가 본 몇 가지의 장면은 들은 기억이 난다. 자세히 보지는 못했지만 여인을 구한 청년의 모습 또한 왠지 낯설지가 않다. 오빠는 분명히 어릴 때 사고로 죽었다고 했다. 그 청년이 오빠가 분명하다면 어째서 청년의 모습을 하고 있는 것일까. 무엇보다 석연치 않은 것은 아버지가 다른 여자에게서 얻은 그 아기이다. 그 아기는 어떻게 된 것일까. 그리고 엄마가 돌보던 여자아이는 또 누구일까. 나도 모르는 내 가족의 숨겨진 비밀이 이렇게 많은 줄 몰랐다. 머릿속이 마구 뒤엉킨다. 어서 집으로 돌아가야겠다. 그리고 무슨 일이 있어도 진실을 알아봐야겠다.

분명히 방문을 열고 들어온 것은 맞는데, 이 순백의 공간에는 내가 들어 온 방문이 어디에도 보이지 않는다. 난 두려움에 질식할 것만 같다. 이 완전한 백색의 공간에 오직 나만이 색과 형태를 가지고 있는 것 같다. 무엇을 해야 할지 모르겠다. 손을 더듬어 보아도 잡히는 게 없다. 나를 가둔 이곳을 벗어날 수 없다면 어떻게 해야 할지 모르겠다. 누군가를 불러보지만 목소리조차 나지 않는다. 난 죽은 것일까.

갑자기 사방에서 눈동자가 나타나기 시작했다. 그 눈동자들이 순식간에 백색의 공간을 가득 메워 버렸다. 나는 그 눈동자들을 바로 쳐다보기가 겁나서 고개를 돌려 보지만 피할 수 없어 눈을 감았지만, 이렇게 눈을 감은 채로 계속 여기에 있을 수만은 없다. 난 가늘게 눈을 뜨고 바깥으로 통하는 문을 찾기 위해 두리번거리다 결국 하나의 눈동자와 정면으로 마주치고 말았다. 그러자 눈동자들이 하나로 뭉쳐지면서 커다란 소용돌이가 되어 돌기 시작했고, 그 소용돌이에 휩싸여 공중으로 떠오른 나도 마구 돌기 시작했다. 속이 매스껍고 울렁거려 참을 수가 없다.

5

나는 싸늘한 한기에 온몸이 굳어버리는 것 같은 참혹한 기분으로 떨고 있다. 나는 내가 어디에 있는지를 확인하는 게 너무도 두려워서 주저하며 가늘게 눈을 떴다. 하늘은 잿빛 구름에 무겁게 눌려 있지만 주위를 분간할 수 없을 만큼 어둡지는 않다. 밤인지 혹은 낮인지 판단이 서지 않는다. 주위를 둘러보지만 살아 있는 생명체는 보이지 않는다. 마르고 건조한 바람이 불어와 볼에 스칠 때마다 죽음과 같은 암울한 기운이 느껴진다. 황량한 고독감에 죽어버릴 것 같은 절망감이 나의 마음을 휘감는다. 내가 왜 여기에 있는지 모르겠다. 어디에서 온 것인지, 어디로 가려 했는지 모르겠다. 내가 어떤 존재인지도 알 수가 없다. 나는 누구일까. 내 기억에는 담겨 있는 것이 아무것도 없다. 난 텅 비어 있다.

나는 두렵다. 두려워서 온 몸이 바들바들 떨린다. 도대체 나는 왜 여기에 서 있는 것일까. 이 사막에서 무엇을 하려했던 것일까. 어디로 가려했던 것일까. 지금 나는 어디로 가야 하는 것인가. 나는 왜 길을 잃은 것일까. 내가 누구이기에 여기, 이 죽음의 땅에 홀로 있는 것인가.

나는 바람이 부는 방향으로 무작정 걷기 시작했다. 바람만이 나에게 말을 걸어 주는 것 같았기 때문이다. 내가 시작되는 곳으로 오라고, 나에게 오라고. 그렇게 바람이 속삭이는 것만 같았다. 바람이 불어오는 저 곳에는 무엇이 있을까. 무엇이 있든 내가 답을 얻을 수 있기를 소망한다. 제발 답을 알고 있는 그 누군가를 만날 수 있기를 기대한다. 누구라도 나에게 내가 누구인지를 말해 주기를 고대한다.

내가 마을을 발견할 때까지 얼마를 걸었는지 알 수가 없다. 다만 희미한 마을의 불빛을 보는 순간 눈앞이 흐릿해졌고, 내가 눈을 뜬 지금은 따뜻한 방안의 푹신한 침대에 누워있다는 사실이다. 나는 상체를 일으켜 침대에 기대고 앉아 방안을 살펴본다. 화려하고 멋진 방이다. 방안의 크기도 놀랍지만 놓여 있는 가구들과 장식품에 감탄사가 절로 난다. 한 쪽 구석에 놓여 있는 벽난로에서는 장작불이 활활 타오르면서 불빛으로 그려낸 그림이 춤을 추고 있는 것 같아 보인다. 내가 어떻게 여기에 있는 것일까. 이곳이 내 집인가. 난 집으로 돌아온 것일까.

방문이 열리더니 살구 빛 볼이 터질 것 같은 살집이 좋은 중년의 여자가 쟁반을 들고 들어왔다. 내 엄마인가. 제발 그랬으면 좋겠다.

"드디어 깨어났구나! 이런, 어린 아가씨가 길을 잃은 모양인데, 아가씨는 어디에서 왔지?"

살집이 좋은 중년여자는 호기심을 참지 못하겠다는 표정으로 물었다. 나는 실망하여 여인을 쳐다보기만 한다. 이 여인이 내 가족이 아닌 것만은 분명하다.

"말을 못하니?"

여인의 눈빛에 실망감이 어린다.

"아니…요."

나는 당황하여 대꾸했다.

"어디에서 왔지?"

"사막이었는데……."

"사막? 사막이 있다는 이야기는 처음인데? 처음 정원사가 널 데려왔을 때는 그 몰골이 무슨 험한 일을 당한 것 같았어. 지금은 깨끗한 잠옷으로 갈아입혀 놨지만 말이다. 혹시 납치라도 당한 거니?"

살집이 좋은 중년여자는 측은한 눈빛으로 나를 찬찬히 살펴보며 말했다.

"모르겠어요. 저는 제가 누구인지도 몰라요. 기억나는 게 아무것도 없어요."

난 곧 울음을 터뜨릴 것처럼 떨리는 목소리로 간신히 말했다. 이곳이 내 집이 아니고, 이 여인이 내 어머니가 아니라는 사실에 얼마나 실망을 했는지 모른다. 얼마나 내 처지가 처량하고 서러운지 말로는 표현할 길이 없다.

"이렇게 가여울 때가 있나. 이렇게 예쁘고 사랑스런 아가씨가 무슨 험한 일을 당해서 기억까지 잃어버린 것인지 모르겠구나. 그럼 아가, 여기에서 나와 살지 않으련? 기억이 없으니 어디로 가야할지도 모를 테고, 네가 기억을 다시 찾으면 그때 가서 어떻게 할지를 결정해도 되지 않겠어?"

나는 살집이 좋은 중년여자의 얼굴을 뚫어져라 쳐다보았다.

"왜, 싫어? 당장에 갈 곳도 없을 게 아니니?"

"정말 그래도 되나요?"

나는 재빨리 말했다. 내가 기억하는 유일한 곳은 사막이다. 그 사막으로 다시 돌아가지 않아도 된다면 무슨 짓이라도 할 수 있을 것 같다.

"그럼, 그렇고말고. 마음 편하게 지내도록 해라. 네가 좋다면 언제까지나 이곳에 살아도 괜찮아."

"고맙습니다. 정말 감사합니다. 기억이 돌아올 때까지 신세를 져도 괜찮다면 이곳에 있겠습니다. 기억이 돌아오면 곧 돌아가겠어요. 그동안 이 집에서 일이라도 할게요. 제가 할 수 있는 일이 있으면 뭐든 시켜주세요."

"무슨 소리를! 너는 나의 귀한 손님으로 이 집에 있는 거야. 내 딸이라고 생각해도 좋아."

살집이 좋은 중년여자의 눈빛이 반짝였다. 순간적이었지만 그 반짝임 속에 촉촉한 슬픔의 물기가 맺혀 있는 것 같았다. 뭔지 모를 슬픔을 간직한 그 눈빛에 나는 안도한다. 나를 버리지 않을 것이라는, 이유를 알 수는 없지만 나를 매정하게 내쫓지는 않을 거라는 확신이다. 언젠가는 이 여인의 슬픔에 대해 알게 될지도 모른다. 중요한 것은 이 여인의 동정심이 나를 구해주었다는 사실이고, 앞으로도 나를 지켜줄 안식처가 되어 줄 것이라는 믿음이다. 지금은 무엇이라 표현할 수 없는 감동과 감사한 마음으로 난 내게 주어진 행운에 안도와 위안을 느낀다.

"이 방이 마음에 드니?"

"네."

"그럼 여기서 지내렴. 여기를 네 방으로 정하자."

"이 은혜를 잊지 않겠습니다. 고맙습니다."

"배고프지? 이것을 좀 먹어 보렴. 맛이 좋단다."

살집이 좋은 중년여자가 죽이 담긴 쟁반을 내 앞에 놓으며 상냥한 목소리로 말했다. 나는 그녀에게 눈길을 한 번 주고는 이내 부드럽고 구수한 냄새가 시장기를 자극하는 따뜻한 죽을 먹기 시작했다.

"천천히 먹으렴. 배가 많이 고팠던 모양이네. 그래도 지금은 그 정도에 만족하는 게 좋아. 네가 먹는 것을 보니 저녁에는 정상적인 식사도 가능할 것 같네. 함께 저녁을 먹도록 하자."

나는 어색하게 웃어보였다.

살집이 좋은 중년여자의 집은 크고 호화로운 저택이다. 나는 저택을 구경하는 데 거의 하루를 보내고 있다. 사용하는 사람이 없는 방들도 많다. 그 방들은 독특한 장식과 가구들로 각양각색의 매력을 지니고 있고, 모든 것은 내가 상상할 수 없을 만큼 값비싸 보인다. 살집이 좋은 중년여자가 직접 나를 데리고 다니며 구석구석을 돌아보고 있는데, 가끔씩 그녀가 나를 유심히 관찰하는 인상을 받았다. 나는 그녀가 어떤 반응을 기대하는지 몰라 약간은 과장된 감탄사를 연발하기도 하지만 대체로 어색하게 웃어 보임으로서 상황을 대처해 나가고 있다.

"모든 것이 너무 훌륭해요. 이렇게 멋진 저택에서 지낼 수 있게 되어 좋아요. 이 방들은 사모님께서 다 꾸미신 거예요? 정말 그렇다면 안목이 남다르신 것 같아요."

진심을 말한 것이기는 하지만 좀 과장된 표현들이고, 행동이라는 걸 내가 누구보다 더 잘 알고 있다. 이렇게 과장된 표현을 하는 것이 많이 거북한 것을 보니, 난 남들의 기분 맞춰 주기를 좋아하는 사람은 아닌 것 같다.

"이 집은 십 년 전과 달라진 게 없단다. 가구도 장식품도, 심지어 커튼조차도 바꾸지 않았어."

"그런데도 모든 물건이 새 것 같아요. 제 눈에는 모두 세련되어 보이고요."

"그러니? 뭐 기억나는 건 없고?"

나는 그녀의 질문에 의아한 표정을 지었다. 내 표정 때문인지는 몰라도 그녀의 안색이 좀 어두워진 것 같다.

"아니다. 이 집을 네 집처럼 편하게 여기며 지내도록 해. 어느 방이든 네가 마음에 드는 방을 네가 전용으로 사용할 수 있도록 해주마."

살집이 좋은 중년여자가 미소를 지었다. 나도 미소로 답했다.

나는 집안 어디든 마음대로 다닐 수 있고, 어떤 방이라도 자유롭게 사용할 수 있다는 허락을 받았음에도 함부로 여기저기 돌아다니지는 않는다. 호기심이 생기기는 하지만 매일이 낯선 환경과 삶에 조심스럽고, 내가 누구인지조차 기억해 낼 수 없다는 것에 의기소침하고 우울하다. 이렇게 나의 새로운 삶은 막연한 두려움과 스스로가 낯선 존재감으로 인해 조금도 아쉬울 것이 없는 호화롭고 풍요로운 생활이 지속됨에도 불구하고 편안하게 마음을 내려놓지 못한 나날의 연속이다.

경계심을 내려놓지 못하는 조심스러운 집안에서의 생활과는 달리 정원에서 보내는 시간은 나에겐 휴식과도 같다. 저택 앞쪽으로 넓게 펼쳐진 기하학적인 문양의 정원은 놀라운 솜씨로 손질이 잘 되어 있고, 저택의 왼편으로 커다란 별채가 하나 있다. 별채는 숲과 맞닿아 있는데, 그 숲 뒤편으로 사람들의 발길이 닿지 않은 자연 그대로의 정원이 펼쳐져 있다. 그곳에 야생화가 만발한 들판이 넓게 형성되어 있고, 평지가 끝나는 지점 아래로는 가파른 절벽이 있어서 혹시 모를 안전사고에 대비한 튼튼한 울타리가 쳐져있다. 까마득한 절벽 아래로 강이 흐르고 있는데, 이층 내 방, 발코니에서는 이 모든 정경이 한 눈에 들어온다. 마을 전체를 감싸 안은 듯 흐르는 강물은 마치 뱀이 기어가듯 구불거리는 형상으로 자연이 빚은 최고의 예술품을 보는 듯하고, 강물줄기 주변으로 형성되어 있는 숲을 지나면 완만한 굴곡의 언덕들 위로 한가로이 풀을 뜯는 소들과 말들이 진정한 평화로움을 이야기하는 듯하다. 가장 높은 언덕의 중심에는 점을 찍어 놓은 듯이 다양한 색깔을 지닌 집의 지붕이 몇 그루의 나무들 사이로 드러나 보이고, 주로 밭이 많은 언덕 지대와는 전혀 다른 지형의 평야 지대에는 네모반듯하게 정리가 잘 되어 있는 논이 드넓게 펼쳐져 있다. 전형적인 농촌마을은 천천히 흘러가는 강물처럼 조용하고 평화로운 기운으로 가득하고, 마치 한 폭의 풍경화를 옮겨놓은 것처럼 멋지고 아름다워, 나는 마을로 나가 모든 거리를 걸어보고 싶은 강렬한 바람을 가지게 되었다. 나는 내가 눈으로 보고 있는 이 모든 풍경 속에 하나이고 싶을 만큼 마을에 완전히 매료되었다.

나는 마음이 울적하거나 혼란스러울 때면 어김없이 야생화 벌판을 거닐곤 한다. 정원을 한 바퀴 돌고 야생화 벌판까지 홀로 걸으며 생각을 정리하는 것이 빼놓을 수 없는 매일의 즐거움이다. 나는 나를 찾기 위해 많은 노력을 기울인다. 내 과거가 어떠하든 나는 나를 알고 싶다. 기억만 되찾을 수 있다면 얼마나 좋을까를 생각하는 이유는 기억 저편의 나를 알지 못한다는 것이 현재의 나를 불안하게 만들기 때문이다. 지금은 편안하고 안락한 삶이 있지만, 여전히 나를 불안에 떨게 만드는 이유는 내가 어떤 사람이고, 내 가족이 누구인지 알 수가 없기 때문이다. 기억이라는 것이 이토록 중요한 의미를 갖는 것은 과거의 나를 알지 못하고서는 현재의 나를 정의할 수 없고, 미래의 나를 설계할 수도 없기 때문일 것이고, 나와는 상관도 없는 사람들 속에서 내일도 안락한 삶을 허락받을 수 있을지 알 수가 없기 때문이다.

이런 불안정한 심경 속에서도 나는 서서히 기력을 회복해 가고 있고, 점차 일상적인 생활에 젖어 이런 삶이 계속되어 온 것처럼 편안함을 느낄 때가 많아졌다. 늘 내 마음을 짓누르던 불안감이나 초조함도 많이 누그러졌다. 모든 것이 살집이 좋은 중년여자의 배려 덕분이다. 그녀는 내 마음이 가는대로 행동할 수 있는 최대한의 자유를 허락해주고, 집안의 어떤 사람도 나를 함부로 대하거나 불편하게 만드는 것을 용납하지 않기 때문에 저택 사람들로 인해 발생하는 번거로운 인간관계는 없다. 그러나 나는 몇몇 사람들이 내게 배타적인 감정을 가지고 있다는 것을 느낄 수 있다. 오직 내 느낌일 뿐이고, 저들의 태도에서는 전혀 무례함이나 허점을 찾을 수 없기 때문에 이를 입 밖에 낸 적은 없다.

저녁식사를 마치고 차를 마시다가 나는 살집이 좋은 중년여자에게 대뜸 물었다.

“내일은 마을에 나가보고 싶어요. 그래도 되나요?”

“안 된다! 바깥은 위험해. 온갖 위험한 것으로 가득 차 있어. 넌 세상을 몰라. 이 마을은 그다지 안전하다고 할 수가 없어. 조상 대대로 살아온 곳이라 어쩔 수 없이 살기는 하지만 나도 이제는 떠날 생각이다. 너와 함께 이곳을 떠날 거야. 바닷가에 그림 같이 아름다운 저택을 하나 물색해 놨거든. 무엇보다 내 마음을 사로잡은 것은 그 집이 가지고 있는 역사야. 그 집을 얻기 위해서라면 얼마든지 돈을 내놓을 생각이지. 곧 매매가 성사될 것도 같아. 그 집을 소유하고 있는 노인네가 고향으로 돌아갈 생각을 하고 있으니까. 죽을 때가 다 됐거든. 자식들에게 넘겨 줄 생각도 하는 것 같다만 내가 탐내고 있다는 걸 알고 있으니 값을 더 올려서라도 팔려고 할 거야. 죽을 때 싸들고 갈 수 있는 돈도 아닌데 어지간히 욕심이 많은 노인이지. 너도 그 집을 보면 반해 버리고 말 거야. 정말 근사한 저택이지."

살집이 좋은 중년여자는 정색을 하며 말했다. 지금까지와는 다르게 나에게 보인 이런 반응이 너무도 낯설다.

"발코니에서 바라보는 마을의 모습이 정말 평화롭고 아름다운 곳이라는 생각이 들어요. 위험해 보이는 것은 없고요. 저는 마을 거리를 걸어 보고 싶어요. 구석구석 다 가보고 싶어요. 조심해서 다녀올게요."

나는 포기하지 않고 말했다.

"세상의 거리는 말이다. 너를 쉬게 해줄 안락한 의자 하나가 없는 곳이야. 너를 이용하고 다치게 할 뿐이야. 내 말을 들어, 아가. 넌 세상을 몰라. 세상은 네가 보는 것처럼 그렇게 아름답지 못하단다. 무자비한 야수들이 빛이 닿지 않는 어둠의 감춰진 그늘에서 온갖 불행과 절망이라는 이빨을 감추고 우리의 모든 것을 빼앗아 가려고 기회를 노리는 게 세상이란 말이다."

살집이 좋은 중년여자가 단호한 목소리로 말했다. 이 집에 온 이후로 그녀가 이토록 강경한 태도로 말하는 것을 보지 못했다.

"너를 도시로 데려가 주마. 물론 내 옆에 바싹 붙어 있어야 해. 그리고 내가 교제하는 사람들과도 만나게 해주겠어. 하지만 이 마을은 잊으렴. 이 마을 사람들 중에 네가 사귈만한 사람은 없어. 그리고 이곳에 네가 관심을 가질 만큼 멋진 것은 하나도 없단다. 이 마을은 우리와는 사는 세상이 다르지. 넌 분명히 나처럼 고귀한 태생일 거야. 사람은 말이다. 같은 부류의 사람들과 어울리는 게 좋아. 사람의 가치가 하루 아침에 달라질 수는 없거든. 넌 내가 어울리는 사람들과 교제를 하고, 내가 가는 곳에 함께 다닐 거야. 가난한 촌사람들과 어울리는 것은 바람직하지 않아."

살집이 좋은 중년여자의 말에 나의 마음 깊숙한 곳에 눌러 놓았던 두려움과 불안한 감정이 다시금 스멀거리며 치솟아 오르기 시작했다. 일상생활에 젖어 많이 편안해진 마음으로 하루하루를 보내고 있기에 잊고 있었던 감정이다. 기억에 묻혀 있는 진짜인 내가 그녀가 생각하는 고귀한 태성이 아니라고 한다면 이후의 삶은 어떤 방향으로 흘러가게 될까. 나를 되찾게 되는 것이 이 저택을 떠나야 할 이유가 된다면 그때는 어떻게 해야 하는 것일까. 내가 과거를 되찾게 되는 것이 지금의 삶을 잃어버리게 되는 이유가 된다면 난 그 상황을 감당하고 싶지 않을 수도 있고, 비굴해지고 싶은 유혹을 느끼게 될지도 모른다. 지금 누리고 있는 모든 것을 지키고 싶어 진실을 외면하고 싶은 유혹을 받게 될지도 모른다.

"알겠어요. 마을로는 가지 않을게요."

나는 마을을 잊기로 결심했다. 내게 이 새로운 삶을 허락해준 살집이 좋은 중년여자의 마음에서 쫓겨날 수는 없기 때문이다. 이제 내게 허락된 일만 하고, 내게 허락된 행복에 만족하며 사는 법을 배워야 한다. 이곳에서의 삶이 진짜 내 것이 아니라고 해도 현재의 삶을 지키기 위해 최선을 다해야 한다. 이곳을 떠나면 갈 곳도, 의지할 곳도 없는 내가 어떻게든 버텨내야 할 이유이다.

마을에 가보고 싶다는 바람을 내려놓은 이후로 더 자주 야생화 벌판으로 산책을 나온다. 이곳에서 홀로 보내는 시간만큼 편안할 때는 없다.

이곳에서의 일상이 많이 익숙해지고 편해지기는 했지만 여전히 내 마음에는 부담감이 자리 잡고 있다. 나에게 이런 부담감을 일깨워 주는 사람 중에서도 가장 어려운 사람이 집사이다. 그녀와 마주치지 않고 하루를 보낼 수는 없다. 그것이 내겐 괴로움이 되고 있다. 그녀는 내가 결코 자신의 뜻을 잊지 않기를 바라는 사람처럼 마주치는 순간마다 강한 인상을 남기곤 한다. 난 그녀가 내게 보이는 반감의 이유를 모르겠다. 물어볼 용기도 없다. 이곳에서 나를 불편하게 만드는 사람들 중에 그녀만큼 무서운 존재도 없다. 살집이 좋은 중년여자는 당신처럼 나도 직원들을 부릴 수 있다고 하지만 난 여전히 저들의 눈치를 볼 수밖에 없다. 결국 이 집안에서 나는 이방인일 수밖에 없는 것이다. 그래서 나는 혼자 숨을 곳이 필요하고, 이 야생화 벌판을 찾는 것이 유일한 탈출구인 것이다.

"역시 여기에 계시네요, 아가씨."

나는 정원사의 갑작스런 출현에 놀라 그를 물끄러미 쳐다보았다. 정원사는 이곳 야생화 벌판을 가꾸지 않을 뿐 아니라 이곳에는 아예 발길도 주지 않던 사람이다. 언제나 바쁜 정원사에게 그럴 시간이 없기도 하겠지만, 내 생각에는 일부러 방치해 놓은 것 같다. 자연의 맨얼굴을 그대로 간직하고 있는 이곳이 내게 더 편한 이유는 정원사의 손길에 외면당한 것처럼 저택의 어떤 사람의 주의도 끌지 않는 장소이기 때문이고, 그래서 그 누구의 방해도 없이 내 안에 나를 만나고 싶을 때마다 언제든 편안하게 찾을 수 있는 나만의 세계인 것이다.

"아가씨의 평화로운 사색의 순간을 방해하고, 아가씨만의 공간을 침범해서 미안합니다."

정원사는 내 마음을 너무 잘 알고 있다. 나는 웃어보였다.

"무슨 일이 있어요?"

"사모님께서 급하게 찾으셔서요. 아가씨의 마음이 복잡해 보이시네요. 행복해지는 아주 간단한 방법을 알려 줄까요? 복잡한 것을 단순하게 만드는 거지요. 심각한 것은 사소하게 만들어 보십시오. 마음먹기에 따라 얼마든지 바꿀 수 있답니다. 그러면 세상 별 게 아니구나 싶을 겁니다."

"전 생각이 좀 많은 것 같아요."

"아가씨는 자신의 운명을 찾아온 거예요. 그러니 과거에 매달리지 마시고 이곳에서 새로운 꿈을 꾸어보세요. 세상에 우연은 없답니다. 제가 아가씨를 발견한 것도, 사모님께서 아가씨를 거두신 것도 결코 우연은 아니라는 겁니다. 이 기회는 아가씨를 위해 준비된 거예요. 그러니 지금부터 새롭게 아가씨의 삶을 설계해 나가시면 됩니다."

나는 정원사의 진심을 믿고 있기에 그의 이야기에 늘 위안을 받는다.

"고마워요, 아저씨."

정원사는 나이가 제법 많은 남자지만 흰 머리가 무색할 정도로 건장한 체격과 강건한 인상을 지니고 있다. 길에 쓰러져 있던 나를 살려준 은인이고, 이 저택에서 살집이 좋은 중년여자를 제외하고는 가장 믿어도 좋을 사람이기도 하다. 과묵한 사람이지만 내게는 이야기도 잘하고, 언제든 내 이야기에 깊은 관심과 따뜻한 배려를 잊지 않는 사람이기도 하다.

"여기까지 오시게 해서 미안해요."

"아닙니다, 아가씨. 계획한 일을 진행하느라 바쁜 날이기는 하지만 저도 숨을 좀 돌려야죠. 일손을 도우러 온 녀석들이 도리어 제 일을 망쳐 놓지만 않으면 좋겠어요. 그렇게 가르쳤는데도 집중해서 배우려는 자세가 부족한 녀석들이라……."

정원사에게는 그를 돕는 두 명의 보조가 있다. 그들은 일이 많을 때에만 불러오곤 한다. 하지만 정원사의 마음에 흡족한 일꾼들은 아니어서 정말 급하게 일손이 딸릴 때를 제외하면 부르지 않는 것 같다. 누구에 대해서도 함부로 말하는 법이 없는 정원사에게 욕을 먹는 유일한 사람들이기도 하다. 그는 두 젊은이가 궁색한 가정형편에도 일자리가 없는 것을 안타까워해서 정원 일을 가르치기 위해 고용했지만, 가르친 그대로 따르지 않는 고집 앞에 마냥 인내하기가 어려운 모양이다.

"저도 아저씨를 돕고 싶어요. 정원을 가꾸는 일이 정말 재미있을 것 같기도 하고, 정말 해보고 싶은 일이거든요. 제가 할 수 있는 일이 있을까요?"

"그럼요, 아가씨. 정원을 가꾸다 보면 마음도 안정되고 편해질 거예요. 대지와 대지가 품어 키우는 꽃과 나무들, 그리고 저들과 조화를 이루며 살아가는 새들과 대화를 나누어 보세요. 행복해질 겁니다."

"내일부터 당장에 시작할게요."

나는 신이 나서 말했다.

"네, 언제든지요. 지금은 사모님께 가보세요."

"네, 알겠어요."

나는 현관문 앞에서 양 손에 쥐기도 힘들 만큼 많은 쇼핑백을 나르느라 진땀을 흘리고 있는 운전사와 마주쳤다.

"좀 들어 줄까요?"

나는 운전사에게 다가가 짐을 받으려 했지만, 그는 고개를 흔들며 내 손을 거절했다.

"어림없죠. 사모님이 아시면 제 목이 당장에 날아갈 겁니다. 거실에서 아가씨를 기다리고 계시는 것 같으니 어서 들어가 보시죠."

"오늘도 많은 것을 사신 모양이에요."

"네. 대부분이 아가씨를 위한 물건들이지요. 이 값비싼 물건들에 의지하여 아가씨의 가치를 높여보려는 안타까운 노력이 아니겠습니까?"

운전사가 비꼬듯 말했다. 나는 기분이 몹시 상해서 인상을 찌푸렸다. 살집이 좋은 중년여자 앞에서는 항상 가식적일만큼 정중한 태도를 보이는 그는 아무도 보고 있지 않는 곳에서는 내게 상처가 되는 말을 쉽게 던지는데, 집사가 매서운 눈빛으로 나를 주눅 들게 만드는 것과 다르게 직설적이고 거침이 없다.

"무슨 말이 하고 싶은데요?"

참으려고 했지만 난 신경질적으로 반응하고 말았다.

"제가 무슨 말을 했다고 이러십니까? 전 그저 아가씨가 운이 대단히 좋은 분이라고……."

"자네는 자신의 할 일이나 마저 끝내지!"

갑자기 나타난 정원사가 냉담한 목소리로 말했다.

"어서 들어가십시오, 아가씨."

정원사가 현관문을 열어 주며 부드럽게 말했지만, 운전사는 매서운 표정으로 나를 노려보았다. 현관문이 열리자마자 가정부가 얼굴을 내밀며 놀라는 표정으로 우리 세 사람을 번갈아 쳐다보았다.

"왜 이렇게 늦으셨습니까, 아가씨? 제가 찾으러 가려고……."

가정부가 애매한 표정을 지었다. 그녀는 집안일을 총괄하는 사람으로 사사건건 집사와 대립하는 여자다. 집사나 운전사가 내게 보이는 반감까지는 아니어도 나를 달가워하지 않는 사람 중에 하나다. 그래도 그녀는 가식적일망정 마땅히 행해야 할 예의를 잊지 않을 뿐만 아니라 수수한 외모에 천진한 눈동자를 지니고 있어 내게 경계심을 불러일으키지는 않는다. 그녀는 집안일을 처리하는 능력은 탁월하여 빈틈이 없지만 인간적으로는 허술한 구석이 많아 보이는 사람이라 대하기가 좀 더 편하다.

"이제야 오시네요?"

나는 막 거실에서 나오는 집사와 마주쳤다. 그녀는 불쾌한 기색으로 한마디를 던지고는 휑하니 가버렸다.

"어서 오너라."

살집이 좋은 중년여자가 반가운 기색으로 나에게 자리에 앉으라고 손짓을 했고, 나는 그녀가 앉은 의자 맞은편에 조용히 앉았다.

"넌 처음 만나지? 내 개인 변호사야. 의논할 게 있어서 불렀어."

변호사는 나에게 정중한 태도로 인사를 건네 왔고, 나도 공손하게 인사를 받았다. 단정하고 빈틈이 없어 보이는 깔끔한 인상의 변호사는 40대 중반으로 보이는 남자로 그의 얼굴에서는 그 어떤 감정도 읽을 수가 없다. 변호사가 아닌 그 어떤 사람으로는 상상하기 힘든 사람 같다.

"자네는 그만 가보게."

살집이 좋은 중년여자의 말이 떨어지자, 변호사는 허리를 굽혀 인사를 하고 절도 있는 걸음걸이로 거실을 빠져 나갔다.

"빈틈이 없는 자야."

살집이 좋은 중년여자는 흡족한 미소를 지으며 말했다.

"저를 찾으신다고……."

"그래, 그랬지. 내가 변호사를 부른 것은 말이다. 아니지. 그건 나중에 처리하기로 했고……, 아무튼 너를 위해 생각하고 있는 일이 있어서 말이다. 좋은 일이니까 걱정하지 말고. 오늘 사온 네 물건들을 좀 살펴보렴. 내 취향대로 골라서 네가 마음에 들지 않을 수도 있을 거야. 그런 것은 바꾸면 되니까 살펴보고 결정을 하렴. 그리고 내일은 나와 함께 외출을 하자꾸나."

"정말요?"

나는 외출을 할 수 있다는 말에 들떠서 말했다.

"그렇게 좋니?"

"그냥 나가보고 싶어요. 마을에도……."

나는 마을 이야기를 하려다 입을 다물었다. 이 문제로 다시 분란을 일으키는 것은 바람직한 것이 아니라는 생각이 든다.

"마을이 그렇게 보고 싶어? 참 이상하구나. 뭐 볼 게 있다고 그렇게 궁금할까? 정말 별 볼일 없는 마을인데."

"그런 것이 아니라……."

"보잘 것 없는 마을이야. 어차피 오가는 길에 차안에서도 볼 수 있을 것이니 너도 알게 되겠지."

"괜찮아요. 그냥 저도 모르게 튀어 나왔는걸요."

"그랬니?"

살집이 좋은 중년여자의 입가에 만족스런 미소가 번졌다.

"네."

나는 나의 비굴함에 화가 난다. 하지만 이렇게 하는 게 잘하는 것이다. 마을에 가보는 게 무슨 대단한 일이라고 살집이 좋은 중년여자의 마음을 상하게 하면서까지 미련을 부린단 말인가. 정원사의 말처럼 심각한 일도 사소하게 만들 필요가 있는데 대수롭지 않는 일을 심각하게 만들어서는 안 된다는 생각이 든다.

저녁을 먹기 전까지 시간이 많이 남아 있어 나는 내일까지 기다릴 것도 없이 정원사의 일손을 돕기 위해 준비를 갖추고 정원으로 나갔다.

“사모님과 이야기는 잘 끝내셨어요? 변호사가 다녀간 것을 보니 중요한 결정을 내리신 것 같던데.”

“그건 나중에 처리하기로 하신다고만 말씀하셨어요. 그런데 그게 뭔지 아저씨는 아세요?”

“나중에 사모님께 들으세요. 제가 나설 일은 아닌 것 같습니다.”

“그래요? 알겠어요. 그런데 왜 사모님은 제가 마을로 나가는 걸 그토록 싫어하시는지 모르겠어요.”

나는 정원사의 지시대로 흙을 고르며 말했다.

“두려워하시는 겁니다. 아가씨에게 좋지 않은 일이 생길까 봐.”

“전 어린아이도 아니고…….”

“세상이 험악한 건 사실이지요.”

“그래도 이 마을은 조용하고 평화로워 보이던데요. 사모님은 이 마을을 싫어하시는 것 같아요.”

“그럴만한 이유가 있으세요.”

“그게 뭔데요?”

나는 슬깃해서 물었다.

“그 이야기도 지금은 해드릴 수가 없네요, 아가씨. 그냥 사모님이 하자는 대로 하세요. 집안에만 갇혀 있어 답답하기는 할 테지만 조금만 참으세요. 이제 사모님과 외출할 기회가 생길 겁니다.”

“내일 함께 외출하자고 하셨어요.”

"잘됐군요."

정원사가 반기는 목소리로 말했고, 나는 활짝 웃어보였다.

"사모님은 아가씨를 정말 좋아하시는 것 같군요. 아가씨는 기억을 잃어 고아나 다름이 없고, 사모님은 외로운 분이시니 서로 의지하여 살면 좋을 것입니다."

"사모님은 결혼을 하신 적이 없나요?"

"궁금한 게 많겠지만 천천히 하나씩 풀어가요, 아가씨."

정원사가 얼굴의 땀을 훔치며 조용히 말했다. 나는 고개를 끄덕여 보였다. 궁금증이 생기면 알고 싶어 안달이 나기는 하지만 더 이상은 정원사를 곤란하게 만드는 질문을 하지 않는 게 좋을 것 같다.

저녁식사 시간이 되어 식당에 들어서니, 살집이 좋은 중년여자가 이미 자리를 잡고 있었다. 아침은 각 자의 방에서, 점심은 그녀가 외출을 할 때에는 나 혼자서 먹지만 대체로 저녁식사 만큼은 그녀와 나, 단 둘이 전용 요리사가 준비한 식사를 한다.

요리사는 매우 날씬하고 매력적인 남자로 직업과 도무지 어울려 보이지 않는다는 느낌을 주는 사람이다. 그는 실력이 대단히 좋아 사람들에게도 널리 알려진 유명 요리사이기도 하다. 그를 돕는 두 명의 요리사는 이 저택에 머물러 지내는데, 저택에서 주최하는 파티에는 그를 돕는 많은 인원의 전문요리사와 조수들이 총출동을 하지만 평소에 그는 매일 오후에 출근해서 저녁을 준비하고, 살집이 좋은 중년여자가 식사를 마치면 곧바로 퇴근을 한다. 나는 그에게 지불되는 비용이 엄청나다는 이야기를 들은 적이 있다.

"어서 오십시오. 오늘은 잊을 수 없는 저녁을 드시게 될 겁니다."

요리사는 푸근한 미소를 지으며 허리를 굽혀 인사를 했다. 저녁식사에서는 늘 요리사가 직접 식탁 옆에 서서 요리의 재료와 요리 방법, 그리고 그 절묘한 맛의 비법에 대해 설명을 한다.

"오늘의 요리가 마음에 드십니까? 갓 따온 송이의 향이 살아 있지요? 아가씨는 어떻습니까? 이 간장소스는 제가 심혈을 기울여 일주일 만에 완성한 것으로 그 누구도 흉내 낼 수 없는 깊은 풍미와 깔끔한 뒷맛이 남을 겁니다. 그렇지요? 확실히 다르지요?"

"나쁘진 않군. 그런데 항상 자네의 새로운 요리에 대한 설명을 들어야 하나? 오늘은 참으로 귀찮군. 조용히 식사를 하고 싶단 말이야."

살집이 좋은 중년여자가 요리사를 힐끔 쳐다보더니 퉁명스럽게 말했다. 이상하게도 그녀의 심기가 몹시 불편해 보인다. 난 이유를 몰라 내심 당황하고 있다.

"자네 솜씨에 그렇게까지 자신감을 갖는 것은 바람직하지가 않아. 세상에 완벽한 솜씨란 없어. 사람이 하는 일에 완벽함이란 없는 거야. 자네도 사람이 아닌가?"

"죄송합니다, 사모님. 뭔가 마음이 단단히 상하신 모양인데요. 같은 음식이라도 어떤 마음으로 먹느냐에 따라 약이 되기도 하고, 독이 되기도 하는 법이지요."

요리사가 굴하지 않고 말했다.

"미안하구나, 아가. 먼저 일어나야겠어."

살집이 좋은 중년여자가 음식에 손을 거의 대지 않고 자리에서 일어났고, 나도 따라 일어났다.

"앉아서 마저 먹어라."

"어디 아프세요?"

내가 걱정스런 목소리로 물었다.

"아니, 그런 것은 아니고……, 좀 피곤하구나. 많은 일들이 있었던 날이야."

살집이 좋은 중년여자는 요리사에게 내가 식사를 마저 마치도록 당부를 하고는 식당을 떠났지만, 나는 더 먹을 기분이 아니어서 수저를 놓았다. 도대체 내가 모르는 사이에 무슨 일이 있었던 것일까. 내가 그녀와 거실에서 이야기를 나눌 때만해도 기분이 좋아 보였다. 혹시 내가 정원에서 흙을 묻혀가며 일을 한 것이 그녀의 마음을 상하게 한 것일지도 모르겠다. 직원에게 지시하지 않고 부엌으로 직접 물을 가지러 가는 것조차 달가워하지 않는 분이니 그럴 수도 있을 것이다. 아무리 생각해봐도 그것 밖에는 이유를 찾지 못하겠다.

"아가씨도 식욕을 잃은 모양이네요."

요리사가 떨떠름한 표정으로 말했다.

"어디 아프신 걸까요? 아까 낮에는 기분이 괜찮아 보이셨는데……."

"감정의 기복이 큰 분이세요. 극과 극을 달리시지요. 아가씨가 온 이후로 많이 나아지셨나 싶었는데……."

"감정이요?"

내가 생각에 잠겨 중얼거렸다.

"알코올 중독을 간신히 이겨내셨는가 싶었는데 언제부터인가 다시 시작하셨지요. 아가씨가 오시고 그 시작은 다행히 막은 것 같지만요. 하지만 앞날은 알 수가 없지요. 두고 볼 밖에."

"술을 많이 드셨나요?"

"네, 아가씨. 어쨌든 오늘은 참 마음이 무겁네요. 아가씨까지 식사를 못하셔서 되겠어요? 마저 드십시오. 저는 퇴근을 해야겠습니다."

요리사는 가볍게 인사를 건네고는 곧 자리를 떠났다.

나는 밤새 잠을 이루지 못하며 뒤척이고 있다. 마음이 너무도 복잡하다. 어떻게 이런 상태로 매일을 살아낼 수 있을까. 나는 과거를 기억할 수 없고, 이 집에서 분에 넘치는 호강을 하고 있지만 미래는 여전히 불투명하다. 친딸도 아닌 나를 언제까지 거둬줄지 알 수가 없다. 살집이 좋은 중년 여자의 호의가 계속 지속될 것이라 믿고 싶지만 정말 그녀의 진심을 모르겠다. 도무지 그녀의 마음을 모르겠다. 왜 나를 이 집에 살게 하는지 모르겠고, 다른 직원들의 질투를 불러일으킬 만큼 과분한 대우를 하는 이유도 모르겠다. 여기에 계속 머물 수 있을까. 만일 내일이라도 당장 떠나야 한다면 어디로 가야 하는 것일까. 나는 어떻게 하면 좋을까.

저녁식사 후, 차를 마시면서 나는 살집이 좋은 중년여자의 안색을 살피고 있다. 나를 데려가겠다는 약속을 잊었는지 혼자 외출을 했다가 저녁식사 시간이 되어 돌아온 그녀는 평소와 조금도 다르지 않은 태도를 보이고 있지만, 나는 불안한 마음으로 그녀의 일거수일투족에 신경이 곤두선다.

"난 예전에 술을 많이 마셨단다. 술을 마시지 않으면 잠을 잘 수가 없었거든. 참 지옥 같이 괴로운 나날이었어. 괴로워서 술을 마시기 시작했는데 어느 날 보니 술이 술을 부르더라. 그렇게 술에 술이 더해지고, 그렇게 나는 술의 노예가 되어 죽을 고비도 몇 번이나 넘겼지."

"몰랐어요."

"몰랐겠지. 죽기 싫어서 술을 끊기는 했다. 목숨이란 게 참 질기지. 죽을 만큼 마셔보자고 덤빌 때도 많았는데 말이다. 난 결국 죽기 싫어서 술을 끊었지. 그러다 다시 술을 마시기 시작했어. 다시 악몽이 시작되고 있었을 그때에 네가 내 집으로 온 거야."

살집이 좋은 중년여자의 얼굴에는 평온한 미소가 머물러 있다. 내 마음도 편안해졌다.

"지금은 술을 마시지 않는단다. 네게 추한 모습을 보이고 싶지 않아서 술병을 치워버렸지. 네가 진짜가 아니라고 해도 난 상관없다."

"네?"

"내가 너를 진짜로 만들어 줄 거야. 그러니 언제까지나 떠나지 않고 내 곁에 있겠다고 약속해 줄 수 있겠니?"

나는 의아한 눈으로 살집이 좋은 중년여자를 쳐다볼 뿐이다.

"집사가 한 번도 이런 적이 없었는데 요즘에는 왜 그렇게 내 마음을 몰라주는지 모르겠어. 내가 내 딸처럼 저를 생각하고……."

"괜찮으세요?"

"아가, 나와 함께 살자. 언제까지라도 말이야. 그래 줄 거지?"

"네……."

나는 어리둥절해서 작은 목소리로 대답했다. 지금까지 내 귀로 듣고 있으면서도 무슨 이야기인지 도무지 정리가 되지는 않지만 이 집에서 당장 쫓겨나지 않는다는 사실에 안도하면서.

"너에게 모든 것을 다 해줄 거야. 뭐든 조금의 아쉬움이 없을 만큼 다 해줄 거다."

"사모님……."

"나를 엄마라고 불러주면 안 되겠니?"

"네?"

"나를 엄마라고 불러주렴."

살집이 좋은 중년여자의 목소리에 간절한 진심이 담겨 있다.

"하지만……."

"괜찮아. 넌 기억 저편의 엄마를 모르고, 지금은 혼자이지 않니? 기억을 되찾는다고 해도 우리의 인연을 끊을 필요는 없어. 네 기억이 돌아와서 가족을 찾게 된다면 그들도 받아들일 생각이다. 네가 내 곁에 있어 주기만 하면 뭐든 내가 다 감수할 거야."

"안 됩니다, 마님!"

갑자기 나타난 집사가 정색하며 말했다.

"이 무슨 행동이야? 이 아이 앞에서."

살집이 좋은 중년여자가 불편한 기색을 드러냈다.

"조금 더 기다려보기로 했잖아요? 제가 말씀 드린 그 아이를 만나볼 때까지는 어떤 것도 결정하지 않기로 하셨습니다. 사모님, 제발……."

집사는 지나치게 나서는 느낌을 주고 있다. 평소의 그녀라면 신중하고 빈틈이 없는 사람이 아닌가. 내가 두 사람 대화의 주인공이 맞는 것 같지만, 지금 두 사람이 나누는 대화를 이해할 수가 없다. 집사가 이야기하는 아이는 누구이고, 살집이 좋은 중년여자가 무엇을 하려 한단 말인가.

"알았어, 알았다고. 나중에 이야기하는 게 좋겠어. 이 아이 앞에서 그렇게 분별없는 말을 하다니. 도가 지나치다는 생각은 안 하나? 갈수록 태산이군. 그래, 부르지도 않았는데 이렇게 무례하게 들이 닥친 이유나 들어보자."

"죄송합니다. 저의 무례함을 용서하십시오. 제가 이곳에 온 것은 다름이 아니라, 내일 약속에 아가씨를 동행하실 것인지 확인하러 왔습니다."

"그럴 거야."

"알겠습니다. 그럼 좋은 시간 가지시고 일찍 쉬십시오."

"그만 나가 봐. 오늘 일은 나중에 다시 짚고 넘어가야 할 것 같군. 다시는 이런 행동을 용납하지 않을 거란 말이야."

"죄송합니다."

집사는 고개를 숙였다. 살집이 좋은 중년여자가 못마땅한 표정으로 집사를 쏘아보았다. 극도의 긴장감이 흐르는 순간이다. 집사는 자리를 떠나면서 날카로운 눈빛으로 나를 흘겨보았고, 나는 일부러 그녀의 눈길을 피했지만 심장이 조여드는 기분이다.

"괘씸한 것 같으니……."

"집사님의 이야기는……."

"아무것도 아니다. 네가 신경 쓸 일이 아니야. 내일은 외출할 것이니 오늘은 일찍 잠자리에 들자."

"네."

나는 순순히 답하고 내 방으로 돌아왔다. 지금 내가 짐작하지 못한 일들이 일어나고 있고, 그 일들의 중심에 내가 있다. 살집이 좋은 중년여자는 나를 입양하려는 것 같은데, 무슨 이유에선지 그녀의 뜻을 집사가 강력하게 반대하고 있는 게 분명한 것 같다. 그런데 만나봐야 한다는 아이는 도대체 누구를 말하는 것일까. 그 아이가 오면 나는 여기를 떠나야 하는 것일까. 도대체 그 아이가 누구일까. 앞으로의 내 운명은 어찌 되는 것일까. 명확한 것이 아무것도 없다.

뭐라도 기억을 해냈으면 좋겠다. 내 잃어버린 기억 속에 내 진짜 가족이 있다. 진짜 내 가족을 찾고 싶다. 영원히 기억나지 않아도 좋을 거라는 생각을 했었다. 가족을 찾게 되면 이 저택에서 나가야 한다는 생각을 할 수밖에 없었고, 난 이곳을 떠나고 싶지 않았다. 하지만 지금은 내가 머물고 있는 이 자리가 거북하게 느껴지기 시작했다. 이곳에 온 이후로 내게 새로운 가족이 생기는 것을 고대하고 있었던 게 사실이지만 지금의 상황은 불안해서 견딜 수가 없을 지경이다.

6

마을은 저택에서 볼 때처럼 그림같이 아름답고 평화로워 보인다. 비록 자동차 안에서 바라보는 풍경에 만족해야 할지라도 이 조용한 농촌 마을은 나의 마음을 들뜨게 만들기에 충분히 매력적이다.

"이 마을은 정말 아름다워요. 전 이런 분위기가 좋거든요. 저기, 저 가게들은 너무 예뻐요. 한번 가보면 좋겠어요. 저기에는 뭘 팔아요? 와! 저 아기고양이를 파나 봐요. 너무 예쁘다."

나는 흥분을 감추지 못하고 들떠 말했다. 도시의 가게들과는 다르게 이층집을 개조하여 무엇을 파는지 들어 가보지 않으면 정확하게 알 수가 없는 소박하고 아담하지만 그래서 더 정겨운 가게들이 늘어 선 거리의 풍경이 나를 설레게 한다. 오늘은 마을 장이 선 모양이다. 길거리에 좌판들이 쭉 늘어서 있고, 오가는 사람들도 많다. 마을 사람들은 소박하면서도 검소해 보인다. 사람들의 표정에는 생기가 넘치고, 서로 반갑게 인사를 나누는 모습에서 가족처럼 친근한 정을 느낄 수 있다. 나는 사람들을 만나 이야기를 나눠 보고 싶다. 어쩌면 저들 중에 누군가가 나를 알고 있을지도 모른다. 뭐라도 과거의 나와 연결 지을 수 있는 끈이라도 찾아내게 된다면 얼마나 좋을까.

"저 풍경이 좋다는 거니? 넌 참 소박한 취향을 가졌구나. 가난한 마을 사람들이 모여드는 곳이야. 저런 곳에서 뭘 살만한 게 있겠어? 서민 취향에 뭐 대단한 게 있겠어."

살집이 좋은 중년여자가 시큰둥하게 말했다.

"그래도 저 사람들은 참 행복해 보여요. 그리고 저기에 흥미로운 물건들도 많아 보이고……."

"왜, 저택에서 나와 함께 지내는 게 별로 행복하지 못한 거니?"

"아니요, 그런 말이 아니라……."

나는 당황하여 중얼거렸다.

"네가 저택에서만 갇혀 지내서 답답한 모양이구나. 내 너를 데리고 자주 외출을 하겠다. 이 마을 사람들은 믿을 수가 없어. 그러니 저 사람들과 어울릴 생각은 하지 마라. 그 속을 어찌 알겠니? 순진한 웃음을 흘리면서 그 속에 칼날을 숨기고 있는 인간들이야. 세상을 절대로 믿어서는 안 된다. 네 믿음을 산산조각으로 부서놓을 거면서도 아닌 척 진심을 숨기고 네게서 소중한 모든 것을 빼앗아 가려고 호시탐탐 기회를 노리는 게 세상이니까."

살집이 좋은 중년여자는 냉담한 목소리로 말했다.

"위험한 것은 절대로 실체를 그대로 드러내지 않지. 사람들의 경계심을 내려놓게 만든 후에 그 본질을 드러내는 것이 바로 위험이라는 거다. 세상은 보이는 대로가 아니야. 내가 늘 말하지 않았니? 보이는 것은 그저 빙산의 일각과 같아."

"그렇지요, 사모님. 사모님의 말씀이 백번 지당하십니다."

그 동안 내내 한마디의 말도 없이 침묵을 지키던 운전사가 비위 좋게 말을 던졌다.

"저기를 봐라. 저 농부의 집이 다 쓰러져 가는 꼴을 봐. 저것이 이 마을의 실체야."

멀리서 낡은 집 한 채가 눈에 들어왔다. 소박한 마을의 풍경 속에서는 무엇이라도 자연스러워 보이기는 하지만 저 집은 마치 폐가처럼 비참해 보인다. 그 누군가가 살 것 같지가 않다.

"저기에 정말 사람이 살아요? 폐가 같은데……."

"그러니 말이다. 저 좁고 다 쓰러져 가는 집에 아이들을 다섯이나 둔 농부가 산다는구나."

"그렇게나 많은 식구들이요?"

나는 놀라 물었다. 내가 바라보는 가난의 실체가 너무 비참하다는 생각에 마음이 한없이 무거워진다. 마치 내 자신이 저들 중에 하나라도 되는 것처럼 초라한 기분마저 든다.

"장성한 아이들이 제 몫을 해내지 못한다지? 농부에게는 붙일 땅도 거의 없다고 하더라. 아버지 때에는 우리 가문의 땅을 빌려 농사를 짓기도 했다던데 지금은 내어준다고 해도 거절을 한다고 집사가 말하더구나. 저 지경에 무슨 자존심이 있다고 그렇게 고집을 부리는지 모르겠어."

"그런 것이 아닙니다."

운전사가 나섰다.

"그런 것이 아니면 뭐지?"

"농사일을 도와줄 자식들이 없기 때문이지요. 농부는 기력이 쇠잔한 노인이고, 아들들이 모두 집을 떠나 있으니 농사를 지을 땅이 있다고 감당이 되는 것은 아니니까요. 땅을 빌리는 것도 적지 않은 금리의 이자를 지불해야 하지요."

"그게 비싸다고? 참 어이가 없군."

"없는 사람들에겐 그것도 큰 짐입니다. 흉년이라도 지면 그나마도 이자를 갚을 수 없어 빚은 늘어만 가고, 풍년이 든다고 해도 워낙 생산 단가가 올라 남는 게 없으니 말입니다. 고생을 해서 농사를 지어도 가난할 수밖에 없는 현실이……."

"자네는 이 마을 출신도 아니라면서 어찌 그리 마을 사람들 처지를 잘 알고 있는 거지?"

"워낙 작은 마을이지 않습니까요. 사람들은 이웃의 수저 숫자까지도 알고 지냅니다. 모두 한 가족이나 다를 바가 없지요."

"시민들은 그런가? 참 특이하군 그래. 어쨌든 그 집 아들들이 집을 다 떠났단 말이군. 어딜 가서 뭘 하느라 늙은 부모를 내버려두고……."

살집이 좋은 중년여자가 혀를 찼다. 운전사는 말이 없다. 나는 멀어져 가는 농부의 집에서 한동안 눈을 떼지 못했다. 이야기로만 들을 뿐이지만 이상하게도 신경이 무척이나 쓰이는 가족이다.

조금 전에 난 운전사가 해고를 당하여 짐을 싸고 있다는 소식을 들었다. 살집이 좋은 중년여자와 테라스에서 점심을 먹고 있는데, 갑자기 심각한 표정의 집사가 나타났다. 항상 빈틈없는 자세로 표정변화조차 읽기 힘든 그녀이기에 요즘 자주 드러내는 감정의 솔직함이 그저 놀라울 뿐이다. 운전사의 갑작스런 해고를 나도 이해하지 못한 상황이기는 하지만, 운전사의 일로 그녀가 직접 나설 줄은 몰랐다.

"운전사를 해고하셨다고 들었습니다. 제게 말씀도 없이……, 운전사가 무슨 실수를 했습니까?"

"왜 내 마음대로 운전사를 해고하지도 못하나?"

"그래도 몇 년을 이 집에서 일한 사람을 그렇게 내보내십니까? 지금까지 아무런 문제도 없었잖습니까?"

"내가 지금까지 자네가 하는 일에 참견을 하지 않은 이유를 아나? 그 일을 자네에게 맡겼기 때문이었어. 기억하게. 자네에게 맡겨진 일과 자네에게 맡겨지지 않은 일이 분명히 다르다는 걸 말이야."

"사모님, 제가 잘못했습니다. 저는 사모님이 걱정되어서……."

"도대체 뭘 걱정하는 거지? 난 자네가 걱정하는 이유를 모르겠어."

"그건……."

"못마땅하군. 요즘 자네가 아주 못마땅해. 어쨌든 난 운전사를 해고했고, 자네는 내 뜻에 반기를 들 생각은 하지 않는 게 좋아. 한시라도 빨리 새로운 사람을 찾아보도록 하고."

"한 번만 더 재고해 주십시오, 사모님. 운전사는……."

"그만!"

살집이 좋은 중년여자가 냉담한 목소리로 말했다.

"알겠습니다."

집사가 순순히 대답했다.

"이제 나가 봐!"

살집이 좋은 중년여자의 손짓에 집사는 가볍게 인사를 건네고는 총총히 사라졌다. 운전사의 해고는 어쨌든 일단락이 된 것 같기는 하다. 하지만 점점 불안해지는 내 마음은 걷잡을 수 없는 혼란 속으로 더 깊이 빠져버린 것 같다. 추측과 짐작은 가능하지만 그 무엇도 명확하지 않은 이 갈등의 중심에 내가 있는 것 같기 때문이다.

내가 야생화 벌판에서 운전사를 만나게 될 줄은 몰랐다. 해고를 당하여 어제 저녁에 저택을 떠난 줄 알고 있었는데, 전혀 뜻밖의 장소에서 그와 마주치게 되니 당혹스럽기만 하다.

"여긴 어떻게……."

나는 불편한 시선으로 운전사를 쳐다보았다.

"저도 여기를 좋아합니다. 아가씨가 찾고부터는 다른 사람들이 이곳에 오는 것을 금지당하고 있다는 걸 모르시지요?"

"그래요? 왜요?"

나는 놀라 물었다.

"사모님께서는 아가씨 주위에 다른 누군가가 얼씬거리는 걸 싫어 하시니까요. 누구도 함부로 진실을 이야기해서도 안 되고 말입니다."

"어떤 진실을요?"

"아가씨가 궁금해 하는 이야기가 있을 텐데요? 제가 그 진실을 아가씨에게 말해 준다고 하면 다시 이 저택으로 돌아올 수 있게 저를 도와주시겠습니까?"

"저에겐 그럴 힘이 없어요."

"요즘 일어나는 일들에 대해 알고 싶지 않으신 겁니까?"

"알고 싶어요. 집사님이 말한 아이가 누구인지 알고 싶어요. 사모님께서 저를 양녀로 삼으려 하시는 것 같은데 집사님이 왜 반대를 하시는지도 알고 싶고요. 제가 마을로 가는 것을 꺼리시는 이유도 궁금해요. 요즘에 일어나는 모든 일들을 이해하지 못하겠어요."

"그 진실을 다 말해 줄 겁니다. 이번 일을 도와주시면 아가씨가 필요로 할 때, 그게 무엇이든 반드시 도움을 주겠습니다. 어때요? 괜찮은 거래 아닙니까? 아가씨도 저의 해고에 대해 납득할 만한 이유를 모르시잖습니까? 그리고 제가 해고를 당한 것은 아가씨 때문이기도 하니까요."

"저 때문이라고요? 제가 뭘……."

"그것도 말해드리지요."

"알겠어요. 될지는 모르겠지만 힘을 써볼게요."

"좋습니다. 제가 복직이 되면 아가씨가 궁금해 하는 모든 일을 다 말씀해드리지요. 한 점의 의구심도 남지 않도록 다 말입니다. 하루라도 운전사가 없으면 안 되니 오늘 안으로 말씀드려보세요. 다른 운전사를 구하기 전에 말입니다."

"네, 그럴게요."

나는 내가 잘하는 것인지 확신이 서지 않지만 순순히 대답했다. 모든 진실을 낱낱이 알고 싶은 마음이 간절하기도 하고, 내게 운전사는 거북하고 불편한 사람일지라도 이처럼 갑작스런 해고는 정당해 보이지 않는다. 그리고 이 모든 갈등의 중심에 서 있는 내 처지가 앞으로 어떻게 될지도 알고 싶다.

저녁을 먹고 난 후, 발코니에서 차를 마시면서 나는 슬그머니 운전사 이야기를 꺼냈다.

"운전사 아저씨가 일자리를 찾지 못한 것 같아요."

"운전사?"

살집이 좋은 중년여자가 의아한 목소리로 물었다.

"야생화 벌판에서 우연히 만났는데……."

"그곳은 아무나 갈 수가 없는 곳이야. 절벽이 워낙 가파르기 때문에 누구도 그리로는 들어올 수가 없지. 아직 여길 떠나지 않은 겐가? 분명 어제 저녁에 떠난다고 했는데 말이다. 무슨 생각으로……."

"운전사 아저씨는 복직되기를 바라는 것 같아요. 오랫동안 여기서 일을 했다고 들었어요. 사모님께서 해고를 하신 이유가 분명 있겠지만 한 번만 용서를 해주시면 안 될까요?"

나는 자신감 없는 목소리로 말했다.

"네게 부탁을 했니?"

"사실은 그랬어요. 갑자기 해고를 당했으니 몹시 당황했을 거예요. 다른 일자리를 찾을 수도 있겠지만 아저씨는 여기에서 일하는 걸 좋아하는 것 같아요. 한 번만 더 기회를 주시면 안 될까요? 제가 나설 일은 아니지만 그래도……."

나는 살집이 좋은 중년여자의 안색을 살피며 조심스럽게 말했다. 아무래도 내가 나설 일은 아닌 게 분명하다. 괜한 일을 시작했다 싶다.

"그래, 알았다. 이번 한 번만 봐주도록 하겠다."

"고맙습니다."

"이렇게까지 나올 줄은 몰랐는데……."

살집이 좋은 중년여자가 무거운 목소리로 중얼거렸다.

"집사를 불러 주고, 넌 이제 그만 가서 쉬도록 해라."

"네."

나는 내가 한 일을 후회하면서 방으로 돌아왔다. 운전사에게 도움을 준 것은 잘못된 것이 아닐지도 모르지만 순수한 마음으로 그리 한 것은 아니다. 나는 동정심의 이름으로 내 욕심을 감추고 있었다. 나의 관심사는 운전사의 복직이 아니라 그의 입을 빌어 내 궁금증을 풀 기회를 얻고자 한 것이다. 동기가 불순했다. 살집이 좋은 중년여자의 심기가 편치 않아 보여 마음이 더 무겁다.

운전사는 예전의 자리로 돌아왔고, 저택에서의 일상도 전혀 달라진 것이 없는 것처럼 보인다. 전과 달라진 게 있다면 가정부의 태도가 무척 살가워졌고, 평소에는 그저 습관적인 예절에 인사만 건네던 직원들이 일부러 내 앞까지 와서 따뜻한 미소를 지으며 눈을 마주치기 시작한 것이다. 직접 대고 말하는 사람은 없지만 저들의 동료인 운전사를 도와준 나를 이제야 마음으로 받아들인 것 같다.

"아가씨가 운전사의 복직을 도와주었다고 들었습니다."

정원사의 말투가 탐탁찮게 들렸다. 난 의외의 반응에 조금 놀랐다.

"그냥 말씀만 드려본 것뿐이에요. 그렇게 선뜻 허락하실 줄은 몰랐어요."

"그래요? 어쨌든 아가씨는 정이 많은 분이시군요."

"꼭 그런 것은 아니에요."

나는 부끄러운 마음이 들었다.

"좋은 인연도 그렇지 못한 인연도 당시에는 잘 모르는 법이지요. 운전사가 그냥 이 집을 나가는 게 더 나았을지도 모릅니다."

"왜요?"

"그다지 믿을 만한 사람은 아닌 것 같아서요. 이렇게 누군가를 판단하는 건 좋은 일이 아니지만 사모님과 아가씨에게 해가 될까 염려되는 부분이 있습니다. 하지만 아가씨는 잘하신 겁니다. 이 늙은이의 괜한 근심은 지나친 것일 수도 있으니 마음 쓰지 마세요."

"사실은 거래를 했어요. 제가 궁금해 하는 것을 운전사 아저씨가 말해주겠다고 해서요. 그래서 마음이 내내 무거워요. 사모님께서 해고를 하셨을 때는 그만한 이유가 있었을 텐데……, 제가 잘한 것 같지는 않아요."

"동기가 좋지는 않았군요."

정원사가 가늘게 한숨을 쉬었다.

"맞아요, 아저씨. 전 운전사 아저씨를 그다지 좋아하지 않아서 다시 돌아오기를 바랐던 것은 아니에요."

"아가씨가 궁금해 하는 것이 무엇입니까? 지난번에 제게 물었던 그것 때문인가요?"

"요즘에 저택에서 일어나는 일들이 저를 불안하게 해요. 집사가 말한 아이가 누구인지, 사모님이 저를 양녀로 삼으시려는 것을 왜 반대하는지 몰라서 답답해요. 사실 이 저택에 온 그날부터 정말 마음 편하게 지낸 날이 없었어요. 요즘에는 이곳을 떠나야 한다면 어디로 가야 할지 막막하고 불안한 기분에…… 전 제 진짜 가족이 누구인지도 모르고, 제가 누구인지도 모르잖아요? 얼마나 불안한 기분으로 하루하루를 보내는지 아저씨는 모르실 거예요. 내가 누구인지를 모른다는 것이 얼마나 괴로운 일인지 모르실 거예요."

"그러셨군요. 마음이 불편할 거라고 짐작은 했지만 그렇게까지 힘들어 하실 줄은 몰랐어요. 운전사가 아가씨의 그런 마음을 이용한 것이 괘씸합니다. 제가 아가씨가 궁금해 하는 걸 말씀 드릴게요. 이 사실을 알고 있다는 내색을 사모님 앞에서는 하지 마십시오."

정원사가 의미심장한 표정으로 말했다. 나는 그에게 고개를 끄덕여 보였다.

"사모님에겐 따님이 있으셨어요. 열 살이 되던 해에 실종되셨지요. 그때까지만 해도 사모님은 이 마을의 지주로서 가을에 있는 마을 축제에 참석하시곤 하셨어요. 그 해에 사모님에게 사정이 생겨서 그 당시의 집사가 따님을 모시고 축제의 시작을 알리는 연회에 참석을 하셨지요. 그런데 그 날, 따님께서는 영영 집으로 돌아오시지 못했답니다. 그때 당시의 집사님이 연세가 많으시기도 하셨지만 무슨 일인지 따님의 실종을 제대로 인식조차 못하고 계셨어요. 나중에야 그 양반이 병이 들었다는 걸 알았지요. 어쨌든 집사는 경찰에 넘겨졌고, 그 후에 자살을 했다는 이야기만 들었습니다. 지금까지 여러 아이들이 사모님의 따님일지도 모른다는 이유로 이 집을 다녀갔지요. 모두 아니라는 결과 앞에 사모님이 겪었을 고통이 어떠했을지 짐작이 되고도 남지요. 그 아이들을 찾아 데려온 게 현재의 집사였어요."

정원사는 잠시 말을 멈추고 숨을 고르고 있다. 나도 참았던 숨을 내쉬었다. 머릿속으로 많은 장면들이 순식간에 지나가고 있다. 내게는 숨겨졌던 진실이 퍼즐조각 맞춰지듯 제자리를 찾아가고 있는 것이다.

"집사의 과거 행적은 베일에 가려져 있어요. 아직도 알아보고 있는 중이기는 하지만 현재까지 제가 알아 낸 바로는 그다지 믿을 만한 사람은 아니라는 것입니다."

"집사님의 과거를 알아보고 계시다고요?"

나는 놀라 물었다.

"제가 젊었을 때, 한 때는 사립탐정이었다는 걸 모르시지요?"

"그런데 어떻게 정원사가 되신 거예요?"

"사연이 좀 깁니다. 언제 기회가 되면 말씀드리지요. 어쨌든 사모님께서 알코올 중독이 되신 이유를 아시겠지요? 아가씨가 이 집에 오셨을 때, 사모님은 아가씨를 잃어버린 딸이라고 생각하셨어요. 물론 지금은 아니라는 것을 알지만 아가씨를 사랑하시게 된 겁니다. 그래서 입양을 하실 생각이신 거예요. 사모님의 뜻을 받아들이세요. 아가씨가 이곳에 오신 것은 우연이 아닙니다. 저는 그렇게 확신하고 있습니다. 집사도 이번 운전사 일로 사모님의 뜻에 더는 반기를 들지 않을 것 같습니다. 사모님의 뜻이 확고하다는 걸 알게 되었을 테니까요."

"그랬군요."

내가 작은 목소리로 중얼거렸다.

"사모님께서 아가씨로 인해 행복해지신 것처럼 아가씨도 이 새로운 인연으로 행복해지시면 좋겠습니다. 기회는 하늘이 주지만 그 기회를 자신의 것으로 만드는 것은 사람의 몫이지요. 아가씨, 이제 마음을 편히 가지시고 사모님에게 좋은 딸이 되어주세요."

정원사가 진심어린 목소리로 말했다. 무엇이라 표현해야 좋을지 모를 슬픔과 기쁨이 동시에 내 마음을 가득 채우면서 나의 눈가에 이슬이 맺혔다.

7

나는 농부의 집을 직접 방문하는데 나를 데려가겠다는 양어머니의 말에 정말 놀랐다. 마을에는 발을 디딜 수 없다는 강경한 태도로 일관하던 분이 아니신가. 더구나 그렇게 궁색한 농부의 집으로 나를 데려가신다니. 입양 문제를 매듭짓고, 유산 상속도 마무리 지은 상태라 그 어느 때보다 마음이 여유로운 때이기는 하지만 그녀의 갑작스런 결정에 그저 놀랍기만 하다. 정원사는 그녀의 심경 변화는 상당히 반가운 일이고, 이 모든 것이 내 덕이라는 말을 잊지 않았다. 나는 양어머니의 뜻을 거역할 마음은 없지만 농부의 집에 가는 것이 그다지 달갑지가 않다.

농부의 집으로 향하는 내내 양어머니는 들뜬 아이처럼 기분이 좋아 보인다. 운전사는 그 속을 읽을 수 없는 굳은 표정으로 말이 없고, 나는 긴장이 되어 바깥 풍경에 의미 없는 눈길을 보내고 있다. 마을 사람들을 만나는 것이 싫지는 않지만 농부의 집은 가벼운 기분으로 갈 수가 없다. 이유를 모르겠지만 피할 수 있다면 피하고 싶은 심정이다.

"시장이 올 거야. 이 일을 제안한 게 그 위인이니 어쩔 수 없지. 재선을 위해서 하는 짓이라는 걸 안다만 내가 그런 한심한 인물을 그 자리에 앉혀 놓은 셈이니 감수해야지."

"시장님이요?"

"그래."

양어머니가 떨떠름한 표정으로 대답했다.

"이제는 마을 사람들을 좀 돌아봐야 할 것 같아서 시장의 제안을 받아들이기는 했다만 그 위인이 생색내기만 좋아하는 속물이라 이런 식의 방문이 마음에 걸리기는 해. 어쨌든 집사에게 마을 사람들의 사정을 좀 살펴보라고 했다. 그렇다고 네가 혼자서 마을로 나가는 것은 안 된다. 알겠니?"

"네, 그럴게요."

나는 순순히 대답했다. 양어머니가 왜 이러는지를 이제는 알고 있기 때문이다. 무슨 이유인지는 몰라도 운전사는 농부의 집에서 최대한 멀리 차를 세웠다. 양어머니는 집주위에 차를 세우기 쉽지 않으니 양해를 해달라는 운전사의 변명에 별다른 반응을 보이지 않았지만, 나는 그의 행동에 의아심을 내려놓을 수가 없다. 양어머니가 거친 흙바닥 위를 이렇게 오래 걷게 한 적이 한 번도 없었기 때문이다.

농부의 집 주위로 이미 크고 화려한 여러 대의 자동차들이 세워져 있어 다 쓰러져가는 집과 극명한 대조를 이루는 진풍경이 연출되고 있다. 의미 없이 넓기만 한 마당에는 무슨 대단한 일이라도 있는 것처럼 기자들과 양복을 빼입은 남자들로 복잡하다. 시장인 듯 보이는 남자가 다가와 양어머니를 반기고, 나에 대해 이것저것 의례적인 질문과 칭찬을 늘어놓는다. 난 이 자리가 점점 거북하게 느껴지고 있지만 예의를 다하려고 노력하고 있다.

우습게도 시장은 단을 세우게 하여 그 위에 올라섰다. 그의 퉁퉁하게 살이 오른 볼에는 기름기가 흐른다. 약간 거만하게 기자들을 관찰하듯 쳐다보더니 헛기침을 몇 번 했다. 곧 마이크를 입술에 바싹 가져가더니 일장 연설을 시작했고, 여기저기에서 시장의 모습을 찍기에 바쁘다.

"이 마을에는 참으로 훌륭한 분이 살고 있습니다. 작지만 역사가 깊은 이 마을의 지주로 가문의 전통과 품위를 유지하며 여전히 이 마을의 유일한 가치를 부여하고 계신 귀부인이 계십니다. 여기 이렇게 직접 와 주신 것에 심심한 감사를 전합니다."

시장은 양어머니를 향해 가벼운 인사를 건네더니 다시 연설을 시작했다.

"어느 누구도 이 분의 은혜를 입지 않은 사람이 없고, 이 분을 존경하지 않는 사람이 없습니다. 가난한 이웃들에게 넘쳐나는 사랑을 보여주고자 일생을 노력해 오신 이 귀부인이야 말로 진정으로 이 마을과 제가 열심히 가꾸어온 저의 도시에 보석과 같은 존재라 할 수 있습니다. 제가 바쁜 업무 일정에도 불구하고 이곳에 직접 오게 된 이유도 고귀한 귀부인의 권유가 있었기 때문입니다. 가난한 이들을 나 몰라라 하면서 어떻게 정의로운 시정을 펼칠 수 있겠습니까? 제게 이를 일깨워 준 것도 우리 시의 자랑이신 귀부인이십니다."

시장이 열변을 토하고 있는 동안, 양어머니는 회심의 미소를 지었다.

기자들이 시장과 양어머니를 연신 찍어대고 있고, 그녀 옆에 서 있는 내게도 카메라를 들이대며 지대한 관심을 드러내 보인다. 나는 어떻게 표정 관리를 해야 할지 몰라 억지로 어설픈 미소를 짓고 서 있는데, 세상에 이보다 거북한 자리는 없을 것 같다. 가시방석도 이런 가시방석이 없다.

"누구 덕에 시장이 되었는지를 아는 작자이지. 그리고 누구 덕에 차기 시장 직도 가능할지 아는 거고. 저 인간은 참 쉬워. 너무 쉬워서 재미가 없을 지경이야. 가끔씩 내 품위를 떨어뜨려 나를 곤란하게 하지만 말이야. 저렇게 나를 치켜세우면서 내가 지원하는 정치 자금과 지지를 앞으로도 계속 받겠다는 속셈이야. 일이나 제대로 하면 누가 뭐라나? 내가 지지하는 정당만 아니면 어림도 없을 것인데……."

양어머니가 내 귀에 속삭였다.

"이들처럼 불쌍한 사람들을 돕는 일은 좋은 일이지. 지금까지 많은 후원금을 냈고, 자선바자회도 성공적으로 이끌어 왔어. 가진 사람으로서의 의무이기도 하니까. 하지만 이런 식으로 정치적 목적을 위한 행보는 그다지 달갑지가 않군. 내 다시는 저 위인의 제안을 받아들이기 않을 생각이야. 이런 식으로 나를 이용하게 내버려 둘 수는 없지. 듣는 사람이 몇이나 된다고 마이크에다 저렇게 소리를 질러대는지……."

양어머니가 혀를 찼다. 이유는 같지 않을지도 모르지만 나처럼 마음이 불편하신 모양이다.

"우리 안으로 들어가 볼까? 시장의 연설이 끝나려면 아직도 멀었어. 저 위인은 떠드는 걸 좋아하지. 그럴듯한 공약은 입바른 소리일 뿐이라서 문제인 거지. 하긴 말발이라도 세지 않았다면 시장에 오르지도 못했을 거야."

양어머니가 내 팔을 살짝 끌어당기며 말했다. 나는 그녀의 제안에 안도

하면서 사람들 사이를 비켜 나왔다. 시장은 조금도 지치는 기색이 없고, 연설문도 없이 열심히도 떠들어 댄다. 마이크에 어찌나 가깝게 입을 대고 말을 하는지 시장의 거친 숨소리까지 쩌렁쩌렁 울린다. 정신이 하나도 없다.

"농사를 지어도 빚만 는다고 불평하는 농부들의 이야기를 들었습니다. 저의 귀는 언제나 낮은 사람들에게 열려 있으니까요. 농사를 지어도 배부르게 먹고 살 수 없다면 누가 농사를 지으려 하겠습니까? 이제는 과학적으로 농사를 지어야 할 시대가 된 것입니다. 땡볕에 땀을 흘려가며 잡초를 뽑고, 하늘만 바라보고 비가 내려주기를 바랄 것이 아니라 온갖 첨단 장비들을 동원하여 쉽게 농사를 지어야 한다, 이 말씀입니다. 그리고 이제는 소비자들의 입맛에 맞는 농산물을 개발하여 질로 승부를 해야 한다는 말입니다. 제가 농업의 과학화를 반드시 실현할 것입니다. 믿으십시오. 지금까지는 어떤 시책을 어떻게 적용해야 하는지를 좀 더 정확하게 파악하기 위해서 충분한 탐구와 연구의 시간이었다고 한다면 이제부터는 제가 얻어낸 연구 결과를 실행할 때가 온 것입니다. 제게 시간이 좀 더 필요하다는 것입니다. 장성한 자식들이 집안에서 놀고 있다는 것은 절대로 바람직하지 않습니다. 할 수 있는 일이 없다고요? 게으르니까 일을 하지 않는 젊은이들의 실업률을 정치인의 탓으로 돌리는 것은 억울한 일입니다. 일자리가 없어 실업자가 생기는 것이 아니라 편하고 보수가 좋은 일자리만을 고집하는 사람들 때문에 실업률이 높은 게 아닙니까? 머리만 되려 하지 꼬리가 되려는 사람이 없으니 균형이 맞지 않는 게 너무도 당연하지요. 세상에 그 어떤 것이 머리만 있고 꼬리는 없다는 말입니까! 충분히 일을 할 수 있는데도 퇴직을 해야 하는 중년들이 문제입니까? 이 나라의 기업들은 나이에 왜 그리 집착을 하는지 모르겠습니다. 연륜이 젊은 패기 이상의 가치가 있다는 것을 모르는 자들이 문제이지요. 너무 일찍 사회에서 퇴출당한 사람들이 갈 곳이 없다는 것도 문제입니다. 저들에게는 아직도 교육시켜야 할 어린 자녀들이 있는데 말입니다. 이제 걱정을 내려놓으십시오. 제가 이 도시만큼은 어떻게든 바람직한 방향으로 이끌어 갈 것입니다. 지금까지 눈에 보이는 성과는 없을지 모르지만, 그건 제가 노력하지 않아서가 아니라 저의 부단한 노력에도 불구하고 이 사회적 폐단을 끝내기에는 시간이 부족했다는 말입니다. 저는 여전히 일하고 있습니다. 앞으로도 여러분을 위해 목숨을 바쳐 일할 의지와 열망으로 가득 차 있습니다. 올곧은 정치인이 되려고 부당한 청탁 같은 것은 받지도 않았고, 비리의 '비'자도 모르는 청렴한 정치 인생을 산 사람이란 말입니다. 저를 비난하는 것은 저의 진심을 왜곡하려는 불온한 사람들의 농간입니다. 공공연하게 저의 비리를 떠들고 다니는 인사가 있다는 것을 알고 있습니다. 증거도 확실치 않은 이야기를 사실인 것처럼 말하는 저들을 용납해서는 안 됩니다. 절대 저들의 말에 귀를 기울이지 마십시오. 오직 저의 말을 들으십시오. 저는 여러분의 시장입니다. 제가 몸소 여기까지 오게 된 것은 이 마을의 가장 어려운 형편의 이 가족을 위로하고자 하는 측은지심 때문입니다. 이 가족의 젊은이들에게 일자리를 주겠습니다. 일하기를 원하는 젊은이들을 절대 외면하지 않습니다. 이 가족을 잘살게 만들어 줄 것입니다. 제게 좀 더 시간을 주신다면 이 도시를 이 나라에서 으뜸가는 최고의 도시로 만들 수 있습니다. 저의 능력을 믿으십시오. 여러분의 시장인 제가 해낼 것입니다."

시장의 목소리는 집안까지 쩌렁쩌렁 울리고 있다.

"농업의 과학화? 말이 좋지. 그렇게 잘 아는 사람이 지금까지 뭘 하고 있었던 거야?"

양어머니가 혀를 찼다.

바깥에서 보는 것보다 집안의 형편은 더욱 곤궁해 보인다. 너덜너덜한 벽지는 때가 잔뜩 끼어 있고, 살림살이라고는 다 쓰러져 가는 서랍장 하나가 전부인 것 같다. 장판은 여기저기 뜯겨 있고, 공기를 잔뜩 들이마신 풍선처럼 군데군데 들떠 있다. 그나마도 거실이라고 크기는 그다지 작지 않은데, 거실과 붙어 있는 부엌에는 낡고 더러운 싱크대 하나만 달랑 놓여 있다. 방은 두 개로 나뉘어져 있고, 나무 격자무늬에 누렇게 변색되고 군데군데 찢어지기까지 한 한지가 붙어 있는 미닫이문 틀이 어그러져 간신히 붙어 있다. 하나의 방에는 장롱과 서랍장이 하나 있고, 서랍장 위로 이불이 개져 있다. 그래도 청소를 했는지 정리는 되어 보인다.

다른 하나의 방 모서리에는 켜켜이 짐을 쌓아놓은 것 같은 검은 물체가 있는데, 그것이 갑자기 움직여서 나는 너무 놀라 뒷걸음질 쳤다.

"제 딸아이에요."

우리를 따라 들어온 농부의 아내가 말했다.

"저 아이는 저기서 한발작도 움직이질 않아요."

"언제부터 저러고 있는 거죠?"

양어머니가 호기심을 가지고 질문했다.

"한 6년쯤 됐죠. 이혼을 하고 친정이라고 찾아왔는데, 남편에게 맡긴 하나 뿐인 아들이 죽었어요. 그 때부터 정신이 나가서는 저러고 있어요."

농부의 아내가 눈물을 닦는 시늉을 하며 혀를 찼다.

"난 사진기자를 대동하고 내 집을 이처럼 벌집 쑤셔놓듯 요란을 떠는 당신들의 의도가 의심스럽군요. 내가 이렇게 해달라고 요구한 적이 있나요? 내 집의 형편을 세상에 까발려 뭘 어쩌자는 거요? 도대체 저 시장님은 지금 이 집에서 어울리는 연설을 하는 게 맞소? 여기에 뭐가 있다고 선거유세를 하시느냔 말입니다. 도대체 당신들은 지금 뭘 하자는 거요?"

농부는 분노에 가득 찬 음성으로 소리 질렀다. 농부의 아내가 남편의 입을 손으로 틀어막는다.

"당신 미쳤어요? 이렇게 되면 우리에게 살 길이 열린다고 그렇게 말했는데. 조금만 참기로 했잖아요? 나 미치는 꼴 보고 싶어서 이래요?"

농부의 아내는 감정을 억제하며 최대한 작은 목소리로 말했다.

"사모님께서 직접 제 집에 오실 거라고는 꿈에도 생각을 못했습니다. 마을로는 발길도 주지 않으신 분이 아닙니까? 정말 뭐라 감사를 전해야 할지 모르겠어요. 곧 추수를 해야 하는데요. 올해 농사가 잘 되긴 했지만 지난 몇 년 간 쌓인 빚이 어지간해야 말이죠. 시장님과 사모님께서 오셔서 좋은 가격에 곡물도 전량 수매해 주신다고 하시니 살 길이 생긴 것을요. 농약도 거의 주지 않고 친환경적으로 지은 것이니 비록 때깔은 신통찮아도 건강을 위해서는 더할 나위 없이 좋은 것을요. 절대 후회하지 않을 거예요. 이 양반이 자식만큼 귀하게 정성들여 지은 농사가 아닙니까?"

농부의 아내가 호들갑스럽게 말했다.

"당신은 사모님께서 이자도 없이 빚을 대신 갚아주신다는 말도 듣지 못한 거예요? 사람이 어떻게 그래요? 이제 우리도 자식들 배불리 먹이고, 우리 입도 호사를 하게 생겼는데……, 그저 머리를 조아려 감사해야지요."

농부 아내의 말에 농부는 헛기침을 몇 번 하더니 곧 밖으로 나가버렸다. 농부는 몹시 마음이 상해보였지만, 농부의 아내는 더없이 행복해 보인다.

"저 양반은 신경 쓰지 마세요. 뼈 빠지게 농사를 지어도 매년 빚은 늘고, 장성한 자식들도 도무지 제 몫을 제대로 해내지 못하고. 그래서 마음이 많이 상해서 그래요. 땅에서 나는 식물은 거짓말을 하지 않아요. 정성을 기울인 만큼 소출도 있는 법이니까. 물론 하늘이 심술을 부리면 사람이 당해낼 재간이 없지만요. 그런데 자식은 참 뜻대로 안 돼요. 저 양반이 고지식하기는 해도 자식한테 참 끔찍했는데……."

"그렇겠지. 부모는 그런 것이지."

"사모님께서는……, 이제 괜찮으신가요?"

농부의 아내가 근심 가득한 표정으로 양어머니의 손을 잡으려고 하자, 양어머니는 몸을 틀어 주변을 살피는 시늉을 한다.

"이 집은 상태가 참……, 비는 새지 않나?"

"죄송합니다, 사모님. 괜한 말을 꺼내서……, 왜 비가 새지 않겠습니까? 비만 오면 집안이 엉망이 되는 걸요. 이제 빚도 갚고, 올해는 농사지은 것으로 돈을 좀 만지게 생겼으니 수리도 좀 하고……, 그래도 워낙 허술한 집구석이라 손볼 곳이 너무 많지요. 사모님께서 허락하시어 땅을 좀 더 붙이면 저희 집 살림도 좀 나아지지 않겠습니까?"

"아들들이 집에 없다고 하지 않았나? 땅을 내어주는 것은 문제가 아니지만 일꾼들을 부리면 그 삯을 감당할 수 있겠어?"

"그래도 시장님 말씀처럼 장비들을 빌려 쓸 수 있으면 가능할 겁니다. 남편도 그 장비들만 있으면 쌀농사는 문제없을 거라고 했어요. 물론 밭농사는 사람 손이 많이 가지만요."

"장비를 시에서 마련하여 빌려준다는 시장의 말은 귀담아 듣지 않는 게 좋아. 그럴 예산도 없고, 그걸 관리할 능력도 없으니까."

"정말입니까요?"

“현실적인 대안도 없이 사람들을 현혹시키는 거야. 내가 자네 집을 좀 도와주지. 이 집은 수리만으로 해결할 수 없을 것 같군. 작지만 자네 식구들이 거하기에 부족함이 없는 집을 한 채 지어 주겠네.”

“네에? 정말이십니까, 사모님?”

농부의 아내 눈이 휘둥그레진다.

“요즘은 조립식 주택도 괜찮다고 하더군. 겨울이 되기 전에 들어가 살 수 있도록 처리를 해주겠네. 그런데 저 아이는 병원에 입원이라도 하는 게 낫지 않겠나? 저렇게 말라서야…….”

“먹고 살기도 빠듯한 살림에 병원에 갈 형편은 되나요? 마음 깊이 든 병에 듣는 약이 있기나 하겠습니까? 그저 팔자려니 하고 우리 두 늙은이가 지고 가야 할 짐이지요, 사모님.”

농부의 아내가 더 애처롭게 말했다.

“일단은 병원에 데려가 보게. 내가 그 비용을 대주지. 사람이 사람답게 살아야 사람인 게지 저렇게 사는 게 사람이라 할 수 있겠나?”

양어머니의 눈가에 살짝 물기가 어리는 것 같다. 그녀의 눈빛에 담긴 마음의 이야기에는 이해와 동감과 자기연민이 뒤섞여 있는 것 같다는 생각이 든다.

“네, 감사합니다. 사모님의 은혜는 천 번을 죽어도 다 못 갚을 겁니다.”

정말 신기하게도 이렇게 사람들이 좁은 집안을 벌집 쑤시듯 요란하게 오가는 동안에도 농부의 딸은 조금도 움직이지 않는다. 그녀의 눈동자는 그 어떤 인식도 없는 공허, 그 자체이다. 살아 있는 사람이라고 할 수 없는 너무도 무기력한 모습을 보고 있자니 마음이 시려온다. 나는 그녀에게서 눈을 떼지 못하겠다. 이렇게 신경이 쓰이는 사람을 본 적이 없는 것 같다.

난 방안으로 들어가 농부 딸 앞에 앉았다. 혹시 이야기를 나눠 볼 수도 있을까 기대한 것은 아니다. 그저 가까이에서 그녀를 보고 싶다는 생각에서이다. 농부의 딸은 고개를 두 무릎 사이에 파묻었다. 나와 마주하기 싫다는 행동 같다. 나는 가늘게 한숨을 내쉬고 방을 나오려고 몸을 움직였다.

"너는 누구지?"

나는 잘못 들었다고 생각했다.

"넌 누구냐고?"

"네?"

난 얼떨결에 자리에 주저앉았다. 놀란 가슴이 진정되지 않는다.

"너도 길을 잃었구나."

"길을 잃어요?"

"그래, 넌 길을 잃었어."

농부의 딸은 거부할 수 없는 강한 확신을 가지고 말했다.

"저는 단지 기억을 잃고……."

"여기에 있는 진짜 이유를 찾지 않으면 넌 영원히 길을 잃고 말 거야."

농부의 딸이 다시 말했다. 그녀의 목소리에 담긴 강인함과 담대함에 나는 놀랐지만, 그녀의 이야기에 더 당황할 수밖에 없었다.

"진짜 이유요? 그게 무슨 말이지요?"

"그건 네가 찾아야지. 잃을 게 많으면 근심도 많지. 넌 잃고 싶지 않기 때문에 두려운 거야. 잃고 싶지 않은 그 두려움이 너의 기억을 붙잡을 테고. 하지만 네가 잃고 싶지 않은 그것을 버리지 않으면 네가 진정으로 이곳에 있는 이유를 알 수 없게 될 거야."

"전 기억을 되찾고 싶어요. 누구보다……."

"정말 그럴까? 정말 그렇다면 찾게 되겠지."

"혹시 저를 아세요?"

"누군가가 너를 아는 게 중요한가? 네가 너를 아는 게 중요할 뿐이야."

"아주머니는 누구시죠?"

내 질문이 끝나기가 무섭게 농부 딸의 눈빛이 공허한 정적 속에 잠겨 버리는 것을 보았다. 그녀는 다시 고개를 무릎 사이에 넣고는 조금의 미동도 없다.

"여기서 뭐해?"

양어머니가 의아한 눈빛으로 나를 바라본다. 나는 농부의 딸과 양어머니를 번갈아 쳐다보며 주춤거렸다.

"무슨 일이 있었니? 얼굴빛이 왜 그래? 어디 아픈 거야?"

"아니요. 그냥 이야기를 하고 있었는데……."

"이야기를? 지난 6년 동안 한 마디도 말을 한 적이 없었다고 하지 않았어? 정말 이야기를 하고 있었니?"

양어머니가 근심어린 목소리로 물었다.

"이야기를 하셨어요, 아가씨? 정말 저 아이가 말을 하던가요?"

농부의 아내가 놀란 목소리로 재빨리 물었다.

"네, 조금 전까지는."

"정말이세요? 이런 경사가 있나."

"어쨌든 하루빨리 병원에 데려가 보게. 내 딸과 이야기를 할 정도면 정신이 돌아오려는 징조일지도 모르지."

"네, 네. 그렇게 해야지요, 사모님. 제 팔자에도 이렇게 좋은 일만 있을 줄은 꿈에도 몰랐어요. 정신을 차릴 수 없을 지경으로 좋아 죽겠습니다."

농부의 아내는 눈물을 훔치며 감격하여 말했다. 지난 6년 동안 한마디의 말도 하지 않았다는 농부의 딸이 한 이야기가 내 마음에 와서 박혔다. 어째서 그런 이야기를 한 것인지 모르겠다. 마치 전부터 나를 잘 알고 있는 사람 같았다. 내가 여기에 온 목적이라니. 정말 그런 게 있는 것일까. 미친 사람의 말이라고 치부해 버리면 그 뿐인데 왜 이렇게 심장이 떨리는지 모르겠다.

"이제 돌아가실 거예요?"

"그래, 피곤하구나. 우리는 그만 돌아가자."

양어머니가 피로한 목소리로 말했다. 시장과 수행원들, 기자들도 그 난리법석을 떨더니 언제 그랬냐는 듯이 순식간에 주변을 정리하고 농부의 집을 떠날 준비를 갖추었고, 형식적인 기념촬영에 의례적인 인터뷰, 지루한 작별 인사와 입에 발린 칭찬이 한참을 오가고 나서야 후일을 기약하는 약속을 남기고 우리도 농부의 집을 떠날 수 있었다. 나는 무슨 일이 일어났는지 주변 상황을 기억하지 못한다. 농부의 딸이 한 말이 내 귓전에 윙윙거릴 뿐이다.

"참 긴 하루였네. 피곤해."

양어머니가 자동차에 올라 탄 후, 의자 깊숙이 몸을 기대고는 지친 목소리로 말했다.

"정말 애쓰셨습니다, 사모님."

"자네는 내내 차에 있었나? 왜 나와 보지도 않은 거지? 마을 사람들 일이라면 모르는 게 없고, 관심도 대단한 것 같더니만."

"제가 나설 일이 아닌 것 같아서요."

운전사가 사무적으로 답했다.

"그런가? 그렇다면 앞으로도 지금처럼만 하게. 그 집 딸을 당장 병원으로 데려가라고 했어. 빚을 내서라도 사람은 살리고 봐야지. 그 오랜 세월을 그렇게 방치해두고 있다니……, 도대체 부모가 되어서 그렇게 밖에 못하나 싶더군."

"부모로서 왜 자식을 살리고 싶지 않았겠습니까? 빚도 능력이 되어야 내지요. 그들의 속사정을 모르고는 아무도 함부로 말할 수 없는 것이지요."

"내가 함부로 말하고 있다는 말이로군."

"아닙니다, 사모님. 그저 그 집의 딱한 사정이 그렇다는 것뿐이지요. 그 아이는 세상으로부터 스스로 숨어버린 것입니다. 예전에는 그렇지가 않았어요. 명랑하고 쾌활했지요. 그 나쁜 놈을 만나지 않았다면 절대 저렇게 됐을 리가 없습니다. 아이를 강제로 빼앗아 갔고, 그 아이를 죽게 방치한 파렴치한 놈을 절대 용서할 수 없습니다."

"용서를 못해? 자네가 뭐라고 용서를 하고 말고 하나?"

운전사의 말에 양어머니가 예민하게 반응했다.

"이 마을은 작지 않습니까? 마을 사람들은 다들 가족 같으니까 남의 일 같지 않아서……."

운전사는 상황을 수습하려는 듯 당황하여 말했다.

"자네의 과격성을 감출 수가 없는 거겠지."

양어머니가 한숨을 내쉬었다.

"죄송합니다, 사모님."

"집을 떠난 아들들이 생활비를 보내지도 않는 모양이군."

"두 아들은 행방불명이 되었고, 막내아들이 돈을 보내준다고 합니다. 뭐 상당히 많은 액수라고는 하지만 매달 빠져나가는 이자를 감당하기에도 벅차다고 합니다. 가진 사람들의 돈은 돈을 낳지만, 없는 사람들의 빚은 더 많은 빚을 낳는 법이니까요."

"참 안된 집안이군."

양어머니가 진심어린 목소리로 말했다.

"이제 사모님 덕에 살 수 있게 되었으니 다행이지요. 이미 늦어버린 일이기는 하지만 이 일은 고맙게 생각할 것입니다."

운전사가 의미심장한 목소리로 말했다. 양어머니는 말씀이 없다. 잠이 든 모양이다. 나는 두 사람의 대화를 귓전에서 흘려들으며 계속 농부의 딸을 생각하고 있다. 6년 동안 말을 한마디도 하지 않았다는 게 믿기지 않는다. 그녀의 말에는 의미심장한 뜻이 내포되어 있다. 그녀는 범상치 않은 눈빛으로 나를 노려봤다. 내가 누구냐고 물었을 때의 눈빛을 결코 잊을 수가 없을 것이다. 내가 헛것을 본 것일까. 잠시 꿈을 꾼 것일까. 아니다. 난 헛것을 본 것도 꿈을 꾼 것도 아니다. 실제로 농부의 딸은 내게 말했다. 그것도 아무나 할 수 없을 것 같은 말을 했다. 정말 그녀의 말처럼 내가 여기에 있는 이유가 있는 것이라면 그것이 무엇일까. 더구나 내가 지키고 싶은 것을 버려야만 찾을 수 있는 이유라니. 나는 농부의 딸이 미친 게 분명하다고 생각한다. 하지만 그녀의 이야기는 미친 사람의 말이 아닌 것 같다. 모르겠다. 오늘 겪은 일들은 도무지 정리가 되지 않는다.

무슨 일이 있어도 농부의 딸을 다시 만나봐야 할 것 같다. 그녀를 만나면 아까처럼 대화를 나눌 수 있을까. 그 누군가가 아닌 내가 나를 아는 것이 중요하다고 그녀는 말했다. 하지만 나는 나에게 아무런 답을 줄 수가 없다. 왜냐하면 나는 내가 누구인지를 모르기 때문이다. 다시 답답해진다. 아무리 노력을 해도 잠을 이룰 수가 없다. 도대체 이 미궁 속을 어떻게 빠져나가야 한단 말인가.

나는 새벽안개가 짙게 깔린 야생화 벌판으로 걸어가고 있다. 실내화는 흠뻑 젖었고, 가운만 걸친 몸에는 차가운 한기가 스며든다. 그래도 난 멈출 수가 없다. 답답해서 숨을 쉴 수 없을 지경이다.

내가 야생화 벌판으로 연결된 숲 가까이 이르렀는데, 뿌연 안개 속에서 거대한 인간 형체를 지닌 짙은 검은 안개 같은 것이 저택 방향에서 강쪽으로 흐르듯 움직이는 것이 보였다. 그 검은색 안개는 서서히 하늘로 날아오르더니 저택과 반대되는 방향으로 천천히 움직이고 있는데, 마치 사람처럼 살아서 꿈틀거리는 것 같은 형상으로 뭔지는 모르지만 섬뜩하다. 아침 해가 서서히 떠오르면서 새벽안개는 걷히고 있지만, 인간 형체의 검은 안개는 모양이 흩어지지 않고 내 시야에서 점점 멀어지고 있다.

나는 내 목격담을 정원사에게만 말할 생각이다. 그 사람이라면 내 말을 믿어 줄 것이고, 세상사 아는 게 많으니 내가 본 것이 무엇인지 설명해 줄 수 있을지도 모른다.

양어머니는 농부의 집을 방문한 이후로 많이 달라진 모습이다. 예전보다 좀 더 부드러워지고 마음에 한층 더 여유가 생긴 것처럼 보인다. 게다가 그녀가 약속한 일들을 처리하기 위해 일일이 상황을 보고 받고, 직접 사소한 것들까지 지시한다. 활기 찬 그녀를 보는 것이 얼마나 좋은지 모른다. 이렇게 완전한 행복을 누려도 괜찮을까 싶을 만큼 모든 것이 만족스러운 나날이다. 가끔씩 바람처럼 스치듯 내 머릿속을 어지럽히는 농부 딸의 이야기도 점차 무덤덤하게 느껴지는 것 같다.

"사모님, 농부의 집에서 구매하신 농산물을 마을 노인들에게 보내라 하셨습니까?"

집사가 물었다. 양어머니가 차를 한 모금 마시더니 찻잔을 살며시 내려놓는다.

"그랬는데 왜?"

"자꾸 이러시면 마을 사람들이 다들 몰려들어 뭔가를 해달라고 요구할 것입니다. 농부의 가족을 도와주시는 것은 백 번 잘한 일이지만 마을 사람들 모두를 챙기실 필요까지는 없다는 말입니다. 사람들이 뭔가를 받으면 처음에는 고마워하겠지요. 하지만 곧 받는 게 습관이 되어서는 당연한 권리라고 믿게 될 것입니다. 사모님의 재산이 엄청난 것은 사실이지만 한 번 생긴 구멍은 쉽게 막아지지 않을 거예요. 그러니……."

"자네가 내 재산을 지키기 위해 그렇게나 애를 쓰는지 몰랐군. 나도 바보가 아니니 걱정 말게. 운전사가 그러더군. 가진 자의 돈은 돈을 낳는다고. 내가 가진 돈이 낳은 돈으로도 충분히 사람들을 돕고도 남음이 있어. 여기 내 딸에게 물려 줄 유산은 안전하고, 내가 죽을 때까지 쓰고도 남을 만큼의 돈이 있으니 그것으로 족한 것을. 싸들고 갈 것도 아니잖나?"

"그런 뜻이 아니라……."

"그럼 됐네. 이 아이가 곁에 있으니 아쉬울 게 없어. 그렇게 미칠 것처럼 갈증이 나고 괴로웠던 마음이 봄눈 녹듯 사라진 것이 정말 신기할 정도야. 술에 미치고, 돈에 미쳐서 날뛰었지만 내 안의 갈증은 조금도 해소되지 못했었는데 말이야. 이제는 이렇게 편안하고 행복해. 자네가 말했던 그 아이를 만나지 않은 것을 후회하지 않아. 그리고 자네가 반대했던 이 아이의 입양도 후회하지 않네. 그러니 앞으로 내가 하고자 하는 일에 토를 달지 마."

"사모님께서 편안해지셨다니 정말 다행입니다. 저는 사모님 걱정으로 너무 애가 타서……."

"알아. 그래서 내가 자네를 내 가족처럼 여기잖나? 난 자네를 믿어."

"그래도 한 번만 그 아이를 만나보세요. 혹시 모르니까."

"그만하라고 했어. 앞으로는 내 딸 앞에서 다시는 그 이야기를 꺼내지 말게. 아무리 자네라도 용서하지 않을 거야."

양어머니가 단호하게 말했다. 집사의 안색이 좋지 않다. 그녀가 당황하고 있다는 걸 알 수 있다.

"이제 나가 보게."

"알겠습니다, 마님."

집사가 정중히 인사를 건네고 자리를 떠났다. 언제나처럼 그녀는 떠나면서 나를 노려보았다. 난 그녀를 일부러 외면했다. 이제는 당당하게 맞설 자신이 생겼기 때문이다. 누가 뭐라 해도 내겐 가족이 생겼고, 나는 이제 기억을 잃고 거리를 헤매는 나그네가 아니다.

"어머니."

"그래, 넌 내 딸이다. 정말 좋구나. 내가 너를 만나지 못했다면 집사에게 전 재산을 물려줄까를 생각했었지. 난 유산을 물려 줄 다른 피붙이가 없고, 저 아이는 내 자식 같은 존재거든. 어쨌든 저 아이를 위해서도 준비해 놓은 것이 있으니 됐고. 참 가여운 아이였지. 최고의 일류 대학을 수석으로 졸업하고 승승장구하던 아이가 집안이 반대하는 결혼을 했다고 하더군. 그 남편이 폭력까지 행사하는 난폭한 남자인 줄 몰랐던 거야. 그럼에도 이혼이 쉽지가 않았던 거지. 이혼하기 전에 내 집에서 일하고 싶다고 여기를 직접 찾아왔다고 들었다. 그때는 청소라도 좋으니 여기서 일만 시켜달라고 했다고 그 당시의 집사가 그러더구나. 그래서 청소부터 시작했지. 그리고 난 저 아이가 이혼을 하도록 도와줬어. 많은 돈을 주고 내 변호사를 보내서 합의를 하도록 만든 거지. 언제나 변함없는 충성심과 성실함에 젊은 저 아이를 여자임에도 불구하고 집사로 임명했어. 그때는 나도 참 대단한 결단을 내린 거였지."

양어머니는 흐뭇한 미소를 지으며 말했다.

"그랬었군요."

"한동안은 네 문제로 나를 괴롭히기는 했지만 나를 위해서 그랬다는 걸 알아. 앞으로는 괜찮을 거야."

"그런데 집사님이 이야기한 아이는……."

"그건 네가 마음 쓸 일이 아니야. 지금 중요한 것은 네가 내 딸이고, 내가 너의 엄마라는 사실 뿐이다. 알겠니?"

"네, 어머니"

나는 내가 얼마나 대단한 것을 가지게 되었는지를 알 것 같다. 친딸을 찾는 일까지 포기하고 나를 양딸로 삼은 어머니와 내가 물려받게 될 엄청난 유산. 그 무엇보다 좋은 것은 내게 가족이 생겼다는 사실이다. 기억을 잃은 고아나 다름없는 내게 어머니의 사랑과 보호, 그리고 이처럼 아름다운 집이 생긴 것이다. 나는 이 가족을, 이 집을 반드시 지킬 것이다. 그 어떤 방해나 역경에도 굴하지 않을 것이다.

8

가을걷이가 끝난 마을은 축제를 앞두고 분주하다. 집안일을 하는 사람들은 온통 농부의 집이 공사를 시작하여 외관이 거의 완성 단계에 있는데 그렇게 부러울 수가 없다는 이야기에, 어느 집, 누가 일손이 딸려 가을걷이로 고생이 많았다는 이야기, 누구 집 딸은 올해의 풍년으로 결혼식을 올릴 수 있을 거라는 이야기, 누구의 아들은 그 성실성으로 인해 신랑감으로 손색이 없음에도 못생긴 농촌총각이라는 이유로 장가를 못 가 안타깝다는 이야기 등으로 이야기꽃을 피운다. 그리고 단연 가장 화젯거리는 마을축제에 누구와 함께 가느냐로 자랑과 걱정이 만발하다. 나는 직원들의 수다를 가끔씩 훔쳐 들어서 마을의 돌아가는 사정을 비로소 알게 된다.

마을축제 이야기를 들었을 때, 나는 정말 그 축제에 가고 싶다는 강한 열망에 사로잡혔다. 나는 늘 너무도 어렵고 지루하기 짝이 없는 어머니의 사교 모임과 각종 파티에 참석해야 하는 게 그다지 즐겁지 않았기 때문이다. 내가 양딸이 되었다는 사실을 공식적으로 축하하는 파티만도 벌써 여러 차례 가졌는데, 대화가 통하는 사람이 있는 것도 아닌데다 가식적인 예절과 늘 그렇고 그런 대화거리에 싫증이 난다. 나는 편하게 어울릴 수 있는 사람들과 만나고 싶고, 그런 사람들과 어울리기에는 마을축제보다 더 좋은 기회가 없을 것이다.

위층으로 연결된 계단을 오르려고 하는데 두 명의 직원들이 난간에 걸레질을 하며 이야기를 주고받고 있었다. 난 저들이 눈치 채지 못하게 재빨리 계단 아래로 몸을 숨겼다. 이렇게 나쁜 습관이 생긴 것을 양어머니가 아시면 단단히 꾸중을 들을 게 뻔하다. 하지만 이 유혹을 뿌리치기가 힘들다. 요즘에 관심사는 역시 마을축제와 농부의 가족 이야기이다. 대수롭지 않게 치부해 버릴 만도 한데 지금도 가끔씩 농부의 딸이 생각나곤 한다. 그녀가 어떻게 지내는지도 궁금하고, 다시 만날 기회가 있다면 한 번은 더 만나고 싶은 사람이기도 하다. 만일 건강해져서 마을축제에 참석이라도 한다면 우연을 가장해 그녀를 만날 기회를 얻을 수 있을 것이다.

"그 노인이 그럴 사람이 아니지. 자식과도 맞바꾼 과수원을 두고 어디로 갈 수 있는 사람이 아니라고. 혹시 살해당한 것이 아닐까? 그렇지 않고서야 어디로 갔겠냐고. 지금까지 단 하루도 과수원을 비운 적이 없었잖아?"

"그러게, 나도 들었어. 집배원 아저씨가 신고했다며? 그 노인네가 사라진 게 벌써 한 달이 다 되어간다고 하더라. 네 말처럼 이미 죽었을지도 모르지. 아무래도 수상하기는 해. 그 과수원 땅을 도시에서 온 개발업자들이 탐낸다고 하는 이야기를 들은 적이 있어."

"그 집을 나간 딸이 유일한 상속자잖아? 그 딸이 꾸민 짓일지도 몰라. 다시는 안 볼 것처럼 싸우고 집을 나갔으니."

"그 딸은 이미 죽은 거 아냐? 그렇다고 하던데."

"아니야. 죽지는 않은 모양이야."

"그래? 그러면 그 딸이 범인일 수도 있겠다. 그 땅을 그렇게 탐냈잖니?"

"일을 입으로 하나?"

갑자기 나타난 가정부가 냉담한 말투로 두 여자의 이야기를 막았다.

"쓸데없는 수다나 떨라고 임금을 주는 게 아니야. 정신들 차려! 아가씨는 어째서 거기 그러고 계십니까? 어디 편찮으세요?"

계단 아래 쭈그리고 앉아 있는 나를 발견한 가정부가 물었다.

"아니요. 목이 말라서요. 부엌으로 가려고……."

"부엌은 저쪽인데요. 그런데 그런 일로 손수 부엌으로 가시면 어쩝니까? 저희를 부르셔야죠. 사모님이 아시면 불벼락이 떨어질 거예요. 저희 목을 달아나게 하실 생각이세요?"

가정부는 불만 가득한 목소리로 말했다.

"그게 아니라, 요리사 아저씨가 오늘 저녁에 무슨 요리를 하실 것인지 궁금하기도 하고……."

"집안에만 갇혀 있으니 답답하고 심심하시죠? 공부도 가정교사에게만 맡기고, 외출도 사모님과 함께 아니면 어디 나가보지도 못하시고. 사모님도 너무 하시지. 이렇게 젊은 아가씨를 집에만 가둬두시니. 이해해요. 제가 친구가 되어 드릴까요, 아가씨?"

가정부는 유난히 나긋한 목소리로 웃음을 지으며 말했다.

"아가씨, 방으로 가시죠. 아가씨가 궁금한 것을 제가 다 말씀드릴게요. 어서요."

나는 가정부가 이끄는 대로 그녀와 함께 방으로 돌아왔다.

"저기, 아가씨. 이미 소문을 다 들으셨을 테니, 마을축제에 가보고 싶어 그러시는 거죠?"

"어떻게 알았어요?"

"아가씨도 젊은이 아닌가요? 여기 일하는 젊은 아가씨들이 오죽 재잘거렸겠어요. 괜찮은 남자를 만날 수 있는 절호의 기회이기도 한 걸요. 이번에는 축제 기간 중에 사모님께 대단히 특별한 행사가 있으세요. 집을 이틀이나 비우신답니다. 집사도 따라가고, 운전사도 없으니 저와 몰래 외출하실 수 있으세요. 저와 축제에 가요. 제가 모시고 갈게요. 아가씨가 상상하는 것보다 더 재미있답니다. 마을 사람들이 모두 모여서 벌이는 한바탕 신나는 잔치예요."

"정말 그래도 돼요?"

내가 들떠서 말했다.

"이 집안에서는 두 사람을 제외하면 모두 제 편이에요. 집사와 운전사가 없으면 뭘 해도 들킬 염려가 없지요. 이후에 사모님께서 알게 되면 제가 잘 말씀드릴게요. 아가씨에게 무슨 문제가 없으면 괜찮을 거예요."

가정부가 자신만만하게 말했다.

"어머니가 마을로 못 나가게 하는 이유를 알지만 한 번만이라도 마을 축제에 가보고 싶어요."

"어련하시겠어요. 그 사연을 정원사가 이야기를 해줬다면서요?"

"네."

"제가 이 집에서 태어났고, 제 고조할머니 때부터 이 집에서 일했어요. 이 집에서 일어나는 일은 모르는 게 없지요. 이 가족의 역사는 제 역사이기도 한걸요. 불행은 예고도 경고도 없어요. 그런 일이 일어날 것이라고 누군들 상상이나 했겠어요? 근데 사모님께서는 따님을 살갑게 챙기시는 양반은 아니었어요. 지금 아가씨에게 하시는 것 반만이라도 하셨으면 조금은 덜 아파했을지도 모르죠. 잃고 나서야 당신이 못다 준 사랑에 그렇게나 아파하시고……, 후회 없는 인생을 사는 사람이 어디 하나라도 있나요? 사는 게 다 그런 것이지."

"정말 힘드셨을 거예요. 그 이야기는 들을 때마다 마음이 무거워요."

"어머니의 마음은 어머니가 되어보지 않고서는 몰라요. 저도 모르는 걸요. 결혼도 못 해 본 노처녀이니. 우리가 짐작하는 건 우리가 겪을 수 있고, 겪어 본 슬픔의 크기 만큼일 뿐이지요. 사모님이 겪은 슬픔을 우리는 다 담을 수도, 이해할 수도 없어요. 어쨌든 사모님께서는 이후로 아이를 더 갖지 못하셨어요. 아니, 가지려고 하지를 않으셨지요. 주인님과는 이혼을 하셨고, 내내 따님을 찾으려고 별의별 일을 다 하셨어요. 돈은 얼마나 들고, 그 고통과 절망감은 어떠하셨는지……, 주인님도 얼마 전에 돌아가셨어요. 그 소식에 참 많이 힘들어 하셨지요. 다시 술을 마시기 시작했으니까요. 그럴 즈음에 아가씨가 오신 거예요. 지금까지 잃어버린 아가씨라고 몇 명이나 이 집을 거쳐 갔는지 모르실 거예요. 다 아니라고 판명이 났지만 말예요. 그것들이 얼마나 경우가 없었던지……."

가정부는 치를 떨었다.

"무엇보다 사모님께서 느끼신 실망감은 말로 다 할 수가 없었지요. 몇 번이나 죽으려고 하셨다니까요. 정말 가여운 양반이시지."

"그래서 저를……."

"사모님은 마음에서 이미 아가씨를 당신 딸로 삼으신 거예요. 지금까지 거쳐 간 아이들을 모두 내보내셨는데, 아가씨만은 곁에 두시고 입양까지 하셨잖아요. 아가씨의 나이가 정확하지 않으니 알 수는 없지만 사모님의 따님이 컸으면 아가씨 정도의 나이가 되셨을 겁니다. 하지만 그 이유로는 부족해요. 여기를 거쳐 간 아이들도 나이가 딱 들어맞고, 마님을 쏙 빼닮은 아이도 있었으니까요."

"그랬군요."

"사람의 마음은 참 알 수가 없는 거죠. 집사는 아가씨가 사모님의 양딸이 되는 것을 그리도 반대하더니 독이 잔뜩 올라서 금방이라도 뭔 일을 낼 것 같은 품새라니까요. 사실 아가씨만 아니었으면 사모님의 재산을 다 독차지할 수도 있었으니 그럴 밖에요. 가짜를 데려다 사모님의 따님으로 만들 생각도 집사가 한 것이니 그 속을 알고도 남지요. 오직 그 여자의 검은 속을 사모님만 몰라요. 그렇게 사람을 한 번 믿으면 끝까지 믿으시니."

가정부가 한숨을 내쉬었다.

"아가씨가 사모님의 딸이 되어서 전 얼마나 좋은지 모르겠어요. 처음에는 이 집을 거쳐 간 아이들과 다를 게 없다고 생각했었는데 겪을수록 참 착한 분이셔서 다행이다 싶어요. 더구나 집사와는 상관도 없으시잖아요? 그게 제일 마음에 들어요. 암튼 사모님께서 행복해지셔서 좋고, 이렇게 참한 아가씨가 이 가문을 이을 것이라 다행이고. 이 저택에서 요즘처럼 좋은 때는 없었어요."

"다행이에요. 그리고 고마워요."

난 나를 이해해 주고 받아들여 준 가정부에게 진심으로 고마운 마음이다.

"그런데 아까 들으니 과수원 노인이 실종되었다고……."

"그러게요. 참 알 수 없는 일이기는 해요. 그 노인은 과수원을 떠나는 일이 없으셨던 양반인데. 지금까지는 과수원 농사가 영 신통찮았어요. 하나 있는 딸이 대학을 가겠다는데 등록금을 마련하기 힘들었을 정도로요. 과수원 땅이 경치는 좋은데 과일 농사는 영 아닌 모양이에요. 예전에도 땅을 사겠다는 개발업자가 나타났는데도 팔지 않았죠. 그 딸이 그렇게 애걸을 하는데도 땅을 팔지 않더니만 결국 딸이 집을 나가버렸잖아요? 사연 없는 사람이 없어요."

"딸을 찾으러 갔을 수도 있겠네요."

"그거야 모르지요. 이런, 곧 수업 시간이네요. 뭐 필요한 게 있으면 말씀하세요."

"아니요. 고마워요."

내가 부드럽게 말했다. 가정부는 자리에서 일어나더니 그만 나가 봐야겠다고 말하고는 방을 나갔다. 나는 이제야 잃어버린 퍼즐조각을 다 찾아낸 기분이다. 그리고 내가 얼마나 운이 좋은지를 다시금 생각한다. 그런데 왜 나를 선택한 것일까. 내가 기억을 잃은 것 때문일까. 그 어떤 과거와도, 그 누구와도 얽히지 않는 사람이기 때문일까. 만일 그렇다면 기억을 찾는 게 또 다른 불행이 될 수도 있을 것이다.

오늘은 아침부터 두 아이의 엄마가 아이들을 두고 사라졌다는 이야기를 들었다. 남편이 일자리 때문에 먼 나라로 떠난 후, 어렵사리 두 아이를 키우던 엄마가 어린 아이들을 두고 어디론가 사라져버렸다는 것이다. 나에게 이 소식을 가지고 온 사람은 가정부이다. 그녀는 화가 나서 참을 수 없다는 표정이다.

"남편 없이도 아이들을 잘 키우나 싶었는데 그 여자도 별 수가 없었나 봐요. 그렇다고 앞도 못보고, 귀까지 어두운 노인네에게 애들을 떠넘기고 자기 살길을 찾아 떠난다는 게 말이 돼요? 세상에 제 자식을 버리는 부모가 있다는 이야기를 듣기는 했어도 이 마을에서 이런 경우가 생길 줄은 몰랐어요."

"언제 떠난 거래요?"

"일주일이나 됐대요. 참 각박한 세상이에요."

"그럼 아이들은 어떻게 해요?"

"친할머니가 있고, 엄마가 양육권을 포기하지도 않았으니 보육원으로도 갈 수가 없고…… 그 노인은 당신 밥도 제대로 끓여먹지 못하는 사람이에요. 언제 죽을지도 모르는 노인과 아이들을 두고 떠난 그 여자가 독한 거지요."

"큰일이네요."

"제가 정원사 양반에게 부탁해서 데우기만 하면 먹을 수 있는 음식을 좀 가져다주게 했어요. 제대로 챙겨 먹을라나 모르겠지만 어쨌든 생사람들을 굶어 죽일 수는 없잖아요?"

"제가 어머니께 이야기해 볼까요?"

"그게 좋겠어요. 아이들에게 양식만 보낸다고 해결될 문제는 아니거든요. 아이들이 너무 어려요. 그것도 사내 녀석들만 둘이니. 큰 애가 이제 열 살 정도 되었을 거고, 작은 애는 몇 년이 더 어려요. 참 왜들 그러는지 모르겠네. 일단은 이 집에서 일하는 직원 하나를 보내서 도움을 줄 수 있으면 좋겠어요."

가정부가 길게 한숨을 내쉬었다.

난 양어머니께 이 일을 알려 저들을 도와줄 방법에 대해 의논했고, 양어머니의 승낙을 받아 직원 한 명을 보내주기로 결정했다. 선택된 직원은 아이들의 부모가 돌아올 때까지 그 집에 상주해서 집안일과 아이들을 돌봐주기로 했다. 이 일에 집사는 방관자처럼 행동하고 있고, 가정부는 마치 자신의 일처럼 분주하다. 나는 가정부를 도와 그 집에 보낼 물품들을 챙기고, 부족한 것이 없는지를 꼼꼼하게 살펴보느라 바쁜 하루를 보내고 있다. 정말 정신없이 하루가 지나가고 있지만 기분이 날아갈 듯이 좋다. 그 누군가를 도와줄 수 있다는 게 이렇게 기쁜 일인지 몰랐다.

모두들 분주한 하루를 마무리할 늦은 저녁시간에 연락도 없이 농부의 아내가 찾아왔다. 그녀는 다짜고짜 설명도 없이 양어머니 앞에 주저앉아 울기 시작했는데, 그녀가 어찌나 서럽게 우는지 영문을 모르면서 나도 같이 울고 싶은 심정이다. 감정도 몸도 지치는, 아침 일찍부터 끝이 날 것 같지 않던 이 긴 하루가 아직도 계속되고 있는 것이다.

"사모님, 우리 집 양반이 아무 말도 없이 집을 떠났어요. 내일이면 새집으로 들어갈 참이었잖아요? 그런데 그저께 아침 일찍 집을 나선 양반이 지금까지도 돌아오지 않았다고요. 지금까지 전화도 한통 없고, 저에게 말 한 마디 남기지 않고 어딜 나설 양반이 아니에요. 절대 그럴 사람이 아니에요. 이게 도대체 어떻게 된 일인지 영문을 모르겠어요. 갑자기 전화도 안 되고, 너무도 답답한 심정에 이렇게 달려올 수밖에 없었어요. 사모님, 제발 제 남편을 좀 찾아주세요."

"경찰에 신고는 했나?"

양어머니가 인내심을 가지고 물었다.

"그럼요. 하다뿐이겠습니까?"

"그럼, 기다려봐야지. 여기 와서 이런다고 사람이 찾아지는 것은 아니잖나. 더구나 이렇게 늦은 시간에."

"사모님, 제 남편이 바람이 난 것일까요? 절대 그럴 사람은 아니지만요. 열 길 물속은 알아도 한 길 사람 속은 모르는 일이 아닙니까? 지금까지 살면서 요즘처럼 행복한 적은 없었어요. 이제 좀 사람답게 사는가 싶었는데요."

농부의 아내는 처량하게 울먹이면서도 하고 싶은 말은 다하고 있다.

"알았으니 집으로 돌아가게. 내가 경찰서장을 만나 보지. 이렇게 시도 때도 없이 가족사를 다 해결해 달라고 찾아오는 짓을 다시는 하지 말게."

양어머니가 난감하고도 짜증이 섞인 목소리로 말했다. 그녀도 나처럼 몹시 피곤해 보인다.

"어서 돌아가 보세요. 사모님께서 힘써 주신다니까 너무 걱정하지 마시고요. 분명히 좋은 소식이 올 거예요."

하루 종일 분주했던 나와 가정부가 하는 일에는 무관심한 태도로 일관하던 집사가 농부의 아내에게는 놀랄 만큼 친절하다. 나는 집사의 태도에 놀랐다.

"네, 네. 그럼요. 감사합니다. 정말 감사합니다."

농부의 아내는 양어머니의 손을 부여잡고 눈물과 콧물로 범벅이 된 얼굴을 부비고 있다. 양어머니의 표정을 보니 이 상황에 얼마나 곤란한 기분을 느끼시는지를 알 수 있을 것 같다. 어쨌든 집사가 농부의 아내를 달래서 집 밖으로 데리고 나갔고, 농부의 아내가 떠나자마자 운전사가 집안으로 들어왔다.

“자네는 어디에 있다가 지금에야 들어온 거야?”

“바깥일을 좀 살피고 있었습니다. 지금 전화가 안 됩니다.”

“내 휴대폰은 어디 있지?”

“휴대폰도 안 됩니다, 사모님.”

“텔레비전을 한번 틀어보게.”

텔레비전도 번개를 맞은 것처럼 화면이 전혀 잡히질 않는다.

“무슨 일이야? 전기는 들어오잖아?”

“네, 전기나 수도는 이상이 없습니다.”

운전사가 사무적으로 대답했다. 그의 무표정한 얼굴에는 감정이 실려 있지 않은 것처럼 보인다.

“참 피곤한 날이로군. 자네는 정원사와 무슨 일인지 좀 알아보도록 하고.”

“네, 알겠습니다. 이제 좀 쉬도록 하시지요. 나머지 일은 저희가 알아서 하겠습니다.”

운전사가 덤덤하게 말했다.

“도대체 무슨 일인지 모르겠네.”

양어머니는 소파에 힘없이 주저앉으며 한숨을 쉬었다.

“이런 적이 없었는데…….”

“과수원 노인과 과부의 실종과도 연관성이 있는 게 아닐까요? 농부가 갑자기 사라진 거 말예요.”

가정부가 불안한 목소리로 말했다.

“저는 저들이 집을 떠난 가족들을 찾아 나선 게 아닐까 생각합니다.

과수원 노인은 집을 나간 딸을 오랫동안 수소문하고 있었으니까요. 눈 먼 할머니에게 아이들을 맡기고 떠난 여자도 행방불명이 된 남편을 찾아 떠난 것 같습니다. 일 때문에 외국에 나가 있던 남편이 국내로 돌아왔다는 소식을 들은 적이 있습니다. 어찌된 영문인지 국내로 들어와서도 집으로 돌아오지 않은 남편을 찾으러 간 게 아닐까 싶습니다. 농부는 그 집의 아들들을 찾아 떠났을 것 같습니다. 아내에게 말하지 않고 떠날 위인이 아니라는 것은 알지만 정확한 정황은 모르지요. 워낙 다급했을 수도 있고. 제가 확인한 바로는, 농부는 개인 휴대폰이 없고, 과수원 노인과 여자는 집에서 저들의 휴대폰을 찾아냈습니다. 어쩌다보니 세 사람이 마을을 떠난 시기가 비슷하고, 아직 원인을 확인하지 못했지만 하필이면 오늘 통신 장애가 생겨 이런 소란이 일어난 것 같습니다."

집사가 논리적으로 침착하게 말했고, 모두들 수긍하는 표정이다.

"집사님 말이 맞는 것 같습니다."

운전사가 말했다.

"아닐 수도 있지요. 하지만 분명한 것은 이 시간에 모든 것의 진실을 밝혀낼 수는 없다는 것입니다. 우선은 잠을 자고, 내일 상황을 좀 더 알아보는 게 좋을 것 같습니다."

정원사가 신중한 태도로 차분하게 말했다.

"네, 사모님. 이 양반의 말대로 하는 게 좋을 것 같습니다."

가정부가 심란한 표정으로 무겁게 말했다.

"그렇게 하자고. 너도 어서 올라가 쉬어라."

양어머니가 내게 말했다. 그녀의 얼굴에 피곤한 기색이 역력하다. 나도 지금은 그 어떤 생각도 하고 싶지가 않다. 집사의 말처럼 어쩌다보니 동시에 같은 일이 발생한 것이라 생각하고 싶다. 우선은 잠을 좀 자야겠다. 나는 양어머니가 자리를 떠나자마자 바로 내 방으로 돌아왔다.

아침 일찍 통신망은 복구되었다. 양어머니는 시장에게 전화를 걸어 마을 사람들의 행방을 찾는 데 좀 더 신경을 써달라고 당부했고, 저택 안에서는 모든 직원들이 마을에서 일어나는 일들에 대해 말해서는 안 된다는 지시도 전달했다. 그녀는 내가 마을 일에 마음을 쓰는 게 싫은 모양이다.

나는 가을이 깊어진 야생화 벌판으로 가기 위해 정원을 걸어가고 있다. 평소처럼 정원을 한 바퀴 돌 생각으로 정원 정중앙에 있는 미로로 들어갔다. 정확히 미로는 아니다. 다만 형이상학적인 조형물은 미로처럼 복잡하게 얽혀 있어 처음 이곳에 들어온 사람이라면 길을 잃을 수도 있다. 이 조형물은 정원사의 예술적 감각이 가장 잘 표현된 작품이기도 하다.

나는 천천히 미로를 따라 걷다가 나무 담이 끝나는 부분에서 두 사람의 말소리를 들었다. 귀를 기울여 보니, 생소한 남자의 목소리와 양어머니의 목소리가 번갈아 들려온다. 나는 그냥 지나쳐 가려고 했다. 그런데 저들의 이야기 내용 때문에 자리에 멈춰서고 말았다.

"이제 그 아이와 함께 여생을 보내게 되었군요. 과거는 모두 잊기로 한 것입니까?"

묵직한 저음의 낯선 남자의 목소리에는 신뢰감이 느껴진다.

"그게 가능하다고 생각하십니까? 세상에 어떤 어머니가 자식을 잊을 수 있겠습니까?"

양어머니는 침울한 목소리로 말했다.

"그런데 왜 집사가 말한 아이를 만나지 않은 것입니까?"

"저의 유일한 피붙이를 그 어딘가에 잃어버리지 않고 제 마음에 심어

두기 위해 마음으로 그 아일 죽였으니까요. 그 아이는 제 마음에 영원히 살아 있습니다. 세상 어딘가에 잃어버린 아이가 아니라 제 마음에 살아 있는 아이입니다. 양딸로 삼은 아이는 제가 새로 낳은 아이지요. 그 아이가 이 집에 오고 제 마음에 들어왔어요. 그때 저는 그 아일 마음으로 낳았지요. 전 마음으로 낳은 딸 하나와 마음에 심어 둔 딸 하나를 가진 엄마가 된 겁니다. 그리 나쁘지 않지요?"

"그렇군요. 잘하셨습니다. 하지만 애석하게도 저는 오늘 당신이 듣고 싶어 하지 않는 이야기를 해야 할 것 같군요. 그 아이는 특별한 이유가 있어 이곳에 온 겁니다. 당신과 함께 계속 여기 머물러서는 안 됩니다."

"무슨 말입니까? 이제야 찾은 제 행복을 시기하는 게 아니라면 그 말도 되지 않는 말은 꺼내지도 마세요. 학자님도 아실 것입니다. 지난 세월 내가 얼마나 미쳐 날뛰었는지. 그 아이가 오고 나서는 정말 믿기지 않은 일이 일어났어요. 이렇게 편안해지고 행복해지다니 참으로 놀라운 변화이지요. 난 무슨 일이 있어도 제 딸을 지킬 거예요. 두 번 다시 같은 실수는 안 합니다."

양어머니가 단호하게 말했다.

"그 아이는 이곳에 속한 존재가 아닙니다."

"무슨 말씀이세요?"

양어머니의 목소리가 날카롭다.

"그 아이에게 맡겨진 사명이 있어 이곳에 온 거예요. 그 사명을 완수해야만 합니다. 그래야 사모님뿐만 아니라 이 마을 사람들이 모두 살 수 있습니다."

"뭐라고요? 그 아이에게 맡겨진 사명이라니요? 무슨 말도 되지 않는……, 그만 하시지요. 이곳에 속하지 않은 아이가 아니라면 어디에 속한 사람이라는 겁니까? 지금 무슨 말씀을 하시는 겁니까?"

양어머니의 목소리가 떨리고 있다.

"이 마을에 닥친 불행은 이제 시작에 불과합니다. 모든 사람들이 사라지고, 마을이 악의 세력에게 완전히 정복당할 때까지 결코 멈추지 않을 것입니다."

학자가 심란한 목소리로 말했다.

"사라져요? 세 사람이 마을을 떠난 것은 그럴만한 사정들이 있어서예요."

"저들이 제 발로 떠난 것은 분명하지만, 그렇다고 스스로 떠난 것은 아니에요. 저들을 데려간 자들은 잃은 것을 되찾게 해주겠다고 저들에게 속삭였을 겁니다. 과수원 노인의 딸도, 농부의 아들들도, 두 아이의 어머니인 여인의 남편도 저들이 꿈꾸는 삶을 찾아 떠난 것처럼 말입니다. 이 일은 아주 오래 전부터 시작된 일입니다. 이제 본격적으로 종말을 향해 치닫게 될 것입니다. 그 아이가 이곳에 왔으니까요. 제 말을 믿으셔야 합니다."

"학자님은 산 속에 너무 오래 묻혀 산 것 같군요. 젊은이들은 이상의 세계를 찾아 떠나고 싶어 하죠. 제가 젊었을 때를 아시지 않습니까? 모든 사람들이 부러워하는 상속자인 제가 이 마을을 벗어나고 싶어 무슨 짓을 했었는지. 내가 꿈꾸는 것이 내가 가진 것에는 없다고 생각했어요. 아니, 보이지 않았지요. 그래서 세상으로 뛰쳐나갔지요. 그리고 그때 알았어요. 내가 얼마나 많은 것을 가지고 있는 사람인지를. 그리고 내가 찾고자 한 꿈이 얼마나 헛된 것이었는지를 말입니다. 그렇게 아이들은 자라는 겁니다. 그렇게 소중한 것이 자신 가까이에 있다는 것을 알 때까지는 오랫동안 세상의 거리를 헤매게 될 것입니다. 전 언제나 학자님을 존경해왔습니다. 제 아버지처럼 생각하기도 했고요. 하지만 실망이군요."

양어머니가 냉담하게 말했다.

"압니다. 모두 맞는 말이지요. 그 말에 지금의 현실을 모두 설명할 수 있다면 좋겠지만 애석하게도 그렇게 단순한 문제는 아닙니다. 우리의 적은 우리의 마음을 이용해요. 그래서 그 유혹을 뿌리치기가 어렵지요. 저들이 우리의 약점을 너무도 잘 알고 있다는 것이 문제입니다."

"도대체 그 적이란 것이 뭐죠? 그리고 무엇을 그리 잘 알고 있다는 말이지요?"

양어머니가 비꼬듯 물었다.

"우리의 육신은 우리 영혼의 성장을 위한 도구이자 귀한 영혼을 담고 있는 보물창고입니다. 보물창고는 소중한 보물을 지키는 역할을 하지요. 보물창고가 보물보다 중요할 수는 없습니다. 하지만 보물창고를 잘 관리하지 못하면 보물도 지켜낼 수가 없어요. 우리의 적들은 우리의 보물창고를 파괴하려고 합니다. 그래서 그 안에 담겨 있는 보물을 스스로 포기하게 만들려고 하는 것입니다."

학자가 인내심을 가지고 말했다.

"도대체 그게 무슨 말이십니까?"

"우리의 소중한 사람들이 저들의 꿈을 좇아 헤매는 거리에서 저들은 보물을 지켜야 하는 보물창고를 손상시키고, 절대로 포기해서는 안 되는 보물을 그냥 길거리에 놓아버리고 있다는 것이지요. 적들은 그렇게 이 마을 사람들을 하나 둘씩 거리로 유인하고, 저들을 노예로 삼아버리는 겁니다. 그렇게 이 마을 사람들 전부가 저들이 찾고자 하는 소중한 것들을 좇아 이 마을을 떠나게 될 것이고, 세상의 거리에서 저들 수중으로 들어간다는 말입니다."

"전부 다요? 누군가는 그럴 수 있을지도 모르지요. 정말 그런 적이라는 존재가 있다면 말입니다. 하지만 제게는 해당되지 않는 일입니다."

양어머니의 목소리에 점차 냉소적인 비틀림이 더해지고 있다.

"당신도 예외가 아닙니다. 집사도, 가정부도……, 당신도 당신 친딸이 부르면 가지 않을 수 없을 것입니다."

"무슨 말이에요?"

양어머니의 목소리가 흥분으로 터져버릴 것처럼 들린다. 나는 두 손을 힘주어 쥐고, 마른 침을 삼켰다.

"제 딸이 살아 있다는 건가요? 학자님은 그 아이가 어디에 있는지 알고 있다는 말입니까? 그런데 어째서……."

양어머니가 곧 쓰러질 것만 같다. 나는 너무도 긴장하여 숨조차 쉴 수가 없을 지경이다.

"그것 보세요. 그렇게 쉽게 포기가 되겠습니까?"

"도대체……."

"찾지 않는 게 좋을 것입니다. 하지만 찾을 수밖에 없을 겁니다."

"살아 있다는 말인가요? 살아 있는지만 말해 주세요. 제발 말해 주세요."

양어머니의 목소리가 심하게 떨린다.

"살아 있는 것은 맞습니다. 하지만 당신이 기대하는 모습으로는 아닙니다. 만일 친딸을 만나려 한다면 당신도 당신의 전부를 포기해야 합니다. 그 아이는 죽은 것이라 여기십시오. 마음에만 담아두고 사세요."

“그 아이가 어디 있는지 당장 말하세요. 당장!”

“결국 당신도 의미 없는 길을 떠나게 될 것입니다. 제가 무슨 경고를 해준들 막을 수 있겠습니까? 다만 당신과 이 마을 사람들을 구할 수 있는 유일한 존재가 당신의 양딸이니 그 아이를 데려가게 해주십시오.”

“친딸이 살아 있다는 말은 거짓이지요? 내 양딸을 데려가려고 이런 비겁한 수를 쓰시다니 정말 믿을 수 없는 일이군요.”

“그 아이는 이곳에 속해 있지 않다고 했잖습니까?”

“이곳에 속해 있든 아니든 어디로든 떠나게 할 수 없어요. 그 아이는 제가 지킬 거예요. 그 사명인지 뭔지가 무엇이든 관심도 없어요. 난 내 딸을 그 어디로도 보낼 마음이 없어요.”

“만일 사명을 완수하지 못하면 이 마을만 멸망하는 게 아닙니다. 당신과 마을 사람들만 사라지는 게 아니에요. 그 아이도 죽습니다. 그것을 바라는 것은 아니지요?”

“더 이상 말하지 마세요! 더는 듣지 않을 겁니다.”

“압니다. 당신의 마음을 어떻게 모르겠습니까. 하지만 곁에 두어야만 사랑하는 것은 아닙니다. 그 아이가 제 자리로 돌아가도 당신은 그 아이를 계속 사랑하며 성장해 가는 모습을 지켜볼 수 있어요. 그게 진정한 희망이고 참된 행복이 될 것입니다. 그 아이에게 전해 줄 것을 내가 가지고 있어요. 그것을 통해 아이는 기억을 되찾고, 자신의 사명을 완수하게 될 것입니다.”

학자가 간곡하게 말했다.

“제가 설사 학자님의 말을 믿는다고 해도 어떤 위험이 있는지 알 수 없는 곳으로 아이를 보낼 거라고 생각하십니까? 멀리서 지켜봐요? 저는 자식을 한 번 잃은 사람이에요. 내게 그런 가당치도 않은 요구는 하지도 마세요. 이제 돌아가십시오. 아이를 만날 생각은 하지 말아요!"

양어머니의 단호한 목소리가 울려 퍼졌다.

"제 말을……."

"사람을 부르기 전에 조용히 가시죠. 나가는 길은 저쪽입니다."

양어머니는 학자를 남겨두고 자리를 떠났고, 나는 학자의 한숨소리를 들었다. 잿빛 비구름이 몰려들면서 하늘이 점점 무거워지고 있다. 나는 지금까지 들은 이야기를 정리해 보려고 애쓰고 있다. 농부의 딸이 했던 말이 뚜렷하게 떠오른다.

"저기요!"

나는 양어머니가 저택 안으로 들어가는 것을 확인하고는 밖으로 나가려는 학자를 막아섰다.

"너는……."

학자의 주름진 얼굴에 화색이 돈다.

"괜찮으시면 잠시 이야기를 나눌 수 있을까요?"

내가 정중하게 물었다.

"네가 그 아이로구나? 그래, 반갑다. 그렇잖아도 너를 만나고 싶었어. 정원사를 통해 연락을 취할 생각이었는데 이렇게 나를 찾아주어 다행이고 고맙구나."

"어쩌다보니 두 분의 대화를 듣게 되었어요. 일부러 그런 것은 아니고요. 옆길로 지나가다가……."

"아니다, 괜찮아. 다른 사람들 눈에 띄지 않게 좀 조용한 곳으로 갈까?"

나는 정원에서 가장 후미지고 은밀한 장소로 학자를 인도했다. 이 장소는 야생화 벌판과 만나는 숲의 가장자리에 있고, 주변의 풍경과 원래부터 하나인 것 같이 많이 낡았지만 아름다운 정자가 하나 있다. 빼곡한 나무에 가려진 이곳은 저택의 발코니에서도 볼 수가 없는 후미진 곳으로 혼자만의 비밀스런 휴식이 가능한 나만의 장소이다. 나는 이곳을 좋아한다.

"너도 여길 좋아하는구나?"

"여기에 앉아서 바라보는 저 넓은 야생화 벌판이 저만의 정원이 되는 것 같아서요. 벌판으로 불어오는 바람이 좀 거세어도 그 바람을 맞고 있으면 기분이 상쾌해져요. 여기로 오면 마음속이 후련해지면서 자유롭다는 느낌이 들어서 좋아요. 잘 가꾸어진 정원도 아름답지만 저는 이곳을 더 좋아해요."

"그랬구나. 너는 사모님의 친딸과 많이 닮은 것 같구나. 그래서 마님은 너를 거두었는지 모르지. 참 예쁜 소녀였지. 사모님의 따님 말이다. 예전에는 여기가 그 아이의 놀이터였어. 이곳은 정말 멋진 놀이터였다. 그런데 지금은 이렇게 버려져 자연이 조각한 모양 그대로의 아름다움을 되찾았구나."

"처음에는 제가 어머니의 친딸일 수도 있다고 생각했었어요."

나는 실망감을 감추지 않고 말했다.

"그랬구나."

"정말 그러면 얼마나 좋을까를 생각했었어요."

"어쨌든 넌 사모님의 딸이 되지 않았니?"

"네, 그렇게 됐어요."

나는 웃었다.

"아까 우리가 나눈 대화를 들었으니……."

"농부의 딸을 만났을 때, 그분이 제게 이상한 이야기를 했었어요. 여기에 있는 진짜 이유를 찾지 않으면 영원히 길을 잃게 될 거라고. 저는 그분의 이야기를 잊을 수 없었어요. 미친 사람이 한 이야기니까 잊어버리자고 생각하면서도 가끔씩 떠오르는 게……."

"농부의 딸은 좀 특별하구나. 네 존재나 여기에 온 목적을 알고 있는 자는 거의 없는데 그걸 알고 있다니."

"제가 이곳에 온 이유가 마을 사람들을 구하기 위해서인가요? 전 제게 그런 사명이 있으리라고 상상조차 해본 적이 없어요. 저는 평범한 사람이에요. 어머니는 거리에서 쓰러진 저를 데려다 양딸로 삼아 주셨지만 저는 고아나 다름없는 보잘 것 없는 사람인걸요."

"내일 내가 기거하고 있는 오두막으로 올 수 있겠니? 네가 궁금해 하는 이야기는 내일 하자. 내일까지는 시간이 있을 것 같으니 말이다. 네 기억을 되찾고 사명을 완수하게 해줄 것을 내가 가지고 있다. 내일 그것을 네게 줄 거야."

"전 어머니와 함께 나가는 게 아니면 마을로 갈 수 없어요."

"아가씨! 어디에 계십니까, 아가씨!"

"운전사 아저씨 목소리에요. 가봐야 할 것 같아요."

내가 다급한 목소리로 말했다.

"이 집을 나갈 방법을 찾을 수 있을 거야. 중요한 것은 네가 진정으로 네 자신을 알고, 네 사명을 알고자 하는 마음이지. 네 마음 안에 해답이 있으니까."

"해볼게요."

"난 잠시 이곳에 있다가 나가도록 하마. 어서 가봐."

나는 운전사의 목소리가 들리는 숲으로 들어갔다.

"사모님께서 찾고 계십니다. 이곳을 어지간히 좋아하시네요. 지금까지 혼자 계셨습니까?"

운전사가 의심이 가득한 목소리로 물었다.

"산책을 했어요. 어머니는 어디에 계시나요?"

"사모님 방으로 가보십시오. 학자가 집에 왔었다고 하던데, 그 일로 심기가 불편해 보이십니다."

"네, 알겠어요."

나는 순순히 대답하고 운전사의 뒤를 따라 저택으로 향했다. 학자의 이야기가 전부 사실일까. 거짓말을 할 사람으로 보이지 않았다. 만일 농부의 딸을 만나지 않았다면 지금처럼 학자의 이야기에 귀를 기울이지 못했을지도 모르지만, 내게 맡겨진 사명이라니 믿기가 어렵다. 나 같은 사람이 무슨 재주로 양어머니와 마을 사람들을 구할 수 있다는 것인지 아무리 생각을 해도 이해가 되지 않는다. 어떻게 된 일인지 그 진실을 들어 봐야겠다. 무슨 수를 써서라도 학자의 집에 가야만 진실을 알 수 있을 것이다. 그렇지만 어떻게 저택을 빠져나가야 할지 모르겠다. 양어머니에게 허락을 구하는 것은 불가능한 일이다. 그렇다고 진실을 알고 싶은 이 마음을 잠재울 수도 없다. 어떻게 하면 좋을까. 도무지 해답이 나오지 않는다.

"무슨 생각을 그리 골똘히 하시는 겁니까?"

운전사가 큰 소리로 물었다.

"왜요? 무슨……."

"학자를 만나 적이 있냐고 물었잖습니까?"

"학자요? 아니요. 전 그냥 산책을 한 거예요. 그 학자라는 분은 누구신가요?"

"세상 사람들이 다 존경해 마지않는 사람이지만 제 눈에는 정신이 약간 이상한 사람으로 보입니다."

운전사가 비아냥거리듯 말했다.

"정신이 이상해요?"

나는 놀라 물었다.

"이상한 소리를 하고 다니니까요. 지난 수십 년을 산속에서 은둔생활이나 하던 양반이니 정신이 멀쩡할 리가 없지요. 갑자기 산을 내려와서는 사모님을 만나러 나타난 것도 수상하고."

"그래요?"

"그러니 혹시라도 만나게 되면 속지 않도록 조심하세요, 아가씨."

"알겠어요."

난 운전사의 당부에 순순히 대답했지만, 학자를 만나야 한다는 생각이 더 확고해졌다. 정신이상이라는 농부의 딸이 내게는 그저 무시하고 지나칠 수 없는 강한 인상을 남겼다. 지금 운전사는 내게 학자를 경계하도록 만들려는 의도를 들키고 말았다. 난 운전사를 믿지 않는다.

9

“아가씨, 늦잠을 제대로 주무셨네요. 무슨 일이랍니까?”

아침을 들고 온 것은 가정부이다. 밤새 뒤척이다 새벽에 잠이 든 모양이다. 젖혀진 커튼 사이로 햇살이 눈부시게 쏟아져 들어와 아찔한 현기증을 일으킨다.

“가을햇살이 너무 좋죠, 아가씨?”

“어쩐 일로…….”

가정부는 매일 아침, 양어머니의 아침식사를 손수 챙기기 때문에 내 방에는 다른 직원이 아침식사를 가지고 오곤 했다.

“아침이 지나도 벌써 지났어요. 조금 더 있으면 점심식사를 하셔야 될 지경이랍니다. 마님께서 아가씨를 깨우지 말라 하셔서 기다리고 있었지요.”

나는 자리에서 일어나려 했다.

"그냥 계세요. 아침이나 드시고 움직이세요."

"오늘은 생각이 없어요."

"어디 아프세요?"

"그런 것이 아니라 입맛이 없어서요. 이따가 점심을 먹을게요."

"그러세요. 오늘 아침에 안 좋은 소식이 있어서 저도 좀 심란해요."

가정부가 의자에 힘없이 주저앉으며 말했다.

"저의 사촌 오빠가 집을 나갔대요. 올케가 혹시나 내가 알고 있나 해서 아침에 들렀거든요. 제가 알 턱이 있나요? 그런데 일하는 아이 중 하나의 엄마가 행방불명이라고 난리더니, 정원사의 일을 도와주는 두 청년도 없어졌대요. 간다온다 말도 없고, 옷이고 휴대폰이고 그 사람들의 물건은 하나 같이 그대로 있대요. 무슨 일이래요? 흔적도 없이 증발해 버리는 아침이슬도 아니고 사람이 어떻게 그렇게 감쪽같이 사라질 수가 있는 것인지. 뭔가 심상치 않은 일이 일어나고 있어요. 무서워서 죽을 것 같아요, 아가씨."

가정부는 불안한 목소리로 말하며 한숨을 쉬었다.

"이 마을 사람들 중에는 멀리 여행을 떠나는 사람도 별로 없었어요. 여기서 태어나 여기서 살다가 죽어가는 사람들이 대부분이거든요."

가정부가 머리를 갸웃거리며 중얼거리고 있는 동안, 나는 침대 밖으로 나와 옷을 챙겨 입었다. 가정부는 여전히 의자에 앉아 깊은 생각에 잠긴 사람처럼 혼잣말을 중얼거리고 있다.

"학자님 집에 가야겠어요."

"어딜 가신다고요?"

"저 좀 도와주세요. 무슨 일이 있어도 오늘 학자님 집에 가야 해요."

"학자님 집이요? 거긴 깊은 산속에 있어요. 마을로도 나갈 수 없는데……, 말도 안 되는 소리예요, 아가씨."

가정부는 깜짝 놀라는 시늉을 하더니 고개를 젓는다.

"꼭 가야만 해요. 지금 이 마을에서 일어나고 있는 사태는 학자님의 말씀처럼 모든 사람들이 사라질 때까지 끝나지 않을 거라고요. 저 좀 도와주세요."

"학자님을 언제 만나신 거예요? 사모님께서 이 일을 아시면……."

"학자님께서는 마을 사람들이 전부 사라질 때까지 멈추지 않는다고 하셨어요. 오늘 저보고 그분이 살고 있는 오두막으로 와 달라고 하셨고요. 제게 해줄 말이 있다고 했어요. 이렇게 앉아서 언제 닥칠지 모르는 불행을 기다리고 있을 수는 없잖아요?"

"학자님은 사람들이 사라지는 이유를 아신데요?

"네, 아신데요."

"설사 그렇다고 해도 아가씨에게 왜?"

"그걸 알아보려고 하는 거예요. 어머니는 어디에 계세요? 어머니가 모르게 빠져나가야 할 것 같은데."

"시장을 만나러 가셨어요. 이 난리가 났으니 그냥 계실 수가 없으셨겠죠. 시장을 만나서 마을에서 일어나는 일을 의논해 보신다고."

가정부가 심란한 목소리로 말했다. 양어머니가 계시지 않다고 하니 정말 다행이다 싶다.

"약도를 하나 그려 줘요. 마을에는 나가본 적이 없으니."

"약도를 그려 주는 게 문제가 아니지요, 아가씨. 만일 아가씨가 학자님 오두막에 가셨다는 걸 사모님이 아시는 날에는 저도 이 저택에서 쫓겨날 겁니다."

"어머니가 돌아오시기 전에 먼저 돌아올게요. 앞으로도 어머니에겐 절대로 말하시면 안 돼요. 이건 우리 둘만의 비밀이에요. 제발 저를 좀 도와줘요. 어머니와 이 마을의 모두를 지킬 수 있는 길이 있다면 뭐라도 해야 되지 않겠어요?"

나는 가정부의 팔을 흔들어대며 간곡한 목소리로 말했다.

"알겠어요, 아가씨. 하지만 그 위험한 산에 아가씨만 보낼 수는 없어요. 무시무시한 늑대들이 살고 있다고 들었어요. 정원사를 돌아오게 해서……."

"아저씨는 어딜 가셨어요?"

"마을의 상황을 파악하러 갔어요. 집사와 함께요. 빨리 집으로 돌아오라고 해야겠어요."

"안 돼요. 집사가 알면 어머니도 알게 될 거예요. 혼자서 다녀올게요. 걱정하지 말아요."

내가 담담하게 말했다. 정원사와 함께 갈 수 있다면 좋겠지만, 내가 저택을 나가는 것을 집사가 알게 되면 골치 아파질 것이다.

"정말 괜찮겠어요? 저는 도무지……."

내가 가정부의 손을 잡자, 그녀는 고개를 끄덕였다. 내 눈빛에서 물러설 수 없는 강한 결심을 읽은 것이다. 그녀는 자세한 설명에 곁들여 상당히 상세한 약도를 그려 주었고, 나는 약도를 챙겨 주머니에 집어넣었다. 다행히 저택 안에는 가정부의 단속으로 비밀이 밝혀질 염려가 없는 직원들만 있고, 지난 밤 내내 해결책을 찾지 못하고 전전긍긍하던 내겐 이보다 좋은 기회는 없었다. 나는 망설임 없이 저택을 나섰다.

들판으로 스산하고 쌀쌀한 바람이 불어온다. 늦가을의 정취는 메마르고 황량하다. 나뭇잎은 물기가 없어 바싹 마르고 색감도 칙칙해 보인다. 바람이 지나가는 자리마다 마른 낙엽들이 이리저리 춤을 추듯 휩쓸려 흙먼지와 뒤엉킨다. 결코 낯설지 않은 어떤 느낌이 나의 희미한 기억을 가득 채운다. 거리의 풍경은 익숙하지 않지만, 이 느낌은 굉장히 익숙하다. 언제나 이 거리를 걸었던 것 같은 익숙한 기분이다. 언제나 같은 하늘을 바라보았던 것 같고, 언제나 같은 바람을 느꼈던 것만 같다. 나에겐 너무도 익숙한 느낌이다. 너무도 익숙한 이 느낌이 기억 저편의 세계로 나를 데려다 줄 것만 같다. 과거의 나에게로 데려다 줄 것만 같다. 이렇게 나는 시간이 아무런 의미가 없어 멈춰버린 세계에서 힘차게 뛰고 있는 맥박처럼 펄떡거리는 시간의 흐름이 존재하는 세계로 뛰쳐나온 것 같은 기분이 든다. 아무리 물어도 대답이 없는, 존재하지만 존재감이 없었던 세계에 갇혀 살고 있던 나에게 그 답을 주려고 손짓하는 것 같은 설렘을 느낀다. 하지만 그저 느낌뿐이다. 기억은 여전히 먹먹한 물속에 잠겨 있다.

마을은 사람의 흔적을 찾아볼 수 없이 고요하다. 넓게 펼쳐진 논에는 군데군데 볏짚을 쌓아놓아 작은 산을 이루고, 멀리로 드물게 집들이 나타나기는 하지만 그 거리감 때문인지 마치 외딴 섬들처럼 소외되어 보인다. 다가설 수 없는, 다가서고 싶지 않는 깊은 고독감이 마을을 압도하고 있다. 무겁게 깔린 두려움이 바람에 실려 온다.

나는 내가 지금 걸어가고 있는 이 길의 진정한 의미를 아직 모른다. 그 끝에서 찾게 될 진실의 모양도 모른다. 난 학자의 집을 찾기 위해 약도를 살피면서도 정말로 그 집을 찾게 될까 봐 두렵다. 진실을 알고 싶으면서도 정말 그 진실을 알게 되었을 때의 나를 감당할 수 있을지 자신이 없다. 정말로 나에게 부여된 사명이 있다면 내가 그것을 피하지 않고 마주할 수 있는 사람인가. 내가 그런 사람인가를 스스로에게 묻고 싶다.

넓은 평야 사이에 마치 외딴 섬처럼 보이는 숲이 울창한 곳까지 이르렀을 때, 숲속에서 하늘거리는 푸른색 원피스를 입고, 머리에는 원피스와 어울리는 챙이 넓은 모자를 쓴 아름다운 여인이 갑자기 튀어나왔다. 그녀는 한 손으로 모자를 잡고 나에게로 뛰어오더니 다급한 목소리로 말했다.

"저를 좀 도와주세요!"

"네?"

숙녀가 뭐라 말을 시작하려고 하는 순간, 숲속을 튀어나온 젊은 청년이 원망이 가득한 눈초리로 아름다운 여인을 쏘아보았다. 무섭도록 냉소적인 눈빛이 섬뜩해 보이는 청년의 모습에 나도 굳어버렸다.

"이야기나 좀 하자는 건데 도대체 왜 그래요? 내가 잡아먹기라고 한답니까? 참, 창피하게……."

청년이 볼멘 목소리로 말했다.

"난 할 말을 다했어요. 댁에게 듣고 싶은 이야기가 더는 없다고요. 제발 날 내버려둬요. 더 이상은 나를 그만 괴롭혀요."

"아니, 젊은 남녀가 함께 건전한 미래를 설계해 보자는데 뭘 그리 정색을 하며 도망만 치는 겁니까?"

청년의 도발적인 말투에 아름다운 여인은 나의 팔을 잡더니 내 뒤로 물러섰다.

"나는 당신과 무엇도 나눌 생각이 없다고 말했잖아요? 난 댁을 원치 않는다고요. 그러니 제발 이제 그만해요."

"우리는 아주 좋은 짝이 될 수 있다는 걸 모르는군. 우리는 최고의 커플이 될 수 있다고."

나는 여전히 두 사람 사이에 끼여 있고, 어떤 행동을 해야 할지 판단이 서지 않는다.

"아니요, 그건 댁의 생각일 뿐이에요. 내 생각은 달라요."

아름다운 여인이 단호하게 말했다.

"당신은 정말 뭘 모르는군. 서로 상대되는 것이 짝을 이루고 있는 게 세상이라고. 당신과 나는 기막힌 짝이 될 수 있어."

"우리는 물과 불이에요. 서로 상극이라고요. 무엇보다 난 당신을 사랑하지 않아요. 이런 유치한 짓은 이제 그만해요. 제발 부탁이에요."

"당신은 물과 불이 상극이라고 해도 두 가지가 함께 있지 못하면 세상이 존재할 수 없다는 것을 모르나? 그 두 가지가 함께 존재하지 않으면 세상도 없는 거라고. 빛과 어둠처럼 말이야. 사람의 마음이 다를 것 같나? 혼자만 고결한 척하지 말라고. 사람은 다 같은 거야."

"그럴지도 모르지만 중요한 것은 내가 당신을 원치 않는다는 거예요. 난 당신을 절대로 선택하지 않아요."

아름다운 여인은 단호하게 말했지만, 목소리에 떨림이 있었다. 청년이 몹시 두려운 모양이다.

"어이, 젊은 아가씨! 중간에 그렇게 서 있지 말고 좀 비키지. 저 여인을 위해서라면 난 내 영혼이라도 팔 거야. 내 사랑을 가로막는 것은 용서할 수 없어."

청년이 위협적인 목소리에 험상궂은 표정으로 나를 노려보았다. 나의 심장이 얼어붙는 기분이다.

"어서 꺼지라고!"

청년의 인내심이 한계에 이른 것 같다. 나는 슬금슬금 발을 떼면서 숙녀와 청년 사이에서 빠져나오려 움직였다. 어서 빨리 이 자리를 떠나고 싶은 마음뿐이다. 그런데 그런 나를 숙녀가 붙잡았다. 참으로 난처한 상황이 되고 말았다.

"가지 마세요. 제발 저만 두고 가지 마세요. 부탁이에요."

숙녀가 간곡히 말했지만, 난 내가 할 수 있는 일이 없다고 말하고 싶다. 당신이 상대할 수 없는 저 남자를 나도 어쩔 수가 없다고 말하고 싶다. 하지만 입조차 떨어지지 않는다. 숙녀는 이런 나의 마음을 간파한 것일까. 그녀가 잡고 있던 나의 팔을 스르르 놓았다.

나는 두 사람을 쳐다보지도 않고 냅다 달아나기 시작했다. 나는 달리고 또 달린다. 절대로 나를 잡을 수 없을 거라고 판단이 설 때까지 달리는 것을 멈출 수가 없다. 숨이 끊어질 것 같이 아프다. 심장이 찢어질 것만 같다. 도움을 청하던 여인의 목소리가 내 귓가에서 윙윙거린다.

내게 사명이 있다고 했다. 나는 그 사명이 무엇인지를 알고 싶어 이 길을 나섰다. 양어머니와 사람들을 구하고, 나를 구할 길을 찾고자 나선 길이다. 이렇게 비굴하게 도망만 치면서 무엇을 할 수 있다고 생각하는 것일까. 나는 내가 너무 부끄럽다. 도저히 이 길을 더는 갈 수가 없을 것 같다. 이 길을 따라 학자의 집에 당도한다고 해도, 내게 주어진 사명에 대한 이야기를 듣는다고 해도, 그래서 사람들을 구하고 싶은 강렬한 소망을 지니게 된다고 해도 난 아무것도 할 수 없는 사람이다.

나는 뛰는 것을 멈추고 이미 지나 온 길을 바라보았다. 그리고 있는 힘을 다해 왔던 길을 되돌아 뛰기 시작했다. 나의 심장은 숨이 끊어질 것 같은 통증으로 고통스럽다. 뒤돌아 뛰어가는 거리 때문만이 아니라 참을 수 없는 분노와 수치심 때문이다. 머릿속은 텅 빈 것 같이 어떤 생각도 떠오르지 않지만, 심장은 용광로처럼 활활 타고 있는 듯하다.

나는 숙녀를 만났던 장소로 되돌아왔다. 하지만 더 이상 두 사람은 보이지 않는다. 이미 늦어버린 것일까. 나는 끊어질 것 같은 숨을 고르며 주변을 살피지만, 마치 이곳에 그 누구도 머물렀던 적이 없었던 것처럼 사람의 흔적을 찾을 수가 없다.

나는 숲으로 들어갔다. 그리고 숙녀의 비명소리를 들었다. 나는 소리가 나는 방향으로 귀를 기울여가며 숲속으로 더 깊이 들어가고 있다. 여기저기 말라버린 작은 잡초 줄기들이 사정없이 내 다리를 찌르지만 개의치 않는다. 지금은 오직 숙녀를 찾아야 한다는 생각 밖에는 할 수가 없다.

드디어 청년의 손에 끌려가는 숙녀가 내 눈에 들어왔다. 가슴 깊은 곳에서 참을 수 없는 분노가 치밀어 오른다.

"그녀를 놓아줘!"

나는 있는 힘껏 소리 질렀다.

"뭐야?"

청년이 불쾌한 목소리로 투덜거리며 몸을 돌려 나를 노려보았다. 그의 야수와 같이 위험한 눈빛에 기가 눌린다. 하지만 난 절대로 물러설 수 없다.

"그녀를 놓아줘, 이 나쁜 놈아!"

나는 두 손을 불끈 쥐고 있는 힘껏 소리 질렀다. 그리고는 대범하게 두 사람 가까이로 당당히 걸어갔다. 순간 청년의 눈빛이 흔들렸고, 나는 기세등등한 태도로 청년을 노려보았다.

"어린 계집애가 겁이 없군. 죽고 싶어 환장을 했어!"

청년은 아무렇지 않다는 듯이 야비한 웃음을 흘렸지만, 나는 긴장을 늦추지 않고 정면으로 그를 쏘아보았다.

"넌 내가 누구인지 모르는군. 만일 알았다면 절대 이런 무모한 짓을 하지는 못했을 것인데."

"난 당신이 누구인지는 모르겠지만 정말 나쁜 사람이라는 것은 알 수 있어!"

"오호, 이것 봐라? 도대체 넌 누구냐? 한 번도 본 적이 없는데 어디에서 굴러먹던 계집애냐고!"

"난 이 마을의 지주인 사모님의 딸이다! 나를 건드리면 어머니께서는 절대 당신을 용서하지 않을 거야."

내가 대범하게 소리쳤다. 심장은 마구 떨리고 있지만 내색하지 않기 위해 두 손을 더욱 힘껏 움켜쥐었다.

"네가 사모님의 딸이라고? 양녀로 삼았다는?"

"그래, 내가 바로 그 어머니의 딸이다!"

"말도 안 되는 소리! 사모님께서 따님을 혼자 이런 곳에 다니게 하실 리가 없지. 요즘 같은 시국에 말이야. 네 주위에 아무도 없잖아? 나를 속일 생각은 않는 게 좋아."

청년의 목소리가 더 당당해졌다.

"당신은 뭘 모르는군. 가드들이 눈에 띄게 나를 보호한다고 생각해? 내가 진짜 위험하다고 생각하면 저들이 가만히 있을까? 저들이 나오면 당신은 뼈도 못 추릴 거야. 그리고 나중에라도 어머니가 아시는 날이면 당신이 무사할 거라고 생각해? 내 말이 진짜인지 확인해 볼까? 그들을 나오라

할까?"

나는 놀랍도록 침착하고도 냉정한 목소리로 말했다.

"이런, 재수 없게……."

청년은 땅바닥에 침을 뱉었다. 그는 나를 야비하고도 날카로운 시선으로 노려보더니 투덜거리며 가버렸다. 나는 다리가 후들거려 더는 서 있을 수 없을 것 같았지만 이런 내 모습을 청년이 보게 해서는 안 된다는 생각에 간신히 버티고 있다. 숙녀는 청년이 우리의 시야에서 완전히 사라진 것을 확인하고 난 후에야 내 팔을 잡아 주었다.

"괜찮아요?"

"네."

난 간신히 대답했다. 긴장이 풀리면서 온몸이 떨린다.

"정말 고마워요, 아가씨. 이렇게 저를 도와주셔서 뭐라 감사의 말을 해야 할지 모르겠어요. 아가씨에 대한 이야기는 들었어요. 사모님께서 아가씨가 오시고 나서 정말 행복해 하신다고. 이렇게 용기 있는 아가씨를 양딸로 삼으셨으니 당연히 그러실 거라는 생각이 드네요."

숙녀가 나의 손을 잡았다.

"괜찮으세요? 이 이마의 땀 좀 봐! 여기에 앉아요. 안색이 안 좋아요."

"괜찮아요. 가드들도 없는데 제 말을 믿지 않을까 얼마나 마음을 졸였던지……."

"아까는 정말 대단했어요. 저는 정말 놀랐거든요. 이렇게 여리고 예쁜 아가씨가 얼마나 커 보였던지. 어디서 그런 용기가 난 거예요?"

"모르겠어요. 그냥 참을 수 없이 화가 나서……."

"그런데 아가씨 혼자서 여긴 어쩐 일로 오신 거예요?"

"학자님을 뵈러 가는 길이었어요. 어머니 모르게 나와서……."

"그랬군요. 혼자서 괜찮겠어요? 무슨 일로 그 산속까지 가려는지 몰라도 그곳은 위험해요. 늑대들이 낮에도 나온다고 하거든요. 사모님이 아시면 크게 걱정하실 거예요."

"혹시 어머니를 뵙게 되어도 이 이야기는 하지 말아 주세요. 그런데 어쩐 일로 이런 곳에서 저렇게 나쁜 사람에게 괴롭힘을 당하고 있었던 거예요?"

"이 숲 뒤편에 할머니가 사세요. 전화가 안 되어서 할머니가 무사하신지 알아보러 온 거예요."

"그렇군요. 저는 서둘러 다녀와야 해서 이만 가볼게요."

내가 자리에서 일어났다. 숙녀와 작별인사를 나누고, 도망치려고 했지만 도망치지 않아서 다행인 이 길 위에 다시 섰다. 그렇게 무겁던 발걸음이 당당해지고 가벼워진 것을 느끼면서.

산자락 가까이에 새로 지은 농부의 아담한 집에 다다랐을 때, 나는 이 집에 들어가 볼 계획이 아니었음에도 가던 길을 멈추었다. 양어머니가 추천해 준 병원에서 치료를 받고 있다는 이야기는 들었는데 농부의 딸이 어떻게 지내는지 궁금하기 때문이다.

"아니, 아가씨 아닙니까요?"

뒤를 돌아보니, 농부의 아내가 놀란 눈으로 나를 뚫어지라 쳐다보고 있었다.

"안녕하세요?"

"어쩐 일로 이 누추한 곳까지……, 혼자 오셨습니까?"

"네, 지나가다가 잠시……."

"사모님께서 아가씨가 홀로 마을을 돌아다니게 했다는 말씀이세요? 더구나 요즘 같은 때에요?"

"그런 것이 아니라……."

"놀라운 일이네요. 그나저나 저는 사모님을 찾아뵈려고 길을 나섰는데요. 도저히 무서워서 저택까지도 못 가겠더라고요. 이 집도 무서워서 못 들어가긴 마찬가지지만."

농부의 아내는 공포에 질린 목소리로 말했다.

"무슨 일로……."

"제 딸아이가 없어졌어요. 그 아이는 제대로 걷지도 못해요. 병원 치료를 받고는 있지만 아직 혼자 힘으로 밖을 나다닐 정도는 아니거든요. 그런데 그 아이가 없어요. 주변을 다 찾아봤지요. 여기저기 수소문도 해보고. 그런데 없어요. 정말 믿을 수 없는 현실이에요. 남편의 행방은 아직 찾지도 못하고 있는데 이젠 딸아이까지……."

농부의 아내가 눈물을 흘리기 시작했다.

"진정하세요. 언제 따님이 집을 나갔는지 아세요?"

내가 측은한 목소리로 물었다.

"오늘 아침에 아침밥을 차려 딸아이의 방으로 가져갔지요. 그런데 아이가 없는 거예요. 집안 어디에도 없어요. 그래서 밖으로 나와 사방천지를 다 뒤지고 다녔는데 결국에는 못 찾았어요. 사모님을 뵈러가려고 나섰다가 혹시나 해서요. 딸아이가 돌아왔을지도 모른다는 생각에 돌아온 거예요. 이 무슨 유령의 장난이랍니까?"

"누가 침입한 흔적은 없었어요?"

"전혀요. 집안의 물건들은 조금의 흐트러짐이 없는 걸요. 뭐 가져갈 만한 귀중한 물건도 없지만요. 이 마을은 저주를 받은 게 분명해요. 그렇지 않고서야 어떻게 그렇게 사람이 들고 나는 것을 모를 수 있단 말입니까? 저는 무서워서 죽을 지경입니다. 새 집으로 이사를 했지만 이게 다 무슨 소용이랍니까. 올해는 추수해서 남은 돈과 넉넉한 곡식이 있지만 그것은 또 무슨 소용이래요. 이제 좀 사는 것처럼 사나보다 했더니……."

농부의 아내는 땅바닥에 주저앉았다.

"조금만 더 기다려 보시면 남편분과 따님은 돌아올 거예요. 죄송하지만 저는 일이 있어 그만 가보겠습니다. 시간을 너무 지체해서요."

나는 더러운 흙바닥에 주저앉아 울고 있는 농부의 아내를 안쓰럽게 바라보았다. 이대로 떠나는 게 마음 편한 일은 아니지만 더는 지체할 수가 없다. 나는 서둘러 발길을 돌렸다.

"아가씨, 사모님께 전해주세요. 저희 집 사정을 말씀드려 주세요. 믿을 분은 사모님뿐인걸요."

등 뒤에서 들려오는 농부 아내의 애절한 목소리에 나의 마음은 더욱 착잡해진다. 농부의 아내가 그토록 믿고 의지하는 양어머니가 이 일을 해결할 수만 있다면 얼마나 좋을까를 생각한다. 시장을 만나 해결책을 찾을 수만 있다면 얼마나 좋을까. 그렇게만 된다면 내가 감당하기 어려운 사명으로부터 벗어날 수 있을 것이다. 나는 내가 해야만 하는 일을 해낼 것이라 결심하고 이 길을 나섰다. 하지만 피할 수 있다면 피하고 싶은 길이기도 하다. 여전히 이런 나의 두 마음은 엎치락뒤치락 나를 괴롭히고 있다.

산중턱에 자리 잡고 있는 학자의 오두막은 반이 산에 묻혀 있다. 산에서 배어낸 나무로 아무렇게나 지어진 벽을 덮고 있는 것은 담쟁이 넝쿨이다. 바싹하게 말라버린 낙엽들이 마당에 수북이 쌓여 있고, 현관문도 곧 떨어져 나갈 것처럼 어설프게 한쪽 벽면에 간신히 붙어있다. 작은 안마당에는 자르다 만 나무토막들이 뒹굴고, 도끼는 통나무 벽에 박혀 있다.

여기까지 오는 데 시간이 너무 많이 소요되었다. 어느 덧, 서쪽으로 기울어져가는 해는 붉게 물든 구름에 가려져 있고, 점차 떨어지는 기온에 몹시 춥다. 아무리 초라한 오두막이라도 안으로 들어가고 싶은 마음이 간절하다.

나는 목소리를 가다듬고 학자를 불렀다. 대답을 기다리는 시간이 이렇게 길게 느껴질 수가 있을까 싶다. 서글프게도 안에서는 대답이 없다. 나는 다시 부른다. 몇 번이고 불러 본다. 학자가 집에 없으면 어떻게 해야 하나를 고민하면서 왔다. 하지만 난 학자가 집에 있을 거라고, 반드시 있을 거라고 스스로를 자위하면서 여기까지 왔다. 하지만 학자는 끝내 응답이 없다.

나는 현관문을 살며시 열어보았다. 잠겨 있지 않다. 집안이 너무 어두워 아무것도 볼 수가 없다. 조심스럽게 한 발을 떼었다. 두 발, 세 발……, 그러다가 나는 무엇인가 딱딱한 물건에 발이 채어 중심을 잃었다. 허공에 두 손을 가르며 무엇인가를 잡아보려고 애를 썼지만 무릎을 바닥에 심하게 부딪치며 넘어지고 말았다. 무릎이 깨질 것처럼 아프다. 피가 흐르는 것 같다. 기분이 엉망이다.

나는 어느 정도 어둠에 익숙해지자 발에 채인 물건을 들어올렸다. 두께가 제법 두껍고 무거운 책이다. 나는 옆에 놓여 진 책상 위에서 뒤집힌 채로 굴러다니는 초를 발견했고, 그 옆에서 성냥도 발견했다. 촛불을 밝히자 실내를 좀 더 잘 볼 수가 있지만, 전깃불에 익숙한 나에겐 정확히 사물을 분간하는 데 시간이 필요할 것 같다. 어설픈 현관문 틈 사이로 들어오는 바람에 촛불이 흔들리고, 모든 사물들도 춤을 추는 것처럼 흔들린다. 흔들리는 사물들은 엉망으로 뒤엉켜 있다. 무엇인가를 찾으려고 뒤진 흔적이 역력하다. 나는 촛불을 들고 집안 안쪽으로 좀 더 들어가 보았다.

정면으로 벽난로가 있는데, 열기가 남아 있는 재가 있는 걸로 보아 방금 전까지 오두막의 주인이 이곳에 머물고 있었던 것 같다. 벽난로 옆에는 마른 장작이 아무렇게나 나뒹굴고 있고, 침대는 심하게 망가져 이불과 엉겨 있다. 현관문이 붙어 있는 게 신기할 정도로 집안은 포탄이라도 맞은 전쟁터 같이 뒤죽박죽이다. 평소 학자의 생활습관을 알지는 못하지만 이 정도라면 게으름 때문이라고 하기에는 지나치게 엉망진창이다. 학자가 납치된 것일까. 그렇지만 가정부는 분명 실종된 마을 사람들의 집이 깨끗했다고 했다. 분명히 다른 실종 사건과는 다른 점이 있고, 조금 전까지 벽난로에서 장작이 타고 있었으니 학자가 잠시 집을 비운 것인지도 모른다. 제발 그러기를 바란다.

나는 벽난로 옆에 흩어져 있는 땔감을 모아 불을 지폈다. 바깥 기온보다 나을 게 없는 집안이어서 온 몸이 오돌오돌 떨린다. 잘 마른 장작은 금방 활활 타올랐고, 집안은 따뜻한 온기로 채워졌다. 어지러운 책상 위에다 바닥에서 집어든 책을 올려놓고 촛불을 가깝게 가져갔다. 표지는 튼튼한 가죽 같은 재질로 만들어진 것 같지만 여기저기 많이 헤지고 낡았다. 나는 아무렇게나 책장을 넘겨보았다. 소설인지 일기인지는 모르지만 책의 내용이 나의 호기심을 자극한다. 나는 의자에 앉아 읽기 시작했다. 워낙 내용이 많았으므로 드문드문 읽어 나가기 시작했다.

10

내가 아버지와 엄마를 선택했던 것일까. 그 어느 때에 그랬을까. 그저 우연히 저들의 딸로 태어난 것일까. 인생의 인연이 그 어떤 우연도 만들지 않는다면 우리는 끊을 수 없는 인연의 끈으로 이미 묶여 있었던 것이겠지. 하지만 내가 저들을 원했을 리가 없다. 저들과 같은 부모를 선택했을 리가 없다. 전의 세상에서 나는 잘한 것이 없었던 모양이다. 존경할 수도, 사랑할 수도 없는 부모에게서 태어나 고통 속에서 살아왔으니. 성숙하지 못한 부모가 책임지는 행동을 했을 리가 있겠는가. 욕망의 찌꺼기 같은 존재가 바로 내가 아니던가. 저들이 어찌하지 못하는 욕망으로 잉태된 환영받지 못할 생명체가 바로 나이다. 하늘은 어째서 나 같은 사람을 세상에 나오게 한 것일까. 아니, 내 부모 같은 사람들에게 자식을 준 것일까. 난 나의 부모가 부모로서 자격이 있다고 생각해 본 적이 없다. 저들은 너무도 무책임하다. 나를 원한 것도 아니면서 낳아 놓고, 나를 사랑하지 않으면서 자식이라고 순종을 강요하고 하고 있다. 난 내 부모에게서 도망치고 싶다. 그러면서도 난 부모의 사랑을 확인하고 싶어 오늘도 울고 있다…….

난 지울 수 없는 상처를 안고 결혼한다. 난 부모의 뜻으로 부터도, 이 남자의 품으로 부터도 도망치지 못했다. 내 안에 생명이 자라고 있다. 비록 원하지 않은 사람의 씨이지만 난 이 아이를 버릴 수가 없다. 생명에 대한 두려운 경외심이 내 마음에는 언제나 존재했을지도 모른다. 하지만 무엇보다 내게 온 아이다. 내 안에서 심장을 펄떡이며 세상에 나올 날을 기다리는 아이다. 난 이 아이를 지워낼까도 생각했었다. 사랑하지 않는 남자의 욕망과 이기심으로 잉태된 생명을 끊어내려 했다. 하지만 차마 그럴 수가 없었다. 내가 주는 영양분으로 생명을 유지하고, 사람으로 태어나 세상을 만나려 하는 이 아이의 기대감을 저버릴 수가 없었다. 이 세상에 와서 다행이라 여길지 어떨지는 모르겠다. 기억할 수는 없지만 내가 세상에 온 그날의 나는 기대감을 품고 있었을지도 모르겠다. 아니, 이 세상으로 오게 될 것을 알게 된 기억 저편의 세상에서부터 기대를 품고 있었을지도 모를 일이다. 사람으로 사는 게 무엇이라고 그렇게도 간절히 세상에 내려올 날을 손꼽아 기다렸을지 모를 일이다. 난 나를 낳아 줄 부모의 따스한 사랑의 보살핌을 원했을 것이고, 내가 진정으로 원하는 선택을 하며 이 세상에서 행복하기를 바랐을 것이다. 세상에서 살아가는 나날이 더해질수록 절망은 깊어가고 이렇게도 슬퍼지고, 용기와 자신감을 잃어가고, 산다는 것이 축복일 수도 있다는 생각을 할 수도 없는 고난과 고통의 세월을 견뎌가고 있다. 그래도 살아야 한다. 살고자 하는 본능은 지친 삶의 절망보다 강하니까. 이 아이도 그럴 것이다. 포기할 수 없는 삶을 향해 쉼 없이 심장을 뛰게 할 것이다. 혈관을 만들고, 장기를 만들고, 부모를 빼닮은 이목구비를 만들고. 인간으로 살아가기 위해 인간의 모습을 만들 것이고, 살아가면서 사람다운 사람이 되기 위해 세상을 배우고 성장해 갈 것이다. 이런 이 아이를 내려놓을 수가 없다. 내려놓으면 안 되는 거다. 하지만 난 엄마로서의 삶에 만족하며 이 결혼생활을 계속해 갈 수 있을까. 난 남편을 미워하지 않을 수 있을까. 남편이 나를 계속 사랑해 준다면 나도 그를 사랑해 갈 수 있을까. 미래는 분명하지 않고, 오늘의 나는 나의 선택이 바람직하다고 생각하면서도 여전히 괴롭다. 행복한 아내로는 살 수 없을지라도 좋은 엄마로는 살고 싶다. 내 아이가 내게 그럴 기회를 주었으면 좋겠다. 이 아이가 내 인생의 전부가 되고 내게 진정으로 행복한 존재가 되어 주었으면 좋겠다. 나의 마음을 헤아려 주는 좋은 친구가 되었으면 좋겠다. 내가 주는 사랑으로 충만해지고 행복해졌으면 좋겠다. 아가야, 부디 건강하게 태어나 나의 인생 최고의 선물이자 축복이 되어 주렴…….

내 아들, 하늘이 보내 준 나의 사랑하는 아들이 첫 걸음을 떼었다. 아이가 자라는 모습을 지켜보는 것이 결코 쉽지만은 않다. 난 한시도 아이에게서 눈을 뗄 수가 없다. 활동적인 아들은 세상의 온갖 것이 신기한 모양이다. 뭐든 만져보아야 하고 입으로 맛을 보아야 한다. 어떤 것은 만지는 것도 먹는 것도 위험하지만, 아이는 그것을 식별하는 법을 모른다. 난 아이에게 해서는 안 되는 일과 할 수 있는 일을 가르쳐 주어야 한다. 아이가 내 말 뜻을 이해하는 데까지는 많은 시간이 필요할 것이다. 그래도 아이는 조금씩 배워갈 것이다. 아이 스스로 자신을 지켜낼 수 있을 때까지 얼마가 걸리든 가르치고 또 가르쳐야 하는 것이 나의 임무이다. 영원히 끝나지 않을 것 같은 나날이다. 난 매일 아이를 돌보면서 회의감도 느낀다. 온전히 아이만을 위해 오늘을 살아야 한다는 것이 즐겁기만 하지 못해서 아이에게 자꾸만 미안해진다. 나는 나를 잃어버린 것 같다. 나의 그 무엇을 찾고 싶은 것일까. 무엇 때문에 나의 마음은 이토록 허전하고 공허한 것일까. 아이는 건강하게 잘 자라주고 있고, 남편과의 결혼생활도 그럭저럭 순탄하게 굴러가고 있다. 그럼에도 나의 삶은 여전히 무엇인가에 갈증이 난다…….

사랑했던 그 사람은 나의 마음에 박힌 못이다. 그 못을 뽑아내면 나의 가슴은 피를 철철 쏟아낼 것이다. 그리고 못을 빼고 난 후에 생긴 구멍을 그 무엇으로도 메울 수 없을 것이다. 난 그를 내 마음에서 빼내지 못하겠다. 그로부터 한 통의 전화가 걸려왔던 그날 이후로 미칠 것 같은 그리움과 아쉬움에 나의 영혼이 떨고 있다. 그의 목소리가 전화선을 타고 먼 곳에서 가늘게 떨리고 있었다. 그의 마음이 아직도 나에게 있을지도 모른다는 생각이 나의 가슴을 뛰게 했다. 그와의 새로운 미래를 기대하는 것도 아니면서 그의 사랑을 믿고 있는 나는 미칠 것처럼 흥분되지 않았던가. 그에게 내가 아직도 특별하다면 난 나의 가치를 부여받을 수 있을 것 같은 기분이다. 누군가에게 특별한 존재가 된다는 것, 누군가의 사랑을 받는다는 것으로 난 나의 존재 가치를 느끼고 싶은 것이다. 그와 결혼했다면 지금보다 행복했을까. 가보지 못한 미지의 세계에는 내가 원하던 모든 것이 있을까. 알 수가 없다. 난 내 아들을 본다. 나의 살과 피의 결정체를 본다. 나의 분신과 같은 이 아이를 나는 사랑하지만, 이 아이가 아니었다면 달라졌을 내 인생의 다른 길을 안타까워하는지도 모른다. 난 이 아이를 선택한 것을 후회하지 않고 싶다. 하지만 어째서 나의 사랑하는 아들을 돌보는 이 순간에 나는 어떠한 보람도 느끼지 못하며 이렇게 알 수 없는 허무감을 느껴야 하는 것인가. 결국에 난 후회하고 싶지 않았을 뿐이지 후회하지 않을 수 없었던 것일까. 아들의 크고 맑은 눈망울이 나를 향해 있다. 그 눈동자에 담긴 한없는 신뢰와 안도감이 나의 가슴을 울린다. 내가 지켜주지 않았다면……, 다행이다, 내가 지켜주어서…….

남편의 사랑을 의심하는 것은 싫은 일이다. 난 나의 선택을 후회로 얼룩지게 만들고 싶지는 않다. 어쩔 수 없는 선택이라고 해도 내 삶의 이 순간을 저당 잡히고 싶지 않은 마음은 진실이니까. 난 행복하고자 한다. 인간이라면 누구라도 그러하듯이. 내게 행복할 자격이 있을 거라고, 분명히 그럴 것이라고 믿고 싶다. 남편이 나를 사랑한다는 것을 믿고 싶고, 그 믿음으로 그를 사랑하며 살고 싶다. 하지만 남편은 나를 욕망했고, 내가 꿈꾸는 미래로부터 나의 희망을 찬탈했고, 이제는 견디기 힘든 고독감 속에 나를 방치할 뿐이다. 그에게 진심이 있기를 바라는 것은 그의 진심에 기대서라도 이 결혼생활을 이어가고 싶기 때문이다. 이런 나의 바람이 실망이 되어버리는 현실이 괴롭다. 아들이 아니라면 떠나버리고 싶다. 진실은 내겐 넘볼 수 없는 사치라도 되는 것일까. 진정 그런 것인가. 아니다. 그런 것만은 아니다. 오직 한 가지가 내 삶이 허구가 아님을 말해 주고 있지 않는가. 내 아들의 존재, 나의 분신인 내 아들. 내 아들이 나를 진실한 눈빛으로 바라봐주고 나를 믿어 주는 것이 이 삶을 견디게 해주고, 나의 노력과 인내에 가치를 부여해 주고 있다. 이 아이가 자라면 나의 이야기를 들어주고 이해한다고 말해 줄 것이다. 이 아이만이 지금은 나의 유일한 진실이다…….

남편의 여자에 대해 알게 되었다. 남편의 태도가 달라진 것을 알고 있었다. 무시하고 싶었지만 마음이 괴로웠다. 그럼에도 난 남편의 외도를 알려고 하지 않았다. 진실을 피하고 싶었다. 그럼에도 나의 귀는 그 진실을 듣고 말았다. 좀 더 멀리 있는 여자와 만나고 있었다면 내가 굳이 그 사실을 알지 못했을지도 모른다. 바로 옆집에 세 들어 사는 여자라니. 남편은 모든 것을 끝냈다고 말한다. 난 그의 배신감에 피눈물을 흘리며 우리의 결혼을, 남편과 아내로 살아 온 세월을 이렇게 후회하고 있다. 난 이 가정이, 그 기초가 어떻게 세워졌든 내게 얼마나 소중한지를 절절히 느끼며 울고 있다. 남편은 내게 무릎을 꿇는다. 그리고 용서를 구한다. 나는 견딜 수 없는 분노와 깊은 슬픔에 그 어떤 말도 할 수가 없다. 지금은 그 어떤 결정도 내릴 수가 없다. 남편을 사랑하지 않는다고 생각하며 살았다. 하지만 난 남편을 사랑하고 있었는지도 모른다. 아니면 제도적 권리로서의 이름뿐인 남편이라고 해도 나는 그를 내 아이의 아버지요, 나의 남편으로 인정하며 살았을지 모를 일이다. 진실이 어떠하든 지금 나는 너무도 아프다. 이 괴로움은 영원히 끝날 것 같지가 않다. 이 고통을 견뎌낼 수 없을 것 같다. 이제 어떻게 해야 하는 것일까. 내 아들에 대한 생각을 하면 미칠 것 같은 심정이다. 남편과 끝을 내는 게 문제가 아니다. 이 아이가 겪을 고통을 생각하면 나의 심장이 조각나는 것만 같다. 이런 고통을 안기려고 아이를 지킨 게 아니다. 내가 얼마나 커다란 고통 속에서 성장했는지를 알면서 내 아이에게 같은 고통을 대물림 할 수는 없다. 그건 너무 잔인한 짓이다. 아버지의 평생의 방황을 보아왔다. 결코 한 여자에게 정착할 수 없는 것이 남자라고 생각했을지도 모른다. 어린 나이에 나는 이미 그런 생각을 하고 있었을 것이다. 난 아버지가 여자들의 품을 떠돌아다니는 것이 언제나 끔찍하게 싫었다. 그때의 분노와 감당이 되지 않는 고통 속에서 상처받는 것은 언제나 어리고 힘없는 나였다. 단란한 가정에서 부모의 관심과 사랑 속에 성장하기를 기대했을 희망을 내려놓는 것이 무엇을 의미하는지를 난 알고 있다. 무력감, 난 그 무력감에서 헤어 나온 적이 없다. 내가 한 남자를 사랑하게 되었을 때, 희망이라는 것이 나의 가슴을 벅차게 채웠던 것을 기억한다. 그것은 신뢰를 바탕으로 한 것이다. 그것은 내가 사랑하는 사람이 나를 배신하지도 아프게 하지도 않을 것이라는 강한 기대이며 바람이다. 남자를 믿지 못하면서도 남자를 사랑했고, 내가 사랑하는 남자는 다를 것이라는 믿음을 가졌다. 그것이 사랑이다. 난 그 사랑을 지키기 못했다. 나를 꿈꾸게 하고, 내 손안에 희망을 쥐게 만들어 준 그 사랑을 난 잃어버렸다. 엄마처럼 살지는 않게 될 거라고 믿었다. 사랑이 가득한 화목하고 평화로운 가정을 꿈꾸면서 나는 희망에 부풀어 이상적인 가정을 상상하고 있었다. 가난도 없고, 상대를 배신하는 배우자도 없고, 자녀를 실망시키는 부모도 없고. 모든 것이 완전한 행복으로 가득한 가정을 상상하고 있었다. 그것을 어떻게 이루어야 하는지 알지 못했지만 그래도 난 꿈을 꾸었다. 사랑하는 사람과 함께 할 수만 있다면 어떤 불행도 나를 피해갈 것이라고 굳게 믿고 있었다. 단 한 번도 경험해 보지 못한, 그 누군가의 행복조차 들여다 본 적이 없었던 나도 유토피아와 같은 가정과 미래를 꿈꾸었다. 인간이란 것이 그런 것일까. 절망밖에 남은 것이 없다고 하면서도 희망의 끈을 놓을 수 없고, 죽는 것이 행복이라고 여기면서도 삶을 내려놓지 못하는. 사람으로 산다는 것은 그런 것일까. 부모의 곁을 떠나면 내 운명에 지워진 모든 불행이 순식간에 사라질 것만 같았다. 난 저들의 딸이 되었기에 어쩔 수 없이 부모의 불행 속에 휘말린 희생자가 된 것이 아니던가. 난 나의 삶을 살고 싶었다. 너무도 간절히 내게 운명 지어진 나만의 인생을 살게 될 날을 기대하고 있었다. 내가 찾아 낸 희망이 다시금 산산조각으로 깨어졌을 때 나는 또다시 심연에 갇혀버리고 말았다. 무기력이라는 심연 속에 갇혀 버린 것이다. 그럼에도 이렇게 난 살아 있다. 나는 아이의 엄마로 할 일을 끝내야 되기에 살아 있는 것이다. 엄마로서의 길밖에는 살아야 할 어떤 이유를 가지고 있지 않다고 해도 난 살아야 했다. 하지만 그게 전부는 아니다. 난 남편의 사랑이 계속되기를 바라고 있었다. 그와의 결혼을 원치 않았을지라도 나를 사랑하는 남편의 진실에 기대어 살 수 있을 것 같았으니까. 남편의 사랑이 변질되지 않기를 바라며 살아 온 것이다. 이 가정이 내겐 그렇게 쉽사리 잃어버려도 좋을 가정이 아니었던 것이다. 나는 남편을 원망하는 눈빛으로 바라본다. 이렇게 만들지 말았으면 얼마나 좋았을까를 생각하면서. 난 남편의 참회의 눈물을 보면서 이렇게 무너져버린 믿음이 안타까워 운다…….

지금 나는 아버지의 죽음을 무덤덤하게 지켜보고 있다. 아버지가 세상을 떠났다는 사실보다 아버지를 신뢰하지 못한 것이, 존경하지 못한 것이 더욱 슬프다. 나에게 생명을 준 사람인데. 그런 사람을 신뢰하지 못한 것이 이렇게 아프고, 그래도 아버지를 사랑했던 나의 마음은 눈물이 되어 쏟아진다. 엄마를 연민의 눈으로 바라본다. 그녀의 마음이 나보다 나을 것이 없어 보인다. 아버지가 집으로 다시 돌아온 날부터 정성스럽게 아버지를 살피던 엄마도 어느 때부터인가는 무심해져 버렸고, 어느 때부터인가는 귀찮아했고 그러다가 마음에서 아버지를 버렸음에도 끝까지 남편의 자리를 빼앗지는 않았다. 원망이 깊어도 정은 무서웠다. 두 분이 헤어지지 못하고 평생을 부부로 살아 올 수 있었던 이유가 지금의 나와 같은 이유일까. 아무리 내게는 자격이 없는 부모였어도 저들은 나 때문에 헤어지지 못한 것일까. 엄마에게 묻고 싶다…….

아버지의 죽음 앞에서 처량하게 울던 엄마가 며칠이 지나지 않아 홀가분하게 아버지의 존재감을 털어버리는 것을 지켜보고 있다. 평생을 부부로 살았지만 서로 하나가 되어보지 못한 사람들. 그들로부터 생명을 받았지만 그들의 일부로 살아보지 못한 나. 가족이 무엇인지를 배우지 못한 나는 남편과 아이와 어떻게 조화를 이루며 살아야 하는지 아직도 모른다. 아내로서 나는, 엄마로서 나는 무엇을 어떻게 해야 하는 것일까. 내 아이를 사랑하지만 어떻게 제대로 사랑해야 하는지 모른다. 그저 내 방식대로 아이에게 정성을 다할 뿐이다. 이렇게 하는 게 바람직한지 어떤지 모른다. 내 부모도 그랬을지 모른다. 나는 저들이 부모답지 못한 부모였다고 생각하며 살았지만, 저들은 저들이 할 수 있는 전부를 한 것일지도 모른다. 결국 내 부모도 나도 제대로 부모가 되는 법을 배우지 못한 채 부모가 되어버린 것이다…….

사랑했던 그 남자의 소식을 들었다. 준 재벌 집 외동딸과 재혼을 한다고 한다. 그가 무척 행복해 한다는 이야기도 들었다. 그 이야기를 듣고 있는 내가 얼마나 괴로운지 친구에게 말하지 않았다. 난 그의 전화번호를 눌렀다. 축하의 말을 하려고. 하지만 그것은 핑계일 뿐이다. 난 그의 목소리가 듣고 싶다. 그가 정말 행복한 목소리로 답을 하는지 알고 싶다. 아니, 아직도 나에 대한 마음이 남아있는지 알고 싶은 것이다. 그것을 확인하려는 것은 남편에 대한 분노가 그에게로 향한 나의 마음을 다시금 일깨웠고, 지금은 그를 다른 누구에게도 보내고 싶지 않은 마음이 간절하기 때문이다. 그의 첫 번째 결혼이 실패했다는 소식을 들었을 때, 그를 위로하면서도 난 기뻐하지 않았던가. 나의 이기심에 소름이 돋으면서도 어쩔 수 없었다. 전화 신호음이 울리는 소리가 아득히 먼 곳에서 들려오는 것 같다. 끝내 응답이 없다. 아들이 작은 손으로 나의 볼을 만지작거린다. 이 아이는 세상의 그 누구도 말해 주지 않는 것을 내게 말해 주려 하는 것일까. 아이의 눈빛에서 나를 필요로 하는 간절함을 본다. 세상에서 유일하게 내가 필요하다고 한다. 그래, 아들아. 내가 오늘을 살고 있는 이유는 너 때문이란다. 어린 아들아, 너는 온전히 나를 의지하며 오늘을 살아내겠지. 난 네가 나를 의지하고 있는 것을 알고 있단다. 하지만 너는 모르겠지. 나 또한 너를 의지하여 오늘을 살고 있다는 것을. 살아야 할 이유를 나에게 가져다준 어린 아들의 눈을 마주쳐 주고, 나의 품을 원하는 아이를 살포시 안는다. 이 순간만은 살아 숨 쉬는 것이 진실로 느껴진다. 오직 이 순간만은…….

그녀가 나를 찾아왔다. 어린 아기를 강포에 싸안고서. 그녀는 남편의 아이를 내게 남겨두고 떠났다. 아이가 울어댄다. 우는 모습조차 예쁜 여자아이. 난 우는 아이를 바라본다. 아주 오랫동안 바라만 본다. 아이는 지쳐 잠이 든다. 아무것도 제대로 느낄 수가 없다. 생각도 할 수가 없다. 장난감을 가지고 놀던 아들이 잠잠하여 돌아보니, 아들은 가장 아끼는 장난감 자동차를 부여잡고 잠이 들었다. 아들을 침대에 뉘이고, 이미 깊은 잠에 빠져든 아들의 가슴을 토닥거리며 앉아 있다. 몹시 피곤하다. 너무도 피곤해서 잠을 자려고 아들 옆에 누웠지만, 잠을 이룰 수가 없다. 우선은 잠을 좀 자고 싶다. 나의 마음은 쉼을 갈구한다. 난 몇 달 동안 여러 약국에서 구입한 수면제를 모두 삼켰다…….

"아가씨! 어디 계십니까, 아가씨?"

나는 나를 애타게 찾고 있는 정원사의 목소리를 들었다. 난 그 소리에 놀라 의자에서 벌떡 일어났다. 갑자기 머리가 깨질 것처럼 아프다. 귀가 먹먹해지면서 정신이 없다. 무거운 책이 바닥으로 떨어지며 둔탁한 소리를 냈다. 곧이어 찢어질 듯 현관문이 열리더니 정원사가 뛰어 들어왔다. 그 뒤로 운전사의 모습도 보인다. 하지만 저들이 실제인지 모르겠다. 나는 멍하니 서서 두 사람을 바라볼 뿐이다.

"아가씨, 괜찮으신 겁니까? 이 험한 곳을 혼자서 오시다니요. 게다가 이 늦은 시간까지……, 다치신 곳은 없으십니까?"

정원사는 걱정스런 목소리로 나를 살펴보며 말했다.

"그러게요. 사모님의 허락도 없이 이곳에 오시면 어쩌자는 겁니까?"

운전사가 퉁명스럽게 말했다.

"미안해요. 이렇게 시간이 많이 걸릴 줄 몰라서……."

"어두운 산길이라 위험해요, 아가씨. 제 등에 업히세요."

정원사가 상체를 구부리며 말했다.

"아니요, 괜찮아요. 제가 걸어서 갈게요."

책을 집어 들고 촛불을 끄려던 나는 벽난로를 쳐다보았다. 이미 장작이 다 타버려 불기가 거의 남지 않았다. 갑자기 온몸이 얼어붙을 것처럼 싸늘한 기운이 전신을 타고 흐르는 것 같다. 정원사는 준비해 온 담요로 나의 어깨를 감싸주었다.

"고마워요."

나는 정원사를 향해 어색한 미소를 지어보였다.

우리는 손전등으로 발 앞을 비춰가며 조심스럽게 산을 내려왔다. 가까이에서 늑대의 울음소리가 들려왔고, 좀 더 멀리에서 응답하듯 다른 늑대의 울음소리가 들려왔다.

"늑대들이군요. 총을 준비해 오길 잘했지요."

운전사가 거만한 목소리로 말했다.

"그런데 가슴에 끌어안은 그것은 뭡니까?"

운전사가 물었다.

"모르겠어요. 학자님의 허락이 없으니 가져오면 안 되는 것이지만 읽어 보니 재미가 있어서요. 보고 가져다 놓을 거예요."

나는 겸연쩍게 말했다.

"제가 들고 가겠습니다. 무거워 보이는데요, 아가씨?"

정원사가 손을 내밀며 말했다.

"아니에요, 아저씨. 제가 들고 갈게요."

나는 마치 보물이라도 되는 것처럼 힘주어 책을 끌어 안았다.

"가정부는 이 책임을 피할 수 없을 겁니다. 저택을 나가야 할 테지요. 그러게 나서지 말아야 할 일과 나서도 되는 일을 구별하지 못하고 경망스럽게 굴더니만."

운전사가 비아냥거리듯 말했고, 정원사는 한숨을 내쉬었다.

"이 일은 가정부 잘못이 아니에요. 제가 고집을 부려서 억지로 약도를 그리게 한 거예요."

나는 걱정이 되어 말했다.

"이번 일은 아가씨가 나서도 소용없어요. 사모님께서 지금 얼마나 노심초사하고 계신지 아십니까?"

운전사가 냉담한 목소리로 말했다.

"어떡하죠, 아저씨?"

나는 정원사에게 작은 목소리로 말했다.

"지금은 사모님께서 화가 많이 나셨어요. 일단은 집으로 돌아가시고, 아가씨가 무사한 줄 알면……."

"어머니는 언제 돌아오셨나요?"

"시장한테 가지도 못하셨답니다. 도시와 연결된 다리에서 만난 안개가 너무 심해서 되돌아 올 수밖에 없었다고."

"말도 마세요. 지금까지 살면서 그렇게 짙은 안개는 본 적이 없을 정도였다니까요."

운전사가 말했다.

"안개요?"

"네, 아가씨. 안개요."

나는 안개라는 말에 섬뜩한 기분을 느꼈다. 새벽녘에 본 인간의 형상을 한 검은 안개가 떠올랐던 것이다.

"농부의 딸이 없어졌대요."

내가 심란한 목소리로 말했다.

"그렇군요. 제가 조사한 바로는 마을 사람들의 반 정도가 실종된 상태입니다. 저택에서 일하던 직원들 중에서도 몇 사람 더 사라졌고요. 요리사는 출근을 못했고, 전화가 불통이라 마을 바깥세상과는 아예 단절된 상태입니다. 집으로 돌아왔는데 아가씨까지 없으셨으니 사모님의 걱정이 대단하실 수밖에요. 가정부가 내내 입을 다물고 있다가 아가씨가 학자님 오두막에 온 사실을 조금 전에 말하는 바람에……."

"그 여자가 제 명을 재촉한 겁니다. 이번에는 무사하기 힘들지요. 그런데 아가씨는 학자님을 언제 만난 겁니까? 제가 사모님의 심부름으로 외출을 하고 오던 날이었습니까? 아가씨를 찾으러 숲으로 갔던 날 말입니다.

그날 학자가 사모님을 찾아 왔었다는 말을 들었습니다만, 아가씨까지 인사를 나눈 겁니까?"

운전사가 탐색하듯 내 반응을 살피며 물었다.

지금은 사라지는 사람들이 넘쳐나고 있네. 그런 이야기나 하고 있을 여유가 없다고."

정원사가 예민하게 반응했다.

"그러게 말입니다. 상황이 참 난처하지요?"

운전사의 말투를 들으니 지금의 상황을 즐기는 사람 같다는 생각이 든다. 이상하게도 내 귀에는 그렇게 들렸다.

"여러 사람을 난처하게 만든 것 같아서 모두에게 미안해요."

내가 진심으로 말했다. 운전사는 자신의 질문에 직접적인 답을 듣지 못해서인지 심기가 불편해 보이고, 정원사는 생각이 많아 보인다.

집안으로 들어서자, 양어머니가 나에게 한걸음에 달려왔다.

"아가야, 괜찮은 거니? 도대체 그 학자의 오두막에 갈 생각을 했다니 믿을 수가 없구나. 내가 그렇게 당부를 했는데……."

"죄송합니다. 제가 잘못했어요. 가정부는 제 고집 때문에 어쩔 수 없이 약도를 그려준 거예요. 절대로……."

"지금 가정부를 걱정하는 거야? 도대체 넌 무슨 생각을 하는 아이냐? 내 속을 이렇게 썩이다니. 네가 사람들처럼 사라진 줄 알고 얼마나 걱정했는지 알기나 하는 거니?"

"잘못했어요, 어머니."

나는 풀이 죽어 간신히 말했다.

"무사히 살아 돌아와서 다행이야. 너마저 잃고서 내가 살 수가 있겠니? 이제 내 곁에서 떨어질 생각은 하지도 마라. 그래, 학자를 만난 거니?"

"아니요, 안 계셨어요. 집안의 물건들이 엉망으로 뒤엉켜 있기는 했지만 학자님이 실종된 것 같지는 않아요."

"그런 곳에 지금까지 있었던 거야? 넌 정말 겁이 없구나!"

양어머니가 기가 막힌 표정으로 말했다.

"어머니, 학자님에게 들어야 할 이야기가 있어요."

"다시는 학자 이야기는 꺼내지도 마라. 그 사람을 믿지 말란 말이다!"

"하지만, 어머니."

"됐다! 그만 올라가 쉬어라. 내 생각에는 이 마을을 삼키려고 작정한 인간들이 이런 짓을 꾸미는 게 분명해 보인다. 이 마을의 경치 때문에 개발업자들이 얼마나 탐을 냈게. 마을 사람들이 제 땅을 팔지 않고, 나도 조상의 땅을 내놓을 생각이 없었으니……, 그렇다고 사람들을 납치하다니. 지난번처럼 통신이 또 마비되어서 바깥과 연락을 해볼 수 없으니 답답해서 견딜 수가 없구나. 내일 시장을 다시 만나러 갈 거야. 자세히 알아봐야지. 그런데 아까부터 품에 안고 있는 그 책은 뭐지? 어디서 난 거냐?"

"아, 이거요? 이건 학자님 집에서……."

"집에도 책은 많다. 그건 버려. 학자와 관련된 것은 어느 것도 집안에 들이지 마라."

양어머니가 집사에게 눈짓을 하자, 그녀는 내게서 책을 빼앗아 가려 했다. 나는 책을 꼭 끌어안고 재빨리 몸을 돌렸다.

"죄송해요, 어머니. 이건 학자님 허락이 없이 가져온 것이니 돌려줄 때까지는 제가 가지고 있을게요. 부탁입니다. 이번 한 번만 용서해 주세요."

나는 간곡히 간청했다. 무슨 이유인지는 모르겠지만 난 이 책을 빼앗기기 싫다.

"저런, 고집이 어지간하구나. 알았다. 대신 다시는 학자의 오두막에 가지 않겠다고 약속하렴."

나는 양어머니의 말에 대답하지 않았고, 그녀는 한숨을 내쉬었다.

"어서 올라가 쉬어."

"죄송해요, 어머니. 안녕히 주무세요."

집사는 시큰둥한 표정으로 나를 한 번 노려보더니 양어머니를 모시고 갔고, 나는 시퍼렇게 질려 한 쪽 구석에 몸을 사리고 있던 가정부의 안내를 받으며 방으로 돌아왔다. 가정부는 하고 싶은 말이 많은 것 같아 보인다.

"아가씨……."

"내일 이야기해요. 피곤한 하루였잖아요? 어떻게든 어머니께 잘 말씀드릴게요. 미안해요. 나 때문에 이런 일을 당하게 해서. 절대로 아무 일도 없게 할게요."

"알겠어요. 아가씨만 믿을게요. 주무세요."

가정부의 축 처진 어깨가 애처로워 보인다. 무슨 수를 써서라도 그녀가 피해를 입게 하지 않을 것이다.

나는 대충 몸을 씻고 이불 속으로 들어왔다. 이제부터 본격적으로 책을 읽을 생각이다. 몸은 천근만근 무겁지만 이 책을 읽고 싶은 호기심을 떨쳐버릴 수가 없다. 내가 막 책을 펼치려는 순간, 노크소리가 들리는가 싶더니 가정부가 김이 나는 찻잔을 들고 방문 앞에서 허락을 구하는 표정을 지었다. 나는 안으로 들어오라고 손짓했다.

"아직 주무시지 않을 줄 알았어요, 아가씨. 숙면을 도와주는 이 차를 한잔 마시고 주무세요."

"걱정이 되시는 거죠?"

"아가씨를 믿어요. 어련히 잘 알아서 저를 구해주시겠어요?"

가정부의 말에 나는 웃었다.

"마을에서 일어나는 일이 아무래도 심상치가 않아요, 아가씨. 사모님께서도 아가씨께 말은 그렇게 하셨지만 잠을 주무시지 못하셔서 차를 가져다 달라고 하셨어요. 오늘 운전사 말이 안개 때문에 도시로 가지 못했다고 했지만, 사모님은 아무것도 기억을 못하세요. 다리 근처까지 간 것은 기억을 하셨는데 말예요. 정말 이상하지 않아요?"

"기억을 못하세요?"

"네에. 안개가 끼는 것을 보기는 하셨대요. 근데 그 이후의 일은 기억을 못하세요. 그런데 운전사는 아무렇지도 않게 운전을 해서 집으로 돌아왔잖아요?"

가정부가 가늘게 눈꼬리를 올리며 고개를 가로저었다.

"하룻밤만 지나도 사라지는 사람들이 계속 늘어만 가니, 저 또한 오늘 밤은 무사할 수 있을라나 걱정이 되어 잠을 못자겠어요. 정말이지 요즘은 사는 게 사는 것 같지가 않다니까요. 근데 학자님 오두막은 정말 난장판이었어요?"

"네, 모든 물건이 엉망으로 뒤엉켜 있었어요."

"그것도 이상하네요. 사라진 사람들은 작은 소지품 하나가 없어진 게 없다는데. 집안도 깨끗하고요. 정말로 납치가 된 거면 반항한 흔적이 남아야 하는 거 아니에요? 마치 지우개로 지워버린 것처럼 아무도 모르게 그렇게 사라지는 게 가능할까요? 아무래도 유령의 짓이 분명한 것 같아요. 무서워 죽겠어요."

가정부는 몸을 부르르 떨었다.

"누구의 짓인지, 왜 이런 일을 벌이는지 알 수 없으니……."

"그러니까요. 유령의 짓이 분명해요. 어젯밤에는 걱정이 되어서 한숨도 못 잤어요. 저기, 아가씨. 오늘은 아가씨 방에서 자도 될까요? 저기 소파에서 잘게요. 아가씨도 지켜드리고……."

"그렇게 하세요."

난 가정부가 두려움 때문에 자신의 방으로 돌아가고 싶어 하지 않는다는 걸 알고 순순히 대답했다.

"우리 불을 켜두고 자요, 아가씨"

"알았으니까 잠을 자도록 해봐요."

가정부는 간이용 이불을 꺼내어 소파 위에 잠자리를 마련하여 눕더니 곧장 잠에 골아 떨어졌다. 그녀의 행동을 지켜보던 나는 펼쳐놓은 책장으로 눈길을 옮겼지만 이내 눈앞이 흐릿해졌다.

11

나는 밖에서 들려오는 소란스런 소리에 잠을 깼다. 복도를 분주히 오가는 사람들의 발소리와 이야기 소리로 집안이 떠나갈 듯이 요란하다. 어제 분명 소파에서 잠을 자던 가정부는 보이지 않는다. 나는 잠옷 위에 가운을 걸치고 방문을 열었다. 난리가 난 것처럼 직원들이 허둥거리며 이리저리 뛰어다니고 있다. 이 소란의 이유를 물어볼 직원을 한 명이라도 붙잡아 세워보려고 했지만, 다들 나는 보이지도 않는 모양이다.

"아가씨, 일어나셨습니까?"

가정부의 목소리다.

"무슨 일이에요?"

나는 인사만 건네고 곁을 지나가려는 가정부를 붙잡아 세우고 물었다.

"마을이 온통 난리에요. 실종된 사람들이 계속 늘어나고 있어요. 새벽부터 가족이 사라졌다고 저택으로 몰려 온 마을 사람들을 간신히 달래서 돌려보냈는데, 정원사 말이 그렇게 다녀간 사람들도 사라진 사람들이 많다는 거예요. 이 저택에서 일하던 여자 세 명도 간다온다 말없이 없어졌고요. 지금 사모님께서는 짐을 꾸리고 계세요. 오늘 안으로 마을을 떠나시겠다고. 그래도 아가씨는 좀 더 주무시게 내버려두라고 하셨는데, 이 난리 통에 그만 잠이 깨셨네요."

가정부가 허둥거리며 다급한 목소리로 말했다.

"어머니께서는 어디에 계세요?"

"지금 귀중품들을 챙기고 계실 거예요. 다 가져갈 수는 없으니 선별을 하신다고 사모님께서 직접 가방을 싸고 계세요."

"알겠어요."

나는 재빨리 옷을 갈아입고, 양어머니의 방으로 갔다. 양어머니의 방은 갖가지 귀중품과 옷가지들로 어질러져 있고, 고급스런 여행용 가방마다 값진 물건들이 마구잡이로 쌓여있어 뚜껑을 닫을 수도 없을 것 같다.

"어머니!"

"오, 어서 오너라. 소란해서 일찍 깬 모양이네. 어제 일도 있어 좀 더 쉬게 두려했는데……."

"마을을 떠나신다고요?"

"그래, 아무래도 오늘 안으로 떠나는 게 좋겠어. 일단은 별장으로 가자. 그곳에서 바닷가의 저택 문제를 마무리 짓고……."

양어머니는 길게 한숨을 쉬었다.

"어제 도시로 나갈 수가 없었다고 하셨잖아요?"

"운전사 말이 그렇구나. 안개 때문에 다리를 건널 수 없었다고. 나도 기억이 난다. 갑자기 안개가 짙어졌어. 눈 깜짝할 사이에 말이다. 그런데 어느 사이인가 집에 와 있더구나. 운전사가 뭐라고 설명을 하긴 하던데, 난 안개를 본 것밖에는 기억이 나지 않아. 어쨌든 오늘 떠나는 게 좋아. 어서 빨리 이 현실로부터 도망쳐야 한다고. 살 길은 이 마을로부터 벗어나 될 수 있는 한 멀리 달아나는 거다."

"제 생각에는 소용없을 것 같아요."

내가 자신 없는 목소리로 말했다.

"무슨 말이니?"

"이 마을을 벗어나지 못할 것 같다는 느낌이 들어요."

"그렇지 않아. 우리는 떠날 수 있을 거다. 이 마을만 벗어나면 되는 거야. 우리는 무사할 거야. 올라가서 네 짐이나 챙기렴. 준비가 되면 바로 출발할 수 있게."

말씀은 그렇게 하면서도 양어머니의 목소리에 근심이 가득하다.

"드릴 말씀이 있어요."

"뭔데?"

"어머니 뜻이 그러시다면 떠날게요. 하지만 전 떠나기 전에 꼭 들려야 할 곳이 있어요. 준비가 끝나기 전에 빨리 돌아올게요. 잠시만 다녀오게 해주세요."

"밖을 나가겠다고? 집안도 안전하지 못한 판국에 밖을 나가려하다니 제 정신인 게냐? 절대 허락할 수 없다."

양어머니가 정색을 한다.

"학자님 집에 다녀와야 해요. 그 집에……."

"무슨 말이니, 그게?"

"제가 해야 할 일이 있다고 학자님이 말씀하셨잖아요? 두 분의 이야기를 들었어요. 엿들을 생각은 아니었는데……, 죄송해요."

"그 자의 말에 신경 쓸 것 없다. 설사 그의 말이 맞는다고 해도 너를 희생양으로 삼을 수는 없어. 설사 네게 정말로 어떤 사명이 있다고 해도 난 널 보낼 수 없다. 넌 내 딸이야. 어떤 어머니가 자신의 자식을 죽을지도 모르는 사지로 보내려 하겠니. 절대로 용납할 수 없는 일이다. 네 말은 못 들은 것으로 할 테니 올라가 어서 준비나 해라."

양어머니가 단호하게 말했다. 어떤 여지도 엿볼 수 없이 강경한 태도이다. 나는 할 수 없이 방으로 돌아왔다. 학자의 말에 거짓은 없었다. 그렇다면 이 마을의 불행은 끝나지 않을 것이고, 누구도 이 불행으로부터 달아날 수 없을 것이다. 그리고 학자의 말처럼 이 마을을 구해야 할 사명을 가지고 이곳에 온 것이 바로 나라면 이대로 도망칠 수는 없다. 내가 무엇을 할 수 있을지, 무엇을 해야 하는지 알기라도 하면 얼마나 좋을까. 어쨌든 학자가 내게 주려는 물건을 찾으면 답을 얻게 될지도 모르는데 이대로 떠날 수는 없다.

나는 아래층으로 내려와 운전사를 찾고 있다. 그는 내가 필요로 할 때, 한 번은 날 도와주겠다고 약속했다. 오늘 그 약속을 지키게 할 생각이다.

서재로 나를 이끈 운전사는 무슨 이유인지 나를 학자의 오두막이 있는 산 아래까지 데려다주겠다고 말했다. 약속은 약속이라는 말과 함께.

"정말 고마워요, 아저씨. 어머니께서는 학자의 오두막에 가지 말라고 하셨지만, 전 오늘 안으로 꼭 가봐야 할 이유가 있어요. 어머니가 모르게 밖으로 나가야 할 텐데 가능할까요?"

"그럼요. 제가 모셔다 드린다고 하지 않습니까? 별채를 통해서 밖으로 나가는 비밀통로를 알고 있습니다. 물론 사모님께서도 아시지만 아가씨가 그리로 들어갈 것이라고는 꿈에도 생각하지 못하실 겁니다."

"그러면 어서 별채로 가야겠어요."

"그럴 필요는 없습니다. 별채로 연결된 비밀통로가 사모님 방에 하나, 이 서재에서도 하나 있으니까요. 밖으로 나가면 누군가의 눈에 띌 것입니다. 그것은 위험한 행동이지요."

운전사가 음흉하게 웃었다. 나는 기분이 몹시 나쁘지만 모른 척했다. 아무리 노력해도 도무지 믿을 만한 사람은 아니다. 그래도 지금으로서는 운전사외에 그 누구에게도 도움을 청할 사람이 없다. 운전사는 책꽂이 벽장으로 다가가더니, 사다리를 옮겨 가장 높이 천장과 맞닿아 있는 책꽂이에서 한 권의 책을 손으로 뽑았다. 그러자 벽장문이 열리면서 회색빛 벽돌로 마감된 벽이 나왔다. 운전사가 벽돌 하나를 벽에서 떼어내자 거짓말처럼 벽이 스르르 열리면서 차고 습한 공기가 확하고 서재 안으로 밀려들어 왔다.

"이곳으로 가면 됩니다."

운전사는 인심을 쓰듯 말하며 앞장을 섰다. 여러 개의 계단을 내려오니 왼쪽 벽면으로 철제로 만든 작은 창고 같은 것이 하나 보인다. 그것은 벽면에 정사각형 모양으로 박혀 있다. 운전사가 손잡이를 잡아당겨 철제 문을 열자, 창고 안에 전등이 자동으로 켜졌다. 그 안에는 각종 공구들이 잘 정돈되어 있고, 권총과 칼집이 있는 단도 같은 무기까지 걸려있다. 그는 손전등을 두 개 꺼내 나에게 하나를 건네주고, 작은 단도 하나와 총을 집어 들었다.

"총은 왜?"

"혹시 위험한 일이 일어날지도 모르잖아요?"

운전사가 또다시 음흉하게 웃었다.

"별채에 가면 비상식량과 각종 장비들이 갖춰진 창고가 있어요. 준비가 철저하죠?"

"그러네요."

"이 정도의 저택이라면 비밀통로를 갖추고 있는 게 당연하지요. 아가씨처럼 필요한 사람이 사용하라고 만들어 놓았겠죠?"

운전사의 태도가 평소에도 그다지 신사적이지는 않았다. 하지만 오늘은 그 정도가 지나치다는 인상을 받았다. 이젠 대놓고 비아냥거리고 있다.

"아저씨는 이 비밀통로를 어떻게 알게 된 거예요?"

"그게 중요합니까? 제가 안다는 사실이 중요하지. 이렇게 잘 써먹고 있잖아요?"

운전사가 야비하게 웃었다.

"다 왔네요."

운전사는 다시 계단을 이용해 위로 올라가더니 두 팔로 힘껏 밀어 천장을 위로 열어젖혔다. 창고로 쓰인다는 말은 들었지만 나는 별채에 들어와 본 적이 없다. 지금까지 이 별채에 들어와 보지 않은 것을 후회하고 있다. 이렇게 흥미진진한 장소는 다시없을 것 같은 온갖 진기한 물건들이 가득한데, 창고에 아무렇게나 박혀 있기에는 너무도 멋지고 근사해 보여서 놀랍기만 하다.

운전사는 가구와 작은 물건들이 잔뜩 쌓여 있는 벽면으로 다가가더니 물건들을 옆으로 밀쳐냈다. 그는 벽돌로 된 벽면을 손바닥으로 더듬더니 어딘가에서 멈추었다. 그리고는 벽돌 하나를 살짝 밀쳐내자 벽면이 양쪽으로 갈라지며 스르르 열렸다. 그는 놀라고 있는 나를 힐끔 쳐다보더니 지하로 연결된 계단으로 내려가기 시작했다.

나는 운전사를 따라 계단을 내려가서 지하 동굴을 지났고, 우리가 빠져나온 동굴이 야생화 벌판, 낭떠러지 절벽 아래 뚫려 있다는 걸 알았다. 마치 콧구멍처럼 강물이 들락거리는 두 개의 동굴이 가지런히 뚫려 있는데, 우리는 그중 하나의 동굴에서 방금 빠져나온 것이다. 절벽은 아득히도 높고 험해 보인다. 이렇게까지 가파른 줄 몰랐다.

"이 절벽으로 사람이 올라갈 수는 없을 것 같아요."

"쉽지 않지요. 뜻이 있는 사람들이야 길을 찾겠지만 말이죠. 이제 강물을 따라 저쪽으로 좀 더 내려가면 됩니다."

"네."

우리가 강 하류를 타고 한참을 걸어 내려오자, 숲과 연결된 가파른 동산이 나타났고, 동산을 간신히 타고 올라서 울창한 숲속으로 들어서자, 키 크고 날씬한 나무들이 빼곡하게 들어 선 숲 사이로 사람이 일부러 만들어 놓은 것 같은 공터가 나타났다. 그리고 그 공터에는 제법 크고 단단해 보이는 오두막이 한 채 서 있고, 오두막 앞으로 자동차 한 대가 간신히 들락거릴 수 있을 것 같은 길이 나 있다.

"저 오두막 안에 자동차가 한 대 있지요. 대단히 좋은 차입니다."

운전사는 자물쇠로 잠겨 있는 오두막을 열었다. 그의 말처럼 오두막 안에는 자동차가 한 대 들어 있는데, 대단히 튼튼해 보이고 크기도 큰 검은색 자동차다.

"비상용입니다."

운전사가 운전석에 자리를 잡으며 말했다. 나도 재빨리 보조석에 앉아 안전띠를 맸다.

"운전도 배우셔야죠, 아가씨?"

"그러고 싶어요."

양어머니는 내가 운전을 할 필요가 없다고 생각하신다. 그래서 말을 타는 법은 배웠음에도 아직 운전은 배우질 못했다. 나는 몇 번이나 운전을 배우고 싶다고 말하려다 못하고 있지만 운전을 하는 것에 관심이 많아서 운전사가 운전을 할 때의 행동을 눈여겨보곤 한다.

"사모님께서 아가씨가 운전하는 걸 원치 않으시는 것은 혹시라도 다칠까를 염려해서겠지요. 아니면 아가씨가 달아날까 봐 겁이 나시던가."

"무슨 그런 말이 있어요?"

나는 약간 신경질적으로 반응했다. 나를 도와주는 것은 고맙지만 자꾸만 신경을 거스르는 운전사에게 화가 난다.

"아가씨의 운은 지금까지 꽤 좋았지요?"

운전사의 말에 가시가 들어있다.

"하지만 아무리 좋은 운도 지킬 수 없으면 소용없지요. 그렇지 않습니까?"

"무슨 말인지……."

"어떤 놈은 뭔가를 얻기 위해 누군가의 발아래를 기고 있는데, 어떤 놈은 아무것도 한 게 없이 남이 쌓아 올린 금자탑을 가로채가니 말입니다. 세상이 그래서야 되겠습니까? 그냥 두고 볼 일이 아니지요."

나는 학자의 오두막에 가서 찾아내야 하는 단서 생각으로 머리가 복잡한데, 운전사는 계속 이해할 수 없는 말을 하고 있어, 제발 그만 입을 다물어 달라고 요구하고 싶은 심정이다.

"학자가 아가씨에게 무슨 말을 했죠?"

"네?"

나는 운전사의 질문에 놀랐다. 어제는 학자를 언제 만났느냐고 물었었다. 그에 대한 대답을 한 적도 없는데 오늘은 만나서 무슨 대화를 나누었는지를 묻고 있다.

"뭐 줄 것이 있다고 말하던가요?"

운전사의 질문에 순간 정신이 번쩍 들었다.

"아니요!"

나는 반사적으로 대답했다.

"그렇다면 사모님이 그토록 반대하시는데도 불구하고 학자의 오두막에 다시 가려는 의도가 뭡니까? 아가씨가 진실을 말해 주시면 제가 도움을 줄 수 있을지도 모르지요."

"학자님은 제가 기억을 되찾게 도와주신다고 했어요. 제 과거를 알고 계신 것 같았어요. 그 이야기를 해주신다고 하셔서 어제 갔었는데, 외출을 하셨는지 안 계셔서……, 혹시 오늘은 돌아 오셨을지도 모르고."

"사모님의 양딸이 된 것으로 만족이 안 된다, 이 말입니까? 과거를 찾아서 뭘 하게요?

"누구라도 그럴 거예요. 자신이 어떤 사람인지 알고 싶은 건. 알아서 뭘 어떻게 할지 모르지만 그래도 알고 싶은 건 당연하잖아요?"

"아무리 그래도 이 마을에 닥친 사태의 심각성을 모르는 것도 아니고, 단지 과거의 자신을 찾고자 어머니의 반대에도 불구하고, 마을을 떠나려고 하는 이 시점에 학자를 만나러, 아가씨 홀로 낮에도 활동을 한다는 늑대들이 득실대는 산으로 간다는 것을 믿을 사람이 있을까요?"

나의 등줄기로 식은땀이 흘러내린다. 운전사는 어떤 사람인걸까.

"내게는 그렇게 중요한 일이에요. 아저씨에게는 이게 아무것도 아닐지 모르지만, 제게는 어떤 위험을 감수해서라도 알고 싶은 거라고요. 마을을 떠나면 영영 학자님을 다시 볼 수 없을 것 같은데, 이번 기회가 아니면 진실을 알 수 있을 기회가 다시는 없을 것 같은데 그럼 어떻게 해요. 저는 진실을 알아야겠어요. 아저씨가 어떻게 생각하든 상관없어요."

나는 감정을 억누르며 최대한 차분하게 말하려고 노력했다. 운전사는 학자가 양어머니에게 한 이야기의 전모를 알고 있는 것 같지는 않지만, 왜 나를 떠보려고 하는지 모르겠다.

"아가씨의 기억 저편에는 지금보다 나은 뭔가가 있을 거라고 믿는 겁니까? 운이 좋아 한순간에 모든 것을 차지한 지금보다 나을 거라고 생각하는지 궁금해서요."

운전사가 의심이 가득한 목소리로 말했다. 바깥을 보니 다행히 산에 거의 당도한 것 같다. 난 이 사람과의 대화를 끝내고 싶은 마음뿐이다. 마치 취조를 당하는 것 같은 이 상황이 불편해서 견딜 수가 없다.

"오늘은 아가씨와 함께 오두막까지 가지요. 아가씨를 지켜드려야 할 것 같으니 말입니다. 늑대라도 나타나면 어쩝니까? 총을 준비해 온 이유가 있는 겁니다."

운전사가 선심을 쓰듯 거드름을 피며 말했다.

"아니에요. 저 혼자서 갈게요. 아저씨는 밑에서 기다려 주세요. 이건 부탁이 아니라 명령입니다!"

내가 강경하게 말했다. 난 양어머니의 정식 딸이고, 저택의 어떤 직원들에게도 양어머니와 같은 지시를 내릴 수 있는 위치에 있다.

"오호라……."

운전사는 내심 놀란 눈치다.

"어머니 몰래 저를 도와준 것은 고마워요. 만일 어머니께서 이 일을 아시면 저보다 더 곤란한 것은 아저씨예요. 그러니 제 말대로 하세요."

나는 여전히 명령조로 말했다.

"대범 하시군요, 아가씨. 이런 면이 있는 줄은 몰랐는데요?"

"오래 걸리지는 않을 거예요."

자동차가 정차한 후, 내가 자동차 문을 열면서 말했다.

"한 시간만 기다려드리지요. 그 안에 안 내려오시면 바로 올라가겠습니다. 아가씨에게 무슨 일이 생기면 이놈의 목이 당장 달아날 게 아닙니까? 아가씨를 모시는 사람으로서의 의무이니 더는 거절하시면 안 됩니다."

"알겠어요."

나는 순순히 대답하고 서둘러 산을 타기 시작했다. 길이 좋은 편은 아니지만 그다지 높지 않은 곳에 위치한 오두막이고, 희망을 품어도 좋을 것 같은 기분이 들만큼 날씨는 맑고 청명하다. 잘 마른 낙엽들이 발에 밟힐 때마다 사각거리며 부서지는 소리에 나도 모르게 미소가 지어진다.

집안은 어제와 달라진 것이 없어 보인다. 낮이라고 해도 여전히 집안은 어두컴컴해서 책상 위에 올려놓은 초를 찾아 불을 밝혔다. 나는 어제처럼 불을 밝힌 초를 들고 집안을 꼼꼼하게 살펴보기 시작했다. 혹시라도 놓친 곳이 없는지를 생각해 가며 살펴보지만 여전히 특이할만한 것은 눈에 띄지 않는다.

나는 힘없이 책상 앞에 놓여 진 의자에 앉았다. 그리고 책상 위의 아무렇게나 놓여 있는 편지들을 살펴보았다. 안부를 묻는 내용이 대부분인데, 그중에 고대 문서처럼 특이해 보이는 편지지 하나가 나의 호기심을 자극한다. 글씨체도 독특하다.

지난 번 편지에 답을 주지 않아 다시 이 편지를 씁니다. 그것을 찾아서 내게로 가져와 달라고 그렇게 정중하게 부탁을 하였음에도 아직까지 나를 기다리게 하는군요. 제가 그것을 지킬 수 없다고 생각하시는 겁니까? 그것을 안전하게 지킬 자신이 있으니 염려하지 마세요. 그것을 제가 지키고 있으면 학자님은 그 아이만 데리고 오면 되는 것입니다. 장군이 심어 놓은 수하들의 감시가 날로 심해지고 있습니다. 장군이 이곳에 오려고 하지 않는 것은 다행한 일입니다만, 아직까지 그곳에 머물고 있으니 그 아이가 위험합니다. 그는 학자님에게 그것이 있다는 걸 알고 있습니다. 다행한 것은 그것의 실체까지는 모른다는 것이지만 그마저도 곧 알게 되겠지요. 어서 서둘러 주십시오. 제 수하에게 하루 빨리 그것을 보내시고, 학자님은 그 아이와 함께 오십시오. 시간이 없습니다.

잊혀 졌지만, 잊을 수 없는 자.

편지를 보낸 자가 말하는 그 아이란 나를 지칭하는 것일까. 분명 그런 것 같다. 그렇다면 장군이란 자는 누구이고, 그것은 무엇일까. 학자가 나에게 주려고 한 것과 관련이 있는 것은 분명한 것 같은데, 정확하게 무엇을 말하는 것인지 알 수 없게 표현해 놓았다. 학자를 만나지 못하면 모든 게 허사가 될 것 같은 상황이다. 어쨌든 모든 것의 열쇠를 쥐고 있는 것은 학자가 아닌가. 난 학자가 실종되었을 거라는 생각을 않으려고 무던히도 마음을 달래고 있지만, 오늘 다시 이 오두막에 와보니 그의 실종은 너무도 분명해 보인다. 열쇠를 지닌 사람이 없는데 답이 들어 있는 창고의 문은 무슨 수로 열 수 있단 말인가.

나는 턱을 괴고 앉아 있다. 상황을 정리해 보려고 노력하는 중이다. 실종된 다른 사람들처럼 학자도 같은 자들에게 붙잡혀 간 것이 분명하다면 집안이 이렇게 엉망으로 뒤엉켜 있지는 않을 것이다. 지금 이 오두막의 상태는 뭔가를 찾으려고 다 헤집어 놓은 것 같다. 다른 실종자들의 집안 상태와는 분명 다르다. 어제 나는 이렇게 엉망이 된 집안 때문에 학자가 납치되지 않았을 거라고 확신하지 않았던가. 아니다. 편지의 내용으로 보면 학자가 가지고 있다는 그것을 찾기 위해 집안을 이렇게 들쑤셔 놓았을 수도 있다. 학자를 납치하고, 집안에 감춰져 있을지 모르는 그것을 찾기 위해서 이 난장판을 만들었을지 모를 일이다. 모르겠다. 도무지 머릿속이 뒤죽박죽이다.

나는 다시 촛불을 들고 집안을 살펴보기 시작했다. 무의미한 짓인 줄 알겠지만 그저 앉아 있을 수가 없다. 이미 다 뒤지고 간 자리에 남아 있는 게 있을 수 없는 줄 알지만 그래도 포기가 안 된다. 나는 처음부터 다시 차근차근 모든 곳을 되짚어가며 세심하게 살피기 시작했다. 그러다 한 쪽 구석에 놓여 있는 책장이 특이하다는 걸 알게 되었다. 집안의 모든 것이 엉망진창인데 책장의 책들만은 정리가 너무 잘 되어 있는 것이다. 왜 여태껏 알지 못했을까.

나는 책장에 꽂혀 있는 책들을 일일이 확인하기 시작했다. 제목을 살피고, 책 안에 혹시라도 끼워져 있을지 모르는 메모가 있는지 털어보고,

내용도 대충 살피기 시작했다. 시간이 제법 걸리는 일이지만 지금으로서는 이 책장 말고는 단서가 될 만한 것이 없는 것 같다. 시계를 보니 운전사가 오겠다고 약속한 시간이 훌쩍 지났다. 그가 오든 말든 난 책장의 책을 모두 살펴볼 생각이다.

난 책장에 꽂혀 있는 책들 속에서 아무런 단서도 찾지 못하고 다시 다리도 맞지 않아 후들거리는 나무 의자에 힘없이 주저앉았다. 이젠 정말 포기를 해야 할 것 같다. 내가 할 수 있는 일은 다했다. 이제 집으로 돌아가서 양어머니와 마을을 떠나야겠다. 이제 방법은 이것뿐인 듯싶다.

나는 의자에서 천천히 일어났다. 갑자기 머리가 깨질 것처럼 아프다. 난 휘청거리며 바닥에 넘어지고 말았다. 손에 들고 있던 초는 바닥으로 떨어지며 불이 꺼져 버렸고, 어제 깨진 무릎이 다시 바닥에 부딪치면서 강렬한 통증이 더해졌다. 난 순간, 집으로 가져갔던 책을 떠올렸다. 그 책에 걸려 넘어지지 않았던가. 그 책은 다른 책들과 달리 바닥에 아무렇게나 버려져 있었다. 다른 책들이 책장에 가지런히 정리되어 있는 것과는 다르게 말이다. 그리고 누구라도 이 오두막에 들어서면 나처럼 책에 걸려 넘어지거나 책을 밟았을 것이다. 예외 없이 그랬을 것이다. 내가 올 것을 학자가 믿고 있었다면, 내게 주려고 한 그것을 어떻게든 발견하도록 만들 생각이었다면 내가 눈치를 채도록 만들 필요가 있었을 것이다. 그렇다면 그 책이 단서인 것일까. 일기 형식의 소설인 듯 보였는데. 어쨌든 그 책 안에 뭔가를 숨겨두었을지도 모를 일이다. 어서 빨리 집으로 돌아가야겠다.

나는 한 손으로 바닥을 짚고, 다른 한 손으로는 책상 모서리를 잡고 일어났다. 촛불이 꺼졌다고 해도 실내가 너무 어둡다. 얼기설기 빈틈이 많은 현관문으로 햇살이 비쳐들고 있었다. 그런데 지금은 그 빛조차 보이지 않는다. 게다가 이상하리만치 습하고 축축한 냉기가 온몸을 파고든다. 암울한 기운이 공간을 가득 채우고 있다. 이게 뭘까. 나는 팔을 휘저어가며 현관문 쪽으로 한발 한발 조심스럽게 걸었다. 그리고 현관문이 손에 닿자 밖으로 문을 힘껏 밀었다.

바깥으로 나온 것은 맞는 것 같은데 한치 앞도 분간할 수 없을 정도로 짙은 안개가 잔뜩 끼여 있어 태양도 희미하게 형태만 보일 뿐 아무것도 보이지 않는다. 산을 올라올 때만해도 그토록 맑은 날씨였다는 게 믿어지지 않는다. 이런 상태로 산을 내려가는 것은 불가능하다. 나는 온몸을 한껏 움츠리고 다시 오두막으로 들어가려 몸을 틀었다. 그때 갑자기 어깨 위에 어떤 물체가 와 닿았다. 사람의 손인지 뭔지는 알 수가 없지만 분명히 느낄 수 있는 어떤 힘이 가해지고 있고, 지금까지 결코 경험해 본 적이 없는 싸늘한 냉기가 느껴진다. 온몸이 얼어붙는 것만 같다. 순식간에 서늘한 공포감에 압도되어 그 자리에 주저앉으려는 순간, 어깨 위의 그 물체가 떨어졌다.

"우리 동생이 이 자는 마지막에 데려갈 것이라 했다. 스스로가 미치도록 원할 때까지 기다려야 한다고 했다. 조만간 그날이 올 것이다. 이제 그만 가자!"

마치 우물 깊숙한 곳에서 울리는 것 같은 무겁고 축축한 저음의 음성이다. 소름끼치는 공포의 목소리만으로도 내 심장이 얼어붙는 것 같다. 가까운 곳에서 늑대의 울음소리가 들려왔고, 멀리에서 응답이라도 하는 것처럼 다른 늑대의 울음소리가 울려 퍼졌다.

나는 움직일 수가 없다. 한발도 뗄 수가 없다. 눈을 감은 채, 이대로 돌처럼 굳어버릴 것만 같다. 하지만 이렇게 계속 여기에 있을 수는 없다. 나는 마음을 다잡고 눈을 떴다. 그런데 안개가 보이지 않는다. 그렇게 짙고 무거운 안개가 감쪽같이 사라진 것이다. 내 눈으로 보면서도 믿을 수 없는 광경이다. 양어머니가 보았다는 안개도 내가 본 것과 같은 것이었을까. 그런데 양어머니는 기억을 못하는 것을 나는 또렷이 기억할 수 있다. 만일 같은 안개라면 그녀는 왜 아무것도 기억을 못하고, 나는 분명하게 기억할 수 있는 것일까.

생각만 하고 있을 시간이 없다. 나는 오두막을 뒤로 하고 서둘러 산을 내려오기 시작했다. 바삭거리며 낙엽이 부서지는 소리가 더는 들리지 않는다. 낙엽은 물기에 흠뻑 젖어 있어 무척 미끄럽다. 신경을 썼음에도 두어 번이나 미끄러지고 말았다. 코트에 젖은 낙엽이 들러붙든 말든 난 털어낼 생각도 하지 못하고 급하게 산을 내려왔다.

자동차는 처음 세워졌던 그 자리에 그대로 서 있다. 운전사는 무슨 생각으로 나를 데리러 산에 오지 않은 것일까. 처음에 그 제안을 들었을 때는 못마땅하게 여겼지만, 정작 약속한 시간을 넘겼음에도 와주지 않은 그에게 섭섭한 마음이 들었다. 나 혼자서 그토록 무서운 일을 겪게 될 것이라 예상을 못했다.

후들거리는 다리로 간신히 뛰어 자동차까지 왔는데, 차안과 주변 어디에도 운전사가 보이지 않아 당황스럽다. 그는 어디를 간 것일까. 어서 이곳을 벗어나야 한다는 초조감에 어찌할 바를 모르겠다. 다행히 자동차 문이 잠겨 있지 않아 일단은 보조석에 앉은 후, 차문을 잠갔다. 안개 속에서 들리던 그 음성이 내 안에 공명처럼 울리는 것만 같다. 그토록 끔찍한 기분은 두 번 다시 느끼고 싶지 않다. 그토록 무섭다는 늑대들의 울음소리는 도리어 친구의 위안처럼 느껴질 정도였다.

나는 운전사를 기다리고 있는데, 초침이 이렇게 더디게 움직이는 줄 몰랐다. 영원히 시간이 여기서 멈춰버린 것 같은 느낌이다. 언제까지 기다리고 있어야 할지 모르겠지만 차 밖으로 나가 그를 찾아 볼 용기도 없다. 운전사는 나를 골탕 먹일 생각으로 걸어서 저택으로 돌아갔을 수도 있다. 그라면 충분히 그러고도 남을 사람이다. 정말 아니길 바라지만 다른 마을 사람들처럼 납치가 되었을지도 모른다. 안개 속의 그 음성은 나를 마지막에 데려간다 하지 않았던가. 안개 속에 정체를 숨긴 저들이 사람들을 납치한 주범일지도 모른다. 오늘 저들이 나를 데리러 온 게 아니라면 여기에는 운전사밖에 없었다. 그가 납치된 것이 분명하다는 결론을 내리는 게 두렵다. 하지만 어떤 식으로라도 결론을 내려야 한다. 여기서 마냥 이렇게 있을 수는 없다. 난 결심을 하고 운전석으로 옮겨 앉았다.

평소에 운전사가 운전을 하는 모습을 눈여겨보고, 이론도 조금은 안다. 하지만 운전대를 잡고 운전을 해본 적은 없다. 과연 이 차를 몰고 갈 수 있을까. 설사 불가능한 일이라 해도 지금은 무조건 해보는 수밖에 없다. 나는 버튼을 눌러 시동을 걸고, 평소에 눈여겨보았던 대로 기아를 조작했다. 그리고 가장 오른쪽에 있는 페달을 힘껏 밟았다. 자동차는 곧장 앞으로 내달리기 시작하더니 순식간에 산 입구에 서 있는 커다란 소나무를 들이박고는 멈추었다. 충격이 대단하다. 정신을 차릴 수 없을 지경이다. 다시 머리가 깨어질 듯이 아파온다.

한 여인이 내 팔을 잡고 울면서 정신없이 많은 이야기를 쏟아낸다. 그녀의 얼굴에서 짙은 고통이 읽혀지지만, 나는 험악한 표정으로 그녀가 잡은 손을 뿌리치고 도망친다.

난 거리를 걷고 있다. 차디찬 바람에 온 몸을 움츠리고 급한 발걸음을 옮기지만 어디에서 멈춰야 할지를 모른다. 길은 끝도 없이 이어지고, 나는 그 거리를 끝도 없이 걷고 있다.

마치 손상된 필름이 이어졌다 끊어졌다는 반복하는 것처럼 나의 머릿속에 많은 장면들이 떠올랐다 사라진다. 그 기억의 조각들이 괴롭고 아프다. 보고 싶지 않고, 느끼고 싶지 않은 우울하고 어두운 장면들이다.

나는 머리의 통증이 어느 정도 가라앉자, 다시 기아를 조작해 발목의 힘을 조절해 가며 차를 후진시켰다. 자동차가 이렇게 부드럽게 움직일 수도 있다는 사실에 감탄하면서 포장이 잘된 도로 위까지 무사히 왔고, 다행히 도로는 양쪽 방향 어디에도 방해가 될 자동차나 사람은 보이지 않는다. 자동차는 양쪽 도로뿐 아니라 보도 위까지 휘저어가며 미친 듯이 질주하지만, 다행히 가게와 그 앞에 기물들을 들이받지는 않았다. 어떻게 가고 있는지도 모르겠고, 앞도 제대로 보이지 않는다. 저택까지 곧장 굽어지는 부분이 없이 한 길로 달릴 수 있는 것이 천만다행이라는 생각이 들뿐이다. 자동차가 나를 요동치게 만드는지, 내가 자동차를 요동치게 만드는 것인지는 모르지만 자동차는 미친 듯이 흔들리고 있다.

내가 모는 자동차는 양어머니의 저택에서 빼놓을 수 없는 자랑거리의 하나인 장식이 독특하고 아름다운 철제 대문을 들이박고 멈추었다. 나는 정원사와 가정부가 달려오는 모습을 보았다고 생각하지만 곧 아무것도 보이지 않는 깜깜한 어둠 속으로 깊이 잠겨드는 느낌을 받았다.

12

울고 있는 어린 아기를 두 손으로 들어 올린 여인은 벽과 아기를 번갈아 쳐다본다. 여인은 두 손에 힘을 주어 아기를 벽에 던져버리는 시늉을 한다. 얼굴은 분노와 절망감으로 일그러져 있다. 여인은 또다시 아기를 집어던지는 시늉을 하다가 그 자리에 주저앉아 울기 시작했다. 바닥에 아기를 놓아 둔 채 자신의 떨리는 두 손을 바라보며 한 없이 오열하는 여인의 비통함이 사방의 벽들에 부딪쳐 메아리처럼 울린다. 난 너를 원하지 않았어! 난 너를 책임지는 게 싫어. 넌 나를 지옥의 바닥까지 데려가는구나. 내가 어떻게 해야겠니? 넌 먹지도 않고 울기만 하는구나. 네 울음소리에 내 머리가 깨어질 것 같아. 너를 죽여 버리고 싶은 이 무서운 욕망 앞에서 난, 이 끔찍한 죄를 어떻게 해야 할지 모르겠단 말이다! 난 내 안에서 소중한 생명을 죽여 버렸어. 내가 그랬어. 하늘은 나를 용서하지 않을 거야. 나도 나를 용서하지 못할 거야. 제발 울지 마라. 이제 그만 좀 울어라! 난 이제 더는 감당할 수가 없어. 이 삶의 무게를 더는 질 수가 없을 것 같아. 살아 낼 수가 없을 것 같아. 내게 왜 이리도 잔혹한 거냐! 이렇게 밖에는 살 수가 없는 거니? 너는 그런 거니? 아니, 난 이럴 수밖에 없는 거냐고! 나를 좀 놓아 주렴, 운명이여. 이제 제발 나를 좀 놓아달란 말이야! 여인은 소리를 지르며 울부짖는다. 아기도 목이 쉬어라 울어댄다. 작은 방이 공중에 둥둥 떠다닌다. 그러다 바다로 떨어진 작은 방이 요동치는 파도에 이리저리 휩쓸려 표류하고 있다. 방안에서는 여인과 아기가 여전히 울고 있다. 어느 순간, 울다가 지친 것인지 여인도 아이도 잠잠해졌다. 여인은 아기를 품에 감싸 안고 자신의 온몸으로 거센 파도를 이겨내려 애쓰고 있다. 여인이 애를 쓰고 있는 동안, 아기는 잠이 들었다.

나의 가슴에도 파도가 친다. 놀라 눈을 뜬 나는 낮의 햇살이 창문 안으로 쏟아져 들어와 아련한 기억의 먼지들이 허공에 부서지는 모습을 멍하니 바라보고 있다. 꿈을 꾼 것일까. 그런 꿈을 꾸다니. 나는 울고 있던 여인과 아기의 모습을 잊을 수가 없을 것 같다. 그렇게 서러워 보이는 모녀를 본 적이 없다. 그런 모습에 가슴이 이토록 미어지는 나도 이해가 되는 것은 아니다. 꿈속에서 본 두 모녀는 누구란 말인가.

나는 머리가 깨질 듯이 아파와 두 손으로 감쌌다. 팔에 꽂혀 있던 주사바늘이 당겨지면서 혈관을 압박하여 몹시 아프다. 나는 그대로 다시 누웠다. 머리가 핑 돌면서 구역질이 올라온다. 학자의 집에서 일어났던 일들이 떠오른다. 그 일들이 모두 꿈을 꾼 것만 같다. 내 어깨를 잡았던 그 소름끼치도록 싸늘한 손길의 기억이 나를 다시 몸서리치게 만든다. 내 영혼까지 얼어붙는 기분이다.

나는 베개 밑을 더듬어 학자의 집에서 가져온 책을 찾았다. 책 속에 감춰져 있을지도 모를 그것을 찾아내기를 바라는 마음으로 샅샅이 뒤져 보지만 아무것도 없다. 분명 이 책이 단서일 것 같은데 아무것도 없다. 이제 마지막 희망까지도 다 사라져 버린 것이다.

책은 책장이 제법 많을 뿐 아니라 글씨도 빼곡하게 쓰여 있다. 뒤편으로는 백지가 많이 남아 있는 걸로 보아 책이 다 완성된 것은 아닌 모양이다. 나는 백지가 시작되기 전, 마지막 장을 펼쳤다. 글씨가 쓰여 진 이 마지막 페이지를 읽으면 이 책의 끝이 어떤지 알 수 있을지도 모른다. 왜 백지가 남아 있는 것인지도 알 수 있을 것이다.

내가 나름대로 최선을 다했다고 하면 내 딸은 믿어 줄까. 시작부터 어긋난 나와 남편의 인연. 그래도 내가 마지막까지 지키려 했던 그 인연. 쌓여진 세월만큼 깊어 진 애증조차도 나에겐 의미가 있는 것이라고 말한다면 남편은 나의 진심을 믿어 줄까. 사랑하는 그들은 나의 마지막 변명을 비웃을지도 모르겠다. 나의 인생의 장에는 온통 못난 그림으로 가득 채워져 있는 것만 같다. 이렇게 형편없는 그림을 그리고 싶지 않았다. 어느 누구인들 한 번 사는 인생에 가장 아름다운 그림을 그리고 싶지 않겠는가. 나의 삶은 언제나 지독히도 치열했다. 이제는 나도 알게 되었다. 나만이 그랬던 것은 아니라는 것을. 내가 이를 알게 된 것은 내가 엄마가 되었기 때문이다. 나는 나의 부모의 부모로서의 삶은 완전한 실패라고 생각했다. 내가 엄마가 되기 전에는 그런 원망을 자유롭게 할 수 있었다. 난 언제나 내 부모가 나를 위해 최선을 다하지 못했다고 생각했다. 내가 다한 최선이 형편없었다는 것을 깨닫기 전에는 그런 식으로라도 남의 탓으로 돌릴 수 있었다. 나도 내 딸에게 나와 같은 생각을 하게 만들고 말았다. 이렇게 살아지는 것이 인생이라고 아무도 가르쳐 주지 않았다. 나도 내 딸에게 가르쳐 주지 못했다. 내가 진심으로 말해 주었다면 이해를 할 수 있었을까. 이해를 바라는 것부터가 지나친 거다. 그래, 나는 알고 있다. 미래를 꿈꾸는 아이들에게 어른들이 보여주는 현실은 어리석은 자들의 자기합리화일 뿐이라는 것을. 난 가슴이 아프다. 내가 겪은 좌절감을 내 딸에게 대물림한 것이. 그러나 더욱 나를 아프게 할 것은 딸이 끝내 자신을 찾지 못하는 삶을 살게 되는 것이다. 그렇지 않았으면 하고 얼마나 바랐던가. 내가 세상을 떠나가도 딸아이에 대한 나의 기도는 멈추지 않을 것이다. 끝까지 어떤 식으로든 지켜주고 싶다. 그러나 사랑도 때로는 지치고 인내도 한계가 있다. 내가 살아보려고 얼마나 애를 썼던가. 사랑을 지켜내려고, 지치지 않고 인내하려고 얼마나 마음을 다졌던가. 이제 내가 할 수 있는 만큼 다했다. 더 잘했더라면 얼마나 좋았을까. 좀 더 잘했더라면. 하지만 여기까지 오는 것도 내겐 벅찼다. 내게 행복은 허락되지 않았다. 오직 괴로움과 후회만이 가득 할뿐이다. 내가 사랑하는 이들이 도대체 무엇을 했느냐고 내게 묻는다면, 난 한 가지밖에 대답을 해줄 수 없을 것이다. 나는 내가 할 수 있는 만큼 했다고. 그리고 부탁할 것이다. 나의 초라한 변명을 부디 잊어 달라고. 만일 내 과거로 되돌아가 다시 같은 상황에 처한다면 지나 온 삶보다 나은 삶을 살았을까. 지금의 후회를 품고도 난 더 나은 삶을 살지 못했을지도 모른다. 이제는 내 한계를 너무도 확실히 알게 되었으니까 말이다. 난 그저 내 부족했던 삶을 용서받고 싶다. 나의 탄생은 축복받지 못했고, 나의 성장은 비참했고, 나의 선택은 나의 참다운 사랑을 지켜내지 못했다. 나의 의지로 내가 이끄는 삶이 아니라 정신없이 불행한 운명에 끌려 온 나의 삶에 동정을 구할 수밖에 없는 나는 모든 이에게 용서를 구하고 싶다. 그러면서 난 최선을 다하려고 노력했다는 마지막 변명을 남겨두고 떠나려 한다. 그것으로는 용서가 되지 않겠지만 내가 남길 수 있는 것은 이것뿐이다. 미안하다, 나의 아가. 그리고 미안하다, 내게 허락된 삶이여. 이제 난 떠나야겠다. 이젠 정말 쉬고 싶다. 하지만 내 딸을 두고 떠나고 싶지 않다. 이 무슨 바보 같은 미련이란 말인가. 내 사랑하는 딸은 어디로 가버린 것일까. 그 아이가 내 손을 잡아 준다면 난…….

여기까지이다. 글자는 여기까지 쓰여 졌고, 그 이후의 장은 백지다. 이 부분까지만 보면 역시나 내 생각처럼 책이 완성된 것은 아니다. 그리고 책의 주인공은 삶과 작별을 하려는 것으로 보인다. 나는 지난 번 읽다 만 부분으로 다시 책장을 넘겼다. 이 책의 주인공이 어떤 사람인지 궁금하다. 왜 이런 선택을 하게 된 것인지 알고 싶다.

"깨어났니?"

양어머니가 수심이 가득한 얼굴로 들어왔다. 나는 재빨리 책을 베개 밑으로 숨겼다.

"가정부에게 자리를 지키라 했더니 어디로 간 거야? 널 깨우면 안 된다고 그렇게 일렀는데 커튼은 저렇게 열어 놓고."

"어머니……."

"괜찮니, 아가? 도대체 이 무슨 일이라니?"

"죄송해요."

"주치의도 사라져 널 치료할 사람도 없었다. 간신히 간호사 한 명을 찾아낸 거야. 어디 부러진 데는 없다고 하던데 정말 괜찮은 거야?"

"네, 괜찮아요."

"이만하길 다행이지. 워낙 튼튼한 자동차였으니……, 근데 그 자동차는 비상용으로 숲속 오두막에 있던 것인데 어떻게 네가 몰고 온 거지? 그 자동차가 있는 곳은 나하고 집사밖에 모르는데. 집사가 도와준 거니?"

"아니요, 그건……."

"누가 널 오두막으로 데려간 거지?"

양어머니는 대답을 듣기 전에는 추궁을 포기할 것 같지가 않다. 나는 뭔가 변명거리를 찾으려고 노력해 보다 포기했다. 상황이 이 지경인데 무슨 변명을 한다고 믿어주겠는가.

"죄송합니다. 모든 게 제 잘못이에요. 제가 학자님 집에 가야 한다고 운전사 아저씨에게 명을 내린 거예요. 운전사 아저씨는 제 명을 거절할 수가 없었던 것이고요. 제가……."

"학자의 집에 갔던 거야? 그 산에? 절대 가면 안 된다고 그렇게 말했는데……."

양어머니의 경악에 가까운 표정은 심하게 일그러졌다.

"네, 찾아야 할 것이 있어서요."

나는 주눅이 들었지만 담대하게 말했다. 이젠 피할 길이 없다.

"도대체 무슨 생각으로 그런 거니? 어제 떠날 거라고 말했잖아. 이 마을만 벗어나면 다 잘 될 거라고 말했잖니."

"어머니, 전 진실을 알고 싶었어요. 이 마을의 닥친 일들이 모두 학자님 말씀처럼 되어가고 있잖아요? 학자님은 제게 줄 것이 있다고 하셨고, 꼭 집으로 와달라고 당부를 하셨어요. 저는 이 마을에서 일어나는 일들이 저와 연관이 있을지 모른다는 생각이 자꾸 들어요. 제가 이 불행을 가져온 사람이라는 생각을 지울 수가 없어요. 정말 그렇다면 제가 이 문제를 해결해야 하잖아요? 저도 도망가고 싶어요. 어머니와 마을을 떠날 수만 있다면 제 사명이 무엇이든 상관하지 않고 여길 떠나고 싶어요. 하지만 어머니, 사라진 이 마을 사람들은 어떡해요? 학자님 말씀처럼 정말 저 때문이고, 저 밖에는 해결할 수 없다면요."

"학자가 네게 네 영혼을 갉아먹을 벌레를 집어넣은 거야. 그 늙은이가 너를 병들게 한 거다."

양어머니가 분노에 찬 목소리로 말했다.

"학자님이 오두막에 계시지 않아요. 산에서 저도 어머니가 보셨다는 그 안개와 같은 것을 봤어요. 그 안개 속에서 제 어깨를 잡은 손이 있었어요. 소름이 끼치도록 싸늘한 손이었고, 그 존재가 말하는 소리도 들었어요. 저를 가장 마지막에 데려간다고 했어요. 어머니와 이 마을 사람들을 다 데려가고 마지막으로 절 데려간다는 거예요. 제가 산을 내려와 보니 운전사 아저씨가 없었어요. 저들이 납치해 간 것이 분명해요."

"운전사가 없어졌다고?"

"네."

"더는 지체할 수 없어. 우선은 이 마을을 떠나자. 이제 이 집의 일꾼들도 거의 사라졌단 말이다. 어서 떠날 준비를 해라."

나는 다시 양어머니를 설득하려는 시도를 하려다가 입을 닫았다. 어차피 학자가 내게 주려던 단서는 찾지도 못했고, 과거의 기억은커녕 내가 무엇을 해야 하는지조차 모르는 상황이다. 이곳을 떠날 수만 있다면 양어머니를 위해서라도 떠나는 게 옳은 일 같다.

"네, 어머니. 어머니의 뜻대로 할게요."

"그래야지. 네가 먹을 음식을 만들라고 가정부에게 지시했으니 준비가 되었을 거야. 곧 올려 보내라 하마. 무조건 다 먹고, 서둘러 준비하고 바로 내려오너라. 챙긴 물건들을 자동차에 실으라고 했으니 가서 확인을 해봐야겠구나."

"네."

난 순순히 대답했다. 양어머니는 엷은 미소를 한 번 지어보이더니 방을 나갔다. 내가 막 링거의 주사바늘을 뽑으려고 하는데, 노크도 없이 집사가 문을 벌컥 열고 들어왔다. 그녀의 눈빛이 예사롭지 않다.

"그 사람은 어떻게 된 거지?"

"누구……."

"운전사 말이야. 도대체 왜 너만 돌아온 거지?"

"그건……."

나는 운전사가 납치되었을지 모르겠다는 말을 차마 하기가 힘들다.

"두 사람이 비밀통로로 빠져나가는 것을 알고 있어. 함께 갔는데 왜 너만 돌아온 거냐고! 그이를 어떻게 한 거지?"

집사의 서슬 퍼런 목소리에 나는 두려움을 느꼈다. 아무래도 뭔가 심상치 않은 일이 일어날 것 같은 분위기다.

"제가 산에서 내려왔을 때에는 어디에도 보이지 않았어요. 아저씨는 차에 계셨고, 저만 산으로 올라갔었거든요."

"거짓말 하지 마! 무슨 수작을 부린 거지? 이 마을은 언제나 평화로운 고장이었어. 네가 오고 난 이후에 이렇게 이해할 수 없는 일들이 일어나기 시작했다고. 도대체 넌 어디에서 온 거지? 처음부터 난 뭔가 석연치 않다고 생각했어. 내 계획을 망쳐 놓더니 이젠 마을 사람들까지 파멸로 내몰고 있어. 너는 도대체 누구지?"

"제가 아저씨를 어떻게 한 것은 아니에요. 저도 왜 이런 일들이 일어난 것인지 모르겠어요. 그걸 알아보려고 했지만."

"거짓말! 네 짓이 분명해! 사모님을 속였을지 몰라도 나를 속이지는 못해. 그이를 어떻게 했는지 말해!"

집사는 뒷짐을 지고 있던 한 손을 앞으로 돌렸다. 그녀의 오른손에 들려 있는 것은 날카로운 단검이다.

"그 이를 돌려놔! 그렇지 않으면 너를 이 자리에서 죽여 버릴 거야!"

집사가 나를 향해 달려들었다. 나는 간발의 차이로 간신히 피했지만 침대 모서리에 부딪쳐 아래로 굴러 떨어졌다. 정신을 못 차리는 나에게 그녀가 또다시 가차 없이 달려들었고, 나는 그녀가 쳐든 단검을 쥔 손목을 간신히 막았지만 기운이 너무 없다. 도저히 그녀의 힘을 당할 수가 없다. 집사가 높이 쳐든 단검이 나의 심장을 향해 내리꽂히려는 순간, 누군가가 집사의 손목을 잡아당겼다.

"안 돼!"

정원사다.

"이 무슨 짓입니까, 집사님! 아가씨를 해치려 하다니요? 미치지 않고서야 어떻게 이런 짓을……."

"네 놈이 감히 내 일을 방해하다니!"

집사가 정원사를 향해 달려들었지만, 그의 힘에 칼을 빼앗기고 그녀는 그대로 바닥에 내동댕이쳐졌다.

"당신 문제는 이 집을 떠나기 전에 먼저 해결해야겠군."

정원사가 냉담하게 말했다. 힘들게 몸을 일으킨 집사는 매서운 눈으로 정원사와 나를 번갈아 노려보더니 방을 뛰쳐나갔다.

"괜찮으세요, 아가씨? 이 무슨 일이랍니까?"

"전 괜찮아요, 아저씨. 그러니 혼자만 알고 계세요. 뭔가 오해가 있었던 것뿐이에요."

나는 간신히 숨을 고르면서 말했다.

"언젠가 저 여자가 무서운 일을 벌일 줄 알았어요. 함께 갈 수는 없어요."

"운전사 아저씨 때문에 그러는 거예요. 저와 함께 간 아저씨가 돌아오지 못해서."

"그렇다고 이런 짓을 합니까?"

"일단은 떠나는 게 좋을 것 같아요. 집사님 문제는 이 마을을 벗어나고 난 후에 어머니께 말씀드려도 늦지 않아요. 지금은 다 함께 떠나는 게 중요하잖아요. 그렇게 해요, 아저씨."

"산에서는 무슨 일이 일어난 겁니까?"

"운전사 아저씨가 차에서 기다리고 있었어요. 한 시간 안에 제가 돌아오지 않으면 저를 찾으러 오두막으로 오기로 했는데, 시간이 한참 지나도 아저씨는 오지 않았어요. 산에서 내려와 보니 이미 사라진 거예요."

나는 침대에 걸터앉았다. 다리가 후들거려 서 있을 수가 없다.

"집사님하고 운전사 아저씨는 어떤 관계인 거죠?"

"집사와 운전사는 이 집에 들어오기 전부터 이미 서로를 알고 있었어요. 집사의 과거 경력이 다 조작된 것처럼 운전사도 같아요. 사모님이 당신 변호사를 통해 이혼을 도와준 것도 다 계획된 일이었지요. 집사의 남편은 돈 때문에 운전사와 이미 깊은 관계였던 집사와 이혼을 해준 겁니다.

예전에 저와 함께 일했던 사립탐정에게서 받은 최근 자료에 의하면, 사모님 따님의 실종은 운전사의 소행일 가능성이 큽니다. 그건 조만간 밝혀낼 수 있을 겁니다. 한 가지 분명한 사실은 집사가 사모님 따님이 실종되던 시기에 이 집안의 집사로 있던 사람의 딸이라는 사실입니다. 그 양반은 정식으로 결혼을 한 적은 없었지만, 딸을 낳아 준 여인이 있었다는 걸 알아냈습니다."

"정말요?"

"사모님께서 딸처럼 믿고 아끼던 집사가 이 저택에 들어 온 이유를 알아보세요. 그 배신감이 얼마나 크겠습니까? 하지만 진실을 알아야 한다고 생각합니다. 제가 알아 낸 자료를 근거로 사모님께 말씀을 드릴 기회를 엿보고 있던 참에 아가씨께서 정식으로 양딸이 되셨고, 공식적인 상속자가 되셨지요. 정말 다행한 일입니다. 제 생각에는 집사보다 운전사가 더 위험한 인물입니다. 집사가 운전사에게 철저하게 이용당하는 것 같아요. 그 자에 대한 자료를 계속 수집하고 있는 중입니다. 실종되었다니 일단은 안심이지만 나중에라도 사모님과 아가씨에게 무슨 짓을 할지 모르니 조심해야지요."

"그랬군요."

"사모님께 집사가 한 일을 말해야 합니다. 감히 아가씨를 해치려 들다니 있을 수 없는 일이지요."

"지금은 누구도 예외 없이 큰 위험에 처해 있는 걸요."

"그래도 함께 갈 수는 없지요. 아가씨에게 더 몹쓸 짓을 할 수도 있으니까요. 어쨌든 가정부가 아가씨가 드실 음식을 식당에 차려놓았어요. 내려오셔서 드셔야 할 것 같습니다."

"고마워요, 아저씨. 하지만 지금은 아무것도 못 먹겠어요."

"그래도 사모님을 생각하셔서 뭐라도 드셔야 합니다. 서두르세요."

"네, 그럴게요."

나는 정원사가 떠나자 작은 배낭을 하나 찾아냈고, 끝까지 책을 읽을 생각으로 배낭 안에 잘 챙겨 넣었다.

13

나는 곧장 식당으로 내려왔다. 식당까지 오는 동안 그 누구와도 마주치지 않았다. 다들 너무 바쁜 모양이다. 식탁 위에 나를 위한 차려진 음식은 다 식어버려서 그렇잖아도 입맛이 없었는데 식욕이 완전히 사라져 버렸다.

나는 가정부를 찾았다. 몇 번을 부르는데도 그녀는 응답이 없다. 평소 같으면 천리 먼 곳에서 나는 소리라도 들을 수 있을 것처럼 귀가 밝고 행동이 민첩한 사람이 아니었던가. 내 안으로부터 불길한 느낌이 걷잡을 수 없이 밀려 올라온다.

나는 양어머니 방으로 뛰었다. 노크를 해볼 여유도 없이 방문을 열어젖혔다. 문 바로 앞에 이미 자동차에 실려 있어야 할 여러 개의 가방이 놓여 있고, 여전히 여기저기 물건들이 흩어져 있을 뿐, 양어머니는 보이지 않는다. 등줄기를 타고 식은땀이 흘러내린다. 비명소리도 못 내겠다.

나는 정원으로 뛰어나왔다. 정원사를 부르며 그 넓은 정원 구석구석을 다 뒤졌다. 한걸음에 야생화 벌판까지 뛰어갔다. 차디찬 바람이 거세게 불어와 나의 머리카락을 사정없이 흩어 놓는다. 질식할 것만 같다.

나는 다시 저택 안으로 돌아와 위층, 아래층, 지하까지 모든 방문을 다 열어보았다. 저택은 텅 비어 있다. 사람들이 방금 전까지 이곳에 머물고 있었다는 흔적은 남아 있는데 정작 그 흔적의 주인은 없다. 나는 있는 힘을 다 끌어 모아 소리를 지른다. 미친 사람처럼 소리를 지른다. 내게 응답하는 건 내가 지른 소리의 메아리뿐이지만 더 이상 목소리가 나오지 않을 때까지 나는 소리를 지르고 다시 지른다.

나는 엉망으로 일그러져 철제 대문과 한 몸이 되어버린 자동차를 멍하니 바라보고 서 있다. 살아 있는 게 기적과 같은 일이다. 기적처럼 살아난 나는 이제 무엇을 해야 하나. 나 혼자서 뭘 해야 하는 것일까.

의미 없는 일인 줄 알면서도 나는 거리로 나왔다. 저택에서 가장 가까운 집도 몇 킬로는 가야한다. 마을 사람들이 남아 있다고 해도 저들을 확인하러 다닐 수가 없다. 남아 있을 가능성도 없다. 이 저택의 모든 사람들이 다 사라진 이 현실에서 아직 남아 있는 누군가가 있을 거라는 기대조차 무의미한 거다. 이 마을에는 오직 나만이 남아 있는 거다. 내가 세상을 다 가지고 있다. 그런데 난 이 세상의 주인이 아니다. 다른 누군가가 없는 이곳에서 나는 아무것도 아니다. 나에겐 지위도, 위치도, 역할도 없다. 난 아무도 아니다. 내가 정의해 줄 누군가가 없이, 나를 정의해 줄 누군가가 없는 이곳에서 난 아무것도 아니다.

비가 쏟아진다. 나는 비를 맞으며 집으로 걸어가고 있다. 곧 흠뻑 젖어

버렸고, 뼈가 시릴 만큼 춥다. 하지만 얼어붙은 내 마음이 느끼는 추위에 비할 바가 아니다. 아무도 내게 우산을 씌워주지 않는다. 아무도 나와 함께 이 비를 맞아 주지도 않는다. 나는 철저하게 내버려진 기분으로 이 빗속을 홀로 걸어갈 뿐이다.

나는 집안으로 들어왔지만 뭘 해야 할지 모르겠다. 차디찬 비를 피할 지붕은 있지만, 이 외로움을 가려 줄 손길은 어디에도 없다. 현관문에 기대어 서서 한발작도 움직일 수가 없다. 그토록 화려하고 근사하던 입구의 큰 홀이 나를 집어삼킬 듯 거대한 괴물의 아가리처럼 입을 벌리고 있다. 나는 차디찬 대리석 바닥위에 그대로 누워버렸다. 눈물이 용솟음치듯 흘러내린다. 아주 익숙하고도 묵은 감정이 나를 찾아왔다. 언제나 내 안 깊숙한 곳에 숨어 터져 나올 기회만 엿보던 철저히 소외된 고독감, 극복하려고 애를 쓰면 쓸수록 더 깊이 내 안으로 파고들던 끝없는 절망감, 이런 고통과 마주할 때마다 치를 떨면서도 이런 감정들로부터 온전히 자유로운 때는 없었고, 앞으로도 나의 존재감을 정의하는 것 같은 이런 고통들로부터 결코 자유로울 수 없을 것이다. 잠시 숨길 수는 있어도 영원히 잠재울 수 없는 이 묵은 감정을 덮고 나는 눈을 감았다.

여인은 술을 마시고 있다. 가끔씩 흐릿한 눈빛으로 나를 쳐다본다. 여인은 눈물을 흘리고 있지 않지만 눈물로도 씻어낼 수 없을 만큼의 고뇌가 그 눈빛에 담겨 있다. 나는 그 눈빛에 담겨있는 고통의 깊이를 헤아릴 수 있을 것 같지만 감히 입 밖으로 낼 수가 없다. 너는 내가 한심해 보이겠지? 나도 이런 내가 부끄럽고 한심하단다. 미안하구나. 이렇게 못난 모습을 보여서. 너를 많이 사랑했는데, 난 네가 원하는 방식으로 너를 사랑해주지는 못했어. 내가 참 부족한 줄 알고 있어서, 내가 계속 잘못하는 줄 알고 있어서, 그런 내가 부끄럽고 그런 나를 숨길 수 있을 만큼 더 잘 할 자신이 없어서, 내 안에서 희망을 찾아낼 수가 없어서 네게 모진 어미가 되었다. 이런 나를 용서해 주기 바라면서도 용서를 구할 용기가 없었단다. 용서받을 수 없을 것 같아서, 용서를 구할 자격이 없는 것 같아서 말이다. 나는 잘하고 싶었는데, 잘 해보려고 노력도 했었는데……, 내 인생이 아무것도 아닌 것 같구나. 내가 정말 작아 보인다. 난 이제 무엇을 더해야 하는지, 무엇을 더 할 수 있는지 모르겠어. 네가 답을 찾아줄 수 있겠니? 네가 도와줄 수 있겠어? 여인이 혼잣말처럼 중얼거린다.

나의 볼을 타고 눈물이 흐르고 있고, 머리는 깨질 것처럼 아프다. 나의 온 몸은 얻어맞은 것처럼 아프고, 뼈 속까지 얼어버리게 만드는 차디찬 냉기에 잠시도 견딜 수 없을 지경이다. 이렇게 차디차고 딱딱한 대리석 바닥에서 잠이 들다니 믿어지지가 않는다. 나는 힘겹게 몸을 일으켰다. 꿈을 꾼 것일까. 아니면 지금이 꿈인 것일까. 나는 눈물을 손바닥으로 문지른다. 끈끈한 물기가 묻어난다.

그 여인은 누구일까. 그렇게나 슬픈 눈빛을 하고 나를 바라보던. 나는 그 여인을 보며 이해할 수 없는 그리움과 연민을 느꼈다. 왜 그녀가 그토록 그리운 것인지 모르겠다. 여인은 내가 잃어버린 기억 속의 엄마일까. 그럴지도 모른다. 그런데 어째서 그녀는 그렇게도 괴로워하는 것일까. 무엇 때문에 그렇게나 슬픈 것일까. 나에게 답을 찾아 달라고 말하는 그녀가 엄마라면 난 그녀를 위해 뭘 해야 하는 것일까. 현실 속의 가족도 지키지 못했는데, 양어머니를, 마을 사람들을 어디로, 누구에게 붙잡혀 갔는지도 모르면서 마지막으로 데려간다는 나는 무력하게 저들을 기다리고 있을 뿐인데…….

나는 내 방으로 돌아와 아직도 축축하게 젖어 있는 옷을 다 벗어버리고 욕탕으로 달려가 뜨거운 물에 몸을 씻은 후, 벽난로에도 불을 지폈다. 걷잡을 수 없는 재채기에 콧물도 줄줄 흐르고, 온몸이 사시나무 떨리듯 부들부들 떨린다. 식욕은 전혀 당기지 않지만 뭐라도 먹는 게 좋을 것 같다. 기운이 너무 없다.

부엌에 왔지만 당장 만들어 먹을 수 있는 음식 재료가 거의 남아 있지 않다는 걸 확인했을 뿐이다. 식재료가 재 때에 공급되지 않아서 그런지 장기적인 보관이 가능한 재료만 창고를 채우고 있다. 요리사가 가장 중요하게 생각한 것이 식재료의 신선도였기 때문에 그는 언제나 출근을 하면서 요리에 필요한 재료를 준비해 오곤 했다. 그 비용도 충분히 지불되었기 때문에 재료에서 돈을 아끼는 법이 없었다. 그런 요리사가 출근을 못한 것이 며칠이나 되었고, 직원들의 식사를 위해 따로 준비된 냉장고 안에도 별로 먹을 만한 것이 남아 있지 않다. 가정부가 신경을 쓰지 못한 것이다. 가끔씩 요리사가 내게 정식으로 요리를 가르쳐주기는 했지만 지금 있는 재료로 무엇을 만들 수 있을지 모르겠다. 그저 한숨만 나온다. 결국 따뜻한 차나 한 잔 마셔 볼 생각으로 물을 끓이고 있다.

사람들이 내는 온갖 소리들이 사라진 공간에는 무서운 정적만이 남아 있다. 나의 마음은 그 정적감에 무겁게 짓눌린다. 시계는 분명 정확하게 움직이며 시간이 흐르고 있다는 것을 확인해 주고 있지만, 난 시간의 흐름을 전혀 인식할 수가 없다. 무엇인가를 할 수 있는 시간은 무한정으로 주어졌지만, 정작 아무것도 할 수가 없다. 이렇게 나 혼자 지고 가는 시간은 정적에 잠겨 있고, 난 그 흐름을 잡아낼 수가 없다. 마치 무중력 속에 갇힌 것처럼 조금씩 의식도 행동도 무디어져 가면서 죽음도 삶도 아닌, 존재도 존재하지 않는 것도 아닌 몽롱한 무의식의 상태가 지속되고 있는 것이다. 나는 미쳐가는 것 같다.

음식을 챙겨 먹을 때를 제외하면 하루 종일 침대에 누워있다. 너무도 지루해서 견딜 수 없는 순간들이 밀려왔다 흩어져 간다. 이제는 먹는 것도 의미가 없어 마냥 잠을 잔다. 하지만 진짜 잠을 자는 것인지는 모르겠다. 머릿속이 텅 비어 있는 것처럼 멍해서 깨어 있는 것인지 잠을 자는 것인지 분간할 수가 없을 뿐이다. 뭔가를 하긴 해야 할 것 같은데 아무것도 하고 싶지가 않다. 아니, 뭘 해야 할지 모르겠다. 이런 상태로는 살아 있는 사람이라고 할 수 없을 것이다.

오늘 나는 새들의 노랫소리를 들으며 잠에서 깨어났다. 여전히 의식은 몽롱하지만 이렇게 있을 수만은 없다는 생각이 든다. 이렇게 정신이 죽어가는 것을 지켜보고만 있을 수는 없다. 그래서 나는 침대에서 일어났다. 배가 고프지도 않고, 뭘 먹고 싶은 생각도 전혀 없지만 난 음식을 만들어 먹었다. 그리고 마지막에 나를 데리러 온다는 적들을 마냥 기다리기만 할 것이 아니라, 양어머니와 마을 사람들을 구할 방도를 찾아 나서기로 결심했다. 마음을 다잡지만 여전히 정신은 깊은 물속에 잠긴 것처럼 또렷하게 깨어나지 못하고, 내가 할 수 있는 것이 아무것도 없을 것 같은 기분은 여전하지만 이렇게 이곳에서 영원히 잠들어 버리지는 않을 결심을 한 것이다.

날이 밝아오려면 시간이 좀 더 지나야 한다. 나는 날이 밝으면 마을을 벗어나 도시로 갈 생각으로 챙겨놓은 배낭을 점검했다. 책은 여전히 배낭 안에 들어 있다. 그 동안 왜 이 책을 읽을 생각을 하지 못했을까. 책의 주인공이 어떤 사람인지를 그렇게나 궁금해 했으면서 말이다. 어쨌든 책은 가져가야겠다. 난 배낭에 갈아입을 속옷과 겉옷 한 벌, 소시지와 가정부가 만들어 유리병 속에 넣어 두었던 몇 가지 종류의 과자를 챙겨 넣고 물병도 넣었다. 배낭을 챙기다보니 점차 용기와 희망도 솟아나는 것 같다. 이렇게 뭔가를 해보려는 결심이 무의식이라는 잠에서 나를 서서히 깨워주고 있는 것 같다.

아침 해가 서서히 떠오르면서 어둠이 조금씩 걷히고 있다. 내가 현관문을 열자, 거기에 이미 겨울이 찾아와 있다. 나는 마을을 벗어나는 길을 잘 알고 있다. 농부의 집이 거의 마을 끝자락에 자리 잡고 있기 때문에 거기까지만 가면 도시와 연결되는 다리까지는 그리 멀지 않다. 일단은 마을을 벗어나는 것이 중요하다. 시장과는 안면이 있으니 나를 알아봐 줄 거고, 마을에서 일어난 일을 아는지 모르겠지만 그에게 이 상황을 이야기하고 도움을 청할 생각이다.

나는 부지런히 걷고 있다. 주위를 쳐다보지도 않고 오직 앞만 보고 걷고 있다. 해가 머리위로 떠오르면서 배도 고프고, 다리도 아파오기 시작했다. 어딘가에 잠시 멈추어 휴식도 취하고 물과 음식을 먹고 싶은 생각이 간절하지만 마음이 급해서 몇 번이나 적당한 장소를 지나쳐 버렸고, 걸으면서 시장기와 갈증을 해소하고 있다.

드디어 도시로 연결된 다리가 보이기 시작했고, 난 너무도 반가운 마음에 달리기 시작했다. 저 다리만 건너면 되는 것이다. 이제 나는 이 마을을 벗어날 수 있다. 양어머니를 찾을 수 있을 것이고, 예전처럼 저택의 모든 사람들이 돌아와 언제 그랬냐는 듯이 행복한 일상을 맞이하게 될 것이다. 나의 두 다리는 날아갈 듯 가볍고, 곧 내 손에 잡힐 것 같은 희망으로 가슴이 벅차오른다.

다리에 거의 당도했을 때, 난 멈춰 설 수밖에 없었다. 한치 앞도 분간할 수 없는 안개가 순식간에 다리를 점령해 버린 것이다. 양어머니가 보았다는, 내가 산에서 본 바로 그 안개이다. 손을 들어 눈앞까지 가져갔지만 내 손조차 보이지 않는다. 한발도 앞으로 디딜 수가 없다. 지금 내가 느끼는 공포감을 표현할 수 있는 언어는 없을 것이다. 나의 심장이 싸늘하게 굳어 버리고 말았다. 저들이 나를 데리러 온 것이다. 이제 내 순서가 된 것이다. 다리만 건너면 이 마을을 벗어날 수 있는데, 난 여기서 저들에게 붙잡혀 가는 것이다. 모든 게 다 끝났다.

난 눈을 감았다. 내가 달아날 수 있는 길은 없다. 설사 지금 도망친다고 해도 몇 발자국도 옮겨 보지 못하고 저들의 포로가 되고 말 것이다. 어쩌면 잘된 일인지도 모른다. 양어머니와 마을 사람들이 붙들려 있는 곳으로 한시라도 빨리 갈 수 있을 테니까. 저들을 찾을 수 있는 가장 빠른 길이 될 것이니까. 저들이 어디에 있는지조차 모르면서 저들을 구해낼 방법을 찾을 수는 없다. 적이 누구인지를 모르면서 이길 방법을 찾을 수 없는 것처럼 말이다.

얼마의 시간이 흘렀는지 모르겠다. 난 꼼짝도 않고 눈을 감은 채 저들의 결박을 기다리고 있다. 그런데 아무리 기다려도 나를 결박하려는 손길이 느껴지지 않는다. 난 가늘게 눈을 떴다. 여전히 안개는 한치 앞을 분간할 수 없을 만큼 짙게 깔려 있다. 난 내가 지나온 마을 쪽으로 몸을 돌렸다. 조금 전에 내가 지나 온 거리가, 하늘이 청명하게 개어있는 게 아닌가. 뭔가에 홀린 기분이다. 나는 다시 다리 방향으로 몸을 돌렸다. 도시로 연결된 다리는 조금 전과 다름없이 짙은 안개 속에 잠겨 있다. 반대로 몸을 틀면 화창하게 갠 전형적인 겨울이 거기에 있고, 다시 몸을 돌려보면 안개의 지옥 속에 내가 서 있다. 마치 내 몸 중간에 보이지 않는 유리로 된 장벽을 쳐 놓은 것처럼 말이다. 어떻게 이런 일이 있을 수 있는 것일까. 나는 몇 번이나 같은 자리에서 몸을 돌려가며 확인을 하면서도 이 현실을 믿을 수가 없다.

내가 알지 못하는 적들은 내가 이 마을에 갇혀 있는 신세라는 걸 알려주고 싶어 하는 것 같다. 그런데 왜 나를 잡아가지 않는 것일까. 분명 마지막에는 나를 데려갈 것이라 했는데. 이미 마을 사람들을 모두 잡아갔고, 이 마을에 남은 사람은 나뿐이라고 생각했다. 그런데 아직도 이 마을에 나 외에 남아 있는 누군가가 있다는 것인가. 그렇다면 누가 남아 있다는 것일까.

아무리 기다려도 저들이 나타나지 않는 것을 보니, 아직은 나를 잡아갈 의도가 없는 것이 분명하다. 안개 때문에 도시로 연결된 다리로는 나아갈 수가 없는 현재로서는 일단 저택으로 돌아가야 할 것 같다. 저택으로 돌아가서 아직 마을에 남아 있는 사람이 있는지 확인해 봐야 할 것 같다.

나는 저택으로 돌아가기 위해 마을 쪽으로 몸을 돌려 걷기 시작했다. 그렇게 어느 정도를 걷다가 남아 있는 미련 때문에 잠시 뒤를 돌아보았다. 그런데 거짓말처럼 안개는 사라졌고, 도시로 연결된 다리가 내 눈에 뚜렷하게 보이는 것이다. 내 눈이 잘못된 게 아닌가 싶어 마을 쪽을 확인해 본 후에 다시 다리로 시선을 돌렸다. 역시 안개는 흔적도 보이지 않고, 밝은 태양빛 아래 도시로 연결된 다리의 형상이 또렷하게 보인다.

난 마을로 향한 발걸음을 돌려 도시로 연결된 다리를 향해 뛰기 시작했다. 저 다리만 건널 수 있다면 저주에 걸린 이 마을을 벗어날 수 있다는 생각에 있는 힘껏 달려 다리가 시작되는 지점까지 오기는 했는데, 다시 어디선가 안개가 올라와 앞을 가로 막는 게 아닌가. 아까와 조금도 달라지지 않은 똑같은 상황이 재현된 것이다.

나는 마을을 벗어나려는 노력을 완전히 포기하고 저택으로 돌아왔다. 마을을 벗어나는 것이 불가능하다는 결론을 내렸지만 수확이 영 없는 것은 아니다. 내가 이곳에서 할 수 있는 마지막 노력이라는 생각으로 시작한 일이고, 내 안에서 끌어올릴 수 있는 최선의 희망을 걸었던 일이 실패로 끝나버리기는 했어도, 분명한 것은 이렇게 모든 것을 포기하고 뒤돌아섰고, 정말 죽을 것 같이 힘든 나날이 다시 반복될 거라는 절망 가운데에서도 나는 살고 싶다는 강한 본능과 내게 부여되어 있다고 하는 사명을 완수해 내고 싶은 강렬한 소망에 사로잡혔다. 다 내려놓았다고 생각되는 바로 그 시점이 내가 다시 시작할 수 있는 새로운 시점일지도 모른다. 어쨌든 마을을 벗어나보려는 나의 노력이 성공을 거두지는 못했지만, 나는 내 안에서 끌어올린 의지와 신념을 잃지는 않았다. 아무것도 해보지 않으면서 무력감에만 빠져 있을 때와는 확실히 다른, 행동하면서 얻어지는 힘을 느끼게 된 것이다.

나는 배낭 속에 넣어 두었던 책을 끄집어냈고, 다시 읽기 시작했다.

14

건강하게 자라주는 아들과 달리 딸아이는 자주 병치레를 한다. 아이가 아프면 곧잘 토해서 이부자리를 갈아 주어야 한다. 깊이 잠이 들어야 할 시간에 깨어 아이를 돌보는 일이 쉽지가 않다. 난 아이의 열을 내리기 위해 해열제를 먹이고, 젖은 속옷을 갈아입히고, 아이가 진정되어 잠이 들 때까지 곁을 지킨다. 안타깝고 불안한 감정과 더불어 아픈 아이를 바라보는 것이 괴롭다. 내가 대신해 주고 싶은 마음이 간절하다. 그러면서도 몰려드는 졸음과 깊은 피로에 짜증이 나기도 한다. 내가 엄마라서 다행이고, 내가 엄마라서 고달프다는 느낌을 동시에 느끼면서. 이렇게도 내 안에는 복잡한 심경이 얽혀있다. 무조건적인 사랑을 내 안에 품고 있어서가 아니라 무조건적인 사랑을 내어 주려고 노력하는 것이 모성일지도 모른다. 난 나의 부모에게 무조건적인 사랑을 바랐다. 그들이 그렇지 못하다고 생각될 때마다 부모로서 자격이 없는 사람들이라는 생각을 했었다. 저들도 노력해야만 좋은 부모가 될 수 있다는 것을 알지 못했던 것 같다. 어쩌면 저들이 저들 나름대로 최선을 다했다 해도 부모에 대해 나는 만족할 줄 모르는 딸이었을지도 모른다. 저들도 배우고 있는, 발전해 가는 과정에 있는 지극히 인간적인 약점과 한계를 지닌 존재라는 사실을 이해하지 못했으니까. 이상적인 부모가 되는 것이 이렇게 어려울 줄 몰랐으니까. 난 엄마가 되어 나의 부족함을 비로소 보게 된 것 같다. 내가 그저 딸이었을 때에는 부모의 부족함을 심판하려 했고, 언제든 불평이라는 것을 할 수도 있었다. 엄마가 된 지금의 나는 예전의 나보다 더 나아진 것이 없는데도 보다 완전한 인간이 되어야 한다는 압박감과 좌절감을 동시에 느끼고 있다. 난 내 부모에게 바랐던 올바른 부모의 모습을 내 자신에게 끊임없이 요구하면서도 내 자신의 현실적인 한계에 커다란 고통을 느끼고 있다…….

남편은 직장을 그만두었다. 나와는 한마디 상의도 없이. 남편의 독단적이고 권위적인 태도에 난 정말로 화가 난다. 그래서 난 여느 여자들처럼 잔소리를 한다. 아이들을 보면 한숨만 나온다. 나 자신의 앞날보다 아이들을 어떻게 키워야 하는지가 더 걱정이다. 남편은 퇴직금과 부모님에게서 물려받은 약간의 재산, 얼마 전에 만기된 적금으로 사업을 시작하겠다고 한다. 그래도 집을 담보로 대출을 받지 않아 다행이고, 일정하지는 않지만 가계를 꾸려나가기에 별 다른 어려움이 없게 생활비를 안겨줄 것이라 장담하는 남편의 말을 믿고 싶다. 난 아이들의 입에 영양가 있는 음식을 먹이고, 질 좋은 옷을 입히고, 아이들과 안전하게 거할 수 있는 집이 있는 것으로 어느 정도 만족하고 있다. 하지만 여전히 불안한 감정을 숨길 수가 없다. 남편에 대한 믿음이 이렇게 없었나 싶다. 남남인 남자와 여자가 만나 부부로 살면서 우리를 연결해 주는 것은 무엇인가. 그것은 서로에 대한 믿음이 아닌가. 슬프게도 난 그 믿음을 배신당하고 말았다. 그것이 나의 결혼생활을 이렇게 피폐하게 만들고 있다. 난 그것이 너무도 아프다. 내가 원해서 시작한 결혼생활이 아니었다고 해도 난 이 결혼이 실패하기를 원치 않는다. 난 내 아이들을 불행하게 만들 그 어떤 것도 허락하고 싶지 않으니까. 그렇게 내 아이들은 내 인생이고 목숨이고 꿈이다. 난 불행한 아이로 자랐다. 무엇보다도 난 내 아이들에게 나와 같은 불행만큼은 대물림하고 싶지 않다. 내가 남편을 용서한 것도, 그와의 결혼생활을 계속하는 것도 결국에는 내 아이들 때문이 아닌가. 아이들을 불행하지 않게 지켜주고 싶다는 나의 갈망은 때로 강박처럼 느껴지기도 하지만, 이 어린 생명들에게 내가 느끼는 책임감이 오늘의 고통을 견디며 살아가게 해주는 희망이고 힘이 아닌가…….

사업을 이유로 남편의 얼굴을 제대로 본지도 한참이 되었다. 그래도 안정적으로 아이들을 양육할 수 있는 것은 다행한 일이라고 스스로 자위하고 있다. 하지만 정말 그것으로 만족할 수 있는 것일까. 남편을 열렬히 사랑한 적은 없었지만 함께 해온 세월만큼 쌓여 온 정이 무서운 것이다. 아이들이 잠들고 나면 난 늦은 밤까지도 잠을 이루지 못하고 집안을 서성거린다. 외로움은 밤의 적막감처럼 나의 마음을 덮고, 소외된 슬픔은 소리 없이 나의 마음으로 흘러든다. 난 뭔가 마음 둘 곳이 필요하다. 아이들은 한시도 내 손길을 쉬게 내버려 두지 않는다. 아이들을 사랑하기에 행복하게 저들을 돌보면서도 때로는 미칠 듯이 도망치고 싶다. 사춘기 아이처럼 난 가출을 꿈꾼다. 두 아이가 아니라면 내가 이 자리를 지키고 있었을까. 사랑하는 아이들이 내 발목을 잡고 있지 않았다면 난 이 자리를 털어버리고 무작정 떠나고 말았을 것이다. 어디라도 상관하지 않았을 것이다. 그렇게 가다가 후회할지도 모른다. 소중하게 지키고 싶은 모든 것이 여기에 있다는 것을 나중에야 깨닫게 될지 모를 일이다. 잃어버리고 후회하는 것이 사람 사는 모습이 아니던가. 후회하게 될지라도 해보고 싶을 만큼 나의 열정은 강하지만, 매일 난 나의 의무감 앞에 주저앉는다. 난 차마 아이들을 버릴 수가 없다. 나에게 성실하지 못한 남편도 마찬가지이다. 그와 나를 묶고 있는 것이 결혼이라는 관습뿐일지라도 난 내려놓을 수가 없다. 이것이 내 한계라고 해도 어쩔 수가 없다…….

난 그 사람을 만나러 가면서 죄책감을 느낀다. 남편에게, 아이들에게. 그럼에도 그에게로 가는 이 발걸음을 멈출 수가 없다. 이래서는 안 된다는 걸 안다. 하지만 난 그가 보고 싶다. 세상에서 내 마음에 묻어 둔 두 사람이 있다. 하나는 만날 수가 없다. 내가 잃어버린, 영영 잃어버린 나의 분신이다. 그리고 남은 한 사람은 지금 나를 기다리고 있다. 그를 만나러 가지 않아도, 만나러 가도 난 후회할 것이다. 난 그를 만나고 후회하는 쪽을 선택했다. 이런 선택을 할 수밖에 없었다. 그는 피로한 표정으로 내가 그에게 다가서는 모습을 좇고 있다. 난 그를 마주보고 앉아서 한참동안 그의 눈을 들여다본다. 내가 그의 눈동자에서 읽고 싶은 진실이 있다. 그것을 확인하고 싶은 마음이 너무나 간절해서 난 그의 눈동자에서 눈을 뗄 수가 없다. 지금 나는 한없이 슬픈 눈빛으로 나를 바라보는 이 남자에게서 커다란 아픔을 본다. 나의 마음이 아려온다. 그는 서글픈 미소를 짓는다. 나도 그를 향해 미소를 지었고, 내가 당신을 얼마나 이해하고 있는지를 눈빛으로 말해 준다. 우리는 함께하지 못했던 세월을 건너뛰어 순수한 마음으로 서로를 바라보던 어린 시절로 되돌아간다. 그때로 시간을 되돌릴 수 있다면 얼마나 좋을까를 생각하면서. 세월은 덧없이 지나갔고, 우리가 꿈꾸던 삶도 그 세월에 묻혀버렸다. 이제 와서 뭘 어떻게 하려고 난 이 사람을 만나러 나온 것일까. 그가 아직도 나를 잊지 않고 있으며, 내가 아직도 그를 사랑하고 있다는 이 진실을 확인해서 뭘 하려고, 난 후회를 하며 이렇게 앉아 있다. 하지만 그 어떤 후회를 한다고 해도 난 여기에 올 수밖에 없었을 것이다. 이 사랑을 지키지 못한 것보다 더 큰 후회는 없을 테지만 앞으로도 난 오늘처럼 또 후회할 선택을 하게 될지도 모른다…….

난 우유부단한 사람이다. 그래서 난 늘 중요한 선택 앞에서 나의 의지를 제대로 관철시킨 적이 거의 없는 것 같다. 이런 자신이 너무도 한심하면서도, 이런 내가 싫으면서도 주위 사람들과 내 주변의 상황들에 끌려다닐 수밖에 없다. 난 스스로 내가 원하는 삶을 주도적으로 이끌지 못한다. 수많은 변명들에 구역질이 난다. 하지만 자신의 삶에 진정한 주인으로 산다는 것이 얼마나 어려운 것인지를 알고 있지 않은가. 철저히 나만을 사랑한다면, 오직 나만 생각한다면 난 내가 원하는 대로 인생을 살 수 있을까. 그리고 무엇보다 그런 나를 자랑스러워하며 사랑할 수 있을까. 그렇다면 그 무엇인가에 매여 나를 잊고 사는 지금의 나는 나를 사랑할 수 있는가. 하나는 내려놓아야 하는데 그 무엇도 내려놓지 못하고, 다 잡으려 애를 쓰지만 정작 아무것도 손에 잡히는 것은 없다. 이런 무력감이 나의 성향이 되어버렸다. 내 엄마도 나와 같은 고민을 하고 살았을까. 내 눈에는 보이지 않았지만 그녀도 역시 자신의 삶에 대해 고민하고 실망하고 분노했을까. 그리고 어느 순간, 도저히 어찌해볼 수 없다고 체념을 하고 만 것일까. 서로 사랑해서 결혼한 것이 아니었던 당신보다 남편의 사랑을 받으며 결혼하는 나를 부러워했던 내 엄마. 아버지의 외도를 알게 되던 날에 엄마가 흘렸던 눈물의 의미를 어린 나는 이해하지 못했었다. 그 이후에 그녀가 흘린 수많은 눈물도 이해하려 해본 적이 없다. 이제 같은 아픔을 지니게 되었음에도 엄마와 나는 여전히 서로를 끌어안을 수 없는 모녀이다. 하지만 이제는 엄마의 아픔을 이해할 수 있게 되었다고 말할 수 있다. 그녀의 고통스런 삶을 이해할 수 있다. 엄마가 겪은 같은 고통이 내게는 없을 거라고 자신했던 것을 안다. 엄마처럼 살지 않을 거니까 엄마가 진 인생의 쓸쓸한 짐이 내 몫이 되는 일은 없을 거라고. 어떻게 그렇게 자신했을까. 가끔씩 엄마는 말했다. 너도 살아보면 알게 될 거라고. 너 같은 딸을 키워보면 자신의 속도 알게 될 거라고. 나도 내 딸아이에게 같은 말을 하고 있다. 끔찍하게도 듣기 싫었던 그 말을 말이다…….

남편이 집으로 돌아오지 않는 것에 이렇게 익숙해지는 날이 올 줄은 몰랐다. 사업을 핑계로 집에서 자는 날보다 내가 알지 못하는 세상 어느 곳인가에서 자는 날이 많은 남편의 생활이 일상이 되어버릴 것이라고는 생각지 못했다. 어느덧 남편이 함께하지 않는 잠자리가 편안해지고, 남편의 존재가 희미해져 가는 이 현실이 자연스럽게 받아들여질 것이라고 예상하지 못했다. 난 이렇게 내가 어찌해 볼 수 없는 현실에 적응되어가고 있는 나를 본다. 외롭고 슬프고, 그러다 무관심해진 나를 본다. 남편과의 현재가 없으면서 그와 함께 할 미래를 꿈꿀 수 없게 된 나를 본다. 이렇게 되기를 바란 적은 없다. 난 남편이 아이들의 좋은 아버지로 살아 주길 바랐고, 언제든 든든하게 나의 곁을 지켜주길 바랐다. 그의 허물을 용서하고, 그와 헤어지지 않은 이유이다. 하지만 그 모든 기대감이 매일 무너졌고, 오늘도 남아 있는 미련이 무너지고 있는 소리를 듣는다. 도대체 언제까지 이렇게 살 수 있을까. 도대체 언제까지 이 고통을 참아 낼 수 있을까…….

나의 사랑하는 아이들이 내 품에 있다. 그래, 내 품에서 키워낼 것이다. 난 스스로 제대로 된 선택을 해보지 못했지만 이제는 하려고 한다. 좋은 엄마가 될 것이다. 내 의지로 두 아이를 지켜낼 것이다. 그리고 또 하나, 사랑하는 사람의 손을 잡는 것이다. 나를 이렇게 버려두는 남편을 떠나는 것을 주저할 필요가 없다. 내가 사랑하는 그 사람은 나를 원하는 만큼 내가 소중히 여기는 것들을 지켜줄 것이다. 그래, 다시 시작해 보는 거다. 이제는 정말 내가 스스로 선택한 삶을 살아보는 거다. 지금까지 잘못 그려진 도화지의 그림들을 지울 수 있는 만큼 깨끗하게 지워내고, 새로운 색을 입혀 원하는 그림을 완성해 보는 거다. 절망하여 포기하려 했던 꿈을 다시 찾아보는 것이다. 난 살 것 같은 기분이 든다. 그 어느 때에도 느껴보지 못한 희망을 가슴에 품을 수 있는 지금, 살아 있다는 것이 가슴 벅찬 환희로 다가온다. 두 아이를 바라보는 내 눈빛에 담긴 희망과 이 행복을 내 사랑하는 아이들과 나누며 살 것이다. 지나 온 세월의 미련을 여기 다 내려놓고 앞을 바라보며 살 것이다…….

사랑하는 그이로부터 받은 청혼과 반지. 이 순간만을 기다리고 기다려 온 사람처럼 가슴 벅찬 행복감으로 넘쳐날 줄 알았다. 내가 얼마나 말하고 싶었던가. 당신과 함께 나의 남은 인생을 살고 싶다고, 기꺼이 당신의 뜻을 받아들이겠다고, 내 마음도 다를 게 없다고. 하지만 그토록 기대했던 순간이 내 앞에 펼쳐져 있는데 차마 대답을 못하겠다. 난 혼란스럽다. 그렇게나 그리워하던 사람에게 원하던 말을 들었는데, 난 지금 이 사람에게 대답을 할 수가 없다. 너무도 무심한 남편이건만 왜 이 순간에 그 사람 얼굴이 떠오르는지 모르겠다. 남편을 사랑하고 있는 것일까. 아니면 우리가 함께 해온 세월만큼 쌓여 온 정 때문일까. 난 우리에게 더 이상 남아 있는 것이 없다고 생각했는데, 내게 남아 있는 이것은 도대체 무엇이란 말인가. 무엇에 대한 미련이란 말인가. 남편이 나의 선택을 가로막는 걸림돌이 될 것이라 생각해 본 적이 없다. 그런데 난 지금 사랑하는 이 남자 앞에서 남편의 얼굴을 떠올리고 있다니. 두 아이의 얼굴도 떠오른다. 아들은 이 사람을 좋아하고 잘 따르지만, 딸아이는 이상하리만치 낯을 가린다. 시간이 해결해 줄 것이라 믿고 있기는 하지만 끝내 아버지와 딸로서 살 수 없으면 그때는 어떻게 해야 할까. 이미 한 번 버림받은 아이인데, 내가 꿈꾸고 가꾸는 가정에서 행복할 수 없다면 어떻게 해야 할까. 왜 이런 순간에 나는 나의 행복만을 생각할 수 없는 것일까. 왜 이렇게 내 뜻대로 선택을 할 수 있을 때조차 내 뜻대로 살아낼 수가 없는 것일까. 내가 책임져야 하는 것이 나의 마음 말고도 이렇게나 많아졌다는 것이다. 세월로 쌓여진 산은 이렇게나 높다는 것이다. 난 결국 시간을 달라고 말해야 할 것 같다. 충분히 이기적이 될 때까지는 이 남자의 손을 잡을 수 없다…….

남편이 오랜만에 집에 왔다. 난 남편에게 사랑하는 사람에 대해 고백했다. 남편은 지금 멍한 표정으로 나를 쳐다볼 뿐 말이 없다. 난 남편을 똑바로 쳐다보지 못하겠다. 배신감이 어떤지를 누구보다 잘 알고 있지 않은가. 난 남편이 느끼고 있을 고통을 함께 느끼고 있다. 상처가 아문 자리에도 흉터는 남는다. 그리고 그 흉터는 쉽사리 사라지지 않는다. 어떤 흉터는 영원히 지워낼 수 없을 것이다. 내가 남편에게서 얻은 흉터가 바로 그런 것이다. 그런데 나도 남편에게 같은 흉터를 남기려 하고 있는 것이다. 복수를 할 수 있어 시원한가. 아니다. 난 이 사람이 가지게 될 그 흉터가 싫다…….

답을 달라고 조르는 그이에게 난 여전히 답을 주지 못하고 있다. 딸아이는 내가 사랑하는 사람을 점점 멀리하고, 그 사람도 지치는 모양이다. 예전만큼 노력하지 않는다. 난 딸아이가 잡은 발목에 붙잡혀 있는 기분이 들 때마다 갈등을 느낀다. 아이에 대한 원망과 그런 내 마음에 대한 미안함으로 마음이 복잡하다. 처음 아이를 받아들였을 때를 후회하기도 한다. 하지만 딸아이를 받아들이지 않았다면 어떻게 되었을지 생각하면 마음이 먹먹해진다. 나처럼 되었을 거라고 생각하면 너무도 끔찍하다. 그렇게 자신을 받아주지 않는 세상을 떠돌며, 자신의 존재에 절망하며 살았을 것이라는 생각만으로도 너무 슬퍼진다. 난 딸아이를 나처럼 만들고 싶지 않았기에 가슴으로 품어 안았다. 결코 쉽지 않은 선택 앞에서 수도 없이 좌절하고 절망했던 나였다. 그토록 힘겨운 날들을 이겨내고 내 곁에, 내 마음에 머물게 된 딸이다. 이제는 버릴 수 없다. 아이는 이미 내 분신이 되었으니까. 그렇다면 어렵게 되찾은 사랑하는 사람은 버릴 수 있을까. 그를 선택하리라 마음을 먹었음에도 난 기꺼이 이 사람을 따를 것이라 대답할 수가 없다. 사랑하는 사람과 함께할 행복한 미래에 대한 기대감과 가족을 지키고 싶은 나의 바람과의 간격은 결코 메워질 수 없는 틈이다. 난 그 틈 사이를 방황하고 있다. 숨이 막혀 죽을 것만 같다. 어디에서도 내가 만족할 만한 답을 얻을 수가 없을 것 같다. 이 죽을 것 같은 고뇌에서 빠져나갈 길을 찾을 수 없을 것 같아 난 오늘도 울고 있다. 누군가가 가장 바람직한 선택이 무엇인지를 내게 말해 주면 좋겠다. 하지만 누구도 나를 대신해서 선택해 줄 수 없다는 것을 안다. 설사 누군가가 나를 대신해 선택을 해줄 수 있다고 해도 난 그 결과에 대한 책임까지 떠넘길 수 없다는 것을 알고 있지 않은가. 어떤 선택을 하게 되든 난 결국에 또 다른 후회를 하게 될지도 모른다. 사람이니까. 난 늘 가보지 않은 길에 대한 미련을 마음에서 완전히 버려내지 못할 것이니까. 하지만 난 그 후회까지도 기꺼이 감당할 수는 있는 선택을 하고 싶다. 아직은 내 마음에서 답을 얻지 못했지만, 미래의 내 마음에서 답을 찾아낼 수 있기를 바란다…….

며칠 만에 다시 만난 남편은 수염도 깍지 않은 초췌한 모습으로 내 앞에 앉아 있다. 말이 없다. 그의 눈동자는 젖어 있는데 아무 말도 하지 않는다. 난 최후통첩을 하려고 남편을 찾아온 것은 아니다. 내 마음은 아직까지 정해지지 않았고, 어쩌면 마음을 정하기 위해 남편의 상태를 살피러 여기까지 왔는지도 모른다. 내가 결정하기 힘든 선택을 그에게 떠넘기고 싶은지도 모른다. 남편이 준비가 되어 있다면. 그래, 그렇다면 난 좀 더 쉽게 선택할 수 있을 것 같다. 하지만 남편은 아무런 준비도 되어 있지 않은 것 같다. 그에게서는 무력감과 깊은 슬픔이 전부인 것만 같다. 난 남편에게 책임을 돌릴 수도 있다. 그의 잘못을 빌미로 현재의 나를 변명하고 싶으니까. 하지만 한마디도 꺼내 볼 수가 없다. 나로 인해 그가 아픈 것이 이렇게 괴로운 줄은 몰랐는데. 난 남편이 나를 놓고 싶어 하지 않는다는 것을 그의 눈빛에서 읽는다. 그에게는 이제 가족 외에는 남은 것이 없을지도 모른다. 난 남편이 두 아이의 양육을 내게 맡겨주길 바라고 있었기에 그의 관대한 처분이 필요하다. 난 남편을 자극할 수 없다. 무엇보다 엄마로서 나의 노력을 인정해 주길 바라고 있지 않은가. 남편은 이혼 이야기를 계속 피하고 있고, 그런 남편을 난 그저 조심스럽게 바라볼 뿐이다. 아이들을 데려갈 수 없다면 난 떠날 수 없을 것이다. 쉽게 떠날 수 있을 거라고 생각했던 것은 아니지만 지금 나는 남편을 이렇게 버려두고 가는 것이 너무도 잔인한 선택이라는 생각을 하고 있다…….

나의 아들이, 내 생명보다 소중한 나의 아들이 싸늘한 주검으로 내 앞에 있다. 그 아름답고 맑던 웃음을 잃어버린 굳어진 표정에는 과거의 추억조차 찾아볼 수 없다. 난 울지 못한다. 아들의 죽음을 인정하는 것이 될까 차마 울 수가 없다. 잠을 자는 거다. 깊은 잠에 빠져든 것뿐이다. 단지 그것뿐이다. 그런데 사람들이 울고 있다. 난 사람들이 우는 것을 참지 못하겠다. 내 아들의 수면을 방해하는 저들을 참아내지 못하겠다. 난 소리를 지른다. 하지만 내 목소리가 들리지 않는다. 머리가 멍하다. 내 마음에는 그 무엇도 담겨 있지 않다. 난 텅 비어있다. 나는 전에 무엇이었을까. 그리고 난 지금 무엇일까. 그리고 난 무엇으로 살아갈 수 있을까. 내게 남은 것이 아무것도 없다. 전에도, 지금도, 앞으로도 난 그 무엇도 될 수가 없다. 난 존재하지 않는다. 아니, 난 존재한 적도 없는 거다. 이 질긴 존재가 견딜 수 없이 싫다. 내가 사라졌으면 좋겠다. 내가 없었으면 좋겠다. 나의 모든 감각과 이 생각들을 지워줬으면 좋겠다. 나를 이 세상에서 지워줬으면 좋겠다. 내 혈관을 돌고 있는 피를 다 말려 버리고, 내가 원치도 않는데 이렇게 힘차게 뛰고 있는 이 심장을 쉬게 해주었으면 좋겠다. 난 이렇게 숨을 쉬고 있는 이 순간의 나를 용서할 수가 없다…….

남편은 이혼 서류에 도장을 찍어 내게 내밀었다. 나를 놓아주겠다고 한다. 이제는 내가 원하는 삶을 살라 한다. 아들을 그렇게 허망하게 보내고 내가 자유를 얻게 되는 것인가. 내 마음에서 이미 상관도 없어진 일인데. 난 아들을 잃고 나서야 깨달았다. 내게 진정 소중한 것이 무엇인지를 확실하게 깨달았다. 그런데 남편은 내게 가라고 말한다. 자신이 빼앗은 행복을 찾아 이제는 떠나라고 한다. 난 남편을 그저 바라보고 있다. 이혼 서류는 내 손에 쥐고 있지만 들여다볼 생각도 없다. 나 자신도 모르게 눈물이 흐른다. 참으로 처량한 현실 앞에서 난 깊은 슬픔을 느낀다. 아들의 얼굴이 떠오른다. 아들에 대한 그리움이 사무친다. 남편은 내게 사과를 한다. 그도 울고 있다. 그의 회한과 참회의 눈물을 바라보는 나의 참담한 심경을 표현할 길이 없다. 우리는 이렇게 아무 말도 하지 못하고 울고 있다. 우리가 공유하는 슬픔이 우리를 다시 묶어주는 것일까. 우리는 처음으로 제대로 소통하는 느낌을 받으며 울고 있다. 우리가 흘리는 눈물의 의미가 우리의 내일을 제시해 주는 것만 같다. 우리에게 미래가 남아 있을까. 아니면 너무 늦어버린 것일까…….

사랑하는 사람은 딸아이를 포기하고 자신에게로 돌아오라고 말한다. 그 사람은 딸아이를 받아들일 수 없다고 말한다. 내 혈육도 아닌 아이를 책임져야 할 이유가 내게도 자신에게도 없다고 말한다. 그의 말이 틀린 것은 아니다. 남편을 떠나면서 딸을 데려갈 수는 없다는 것을 나도 알고 있다. 딸만은 자신 곁에 머물게 해달라는 남편의 부탁도 있었다. 그래, 제대로 된 출발은 과거를 여기에 다 내려놓고 홀로 떠나는 것이다. 난 그렇게 떠나버리면 된다. 하지만 딸아이는 내 품에 안겨 잠이 들고, 울음을 그치며, 웃고, 세상 앞에 당당해진다. 그리고 내게서 받은 사랑으로 세상을 품는다. 난 내 품에 안은 이 아이를 과거에 묻을 자신이 없다. 이 아이를 여기에 두고 떠나고 싶지 않다. 내가 마음으로 품어 안은 이 아이를 내 자신만큼이나, 아니, 내 자신보다 더 사랑한다. 이 사랑에는 나를 필요로 하는 연약한 존재에 대한 연민도 분명히 포함되어 있을 것이다. 그래서 난 나의 딸을 지키고 싶다. 아이가 성장해가고, 스스로 행복해질 수 있을 때까지 난 이 아이의 행복을 지켜주고 싶다…….

남편의 사업은 탄탄대로를 달리고 있다. 이 풍요로운 삶과 함께 나와 딸아이는 더없이 행복하다. 무엇보다 나의 소중한 가족이 함께 한다는 사실이 만족스럽다. 이 만족감이, 이 안도감이 진정으로 나를 풍요롭게 채워주고 있다. 그 혼란과 오랜 갈등의 시간이 믿기지 않을 만큼 이렇게도 행복한 나날이 내게 허락되었다. 언제나 행복을 꿈꾸었지만, 결코 행복하지 못했던 내 인생에도 이렇게 찬란하게 빛나는 순간이 허락될 줄 몰랐다. 희망을 버리려 했지만, 버릴 수 없었다. 희망에 기대어 살았지만, 그 희망이 현실이 되어줄 것이라 믿지 못했다. 그랬던 내가 딸아이의 웃음소리가 넘치는 아쉬울 것이 하나 없는 이 멋진 집에서 행복을 이야기하고 있다. 난 딸의 삶이 언제까지나 행복할 것이라 믿어 의심치 않는다. 그 생각만으로도 얼마나 기쁜지 모른다. 나의 행복보다 딸의 행복이 나를 더 기쁘게 해준다는 사실을 엄마가 되어 알았다. 사랑하는 사람을 떠나보내면서 그토록 오랜 세월동안 내 마음을 붙잡고 있던 집착과 미련도 함께 보내버리지 않았던가. 그리고 내가 되찾은 나의 남편과 아이. 얼마나 다행한 선택이었던가. 얼마나 잘한 선택이었던가. 아내로서, 엄마로서 느끼는 이 행복감이 너무도 소중하다. 아이의 티 없이 맑은 웃음소리가 내가 선택한 사람들과 머물고 있는 이 장소를 천국으로 만들어 주고 있다. 이보다 더 좋을 수는 없다…….

불행은 결코 영원히 사라지는 법이 없는 것일까. 태양이 높이 떠오르면 그림자는 자취를 감추는 듯 보이지만, 서쪽으로 기울어 가는 태양을 비웃기라도 하듯 그림자는 그 범위를 넓혀가고, 곧 어둠이 모든 사물을 삼켜버리는 밤이 찾아오듯이 나의 찬란했던 삶도 지고 말았다. 그토록 찬란하게 빛나던 태양이 내 인생의 어둠을 영원히 몰아낼 수 있을 것이라 믿고 살았다. 어떻게 그렇게 짧은 순간에 그 찬란하던 빛이 그토록 잔인한 어둠에 삼켜질 수 있단 말인가. 나의 가족에게 세상에서 가장 안전한 울타리가 되어 준 집과 재물을 잃은 것이 전부가 아니다. 나의 사랑하는 가족을 묶어 주던 가정이라는 소중한 결속이 깨져버린 지금의 현실을 감당하기가 너무나 힘겹다. 그렇게나 어렵게 일군 우리의 천국은 너무나도 쉽게 사라져 버렸다. 갈 곳이 없어 이리저리 떠돌고 있는 이 서글픈 상황보다도 잃어버린 나의 천국, 내 가족의 분리가 더 아프다…….

엄마에게 딸아이를 맡기고 매일 식당으로 출근을 한다. 빚쟁이들이 모든 것을 다 가져가 버렸고, 난 무슨 일이라도 시작해야 했다. 엄마의 집에서 신세를 지는 것만으로도 감사한 일이다. 엄마가 딸아이를 달가워하지 않는 줄 알지만 선택의 여지가 없었다. 지금으로서는 반드시 살아남아야 할 절박함 외에 그 어떤 것도 마음을 쓸 여유가 없다. 식당에서의 하루하루는 매일을 지옥을 왕래하는 기분으로 버티고 있다. 너무도 힘들어 잠을 제대로 잘 수가 없을 지경이다. 그 고단함이 매일 나의 용기를 꺾고, 희망을 꺾고, 의욕을 꺾는다. 늦은 밤, 집으로 돌아오면 딸아이는 잠이 들어 있다. 그 얼굴에 외로움이 묻어 있다. 이 어리고 연약한 아이의 얼굴에 깊은 슬픔이 묻어 있다. 난 눈물을 흘린다. 무력한 내가 미워져서, 아이의 얼굴에 이런 슬픔과 외로움을 묻어나게 만든 내가 너무도 미워져서 난 눈물을 흘린다. 눈물로도 씻어낼 수 없는 슬픔이 나의 마음을 잠기게 하는 이 밤에 나는 잠을 청하기 위해 술을 마신다. 두들겨 맞은 것처럼 온 몸이 쑤신다. 하지만 이 심장이 쑤시는 것에 비할까. 한잔 두잔 늘어 난 술잔이 이렇게 많아졌다. 잠을 자기 위해 더 많은 술을 마셔야 하고, 난 이렇게 양이 늘어가는 것조차 인식하지 못한 채 이 지경에까지 이르렀다. 처음에는 술병을 말끔히 치워버리곤 했지만 이제는 방안에 여기저기 술병이 굴러다니고, 엄마의 걱정을 들으면서도 자제가 되지 않는다. 난 내가 타락해 가고 있다는 것을 알지만 난 나를 잊기 위해, 내 처지와 이 불행을 잊기 위해, 그리고 부끄러운 나를 잊기 위해 술을 마신다. 한숨을 이불 삼아 절망의 어둠 속에서 잠을 청할 때마다 난 새로운 아침이 너무도 두렵다. 희망이 없이 맞이하는 새벽이 너무도 고통스럽다. 이 절망은 희망을 가질 수 없어서, 희망을 원하면서도 그것을 내게 허락할 수 없어서 느끼는 고통일지도 모른다. 이 죽을 것 같은 절망은 희망을 뺏겨 버린 나 때문이 아니라, 희망을 소망하지 않는 내 자신 때문일지도 모른다. 다시 주저앉을 것 같은 희망을 품는 것이 너무도 두려워서 난 희망을 품지 않으려고 노력한다. 희망을 가질 수 없다는 것이, 꿈을 내려놓는다는 것이 어떤 것인지를 내 마음의 유황불 같은 불길이 매순간 증명해 주지만 나는 되찾은 희망을 잃어버리는 것이 더 두렵다. 지금은 그것이 더 두렵다…….

아이가 성장해 가면서 점차 나에게서 멀어져 가고 있는 느낌을 받는다. 딸아이가 내게서 멀어지는 것만큼 내 자신이 너무도 부족한 것에 좌절감을 느낀다. 우리가 함께 같은 공간에서 같은 화제로 이야기를 나누고 있는 동안에도 서로 진정으로 교류하고 있다는 느낌이 없다. 우리 사이에 놓여 진 보이지 않는 이 벽은 점점 단단해지고 높아져가고만 있다. 난 춥다. 내 딸아이도 추울 것을 안다. 우리는 왜 서로의 체온으로 따뜻해질 수 없는 것일까. 우리를 가로막고 있는 이 장벽을 어떻게 허물어야 할지 모르겠다. 내가 다가서는 만큼 멀어져 가는 딸아이를 어떻게 멈춰 세워야 할지 모르겠다. 피곤에 지친 육신만큼 절망감에 절은 이 마음으로 무엇을 할 수 있을지 모르겠다. 아니, 어쩌면 난 누구보다 확실한 답을 알고 있는지 모른다. 하지만 답을 안다고 해도 이렇게 지쳐버린 나의 육신과 마음에 딸아이가 겪는 외로움과 고통을 담아낼 자리를 만들지 못하겠다. 내 그릇은 이렇게 작고, 이런 내가 한심스럽고 미워질수록 내 마음은 또 지쳐만 간다…….

남편이 돌아왔다. 허술하고 초라한 산동네 집이지만 가족이 한 지붕 아래 모일 수 있게 된 것에 이렇게 큰 기쁨을 느끼게 될 줄은 몰랐다. 남편은 다시 직장을 얻어 일하고, 난 식당 일을 그만두고 잠시 휴식을 취하고 있다. 아이와 대화를 나눠보려고 노력하고 있다. 시간적 여유와 마음의 여유는 내게 주어졌건만, 막상 아이는 나와의 대화를 피하고 있다. 내가 다가서려 하는 것만큼 멀어지기만 하는 딸아이와 제대로 된 소통이 가능할 리 없다. 나도 안다. 이 모든 것이 내 부족함 때문인 것을. 이렇게 서글픈 상황이 되기 전에 내가 할 수 있는 일이 있었을 것이다. 때늦은 후회만큼 고통스러운 것이 있을까. 제발 한 번만 더 기회가 있었으면 좋겠다. 내 딸아이와 화해하고, 함께 웃을 수 있는 기회가 한 번만 더 주어졌으면 좋겠다. 내 딸아, 내 마음은 변한 적이 없단다. 네가 이 엄마의 마음을 조금만 알아주었으면 좋겠구나. 나의 부족함을 용서해 주었으면 좋겠구나. 나를 그런 눈으로 쳐다보는 게 너여서 마음이 너무나 아프구나. 네가 그런 눈으로 이 엄마를 쳐다볼 수밖에 없도록 만들어서 미안하구나…….

사춘기에 접어든 딸아이는 밖으로만 떠돌고 있다. 우리 모녀가 한때는 더없이 서로를 사랑하던 사람이라는 것을 믿을 수 없는 이 현실이 너무도 슬프다. 모든 책임이 내게 있다는 것을 알고 있다. 불행했던 내 어린 시절과 다를 것 없는 내 딸아이의 삶에 깊은 책임감을 느낀다. 다시 술을 먹기 시작한 것은 술을 마시지 않고는 숨을 쉴 수가 없을 지경이기 때문이다. 어렵게 끊은 술을 다시 마시는 내가 한심하다. 이렇게 망가져가는 나를 그 누구보다 내가 용서할 수가 없다. 난 남편을 괴롭히고 있다. 남편을 괴롭히면서 난 잔인한 희열을 느끼고 있는지도 모른다. 남편이 느끼는 고통을 보면서 나도 같이 괴로워하고, 그 괴로움이 내가 살아 있음을 증명해 주는 것만 같다. 남편의 분노는 나를 두렵게 만들고, 난 그 두려움을 통해 존재의 긴장감을 느끼며 살아 있다는 것을 확인받으려 하는지도 모른다. 아니면 이 불행을 남편에게로 돌려 면죄부를 얻고자 하는 것일까. 나의 심장이 너무도 뜨겁다. 나를 다 태워버릴 것처럼 활활 타오른다. 이 불길이 너무도 뜨거워 난 이 괴로움을 혼자서 감당할 수가 없다. 이 미칠 것 같은 절망의 감정에서 헤어날 방법을 찾을 수가 없다. 도대체 이 어둠의 절망에는 끝이 있는 것일까. 이 깊은 수렁에서 빠져나가는 길을 찾을 수가 없다. 이 세상에서 나라는 존재를 지워버리고 싶다…….

엄마의 죽음 앞에서 난 오열하고 있다. 숨이 끊어진 지 일주일이 지나서야 발견된 가여운 엄마. 평생을 그토록 미워했는데, 그토록 원망만 했는데, 우리는 화해조차도 못했는데 이렇게 어이없이 가버렸다. 한 번은 말하고 싶었다. 엄마를 많이 이해하게 되었다고, 엄마를 용서하게 되었다고, 그리고 나도 용서받고 싶다고. 언제라도 기회가 나를 기다려 줄 거라 믿었던 것일까. 지나간 바람은 다시 되돌아오는 법이 없고, 가버린 세월은 이 괴로운 후회를 비웃기라도 하듯 과거에 숨어 손에 잡히지 않는데. 엄마, 잘 가요. 엄마를 다시 만날 수 있었으면 좋겠어. 내가 이 세상에서 하지 못한 이야기를 그때는 꼭 다 들려드리고 싶어. 미안해요. 엄마의 불행한 삶을 비웃기나 했던 이 못난 딸을 용서해 줘요. 난 엄마에게 결코 좋은 딸이 아니었어. 엄마에겐 완벽한 부모이길 바라면서도 내가 좋은 딸이 되려고 노력하지 못했어. 그게 가장 마음이 아프다, 엄마. 저 세상에 가서는 편히 쉬어요. 나처럼 고약한 딸 때문에 힘들지 말고. 산다는 것은 왜 이리도 힘든 것일까. 엄마가 입만 열면 말하던 그 하소연을 당신의 딸인 나도 지금 하고 있네. 근데 엄마, 부탁이야. 이런 하소연은 나로 끝내게 도와줘. 내 딸아이는 행복하게 도와줘요. 나는 운다. 이렇게 실컷 울 수 있어 얼마나 다행인가를 생각하면서 울고 있다…….

내 딸아이가 그렇게 자신의 미래를 포기해 버렸다. 제발 그러지 않기를 그토록 바랐건만. 딸아이는 대학을 포기한 것이 아니라 자신의 꿈과 미래를 포기한 것이다. 딸아이의 친 엄마가 아이를 돌려 달라고 나를 찾아왔었다. 아이를 이렇게 밖에 키울 수 없었냐고 나에게 따지듯 말하는 그녀 앞에서 난 아무 말도 하지 못했다. 이제 딸아이 앞에 스스로를 들어낼 것이라고 말하는 그녀를 말릴 수도 없었다. 이렇게나 못난 엄마가 무슨 말을 할 수 있겠는가…….

15

이 책은 엄마의 이야기를 담고 있다. 나는 뭐라 형용할 수 없는 복잡하고도 슬픈 감정과 함께 부끄럽고 안타까운 심정에 가슴이 미어지는 것 같다. 내가 누구인지, 어디에서 왔는지를 분명하게 기억해 낸 지금 이 순간에 나는 지금까지 겪어보지 못한 절대 혼란을 느끼고 있다. 내가 엄마의 친딸이 아니라니. 엄마는 단 한 번도 그런 내색을 한 적이 없다. 엄마가 내 엄마가 아니었으면 좋겠다는 생각을 한 적은 있다. 부모를 원망하며 차라리 내가 버려진 아이였으면 하고 바랐던 적은 있다. 하지만 불륜으로 태어난 존재라니…….

내 자신에 대해 당당하고 자랑스러운 자신감이 있었던 적이 별로 없다. 내겐 그 어떤 긍지나 자부심이 허락될 수 없다는 생각을 하며 살았던 것 같다. 하지만 이 진실 앞에 서 있는 이 순간만큼 내 자신이 경멸스럽고 추하게 느껴진 적은 없다. 차라리 기억이 돌아오지 않았더라면 얼마나 좋았을까. 과거의 나를 다양한 상상 속에서 이런 모습으로, 혹은 저런 모습으로 만나는 것으로 만족할 수 있었더라면. 내가 찾은 나를 나는 어떻게 감당하면 좋을지 모르겠다. 이런 나를 어떻게 받아들이면 좋을지 모르겠다. 나조차도 이런데 엄마는 어떻게 당신을 그토록 아프게 만든 사람의 아이를, 당신을 그토록 아프게 만든 나를 사랑할 수 있었던 것일까.

끝없이 엄마의 사랑을 의심하면서도 엄마가 진짜 나를 사랑하지 않는다고 생각한 적은 없다. 엄마가 그렇게 미우면서도 엄마를 그리워하지 않은 적이 없는 것처럼. 난 엄마의 사랑을 이해할 수 없다. 엄마가 당신의 사랑을 포기하면서까지 당신 자식도 아닌 나를 지키려 했다는 사실을 이해하기에는 내 이해력이 부족하다. 엄마는 어떻게 그럴 수 있었을까. 어떻게 그런 사랑이 존재할 수 있을까.

난 엄마를 용서하고 싶지 않았다. 그녀의 잘못을 숨겨주고 싶지 않았다. 난 엄마를 세상의 그 어떤 잣대보다 더 냉혹한 잣대로 심판하려 한 딸이다. 마치 그것이 내 권리라도 되는 것처럼 말이다. 단지 내 부모라는 사실 때문에 무엇이든 당연히 나를 위해 희생해야 한다고 생각했다. 난 지난 세월의 내가 부끄럽다. 내 존재가 부끄럽고, 그렇게 철없이 부모의 사랑을 비웃은 교만이 부끄럽다. 엄마에게 돌아가 엄마를 바로 바라볼 수 없을 것 같은 기분이다. 난 숨고 싶다. 비굴하게 숨어서 이렇게 보잘 것 없는 나를 감추고 싶다. 아니, 엄마가 보고 싶다. 엄마에게 돌아가 아무 말 없이 그녀의 품에 안겨 울고만 싶다. 이렇게 부끄러운 딸이라도 엄마는 나를 안아줄 것만 같다. 이렇게 한심한 나를 당신께서는 품고 내쫒지 않을 것 같다. 엄마는 절대로 나를 버리지 않을 것 같다. 그런 엄마가 너무나도 그립다.

난 백지가 시작되기 전, 엄마가 쓴 마지막 글을 다시 읽었다. 엄마에게 무슨 일이 있는 게 분명하다. 도대체 무슨 일이 생긴 것일까. 내가 엄마와 다투고 집을 나온 날, 난 언덕 위의 그 집으로 들어갔다. 엄마의 눈동자와 마주치자마자 거대한 소용돌이로 빨려들어 갈 때까지 기억이 난다. 그리고 나는 기억을 잃은 채 사막에 서 있었다. 도대체 여기가 어디인걸까. 이 책은 엄마의 일기장일까. 난 엄마가 일기를 쓰는 모습을 본 적이 없다. 이 책의 정체는 무엇일까. 난 출생의 비밀을 알게 된 지금의 충격으로도 정신을 잃을 지경이지만, 내가 처한 이 현실에 대해서도 도무지 정리를 못하겠다. 머리가 터질 지경이다.

나는 귓가를 울리는 늑대의 울음소리에 놀라 깨어났다. 언제 잠이든 것일까. 낮인지 밤인지 주변을 전혀 분간할 수가 없다. 커튼을 열어 놓은 기억은 나는데 바깥의 상태도 알 수가 없다. 안개다. 산에서, 도시로 연결된 다리에서 만났던 바로 그 안개이다. 소름이 끼치도록 차갑고 습한 공기에 질식할 것만 같다. 극도의 공포감에 등줄기로 식은땀이 흘러내린다. 신음소리도 못 내겠고, 움직여 볼 수도 없다.

누군가가 나에게 다가오는 것 같다. 다가오는 소리가 들리지는 않지만 분명한 느낌이 있다. 나는 무의식적으로 자리에서 벌떡 일어났다. 한치 앞도 볼 수가 없지만 방안의 구조와 가구들의 정확한 위치를 알고 있다. 나는 침대 위에 엎드려 오른쪽 머리맡까지 기어갔다. 조심스럽게 바닥에 한쪽 발을 디딘 후에 손으로 벽을 더듬으며 옆으로 걸어갔다. 그리고 옷장 문손잡이가 옆구리에 닿자 자리에 멈춰 섰다. 손잡이를 돌려 옷장 문을 열려고 하는 순간, 종아리에 무엇인가가 스치는 느낌을 받았다. 내 입에서 신음소리가 났고, 나는 돌처럼 굳어버리고 말았다. 생각은 옷장 문을 열고 있지만 손이 움직이지 않는다. 이제는 모든 것이 끝났다는 생각만 든다. 이 소름끼치도록 두려운 손길에 무력하게 붙잡혀 가는 길만 남았다. 이런 순간이 오기를 얼마나 간절히 원하고 기다렸던가. 난 나를 빨리 데려가라고 소리치고 싶었다. 그런데 막상 적들과 마주친 이 순간, 나는 저들에게 끌려가는 것을 이렇게나 겁내고 있는 것이다.

"아가씨! 내 등에 올라타요. 어서!"

굵고 강직한 목소리다.

"당신 바로 옆에 있어요. 손을 내밀어 내 목을 잡고 등으로 올라타요. 빨리 여기를 빠져나가야 해요. 그리고 책을 가져가세요. 손을 내밀어 잡아보세요. 좋아요. 책을 잃으면 안 됩니다. 아무리 빨리 달려가도 절대 책을 놓치면 안 됩니다. 우리는 존재하지만 알려지지 않은 구역으로 갈 것입니다. 저들이 왔어요. 여길 빠져 나가야 해요. 어서 서두르세요, 아가씨!"

목소리는 더욱 강하게 들렸다. 나는 그 목소리의 힘에 압도되어 손을 더듬어 책을 집어 올렸고, 힘을 주어 책을 끌어당겨 가슴에 밀착시켰다. 그리고 오른손으로 어둠 속을 더듬어 그것의 실체를 잡았다. 순간 나는 손을 떼고 말았다. 거친 털의 감촉에 너무도 놀란 탓이다. 늑대가 분명하다.

"어서 서둘러요!"

이제는 목소리가 강압적으로 들린다. 도저히 내키지는 않지만 나는 천천히 늑대인 것 같은 짐승의 목 주위를 움켜잡고 등 위로 올라탔다. 내가 등 위에 올라타자마자 늑대는 바람과 같은 속도로 달리기 시작했다. 늑대들의 울음소리가 여기저기에서 들려온다. 나는 눈을 감았다. 선택의 여지는 이미 없어졌다.

안개가 없는 숲에는 나무들 사이로 비쳐드는 햇살이 따뜻하여 날씨는 포근하고, 주변은 고요하고도 평화로운 기운이 흐르고 있다. 신기하게도 이곳은 겨울이 아니라 오월의 봄날 같다.

나의 주변으로 늑대들이 몰려들었는데, 늑대들의 몸집이 마치 곰과 같이 커서 놀랐다. 이렇게 큰 늑대가 있다는 이야기를 들어 본 적이 없다. 하지만 늑대들의 거대한 몸집에도 불구하고 이제까지 나의 마음을 압도하고 있던 두려움은 사라졌다. 저들의 눈빛은 온화해 보이고, 천천히 움직이는 동작은 호의적으로 보이기 때문이다.

"저희들이 아가씨를 도와줄 것입니다. 여기도 그리 오래 안전하지는 않을 테지만, 잠시 숨을 돌릴 수는 있을 것입니다."

안개 속에서 들었던 그 목소리이다. 늑대가 말을 하다니. 나는 얼이 빠진 표정으로 말을 하는 늑대를 쳐다보았다.

"놀랐습니까?

말을 하는 늑대가 미소를 지었다.

"늑대가 말을 하잖아요? 도대체 어떻게……."

"놀랄 만한 일이겠군요."

말을 하는 늑대가 태연하게 말했다.

"그렇죠, 당연히. 그런데 여기가 어디죠? 도대체 제가 어디에 있는 건가요?"

"이곳은 존재하지만 인식되지 않는 공간으로 가는 길목입니다. 이곳도 어둠의 세력에게 잠식당하고 있습니다. 시간이 그리 많지가 않아요. 오늘 밤이 우리가 누릴 마지막 평화로운 날이 될지도 모르지요. 오늘은 편안하게 단잠을 자도록 해보세요. 그래야 싸울 힘이 생겨날 테니까요."

"싸울 힘이요?"

"저희는 아가씨를 위해 여기에 있습니다. 아가씨를 도울 수 있어 기쁩니다. 학자님께서 오래 전부터 저희를 가르치고 훈련시키셨지요. 저희에게 사명감을 주셨어요. 이제 그때가 되었습니다. 고귀한 아가씨를 만나 반갑습니다."

말을 하는 늑대가 부드러운 목소리로 말했다. 아무리 훈련을 시켜도 그렇지 늑대가 어떻게 사람처럼 말을 할 수가 있단 말인가.

"도대체 여기가 어디에요? 저는 그 집으로 들어갔고, 엄마의 어린 시절을 보았어요. 그리고 엄마의 눈과 마주쳤는데……."

"아가씨는 여기가 어디인지 모르시나요? 학자님께서 말씀해 주지 않은 겁니까?"

나는 혼란을 느끼며 말을 하는 늑대를 쳐다보았다.

"여긴 아가씨 어머니의 마음속입니다."

"엄마의 마음속이요?"

"네, 아가씨는 어머니를 구하기 위해 여기에 온 게 아닙니까?"

"내가 어떻게 엄마의 마음속으로 들어온 거죠? 여기가 엄마의 마음속이라는 거예요? 그렇다면 마을 사람들은 뭐죠? 게다가 엄마를 구해요? 엄마에게 무슨 일이 있는 거죠? 엄마에게 무슨 일이 있는 것 같았어요. 도대체……."

나는 무슨 말을 하는지도 모른 채로 많은 질문들을 순식간에 쏟아냈다.

"아가씨의 어머니는 곧 돌아가실 거예요. 어둠의 세력들에 지배당하여 죽음을 맞이하게 될 것입니다."

"엄마가 죽어요? 정말인가요? 도대체 엄마에게 무슨 일이 일어난 거예요?”

“어머니를 죽이고 있는 것은 절망입니다. 그 절망이 존재하지만 인식되지 않는 공간으로부터 감당이 안 될 만큼의 안개군단을 양성했고, 그 세력이 너무 강대해진 탓에 빛과 어둠의 균형이 깨어진 겁니다. 어머니 마음의 상징인 마을 사람들은 안개군단에게 속아 마을을 떠난 거예요. 저들의 두 발로 말입니다. 마을 사람들을 제자리로 되돌려 놓아야 합니다. 그리고 아가씨는 어머니를 구하셔야 해요.”

“엄마가 죽어가고 있다니…….”

나는 어떻게 이 현실을 받아들여야 할지 모르겠다. 이곳이 엄마의 마음속이고, 엄마가 죽어가고 있다니.

“어머니의 절망은 아가씨로부터 시작된 것입니다. 그래서 그 절망을 희망으로 바꿀 수 있는 분도 아가씨지요.”

“나 때문이라고요?”

나는 엄마와 싸우고 집을 나온 것을 기억한다.

“그 책에는 백지가 많이 남아 있지요? 아직도 살아서 경험해야 할 인생의 시간이 많이 남아 있다는 것입니다. 하지만 그 책은 더 이상 써지지 않고 있어요. 그 백지 위에 어머니의 이야기가 써지게 해야 합니다. 어머니가 이대로 돌아가시는 것은 운명을 거스르는 것입니다. 하지만 어머니는 절망 속에서 스스로를 포기하려 하고 있습니다. 아가씨가 모두 바로잡아야 합니다.”

말을 하는 늑대가 담담하게 말했다.

“이 책은 그러니까…….”

“네, 아가씨. 그 책은 어머니의 생명이고 인생입니다.”

나는 책을 경이로운 눈빛으로 바라본다. 아니, 그리움과 죄스러운 마음으로 바라본다. 엄마의 마음을 알게 된 것은 너무도 기쁜 일이지만 난 나의 추한 태생도 알게 되었다. 나의 부끄러운 존재감이 죄스럽고, 이런 나를 사랑으로 키워준 엄마의 마음이 그립다. 엄마를 다시는 마주볼 수 없을 것 같은 기분이면서도 엄마의 품이 가슴 저리게 그립다. 그런 엄마가 나 때문에 죽어가고 있다는 말이 아닌가. 엄마에게 그토록 커다란 고통을 안겨준 것으로도 모자라 죽음에까지 이르게 한 것이 바로 나라니. 나는 울 자격도 없는 것 같아 힘겹게 눈물을 참아 내고 있지만 형용할 수 없이 마음이 괴로워 견딜 수가 없다.

"그 책의 백지 위에 글이 써질 수 있도록 아가씨는 희망의 샘을 찾아가야 합니다. 희망에 샘에서 펜과 잉크를 찾아내어 어머니가 되돌아 올 수 있도록 희망의 글귀를 써 넣어야 합니다. 그 글귀가 어머니를 살릴 수 있는 유일한 방법입니다."

"글귀요?"

"네, 아가씨. 어떤 글귀가 어머니를 살릴 수 있을지를 생각하시면서 이 여행을 시작하십시오. 저희는 아가씨가 존재하지만 인식되지 않는 땅으로 들어갈 수 있도록 길을 인도해 줄 것이고, 안개군단으로부터 아가씨를 지켜줄 것입니다."

"제가 엄마를 구해요? 저 같은 사람이 어떻게……."

"아가씨는 할 수 있습니다. 아니, 해야만 합니다. 아가씨만이 할 수 있는 일이니까요. 용기는 용기가 있는 사람에게 필요한 것이 아니라 용기를 필요로 하는 사람에게 있어야 하는 것입니다."

"저는 그럴 자격이 없어요. 전……."

"그렇지 않아요. 아가씨가 어머니를 구할 사명을 부여받은 것은 어머니가 아가씨를 원하기 때문입니다. 이 사명이 아가씨에게 주어진 것은 어머니의 바람이기 때문입니다. 이것을 잊지 마십시오."

"저는 엄마의 진짜 딸도 아니에요. 엄마에게 세상에서 가장 큰 괴로움을 준 고통의 근원이 바로 저라고요. 저는 너무도 추악한……."

나는 더 이상 눈물을 참을 수 없다. 추악한 존재라고 말하려다 더 이상 말을 이을 수가 없어 입을 닫고 말았다.

"추악한 존재나 탄생은 없어요. 오직 추악한 선택으로 얼룩진 삶이 있을 뿐이지요. 아가씨는 고귀한 분입니다. 고귀하지 않은 존재는 세상에 없으니까요. 고귀한 사명을 부여 받지 않은 존재도 없지요. 자신을 탓하지 마세요."

말을 하는 늑대가 인자한 미소를 지으며 말했다.

"제가 정말 엄마를 구할 수 있는 사람인지 모르겠어요. 저는 무엇을 해야 할지 모르겠어요. 지금은 모든 것이 너무도 혼란스러울 뿐이에요."

"아가씨의 마음에 그 답이 있습니다. 자신을 믿으세요. 아가씨의 진실한 마음을 믿으십시오. 아가씨가 하지 못하는 것이 문제가 아니라 아가씨가 할 수 없다고 생각하는 것이 문제입니다. 아무리 노력해도 할 수 없는 일은 분명히 있습니다. 무엇을 포기하고 무엇을 포기하지 말아야 하는지를 판단하는 일이 쉽지는 않지요. 포기해야 할 것을 미련 없이 버릴 수 있는 것도 용기가 필요한 일입니다. 그러나 끝까지 포기하지 않고 지켜내야 할 것을 지켜내는 것은 더 담대한 용기가 필요하지요. 대단한 인내가 필요하고, 나약해지려는 스스로의 좌절감을 이겨내야 하니까요. 글귀는 그렇게 강한 용기를 내서라도 지켜내야 하는 것이 무엇인지를 진정으로 깨달게 되면 쉽게 얻을 수 있는 답이 될 거라고 학자님이 말씀하셨어요."

"제가 할 수 있었으면 좋겠습니다."

"저도 아가씨가 이 일을 해낼 수 있을지 알지는 못합니다. 하지만 아가씨가 유일한 희망이라는 사실은 알고 있어요. 아가씨는 스스로를 이겨내셔야 합니다. 그것은 세상에서 가장 어려운 일이지요."

"아무리 어려운 일이라도 제가 할 수 있는 일이라면 하고 싶어요. 제가 정말 두려운 것은 얼마나 힘겨운 길을 가야 하는지에 대한 것이 아니에요. 저는 쉽게 좌절하고 포기하는 사람인 줄 알기 때문입니다. 제가 중도에 도망칠까 두려운 거예요."

"인간들은 쉽게 비굴해지고 자신과 사랑하는 사람들을 배신하는 연약한 존재이기도 하지만, 세상에서 그 무엇과도 견줄 수 없을 만큼 강인한 의지를 가진 존재이기도 하다고 학자님이 말씀하셨어요. 어머니를 구하는 것이 아가씨를 구하는 일이 될 것입니다. 아가씨는 소망을 가슴 가득 품고 담대히 나아가십시오. 그 소망이 아가씨가 가야 할 길을 안내해주는 등불이 될 것입니다."

말을 하는 늑대는 단호하지만 부드러운 목소리로 말했다.

"제가 바랐던 것은……."

"그래요, 아가씨. 소망을 품은 사람만이 그 바람을 완성시킬 수 있어요. 소망은 씨를 뿌리는 것과도 같지요. 씨를 뿌린 사람이 가꾸어야만 열매의 주인도 될 수 있는 겁니다. 아무것도 하지 않고서 얻을 수 있는 것은 없지요."

"저의 소망이 저를 여기로 오게 만든 거였군요. 이제 알 것 같아요. 종이학을 강물에 띄워 보내면서 제가 소망했던 것이 저를 이곳으로 이끌었다는 것을."

"내일부터는 고단한 여정이 시작될 거예요. 이제 좀 쉬도록 해요."

늑대들의 거처인 것 같은 굴속으로 나를 이끌고 온 말을 하는 늑대는 나를 두고 밖으로 나가려 했다.

"그런데 마을을 어떻게 벗어난 거죠? 전 마을을 벗어나려고 했었거든요. 그런데 안개 때문에 마을을 벗어날 수가 없었어요."

"저희는 안개군단의 안개를 뚫을 수 있는 감각과 자유로운 마음을 지니고 있습니다. 아가씨는 보이는 것에만 의지했기 때문에 마을을 벗어나지 못한 거예요."

"하지만 한치 앞도 볼 수 없는 상태에서 한발작도 뗄 수가 없었어요."

"게다가 두려우셨지요?"

말을 하는 늑대가 내 마음을 정통으로 꿰뚫는 말을 했다. 나는 고개를 숙였다.

"마음으로 길을 내는 방법을 배우시게 될 겁니다. 너무 의기소침해하지 마세요."

"그런데 안개군단인지 뭔지 하는 괴물들은 마을 사람들을 어떻게 스스로 떠나게 한 것인지 모르겠어요."

"사람들의 마음으로 흘러들어가 유혹했으니까요. 아가씨는 이곳에 속한 존재가 아니어서 그렇게 할 수 없었지만, 마을 사람들은 저들을 거부하기 힘들었을 것입니다."

"도대체 무엇으로 유혹을 했다는 거죠? 어떻게 마을 사람들을 모두 유혹할 수가 있었는지 모르겠어요."

"사람의 욕망을 건드리는 거지요. 사람들이 진정으로 원하는 꿈을 이

뤄줄 것처럼 미혹하는 것입니다. 사람들은 저들의 유혹을 쉽게 떨쳐버리지 못했을 겁니다. 욕망을 지니지 않는 사람은 없다고 학자님이 말씀하셨어요."

"알 것 같아요. 무슨 말인지. 마을 사람들이 그래서 스스로 마을을 떠난 것이군요. 저들이 찾고자 하는 것을 얻을 수 있다는 안개군단의 속삭임에 속아서. 어머니조차도 그러셨고……."

나는 중얼거리듯 말했다. 양어머니에게는 친딸의 행방을 말했을 것이다. 어머니는 결코 친딸을 포기할 수 없었을 테니까.

"맞습니다. 내일 아침에는 저의 동료가 약간의 음식을 준비해 줄 수 있을 것입니다. 저희가 구할 수 있는 게 많지 않을 테지만 거친 음식이라도 드시고 기운을 내셔야죠. 내일 일찍 출발할 것이니 우선은 잠을 자도록 해봐요."

말을 하는 늑대는 엷은 미소를 지어보이더니 몸을 돌려 굴 밖으로 나갔다. 동굴 안은 잘 마른 짚으로 푹신한 잠자리가 준비되어 있고, 긴장감이 스르르 사라져버릴 만큼 아늑하고 따뜻하다. 나는 너무도 많은 생각들로 머릿속이 복잡하지만 지금은 조금도 버텨낼 수 없을 만큼 피곤하다. 일단은 잠을 자고 생각은 내일로 미뤄야겠다. 내일이면 또 다른 오늘이 시작될 테니까.

나는 문득 잠이 깼다. 무슨 꿈인가를 꾼 것 같은데 생각은 나질 않고, 마음은 한없이 무겁다. 말을 하는 늑대의 부드러운 시선과 마주친 나는 자리에서 벌떡 일어났다.

"떠날 시간이 되었나요?"

"잘 잤어요?"

"네. 여긴 동굴이라도 이렇게 아늑해서……."

"동료가 가져다 놓은 음식을 먹고 출발을 하는 게 좋겠습니다."

"알겠어요."

나는 뭘 먹고 싶은 생각이 별로 없지만, 늑대들이 준비해 온 음식을 먹기 시작했다. 늑대가 가져온 바구니 안에는 주먹밥과 제법 크기가 큰 빵이 두 개, 그리고 사과와 복숭아가 몇 개 들어 있고, 물이든 물병도 있다. 늑대들이 이걸 어디서 구했을까. 나는 의아해하면서 주먹밥 하나와 사과 한 개를 먹었다. 언제 음식을 구할 수 있을지 알 수 없음으로 남은 것은 코트 주머니에 잘 넣어두었다. 최대로 난방을 하고, 벽난로에 불을 지펴도 나의 온몸과 마음으로 파고드는 추위를 견뎌내기가 힘들어 코트를 입고 일상생활을 하고 있었던 덕분에 지난밤을 따뜻하게 잘 수 있었다.

굴 밖으로 나오니 벌써 아침 해가 떠있었다.

"아가씨, 책을 이 주머니에 넣으세요."

말을 하는 늑대가 입에 물고 있다가 바닥에 내려놓은 금빛이 도는 주머니는 아주 작았다. 이렇게 작은 주머니에 이 큰 책을 넣으라니. 나는 의아한 표정으로 주머니와 책을 번갈아 쳐다보았다.

"해보세요."

나는 주머니를 집어 입구를 벌렸다. 신기하게도 주머니의 입구가 책을 넣을 수 있을 만큼 커지더니, 책이 들어가고도 공간이 남을 정도로 주머니 밑 부분도 커져서 아주 부드럽게 책을 집어넣을 수 있었다. 주머니 안으로 책이 다 들어가자, 책을 넣은 주머니가 손안에 쏙 들어올 만큼 점점 작아지는 게 아닌가. 나는 감탄사를 연발하며 말을 하는 늑대를 쳐다보았다.

"와우, 이 주머니는 신기하네요!"

"절대로 그 주머니에서 책을 꺼내시면 안 됩니다. 그 책 때문에 안개군단이 우리를 찾아낼 거예요. 저들은 혈안이 되어 그 책을 찾고 있을 겁니다. 학자님께서 쉽게 알려주지는 않았을 것입니다만, 저들이 아가씨에게 나타난 것을 보면 분명 그 책의 비밀을 알게 된 것 같아요."

"왜 저들이 이 책을 찾으려는 거지요?"

"아가씨가 이 일을 완수할 수 없도록 막으려는 게 저들의 목적이니까요."

"나쁜 자들이군요. 학자님은 어떻게 되신 건가요? 약속한 날에 학자님의 오두막에 찾아갔었는데……."

"학자님은 일부러 안개군단을 찾아 가셨어요. 안개군단의 장군이라는 자가 학자님과 거래를 한 것입니다. 안개군단이 학자님을 유혹할 수 없다는 것을 알고 있었던 그 자는 학자님의 제안을 선뜻 받아들였지요. 처음에 그 자는 그 책이 문제를 해결할 열쇠라는 것을 알지 못했어요. 다만 학자님에게 열쇠가 있다는 것만 알고 있었지요. 학자님은 어떤 식으로든 책을 아가씨에게 전해주고, 기억을 되찾을 시간을 벌게 해주려 했던 겁니다. 학자님이 저들을 속일 수 있었던 시간 안에 아가씨가 기억을 되찾아 다행이지요."

"그래서 오두막을 일부러 그렇게 해놓으신 거군요. 이제야 다 이해가 돼요. 이 책이 단서일 거라고는 생각을 못했어요."

"어머니의 책을 잃으면 다 소용이 없는 일입니다. 희망의 샘까지 무사히 가져가셔야 해요."

말을 하는 늑대가 단호하게 말했고, 나는 책이 들어 있는 작은 주머니를 바지 주머니에 깊숙이 집어넣었다.

우리는 출발했고, 말을 하는 늑대를 제외한 나머지 늑대들은 모습을 감추어 내 눈에 띄지 않았다. 우리는 걷고 또 걸었다. 강렬하게 내리쬐는 태양을 피해 숲속으로 들어가는 바람에 걸음은 더디고, 더위에 벗은 코트를 안고 가는 것조차 힘겹게 느껴지지만 잠깐씩 멈추어 챙겨온 음식을 먹고, 휴식을 취할 때를 제외하고는 잠시도 멈출 수가 없다.

"그 옷을 잘 지니고 계시는 게 좋을 거예요. 여기에는 모든 계절이 다 있으니까요. 지금은 초여름 같군요. 하지만 언제까지 지속될지는 모르겠어요. 여기에서는 이렇게 좋은 날이 드물지요. 가을이 깊어지면 곧 겨울이 올 줄 아는 것은 자연의 이치를 경험으로 알고 있기 때문입니다. 가을이 깊어지면 길고 추운 겨울을 보낼 마음에 근심도 쌓여가겠지요. 하지만 오랜 겨울을 겪은 후에는 기다리기만 하면 됩니다. 동장군의 심술이 아무리 대단하다고 해도 기다리면 봄은 오니까 말이죠. 자연의 질서는 그렇게 정직하답니다. 하지만 이곳은 달라요. 이곳에서는 어디에서 시작하는지, 언제쯤 끝날 것인지 알 수 있는 계절이란 것이 없어요. 오직 존재하거나 사라지거나 하지요. 이곳에서 일어나는 모든 일은 누구도 이해하기 힘든 것뿐이에요."

"엄마가 보고 싶어요. 나를 낳아 준 엄마도 만나야겠지요. 별로 내키지는 않지만 나를 낳아 준 진짜 엄마니까. 무엇보다 나를 키워 준 엄마가 보고 싶어요. 제 마음에서는 그 분이 진짜 엄마세요. 엄마를 만나서 무슨 말을 먼저 하면 좋을지 모르겠어요. 그저 엄마와 잘 지내고 싶어요. 잘 지내보고 싶어요. 내가 엄마의 딸이어서 행복하고, 엄마는 나 같은 딸이 있어 행복하게 되었으면 좋겠어요. 그렇게 서로가 행복한 존재가 되어 함께 살아보고 싶어요. 불행했던 시간을 모두 보상받을 수 있을 만큼 행복해지고 싶어요."

"아가씨가 먼저 다가가세요. 엄마가 진실한 마음을 터놓을 수 있는 여지를 보여주세요. 그리고 엄마에 대한 진실한 믿음을 보여주세요. 그렇게 작은 것부터 하나씩 서로의 진실을 주고받다 보면 얼마나 서로를 사랑하는지도 알게 될 거예요. 진실한 마음을 보여주는 것이 언제나 중요하지요. 어떠한 폭풍우에도 강하게 버텨내는 뿌리 깊은 나무도 작은 해충에 의해 무너져 버린다는 것을 잊지 말아요. 작은 오해들이 쌓여 커다란 불신을 낳고, 용서하지 못하는 마음이 더해져 진정한 사랑을 갉아 먹고 무너지게 하니까요."

말을 하는 늑대가 말했다.

"그건 그래요. 엄마나 나나 서로를 정말 사랑하지 않는 것이 아니라 사랑을 표현하는 방법을 모르는 사람들이어서 그래요."

나는 환하게 웃었다. 엄마와 나에 대한 이야기를 하면서 이렇게 웃어본 적이 없었던 것 같다. 나는 지금까지 마음에 지고 있던 짐을 아주 조금은 내려놓은 것 같다. 그만큼 발걸음도 가벼워진 기분이다. 희망이라는 날개를 단 나는 힘차게 하늘을 날고 싶다.

내가 코트 주머니에 넣어 두었던 빵과 과일, 물은 이미 다 먹어버렸고, 억센 풀이 제멋대로 자라난 깊은 숲속을 걷느라 너무 지쳐서 이대로 주저앉고 싶은 간절한 내 마음을 아는지 말을 하는 늑대가 등에 올라타라고 자세를 낮추었다. 하지만 나는 고개를 흔들었다. 가져온 음식이라고 해봤자 얼마 되지도 않고, 물조차 넉넉하지 않았지만 말을 하는 늑대와 나누려고 했던 나의 호의를 그는 계속 거절했다. 아무리 강한 짐승이라도 야행성 동물인 늑대들이 이런 낮 시간동안 깨어있는 것도 어려운 일인데, 아무것도 먹지 않고 하루 종일을 버틴다는 것은 결코 쉬운 일이 아니라는 것을 알기 때문이다.

날이 어두워져서야 우리는 숲에서 빠져나왔다. 난 한발작도 더는 걸을 수 없을 지경이다. 배는 고파 속이 쓰려오고, 심한 갈증에 목이 타들어 가는 것 같다. 나는 자리에 풀썩 주저앉았다. 내게 어떤 의지와 희망이 있었던가. 내가 왜 여기에 있는지 목적의식을 잃어버린 사람처럼 지금은 그저 멍하기만 하다.

"하루 종일 고생했어요. 많이 힘들지요?"

나는 말을 하는 늑대를 바라보며 억지 미소를 지어보였다.

"그래도 일차 목적지까지는 온 셈입니다. 저기 아래 마을로 가서 쉴 곳을 찾아보세요, 아가씨. 이 숲은 아가씨가 지내기에 너무 거칠고, 마땅히 드실 음식도 없습니다. 게다가 곧 큰비가 쏟아질 것입니다. 이제 제 목에 걸린 이 주머니를 아가씨가 가지고 가세요."

늑대는 자신의 목에 걸려 있던 주머니를 흔들어대며 말했다. 나는 늑대의 목에서 주머니를 빼내어 열어보았다. 주머니 안에는 작은 피리 하나와 둥근 모양의 공 같은 구슬이 하나 들어 있고, 몇 개의 황금조각이 들어 있다.

"이것들은 뭐예요?"

"그 둥근 것은 나침반이에요. 정말 중요한 순간에, 반드시 필요한 순간에 길을 알려 줄 열쇠가 될 것이라고 학자님이 말씀하셨어요. 단, 세 번밖에는 사용이 안 됩니다. 신중하게 사용하셔야 합니다."

"이 구슬은 신기하네요. 이 안에 우주가 담겨 있는 것처럼 보이는 걸요. 너무 아름답네요. 세 번만 사용이 가능하다고요?"

"네, 아가씨. 그러니까 반드시 필요한 때에만 사용하세요. 그리고 피리는 저희가 필요할 때 부세요. 그 피리 소리는 안개군단의 영향력을 받는 자들에겐 끔찍하게 들릴 겁니다. 위급한 상황이 되면 힘껏 부세요. 저희가 바로 달려갈 것입니다. 금은 숙소와 음식을 사는 데 사용하시면 됩니다. 마을로 내려가시면 그냥 여행자라고 말하세요. 여기서는 낯선 사람들이 많이 오가는 길목이라 의심받지 않을 것입니다. 저희는 가까이에 있을 것입니다."

나는 코트 주머니에 구슬과 피리, 금 조각을 집어넣었다. 나는 학자가 이 모든 것을 준비하고 있었다는 것에 깊은 감동을 받았고, 나를 도와줄 늑대들을 훈련시켜 적절한 시기에 보내준 것에 감사한 마음이다. 늑대들이 아니었다면 기억을 되찾았다고 해도 할 수 있는 일이 아무것도 없었을 것이다. 목표가 없는 삶에는 방향도 없는 것처럼 어디로 가야 하는지, 무엇을 해야 하는지를 모른 채 무턱대고 앞만 보고 달릴 수는 없는 일이니까.

마을은 쥐 죽은 듯이 고요하다. 몇 가구가 되지 않는 집에서 그다지 밝다고 할 수 없는 불빛이 새어나오기는 하지만 도무지 사람이 살 것 같지 않은 스산한 정적 때문인지 막 떨어지기 시작한 빗방울이 나뭇가지를 때리는 소리가 마치 천둥소리처럼 크게 들린다. 여기저기 기웃거려 보지만 어디에도 잠자리를 얻고, 음식을 구할 수 있을 것 같은 집은 보이지 않는다.

나는 고대의 성처럼 보이는 건물 앞에 서 있다. 마을의 끝자락이랄 수 있는 이곳에 이처럼 크고 웅장해 보이기까지 하는 건축물이 있을 줄은 상상도 하지 못했다. 울창한 숲에 가려진 건물 자체에서 새어나오는 빛이 워낙 희미하기는 하지만 여기까지 오는 동안 이렇게 큰 건물을 보지 못했다니 믿기지가 않는다.

나는 건물 입구에서 길목호텔이라고 쓰여 진 간판을 확인했다. 호텔을 발견하다니 천만 다행이라는 생각이 들기도 하지만 거짓말처럼 내 눈 앞에 모습을 드러낸 건물이라 그런지 으스스한 기분이 드는 게 정말 들어가도 좋을지 모르겠다. 하지만 빗방울이 점점 굵어져 코트 안까지 스며들고 있는 이런 상황에서, 너무도 지쳐버린 마음과 몸으로 뭔가를 생각한다거나 제대로 된 판단을 하는 것 자체가 지금으로서는 불가능하다. 지금은 이곳이 괴물들의 소굴이라고 해도 들어가서 먹을 것과 잠자리를 얻고 싶은 심정이다.

"어서 오십시오, 손님. 무엇을 도와드릴까요?"

데스크의 두 남녀 직원이 동시에 인사를 건넸다.

"저는 이곳을 지나가는 여행객인데요. 음식과 잠자리가 필요해서요. 여기에 빈 방이 있습니까?"

"네, 있습니다. 저기 저 직원을 따라가시면 됩니다."

깔끔한 양복차림의 유니폼을 착용한 젊은 청년이 내 앞으로 오더니 상체를 구부려 인사를 건넸고, 자신을 따라오라고 앞장을 섰다.

"오랜만에 오셨습니다, 손님."

젊은 청년이 반가운 목소리로 말했다.

"네? 저는 이곳이 처음인데……."

나는 실수가 아닐까 싶어 입을 닫았다.

"아……."

젊은 청년의 표정에 당황한 기색이 역력하다.

"손님은 저희 호텔에 귀하신 단골손님이시기는 하지만……."

"단골손님이요? 지금 그 말씀은 제가 이곳에 전에도 왔었다는 말인가요?"

"제가 착각을 한 것 같습니다. 워낙 많은 사람들이 오가다 보니……."

젊은 청년이 난감한 표정으로 어색하게 웃었다.

"비가 쏟아지네요. 정말 큰 비가 오려나 봐요."

"그러게요. 벌써 옷이 흠뻑 젖었군요. 지금 세탁소에 맡기시면 내일 오후에는 찾으실 수 있을 겁니다. 고급스러워 보이는 코트인데 엉망이 되었군요. 제가 바로 처리를 해드리겠습니다."

"아니요, 괜찮아요. 곧 마르겠지요."

"손님이 오실 때는 곧잘 험악한 날씨를 동반하셨는데요. 오늘은 약한 편이지요."

"날씨를 동반해요?"

나는 놀라 물었다.

"아, 그건 이곳에 오시는 손님들마다 날씨를 동반해 오거든요. 거센 태풍에, 폭우에, 눈보라에……."

"사람이 어떻게 날씨를 동반하죠?"

나는 혼란스런 기분을 느끼며 작은 목소리로 말했다.

"그래도 이 호텔은 끄떡도 없으니 안심하셔도 됩니다. 이 건물은 그 어떤 재해에도 안전합지요."

젊은 청년은 동문서답을 하고 있지만, 난 따져 물을 기운이 없다. 어서 빨리 뭐라도 좀 먹고, 잠을 잤으면 좋겠다.

"이 호텔이 이렇게 한적한 때는 없었지요. 지금은 아가씨가 유일한 손님이시니 말입니다. 조만간 이 호텔도 문을 닫아야 할 지경입니다. 그래도 손님이 다시 오셨으니 희망이 생기네요. 다른 손님들도 곧 올 것 같아서요."

젊은 청년이 신나서 명랑한 음성으로 말했다. 승강기는 3층에 멈추었고, 나에게 배정된 객실은 막다른 복도 정면으로 문이 나있는데, 객실 안은 단정하고 차분한 분위기로 꾸며져 있어 마음을 편안하게 만들어주는 것 같다. 나는 객실 안으로 들어오자 곧바로 소파에 쓰러지듯 앉았다.

"저기, 음식을 주문할 수 있을까요? 뭐라도 좋으니……."

"많이 시장하신 모양입니다, 손님? 식당으로 가시는 게 번거로우시면 룸서비스를 이용하셔도 됩니다. 저기 탁자 위에 있는 메뉴판을 이용하시지요."

젊은 청년의 말이 떨어지기가 무섭게 재빨리 일어선 나는 혼자 먹기에는 과하다 싶을 만큼 여러 가지 음식을 주문했다.

"그 많은 것을 혼자 다 드십니까?"

젊은 청년은 눈을 크게 뜨고 나를 한 번 쳐다보더니 고개를 끄덕여 보이면서 회심의 미소를 짓는다.

"알겠습니다. 빨리 준비해 올리라고 특별히 당부하겠습니다."

내가 젊은 청년에게 금 조각 하나를 건네자, 그의 눈이 몇 배는 더 커진 것 같다. 그는 얼마나 좋은지 싱글벙글 웃으며 내게 윙크까지 건네고 객실을 나갔다.

눈꺼풀이 한 없이 무겁다. 그래도 음식을 기다리고 있는 동안에는 아무리 피곤해도 잠을 잘 수가 없을 것 같다. 나는 욕실로 간신히 발걸음을 옮겼다. 거울 속에 피곤과 먼지에 찌들고, 비까지 맞은 처량한 내가 우울한 표정으로 나를 쳐다보고 있다. 난 일단 따뜻한 물에 몸을 씻고, 축축한 느낌이 싫기는 하지만 내가 입고 온 옷을 도로 입었다. 바지 주머니에는 엄마의 책이 있고, 코트에는 나침반과 피리가 들어 있다. 어느 것 하나도 잃어버릴 수 없는 물건들이다. 만일의 사태에 대비해야만 한다.

거리를 헤매고 다닐 때마다 나는 늘 배가 고팠다. 제 때에 음식을 챙겨 먹고 다니지는 못했기 때문이다. 그렇게 허기 진 배를 문지르며 거리를 헤매다 집에 돌아가면 언제든 먹을 것이 있었다. 챙겨 먹지 않고 잠든 날이 많았지만 그래도 엄마가 내 식사를 꼭 챙겨 놓았다는 것을 잊은 적은 없었다. 언제든 그렇게 원하기만 하면 먹을 수 있는 음식이 준비되어 있었기에 배가 고팠어도 그렇게까지 절실하지 못했는지도 모른다. 음식을 얻기 위해 얼마만큼의 땀방울이 필요했는지를 알지 못했고, 내가 이만큼 성장하는 동안 엄마의 희생과 인내가 얼마나 필요했는지 알지 못했다. 엄마의 손길이 닿지 않았던 음식이 없었던 것처럼 나의 영혼의 양식도 엄마의 손길이 없이는 채워질 수 없었다. 나는 늘 만족하지 못하는 아이였지만 사람으로 이만큼 성장하기 위해서는 어느 한 순간도 엄마의 도움이 없이는 가능하지 않았다는 것을 이제야 알았다.

나에겐 아무것도 없다고 굳게 믿고 있었다. 하지만 배를 곯으면서 거리를 방황할 수 있었던 것도 어떤 모양으로라도 나를 반겨주는 부모가 있고, 지옥이라고 생각했던 곳이지만 돌아가 쉴 집이 있었기에 가능했던 것이 아니었을까. 나는 내가 얼마나 소중한 것을 가지고 있었던 사람인지를 이제야 알 것 같다. 물론 나는 그다지 행복하지 못했다. 지금도 같은 과거로 돌아간다면 여전히 불행할 것이고, 나는 여전히 곯은 배를 안고 거리를 배회하고 있을 지도 모를 일이다. 하지만 한 가지 달라진 것이 있다면 그런 현실을 바꾸기 위해 나도 노력이라는 것을 해볼 수 있다는 것을 알게 되었다는 것이다. 부모에게 모든 책임을 지우기만 할 것이 아니라 나도 뭔가 할 수 있는 일이 있다는 것을 알게 되었다. 그리고 정말 하고 싶은 일이 많아졌다. 이런 의욕이 생겨난 것이 놀랍고도 기쁘다. 어떤 어려움이 닥칠지라도 절대로 도망치지 않을 것이다. 나는 반드시 엄마를 구할 것이다.

내가 잠을 깬 것은 우박이 창문을 요란하게 두드리는 소리 때문이다. 시간은 알 수가 없지만 바깥은 칠흑 같은 어둠에 잠겨 있고, 돌덩이 같은 우박이 창문을 매섭게 내리치고 있다. 나는 창가로 다가가 창문을 열어 보려했다. 하지만 거센 바람의 저항 때문인지 창문을 여는 게 거의 불가능해 보인다.

늑대들이 걱정된다. 야생동물들이니까 아무리 험한 날씨라도 견딜 수 있는 나름의 방법을 알고는 있겠지만 저들이 들어 가 몸을 피할 굴을 발견하지 못했으면 어떻게 하나. 설사 굴을 발견한다고 해도 낯선 이방인을 위해 비어 있는 굴을 찾는다는 것은 결코 쉽지 않을 것이다. 나는 저들이 걱정되어 방안을 서성이다 복도로 나왔다.

"손님, 무슨 일이십니까?"

젊은 청년은 객실 앞에서 무엇을 하고 있었던 것일까. 나는 의심이 가득한 눈초리로 그를 노려보았다.

"어디로 가시려는 겁니까?"

"우박이 심해서요. 바깥에 친구들이 있어서……."

"친구들이요? 어떤……."

"그 친구들은……, 어쨌든 나가보려고요. 친구들을 만나야 할 것 같아요."

"지금 밖으로 나가시겠다고요? 정신이 멀쩡하다면 그런 짓을 할 사람은 절대 없을 것입니다. 저를 따라 오십시오."

"네?"

"사장님께서 손님을 식사에 초대하셨습니다. 그리 흔한 일은 아니지만 그렇다고 전혀 예외적인 일은 아니지요. 이곳은 이 길목을 지나는 손님들을 위해 존재하는 호텔이라 늘 단골손님으로 북적이는 곳이니까요. 그러다보니 가끔씩 사장님께서는 고객관리 차원에서 손님들을 초대하여 식사를 대접하시고는 하십니다."

"감사한 말씀이지만 다음 기회로 미루었으면 좋겠어요."

"저런, 어제 저녁에 너무 과한 식사를 하시는 것 같더니만. 그래도 사장님의 초대를 거절하시지 마십시오. 식사는 적당히 하시면 되십니다."

젊은 청년은 정색하며 말했다.

"저기, 아무래도 안 될 것 같아요. 저런 우박 속에서 지낼 친구들이 걱정도 되고요. 친구들을 만나야겠어요. 식사 초대는 감사했다고 전해주세요."

나는 젊은 청년 옆으로 살짝 비켜 나와 승강기가 있는 방향으로 걷기 시작했다. 이상하게도 점점 초조해지고 불안해지는 마음에 걸음이 빨라졌다. 이런 나를 막아 선 것은 젊은 청년이다.

"안 됩니다, 손님! 지금은 사장님과의 약속을 지키셔야 해요."

"전 약속을 한 적이 없어요!"

나는 젊은 청년의 태도에 당황하여 불쾌한 표정을 지으며 큰 소리로 말했다.

"제가 이 날씨를 몰고 왔다면서요? 제가 이곳에 머물면 이런 날씨가 계속 될 거잖아요? 그래서 저는 이만 떠나겠다는 거예요."

"그거는 그렇습니다만 사장님과의 저녁식사는 하시고 가시지요."

"저는 이 호텔의 손님이에요. 들어오고 싶을 때 들어오고, 나가고 싶을 때 나갈 수 있어요. 전 지금 뭘 먹고 싶은 생각이 전혀 없어요. 이런 식의 갑작스런 초대에 응할 마음은 더더욱 없고요."

내가 단호하게 말했다. 그럼에도 젊은 청년은 자리를 비켜주지 않는다. 나는 점차 커지는 불안감에 화까지 나서 젊은 청년을 노려보았다.

"이 호텔의 직원이라면서 이러시면 안 되지요. 매니저를 불러줘요."

나는 분노를 억누르며 냉정하게 말했다.

"죄송합니다만 사장님과의 식사 자리를 거절하시면 안 됩니다. 식사만 하시고 가세요. 저의 일자리를 생각해서라도 거절은 하지 마세요. 부탁입니다."

젊은 청년은 애처로운 표정을 지으며 자신의 목을 손으로 감쌌다. 나는 하는 수 없이 그를 따라 나섰다.

"이래도 되는 건가요? 사장님이라는 분 말입니다."

"그러게 말입니다. 저 같은 직원은 파리 목숨과 같지요. 그저 명하신대로 따를 밖에요. 감사합니다, 손님. 저를 구해주신 거예요."

젊은 청년이 비굴한 웃음을 흘리며 말했다. 나의 불안한 예감이 제발 맞지 않기를 바라면서 무거운 발걸음을 떼고 있는 지금, 난 나의 의지가 아닌 보이지 않는 쇠사슬에 온몸이 묶여 끌려가는 기분을 느끼고 있다.

"붙들려가는 기분이에요."

"그렇게 생각하지 마십시오, 손님. 사장님의 초대를 거절하실 이유가 없잖아요? 손님께서 오래된 단골이시니 그냥 식사를 한번 하시겠다는 것뿐인데요. 무엇을 그리 염려하십니까? 걱정은 내려놓으시고 편안히 즐기시면 됩니다."

젊은 청년이 대수롭지 않게 말했고, 나는 내가 지나치게 민감한 반응을 보이는 게 아닐까 생각한다. 양어머니와 어딜 가든 최고의 대우를 받았던 나이다. 그런 생활에 익숙해져 있는 나인데 굳이 호텔 사장의 식사 초대를 거절해서 초대한 사람의 마음을 상하게 할 필요는 없을 것 같다. 내가 지나치게 예민해져 있는 것을 부인할 수 없다.

"혹시 존재하지만 인식되지 않는 땅에 가본 적이 있어요?"

젊은 청년과 함께 걷는 동안, 나는 뭔가 알아낼 수 있는 것이 있을지 모른다는 생각에 질문을 던졌다.

"그 금지의 땅을요? 그곳에 가면 돌아올 수가 없다고 들었는데요. 그곳은 왜요?"

"그곳에 희망의 샘이 있다고 들었거든요."

"손님도 막연한 꿈을 좇는 분이셨습니까? 그 희망의 샘을 찾아 떠나는 사람이 많다고 들었습니다. 이 호텔 직원들 중에서도 몇 명은 떠나서 소식이 없지요. 이 호텔에 머문 손님들 중에 망각의 강을 건넌 사람들이 많이 있다고 듣기는 했습니다만."

"망각의 강이요?"

그 강에 대해서는 들은 바가 없다.

"금지의 땅으로 가려면 그 강을 건너야 하지요."

젊은 청년이 사무적으로 대답했다.

"강을 건너는 방법은 아세요?"

"그것까지는 모르지요. 단지 많은 사람들이 강을 건너다 수장되었거나, 강가에서 헤매다 어디론가 사라졌다는 말은 들었습니다. 금지의 땅으로 가서 되돌아 온 사람을 만난 적은 없어요. 다시 되돌아 올 때는 괴물이 되어 있다는 말을 들은 적이 있습니다만. 다들 헛된 꿈을 좇아 금지의 땅으로 들어가서는 죽기나 했겠지요. 괜히 금지의 땅은 아니지 않습니까?"

"그렇군요."

내가 중얼거리듯 말했다.

"거길 가시게요?"

젊은 청년의 물음에 나는 대답하지 않았다. 생각이 많다. 그러는 사이에 나는 호텔의 가장 꼭대기 층에 있는 넓은 홀로 들어섰다. 홀에는 값비싼 탁자들과 고급스런 의자가 질서 있게 놓여있고, 입구에는 큰 조각상이 버티고 있다. 사장인 것 같은 중년의 남자가 창가에 자리를 잡고 있다가 나를 보자 자리에서 일어났다.

청년이 안내하는 대로 사장 앞좌석에 자리를 잡은 나는 감정을 들키지 않기 위해 가장된 미소를 지어보였다.

"반갑습니다. 이렇게 초대에 응해 주셔서 감사합니다, 손님."

사장은 정중하고도 호감이 넘치는 목소리로 말했다. 나는 고개를 살짝 숙여 인사를 받았다.

"갑작스런 초대에 불쾌하셨습니까? 미리 알려드리지 못해 미안합니다."

"어쨌든 초대해 주셔서 감사합니다."

나는 예의를 갖추고 인사를 건넸다. 어차피 잘 훈련된 예절을 보이는 것뿐이다. 지금과 같은 상황에서는 양어머니 딸로서의 품위를 잃지 말아야 한다는 생각이다.

"무슨 일이 있으셨습니까? 안색이 편안해 보이지는 않는군요."

"좀 피곤해서요. 저렇게 심한 우박은 본 적이 없어요."

"그런데도 지금 밖으로 나가시려 하셨다고요? 너무 위험합니다. 길을 잃는 것은 당연한 일이고, 우박이 크고 단단해서 맞았다가는 크게 다칠 수 있어요."

"어떻게 사람이 날씨를 몰고 오는 거죠?"

"이곳은 그렇습니다. 이곳 대지의 여신이 이곳을 지나가는 모든 나그네에게 느끼는 감정이 남달라서라고 해두지요."

기분이 묘하다. 사장의 말이 옳다면 나에 대해 느끼는 엄마의 감정이 이렇게나 좋지 않다는 말이 아닌가.

"손님이 몰고 온 날씨가 험악해서 마음이 상하셨습니까?"

"좀 그러네요."

"더 험악한 날씨를 몰고 오는 사람도 있는걸요. 손님 정도면 괜찮습니다."

"더 험악한 날씨를 몰고 오는 사람도 있다고요?"

"그렇고말고요. 그건 그렇고, 존재하지만 인식되지 않는 땅을 찾아갈 생각이십니까?"

나는 놀란 눈으로 호텔 사장을 쳐다보았다. 복도를 걸으면서, 승강기 안에서 젊은 청년과 나눈 대화이다. 그런데 사장은 우리의 대화를 알고 있다. 호텔 안에 감시카메라까지는 그렇다고 쳐도 녹음까지 하고 있다니.

"이곳을 찾는 대부분의 고객들이 바로 그 금지의 땅을 찾아가는 이들이니까요. 그저 짐작을 해보았을 뿐입니다. 손님도 예외는 아니신 거지요?"

사장이 변명하듯 말했다.

"그곳은 왜 금지의 땅이 되었지요?"

"그거야 한 번 가면 되돌아오는 이가 없기 때문 아니겠습니까?"

"이 호텔에는 단골손님들도 있다고 하던데요. 그렇다면 단골손님 중에서는 금지의 땅으로 건너간 사람이 없다는 말인가요? 그리로 가면 되돌아 오는 이들이 없다고 하지 않았습니까?"

"같은 사람이지만 또한 같은 사람이 아니지요."

"그건 무슨 뜻이죠?"

나는 최대한 차분하게 목소리로 되물었다.

"그런 게 있습니다. 그건 그렇고, 자신이 없는 일에 자신의 모든 것을 거는 것은 참으로 어리석은 일인 것 같습니다. 자신이 해낼 것이라 믿지도 못하면서 말입니다."

"네?"

"손님처럼 어린 아가씨가 되돌아 올 수 없는 금지의 땅으로 가려하는 것은 바람직한 일이 아니라고 말하는 겁니다."

"왜죠?"

난 신경을 곤두세우고 날카로운 목소리로 물었다.

"너무 위험하니까요. 아가씨는 되돌아 갈 수 있는 기회가 있습니다. 그 기회를 제가 제시해 드리지요. 금지의 땅에 무사히 도착한다는 보장도 없지만 무사히 거기까지 간다고 해도 아가씨는 아무것도 할 수 없을 것입니다. 거긴 황무지일 뿐이니까요."

"가보셨나요? 그곳에 가서 되돌아 온 사람이 없다고 들었는데요."

나의 날카로운 질문에 사장의 표정이 굳어졌다. 나는 예리한 눈으로 그를 쏘아보았다.

"직접 가보지는 않았지만 분명히 알고는 있지요."

"가서 눈으로 본 적도 없는데 알고 있다는 게 말이 되나요?"

나는 금지의 땅으로 간 사람들이 되돌아 올 때는 괴물이 되어 있다고 한 젊은 청년의 말을 상기했다. 사장이 그곳에 가본 적이 없다면 분명 괴물에게서 그곳 사정을 전해 들었다는 말이고, 만일 그게 아니라면 내게 거짓말을 하고 있는 것이다.

"여긴 호텔입니다. 수도 없이 많은 사람들이 오가지요. 세상에 떠도는 이야기와 소문들이 이 호텔 안에 다 들어있다는 말입니다."

"단지 떠도는 이야기를 전해들은 것으로 확실히 안다고 말하시는 건……"

"맞습니다. 그렇지요. 선택한 표현에 허점이 많았네요. 예리하시군요. 어쨌든 금지의 땅이라 불리는 이유는 분명히 있습니다. 그곳에 희망의 샘이 있다고 소문을 낸 것은 장사꾼들이지요. 잇속을 챙기려는 자들에겐 환상보다 더 좋은 미끼가 없으니까요. 그것을 담보로 얻어낼 것이 많은 자들이 꾸며낸 이야기일 뿐입니다."

"그렇군요."

"포기하신 겁니까?"

"그건 제가 알아서 할 문제인 것 같아요. 훌륭한 식사, 감사합니다."

"강을 건너다가 대부분이 강물에 수장된다는 것을 아십니까?"

"수장이요?"

"금지의 땅으로 가는 배는 오직 하나 뿐이고, 뱃사공도 하나지요. 그는 선택을 합니다. 강물에 수장시킬 사람과 금지의 땅으로 데려갈 사람을."

"뱃사공은 어떻게 사람을 고르지요? 그 사람에게 선택권이 있다면 기준도 있을 것 같은데요."

나는 촉각을 세우고 사장을 쳐다보았다.

"그것은 그의 선택이지요. 누구도 알 수 없는 일입니다. 그가 누구를 버리고, 누구를 데려갈지는 뱃사공만 압니다. 뱃사공은 듣지도 보지도 못하지요. 배에 타지 않고서는 결말을 알 수도 없고, 한 번 배에 타면 어느 누구도 자신을 스스로 구할 방법이 없어요. 여기서 포기하고 돌아가시는 게 좋을 겁니다."

"강을 건널 다른 방법은 없나요?"

나는 포기하지 않고 말했다. 사장의 눈빛이 매섭게 번뜩였다.

"죽어도 좋다는 말이군요."

사장이 위협적인 목소리로 말했고, 나는 순간 움찔했다.

"충고는 잘 들었습니다. 이제 실례를 해야겠군요. 저는 갈 길이 멀고, 친구들도 만나야 해서요. 이만 가봐야 할 것 같습니다."

나는 자리에서 일어서며 차분한 목소리로 말했다. 어서 이곳을 벗어나는 게 좋겠다는 느낌이 든다. 어서 빨리 떠나야 한다는 아주 강한 느낌이 든다.

"제 노래를 한 번 들어보시겠습니까?"

"그건 나중에 듣겠습니다. 이만 가볼게요."

사장이 자리에서 일어났고, 나의 거절 의사에도 불구하고 젊은 청년이 다가와 자리에 앉도록 의자를 밀어주었다. 나는 다시 자리에 앉을 수밖에 없었다. 무섭다. 내 스스로의 의지로는 이곳을 빠져나가지 못할 것 같은 불길한 예감이 점점 강해지고 있다.

사장은 그랜드 피아노 앞에 앉더니 스스로 반주를 시작했고, 구슬픈 피아노 선율이 커다란 홀을 처량하게 울리기 시작했다.

무엇인가를 잃어버린 자들이 찾아가는 금지의 땅
사랑하는 이를 찾아서
현실에서는 찾지 못한 꿈을 좇아서
너도 가고 나도 가려는 땅
하지만 가서 돌아오는 이는 없네.
사람의 마음을 미혹케 하는 그 침묵의 땅에서
허무 밖에 없는 줄 모르고 너도 가고, 나도 가려 망각의 강을 건너가네.
가서 돌아오지 못하는 것은 그대의 미망인가
아직도 그대를 기다리고 있는 나의 미망인가
이 땅의 여신이 그대들을 그곳으로 보내고 영영 잊어버린 채 버려두는 줄도 모르고
사랑하는 이를 찾아서
현실에서는 찾지 못한 꿈을 좇아서
너도 가고 나도 가려는 금지의 땅

사장은 노래를 시작했고, 가사가 참으로 처량하게 들린다. 그런데 이상하게도 그 노랫소리를 들으니 스르르 졸음이 몰려오기 시작한다. 뭐라 형용하기 힘든 나른한 피로감이 몰려들면서 주체할 수 없이 졸음이 쏟아진다. 나는 눈을 감지 않으려고 안간힘을 쏟고 있지만, 도저히 몰려드는 졸음을 감당할 수가 없다. 너무도 무력해지는 기분이다.

나는 졸지 않으려고 애를 쓰면서 주머니에 손을 넣었다. 늑대가 준 피리가 손에 닿는다. 고개가 땅으로 곤두박질치려하는 순간, 나는 힘겹게 주머니에서 피리를 꺼내들었다. 그리고 간신히 입으로 가져간 피리를 남아 있는 힘을 다해 불었다. 그러자 사장이 부르는 노랫소리가 끊어졌고, 순식

간에 나의 정신이 돌아왔다.

갑자기 젊은 청년이 달려들어 나의 손에서 피리를 낚아채려 하는 순간, 어딘가에서 나타난 것인지 알 수 없는 수많은 호텔 직원들이 귀를 틀어막으면서도 나를 향해 달려들고 있는 게 아닌가. 나는 안개군단의 지배를 받는 사람들이 피리소리에 괴로워할 것이라는 늑대의 말을 떠올렸다. 이 호텔의 모든 자들이 안개군단의 지시를 받고 있다는 반증이다. 나는 의자에서 일어나 승강기를 향해 뛰어가면서도 피리를 계속 불고 있다. 사람들은 피리소리에 괴로워 주춤거리면서도 계속 나를 향해 달려오고 있고, 재빨리 승강기 앞에까지 이른 나는 재빨리 승강기의 버튼을 눌렀지만 4대의 승강기가 모두 다른 층에 머물고 있다는 것을 확인하고 있을 뿐이다. 나는 멈추지 않고 피리를 계속 불어대지만, 괴로워 몸을 비틀거리면서도 달려드는 사람들과 나의 간격은 점점 좁혀지고 있다. 곧 저들이 나를 덮칠 것이다. 이대로 승강기를 기다리고 있을 시간이 없다.

나는 재빨리 비상구의 문을 열고 계단으로 뛰어 내려가기 시작했다. 곧 사람들도 계단으로 나를 좇아 내려오기 시작했고, 몇 층인지 확인도 못했는데 아래층으로부터 다른 사람들이 몰려오는 소리가 들리기 시작했다. 내가 계단을 뛰어 내려가는 동안에 피리를 제대로 불수가 없어서 그런지 저들의 행동이 굉장히 빨라졌고, 나는 이제 곧 저들의 손에 잡힐 것 같은 급박한 상황으로 내몰렸다. 숨이 차서 폐가 찢어질 것처럼 아프고, 내 눈앞에 계단이 조각조각 분리되는가 싶더니 소용돌이가 되어 빙빙 돌아 거리 감각을 전혀 느낄 수가 없다. 위에서, 아래에서 압박해 오는 사람들을 피할 길은 어디에도 없어 보인다. 나는 층간 사이에 있는 벽으로 몸을 날려 일단은 멈추었고, 곧 끊어질 것 같은 숨을 끌어 모아 있는 힘껏 피리를 불었다.

몸을 날릴 때 언뜻 본 벽면에 3층이라는 표식이 있었던 것 같다. 난 일단 비상계단에서 복도로 뛰어 나왔고, 막다른 곳에 있는 나의 객실을 향해 사력을 다해 뛰었다. 다행히 방문이 조금 열려 있어 재빨리 객실 안으로 뛰어들어 문을 닫았다. 하지만 내가 머물던 객실은 아니다. 난 사장을 만나러 가면서 코트를 입고 가길 정말 잘했다는 생각을 순간했다. 내가 들어온 이 객실이 몇 층에 있는 것인지는 모르겠지만 나는 의자를 하나 집어 들어 창문을 내리치기 시작했다. 사람들이 객실 문을 부러뜨리는 소리가 뒷전에서 들리고, 창문의 유리는 어찌나 단단한지 금조차 가지 않는다. 그래도 난 포기할 수 없다. 무슨 일이 있어도 이 창문을 깨어야 한다는 생각뿐이다.

창문은 아직도 깨어질 기미가 보이지 않는데, 의자의 다리가 두 동강으로 부러졌다. 나는 다른 의자를 집어 들고 계속 같은 위치의 유리창을 내리쳤다. 드디어 조금씩 금이 가기 시작했지만 동시에 객실 문이 뜯겨져 바닥에 내동댕이쳐졌고, 사람들이 거의 나를 잡을 수 있는 위치에까지 다다랐다. 나는 마지막 사력을 다해 피리를 불면서 힘껏 의자로 창문을 내리쳤다. 깨진 유리 파편들이 거센 바람에 객실 안으로 밀려들었고, 나는 유리조각과 함께 창문으로 뛰어내렸다. 엄마의 얼굴이 떠오른다. 이대로 죽을 것이다. 하지만 이 죽음을 후회하지는 않을 것이다. 엄마를 구하지 못했지만 난 최선을 다했다.

나는 물컹하고 푹신한 느낌을 주는 물체 위로 떨어졌다. 죽을 수도 있을 거라는 생각과는 달리 아픈 곳이 하나 없다.

"아가씨, 괜찮아요? 다친 곳은 없나요?"

말을 하는 늑대의 목소리다. 늑대들이 누워 나를 받아 낸 것이다.

"전 괜찮아요. 모두들 고마워요."

살아 있어 지금처럼 기쁜 적은 없었던 것 같다. 아직 내게 엄마를 구할 기회가 남아 있다는 사실이 지금처럼 가슴 벅찬 감동으로 다가온 적은 없었던 것 같다.

"저를 붙잡으십시오. 어서 빨리 마을을 벗어나야겠어요."

나는 자세를 바로잡고 말을 하는 늑대의 목을 최대한 끌어안았다. 난 내가 뛰어내린 창가에 몰려 있는 사람들을 올려다보았다. 저들은 여전히 아우성을 치며 나를 놓친 것을 안타까워하고 있다. 말을 하는 늑대는 달리기 시작했고, 눈을 뜰 수 없을 정도로 거세게 몰아치는 우박이 섞인 눈보라 때문에 나는 최대한 상체를 굽혔다. 우박이 머리로, 어깨로, 다리로 부딪쳐 올 때마다 얼마나 아픈지 눈물이 날 지경이다.

얼마만큼을 달려왔을까. 말을 하는 늑대가 속도를 조금씩 늦추더니 완전히 멈추어 섰고, 나는 눈을 뜨고 고개를 들어 눈앞에 펼쳐진 잔잔한 물결의 아름다운 강을 바라보고 있다. 인상적인 고요함과 그 크기의 거대함이 나를 압도한다.

"이젠 됐어요. 마을을 완전히 벗어났어요, 아가씨."

나는 미끄러지듯 말을 하는 늑대의 등에서 내려왔다.

"여기가 망각의 강인가요?"

"네, 이곳이 망각의 강이에요. 이 강을 건너지 않고는 존재하지만 인식되지 않는 공간으로 갈 수가 없어요. 이 강은 아주 위험하답니다. 많은 이들이 여기에서 사라졌어요. 보이는 것만이 진실은 아닙니다. 저기 보이는 잔잔한 물결이 그 안에 숨겨진 불행의 덫을 교묘히 감추고 있으니까요. 우리는 어떻게든 이 강을 건너야 하지만 참으로 두려운 일입니다."

"호텔 사장에게 이 강에 대해 들었어요. 슬프게도 호텔 사람들 모두가 안개군단의 지배를 받게 된 것 같아요."

"사람들이 처음부터 저렇지는 않았을 겁니다. 어떤 형태로든 안개군단의 압력이나 유혹을 받았겠지요. 사람들의 욕망이나 꿈을 미끼로 삼아 저들과 거래를 했을 겁니다. 뿌리치기 힘든 유혹이지요."

말을 하는 늑대가 가늘게 한숨을 쉬었다.

"저는 저들의 유혹으로부터 안전하다고 했죠?"

"아가씨는 이곳에 속한 존재가 아니니까요. 하지만 그렇다고 안전한 것은 아닙니다. 아가씨는 자신 안에 자신을 경계하지 않으면 길을 잃기가 쉬울 것입니다."

"내 안에 나를 경계해요?"

"그렇습니다. 아가씨의 마음에 모든 해결책이 있는 것처럼 그 마음 때문에 길을 잃을 수도 있다고 학자님이 말씀하셨어요."

"아직은 잘 모르겠어요. 하지만 제가 무엇을 바라는지 지금처럼 확실하게 알고 있었던 적은 없었던 것 같아요. 이처럼 소망으로 마음이 가득 찬 때도 없었죠."

"그 소망이 안내하는 길을 따라가세요. 그러나 목적지로 가는 길과 흡사하거나, 더 좋아 보이기까지 하는 샛길이 많다는 걸 잊지 마십시오."

"그런가요? 무엇인가를 늘 소망해 왔지만 그 소망을 이루기 위해 어떤 노력을 기울여야 하는지를 진지하게 생각해 본 적이 없었던 것 같아요. 최선을 다해 노력하기보다는 체념하고 포기하는 게 더 쉬웠거든요. 아니, 저는 그럴 수밖에 없는 사람이라고 생각했을 거예요. 아무리 바라는 것이 있어도 가질 수 없는 사람, 자격도 없고 운도 없는 사람이라고 생각했어요. 그런 생각이 들면 세상이 원망스럽고 화가 났어요. 나에겐 없는 것을 가진 사람들에 대해 시기하고, 내 처지에 분노하고……."

"부러운 마음이 질시하는 마음으로 성장하고, 질시하는 마음에서 분노가 생겨나는 법이니까요. 사람들은 이상해요. 다른 누군가와 비교해서 얻는 만족을 행복이라 착각하고, 누군가와 비교해서 자신에게 부족한 것에는 화를 내니 말입니다."

"그러게요. 사람은 참 이상해요. 그런데 제 마음도 제 마음대로 잘 안 되는 걸요."

나는 웃었다.

"학자님 말씀이 사람은 그래서 사는 거라고 하셨어요."

"그래서 살아요?"

"네, 맞아요. 자신이 가진 약점과 단점을 극복하여 더 나은 존재로 발전해 가기 위해서 사는 거라고 하셨어요."

"정말 그럴지도 모르겠어요. 저도 제가 변화되고 있는 것을 느끼고 있는 걸요. 올바른 생각을 하려고 노력하고, 하나씩 어려움을 극복해낼 때마다 마음의 키가 자라는 기분이에요. 살면서 지금처럼 제 자신을 좋아했던 적이 없어요. 제 자신이 점점 더 좋아지고 있는 이런 느낌이 참 행복해요."

"아가씨가 올바른 길을 걸으면서 얻을 수 있는 축복일 겁니다."

"네, 맞아요. 고마워요. 제 이야기를 들어주고, 이렇게 많은 것을 깨닫게 해줘서."

내가 진심을 담아 말했고, 말을 하는 늑대는 조용히 미소를 지었다.

"강을 건너는 방법이 배를 타는 것뿐이라고 했어요. 호텔 사장이요. 그런데 뱃사공이 선택을 한다고 해요. 강물에 빠뜨려 죽게도 한다고."

"그의 말이 맞아요. 배를 타는 것이 가장 안전하지만 뱃사공의 선택을 받지 못한다면 강물에 던져질 겁니다."

"어떻게 하죠? 뱃사공이 어떤 선택을 할지 모르잖아요?"

나의 마음이 다시금 불안감으로 흔들린다. 난 호텔 사장의 이야기가 틀리길 내심 바라고 있었다.

"한 가지 방법이 더 있습니다. 최대한 상류로 올라가서 강폭이 좁고, 깊이도 얕은 곳을 찾아 저와 제 동료들이 다리가 되어 주는 것이지요. 학자님은 그렇게 하는 게 더 나은 방법이라고 말씀하셨어요. 하지만 신중히 주의를 기울이지 않으면 그 방법이 더 위험해질 수 있다고도 하셨어요."

"주의요?"

"네, 그건 도착해서 말씀드릴게요."

"주의를 기울이면 되지요. 어쨌든 학자님 말씀처럼 하는 게 좋겠어요. 그 누군가의 선택에 맡겨야 한다는 것은 좋은 방법이 아니니까요."

나는 희망에 부풀어 말했다.

"상류로 올라가는 길이 험한가요?"

"저희도 모릅니다. 가보지 않았으니까요."

"우리는 지금까지처럼 잘 해낼 거예요. 어떤 위험이 닥치든 이겨낼 거예요."

나는 자신감 넘치는 목소리로 말했다. 그 누군가의 선택에 의지하지 않고도 강을 건널 수 있는데 어떤 일이든 못해낼까 싶다. 학자님이 말씀하신 주의사항이 무엇인지는 몰라도 난 지금까지처럼 잘 해낼 자신이 있다.

잘 해낼 것이다.

"동료들이 찾아 낸 동굴로 가서 오늘 밤을 지내야겠습니다."

나는 늑대들을 따라 절벽 아래 동굴 속으로 들어가고 있다. 운전사와 함께 했던 저택의 비밀통로가 생각나면서 동굴 속으로 들어가는 게 그다지 기분이 좋은 일은 아니지만 늑대들과 함께여서 안심이 된다. 이들에 대한 신뢰가 없었다면 미지의 두려움을 품고 있는 동굴 속으로 들어오는 게 많이 꺼려졌을 것이다.

마을 사람들이 모두 사라지고 난 이후의 시간은 단지 며칠에 불과했지만 영원처럼 길고 끔찍하게도 두려운 나날이었다. 난 그 때 처음으로 영원의 의미와 가족과 친구, 그리고 동료들의 의미를 진지하게 생각해 본 것 같다. 영원히 혼자서 존재해야 한다면 결코 나는 살아 있다는 사실을 감당할 수 없을 것이다. 사람들과 더불어 살 때의 나는 가장 솔직하고 진실한 나와 접촉하는 게 쉽지 않았다. 그래서 내가 함께하는 사람들과 나눠가진 나의 소중한 부분들을 잃어버리며 산다고 생각했던 것 같다. 하지만 소중한 진실은 나눌수록 가치가 더해지며, 사랑은 더할수록 커진다는 것을 깨닫게 되었다. 그것들은 소모되는 것이 아니라 내게서 빠져나가는 순간부터 그것들을 담아두었던 내 마음의 그릇이 더욱 커져서 다른 누군가의 진실한 사랑이 내게로 되돌아 올 때에는 더 많은 것을 담아낼 수 있게 되는 것이다.

더불어 산다는 것은 나의 일부분을 그 누군가에게 의지하고, 그 누군가의 일부분을 내가 지고 가는 것이 아닐까. 그렇게 나눈 일부분들이 섞어 조화로운 소리를 낼 때, 세상은 비로소 아름다울 수 있는 게 아닐까. 내가 부모와 함께 살면서 행복할 수 없었던 이유는 내가 겪는 고통만 알아달라고 투정을 부리면서 부모님이 지고 가는 고통을 알아주려고도, 나누어지고 가려고도 하지 않았기 때문이다. 사랑하는 사람들과 나눠 가지지 못한 것마저 혼자서 감당해야 할 때, 그것은 너무도 버거운 짐이 될 수밖에 없는 것이니까. 내가 사랑하는 사람들이 불행하면 나도 불행할 수밖에 없는 것이니까. 내가 어리다고 할 수 없는 일이 아니었고, 부모님이 부모라서 그 짐을 다 져야하는 것도 아니었다. 가족이, 친구가, 나와 같은 길을 동행해주는 동료들이 내 곁을 지켜주는 내 소중한 사람인 것처럼 나도 저들을 지켜주는 소중한 사람이 되어야 하는 이유를 이제는 알 것 같다.

"조금만 더 가면 돼요. 많이 힘들지요?"

말을 하는 늑대가 부드러운 목소리로 말했다.

"당신들이 함께 해주어서 얼마나 고마운지 몰라요."

나는 얼굴 가득 미소를 지으며 진심으로 말했다.

안쪽으로 어느 정도 들어가자 작은 평지가 나타났다. 그다지 크지는 않지만 사방이 절벽에 둘러싸여 아늑한 느낌이 들고, 평지 중앙에 모닥불이 피워져 있는 것을 보니 마음이 편안해지고 풍요로워진 기분이다.

"불이 피워져 있네요!"

나는 불가로 달려가 두 손을 내밀었다. 손바닥으로 전달된 훈훈한 온기에 마음까지 녹는 기분이다.

"동료들이 피워놓았군요."

"늑대들은 불을 무서워하지 않나요?"

"무서워하지요. 하지만 아가씨를 위해 이렇게 한 것입니다. 걱정하지 마세요. 저희는 학자님으로부터 여러 가지로 훈련을 받았어요."

"그렇군요. 그런데 다들 어디로 간 거죠?"

"불을 좋아하기는 힘드니까요."

"그렇군요. 다들 너무 고마워요. 혼자서는 절대로 여기까지 오지도 못했을 거예요. 저 혼자서는 할 수 없는 일이에요."

"희망의 샘에는 아가씨 혼자 가시게 될지도 모릅니다. 저희의 임무가 어디까지인지는 모르지만 저희가 거기까지 갈 수는 없을 것 같습니다. 아가씨가 혼자 남게 되시더라도 용기를 잃지 마십시오. 희망의 샘에 이르면 책에 제대로 된 글귀를 써넣어야 이 여정은 끝이 날 것입니다. 그 글귀는 아가씨의 마음 안에 답이 있습니다. 자신의 마음을 믿으셔야 합니다. 그 진실한 마음이 답이니까요. 하지만 희망의 샘에 이르기 전에 마지막 시험이 있다고 학자님이 말씀하셨어요. 그 시험을 통과하는 것이 쉽지 않을 거라고……."

"시험이요?"

나는 갑자기 위축된 기분이다. 희망의 샘을 찾는 일도 성공할 수 있을지 모르고, 글귀의 답을 찾는 것도 아직은 막연하기만 하다. 아직은 엄마의 책에 내가 무슨 글을 써 넣어야 할지 전혀 모르겠다. 그런데 마지막 시험이 또 있다니.

"네, 그 시험은 아가씨의 선택과 관련이 있다고 하셨어요."

"선택과……."

점점 더 애매해진다.

"그렇습니다. 아가씨의 선택이요."

"점점 모르겠어요."

"학자님도 그 시험이 정확히 어떤 것인지는 모른다고 하셨습니다."

"학자님도 모르신다면 그걸 누구에게 물어봐야 하지요?"

난 한숨을 쉬었다.

"어떤 형태의 시험인지가 중요한 것은 아닙니다. 모든 시험의 답은 스스로 구할 수 있으니까요. 답을 스스로 구할 수 없는 시험은 주어지지 않는 게 인생입니다."

"정말로 그렇게 믿으세요? 답을 스스로 구할 수 없는 시험은 주어지지 않는다고?"

"학자님의 지혜로운 가르침이시니 저는 믿습니다."

나는 말을 하는 늑대를 멍하니 쳐다보았다. 짐승인 늑대가 처음으로 부럽다는 생각이 든다. 자신을 가르친 학자의 말에 늑대가 지닌 믿음이 순수하고 굳건한 것이 부럽기만 하다. 나는 부모의 가르침에 늘 의심과 불신으로 답했다. 엄마가 나를 위해서라고 말하면서 내게 요구한 것들에 늘 불평했다. 나는 그것이 나를 위해서라고 믿지 못했던 때도 있지만, 단지 반항을 위한 반항을 할 때가 더 많았다. 불만을 표현하는 방법으로 선택된 수많은 어긋남이었다. 그리고 내 마음껏 이기적이고 싶은, 그래서 뭐든 내 뜻대로 하고 싶은 고집스러움도 있었다. 가장 큰 문제는 서로의 마음을 터놓고 대화를 할 수 있는 기회조차 거부했던 나의 어리석음이다.

"우십니까? 무서우세요?"

말을 하는 늑대가 근심어린 눈빛으로 나를 쳐다본다.

"모르겠어요. 지금 제 마음은……."

"아가씨는 잘 해내실 것입니다. 아가씨를 모시고 오는 동안에 저는 아가씨가 잘 해내실 것이라는 확신이 들었어요. 아가씨는 노력하시잖아요? 경험을 통해 배우고, 깨달음을 얻기 위해 생각하고, 스스로를 반성할 줄 아시고, 더 나은 사람이 되려고 결심하시죠. 아가씨가 얼마나 연약하고,

겁이 많고, 쉽게 절망하는 사람인지가 중요한 게 아니라 노력하기를 멈추지 않는 사람이라는 게 중요한 거예요. 사람은 그렇게 자신의 마음을 설계하는 법을 배워야 합니다."

"마음을 설계해요?"

"그렇습니다. 마음을 설계하는 것은 마음에 드는 옷을 만들어 입고, 거하고 싶은 집을 짓는 것과 다를 게 없지요. 마음을 어떻게 설계하느냐에 따라 최고의 아름다운 작품이 되기도 하고, 추하고 형편없는 작품이 되기도 하지요. 우주는 아가씨에게 기회를 주었습니다. 그 기회로 스스로를 어떤 작품으로 만들지는 아가씨의 몫입니다."

"재미있는 말이네요."

"이 우주는 최고의 장소에 최고의 아름다운 작품을 두고 싶어 합니다."

"이 우주도 제가 사는 세상처럼 아름다운 곳과 아름답지 못한 곳이 있다는 말인가요?"

"그렇습니다."

"정말 그렇다면 모든 사람들이 당연히 아름다운 곳에 살고 싶겠지요."

"아가씨도 그렇지요?"

"그럼요. 저도 당연히 그렇지요."

나는 웃었다. 늑대의 이야기가 인상적이다.

"아가씨 마음으로 좋은 길을 내십시오. 그리고 그 길을 따라 흔들리지 말고 걸어가시면 됩니다. 이 여정의 답은 바로 아가씨가 내는 마음의 길 위에 있으니까요. 눈에 보이는 것으로가 아닌 마음으로 답을 구하셔야 합니다."

"네, 그렇게 노력할게요."

나는 말을 하는 늑대의 말을 모두 이해한 것은 아니지만 고개를 끄덕였다.

"제가 어떤 숙녀를 구하기 위해 무서운 남자에게 대들었어요. 겁이 나서 죽을 지경이었지만 전 당당히 소리쳤죠. 그 여자를 구하려고요. 그런데 기억을 되찾고 보니 과거의 저는 비슷한 상황에서 도망을 쳤던 거예요. 제가 살던 곳에서요."

"그랬나요?"

"네, 그랬어요. 나라는 사람은 똑같은데 제가 선택한 행동은 완전히 달랐지요."

"인생의 가장 위대한 스승은 경험이라고 학자님이 말씀하셨어요. 아가씨의 본질은 정의에 대한 강한 책임감을 지니고 계신 거예요. 제가 아가씨는 용감한 분이라고 말했잖아요? 하지만 아가씨의 본심이 그렇다 할지라도 과거를 기억하고 있었다면 그런 용기를 내는 게 더 어려웠을 겁니다. 실패의 기억은 커다란 걸림돌이 되기도 하니까요. 사람이 일생을 사는 동안 수많은 경험이 쌓여갈 것이고, 성공보다는 실패가 많은 인생이라면 그만큼 수많은 실패의 기억들과 싸워야 한다는 말이지요. 그럴 때 포기가 아닌 겸손과 인내와 의지를 선택한 사람은 인생의 참된 진리에 가까이 다가서게 되고, 지혜를 얻게 될 것입니다."

"실패의 기억과 싸워요?"

"그렇습니다, 아가씨. 아가씨는 아가씨의 경험을 통해 쌓여가는 실패의 기억들과 싸워야 합니다. 그래서 세상에서 가장 이기기 어려운 사람이 바로 자신인 것입니다. 자신을 이기는 사람에게 세상은 그다지 큰 문제도 아닌 것이지요."

"참 어려운 문제네요. 하지만 이해가 되기도 해요. 요즘처럼 많은 후회를 해본 적이 없거든요. 전 그 후회의 감정을 극복하는 게 불가능하다는 생각이 들어요. 모든 것을 되돌려 놓을 수 없다면 어떻게 자신을 탓하지 않을 수 있겠어요?"

나는 나의 태생이 추하다는 생각을 버릴 수도, 엄마에게 그렇게 나쁜 딸이었다는 사실도 감출 수가 없다. 내가 어찌해 볼 수 없었던 일마저도 내 책임으로 밖에 돌릴 수 없고, 내가 말하고 행한 수많은 나쁜 일들을 잊을 수도 없다.

"아가씨가 이겨내야 할 과제가 많지요? 하나씩 해결해 나가요. 서두르지도 말고, 조급해하지도 마세요. 때로는 시간이 많은 것을 해결해주기도 하니까요."

"그럴까요? 그랬으면 좋겠어요."

내가 작은 목소리로 중얼거렸다.

"이제 주무세요. 힘든 하루였을 텐데……."

말을 하는 늑대는 내 등 뒤에 엎드렸다. 그리고 이내 잠이든 것 같다. 말을 하는 늑대의 체온이 모닥불이 닿지 않는 바깥의 냉기를 차단해 주어 따뜻하고 아늑한 잠자리가 만들어졌다. 나는 늑대의 옆구리에 기대어 반쯤 앉은 자세로 불꽃을 바라보고 있다. 피곤하지만 잠은 오지 않는다. 많은 생각이 내 마음을 가득 채우고 있다.

나는 바지 주머니에 넣어 두었던 책이든 주머니를 꺼내 이리저리 흔들어본다. 그 큰 책이 손바닥에 쏙 들어 올 정도로 작아지다니 놀랍기만 하다. 모닥불 불꽃에 흔들거리는 작은 주머니가 현란한 그림을 그리고 있다.

나는 주머니 속에서 책을 끄집어냈다. 세상 밖으로 얼굴을 내미는 책은 조금씩 본래의 크기로 되살아나고 있고, 나는 감탄의 눈길로 책이 제 크기를 찾아가는 모습을 바라보고 있다.

나는 책을 가슴에 끌어안았다. 엄마의 체온이 느껴지는 것만 같다. 엄마의 존재가, 엄마의 사랑이 이렇게나 따뜻하고 정겨운 것인지 모르고 살았던 지난 세월이 안타깝다. 마음이 원하는 대로 나는 행복한 미래를 설계해 본다. 내가 마음으로 설계한 미래의 나는 행복한 웃음으로 가득한 내 가족의 일부분이 되어 있다.

16

정말 개운하게 잘 잤다. 기분이 날아갈 듯 상쾌하고 몸도 가볍다. 그런데 모닥불이 꺼졌는지 동굴 안이 몹시 어둡다. 나는 늑대의 몸을 더듬는다. 그런데 털의 감촉을 느낄 수가 없다. 이건 너무도 부드러운 천의 감촉이다. 바닥도 차가운 땅바닥이 아니다. 적당한 탄력의 침대가 분명하다. 게다가 아주 익숙한 향기가 난다. 햇살에 잘 말린 이부자리에서 나는 향긋한 냄새이다. 나는 이 냄새를 무척 좋아했다. 그래서 내가 사용하는 침구에서는 늘 이 냄새가 났다. 어떻게 된 것일까.

갑자기 한낮의 햇살이 강렬하게 쏟아져 들어온다. 순간적으로 하얀 백색의 공간 위에 둥실 떠 있는 기분에 아찔한 현기증이 난다.

“일어나셨습니까? 좋은 아침이에요.”

햇살을 등에 지고 선 여자는 귀에 익은 목소리로 상냥하게 말했다. 처음에는 형체만 보이던 그녀의 모습을 난 알아차렸다.

"당신은……."

"방금 구운 신선한 빵과 스프를 가지고 왔답니다. 오늘은 사모님께서 특별히 제게 이 일을 맡기셨어요."

양어머니의 집에서 일하던 가정부는 익숙한 태도로 아침 식사를 테이블 위에 올려놓으며 말했다. 나는 넋을 잃고 가정부의 행동을 쫓다가 방안을 둘러보았다. 나의 방이다. 방안 구조가 좀 달라진 것을 제외하면 변한 것이 없다.

"내가 어떻게 여기에……."

"무슨 말씀이세요, 아가씨? 한 시간 후에 사모님과 외출을 하실 거예요. 오늘은 늦잠을 자도록 두라고 사모님이 말씀하셨지만 벌써 정오가 다 되어간 답니다. 어서 아침을 드시고 외출준비를 하시는 게 좋겠어요."

"난 어제 동굴에서……, 늑대들은 어디에?"

"늑대요? 끔찍하게 무슨……, 동굴은 또 무슨 말씀이랍니까?"

"난 어제 늑대들과 동굴에서……, 책은, 내 책은 어디 있어요?"

나는 침대 구석구석을 뒤지며 애가 타서 말했다. 가정부는 여전히 무슨 소리냐는 표정으로 나를 태연하게 바라보고 서있을 뿐이다.

"어제 저녁에 아가씨는 사모님과 함께 자선파티에 다녀오셨어요. 저 드레스를 입고 가셨잖아요? 기억나지 않는 거예요?"

가정부는 옷장 앞에 걸려 있는 푸른색 실크 드레스를 가르치며 말했다.

"그럴 리가……, 난 분명히 동굴에 있었는데……, 내 책은……."

"무슨 책을 찾고 계신 거예요? 서재에 가보세요. 이 집안의 모든 책은 서재에 있잖아요?"

나는 침대 밖으로 뛰쳐나왔다. 그리고 아래층으로 내려가려고 방문을 향해 달음질쳤다.

"안 돼요, 아가씨!"

가정부가 재빨리 내 앞을 막아섰다.

"서재는 천천히 가셔도 되잖아요. 아침식사부터 하세요. 그렇지 않으면 사모님께 제가 혼난다고요."

"꼭 찾아야 할 것이 있어요."

"아무리 그래도 잠옷 차림으로 그렇게 나가시면 양가집 규수라고 할 수 없지요. 가운이라도 걸치시고 나가세요."

나는 내가 잠옷을 입고 있다는 것을 알고는 다시 한 번 놀랐다.

"제 코트는요?"

코트 주머니에 넣어 둔 나침반이 생각났다.

"무슨 코트요? 아무리 거지꼴이라도 그런 코트를……."

"그렇죠? 제가 입고 있었던 그 코트를 본 게 맞죠? 동굴에 있었던 게 맞아요. 분명히 그래요."

나는 눈빛을 반짝이며 가정부에게 바싹 다가섰다. 가정부의 얼굴이 하얗게 질려 있다.

"무슨 말씀이세요, 아가씨? 지금 계절에 무슨 코트를 찾으시냐고 하는 거잖아요? 밖을 보세요. 초여름의 달콤한 공기와 저 따사로운 햇살을 보세요. 이런 계절에 겨울에나 입는 코트를 찾지 않으시나, 동굴 이야기에 무슨 늑대 같은 무서운 짐승들 이야기를 하시니……, 사모님이 아시면 크게 심려하실 거예요. 아가씨의 상태가 나아졌다고 요즘 얼마나 좋아하시는데요."

가정부는 빠른 말투로 정신없이 말했다. 당황하는 기색이 역력하다.

"사실을 말해 줘요. 부탁이에요."

나는 가정부의 팔을 잡았다. 그녀는 이맛살을 찌푸렸다.

"아파요, 아가씨."

"미안해요."

나는 가정부를 잡았던 손을 풀며 작은 목소리로 중얼거렸다.

"사실을 이야기하면 저는 혼쭐이 날 거예요. 아가씨가 열병을 앓으셨고, 사경을 헤매시다 겨우 제 정신으로 돌아왔다고 사모님께서 얼마나 기뻐하시게요. 그런데 이런 아가씨를 보시면 말도 못하게 실망하시고……."

"열병이라니요?"

나는 의심이 가득한 눈초리로 가정부를 쏘아 보았다.

"이 집으로 이사하는 동안에 사모님과 여행을 다녀오셨잖아요? 그때 풍토병에 걸리셔서 거의 죽을 뻔 했다고요. 아가씨는 죽을 목숨이셨어요. 사모님께서 용하다는 의사는 다 찾아 아가씨를 고치게 하지 않았다면 이렇게 살아 계시지도 못했을 겁니다."

"여행을 떠나요? 저와 어머니가요?"

"그렇다니까요. 죽다 살아나신 거예요. 사모님께서는 이사의 번거로움을 피하시려고 아가씨를 모시고 여행을 떠난 거였죠. 아가씨가 죽을 고비를 넘기실 때마다 얼마나 당신 가슴을 치며 후회를 하셨는지 아가씨는 모르실 거예요."

가정부는 측은한 표정을 지으며 말했다. 그녀의 태연한 표정에서는 거짓을 찾아 볼 수가 없다. 나는 침대에 힘없이 걸터앉았다. 너무도 혼란스럽다.

"아가씨는 열병을 이기셨지만 후유증이 심했어요. 매일 이상한 말씀만 하시고, 악몽을 자주 꾸시는지……."

"하지만 아까 분명히 코트 이야기를 하셨잖아요? 전 그 코트를 입고 있었어요. 그 동굴에서. 그리고 엄마의 책을 가슴에 끌어안고 잠이든 게 확실해요. 늑대는 바로 내 등 뒤에 있었어요. 우리는 엄마를 구하려고……."

나는 확신 없는 목소리로 말하며 가정부를 쳐다보았다.

"그러니까요! 아가씨가 그런 이상한 꿈을 계속 꾸시면서 현실과 꿈을 혼동하시는 거예요. 그것 때문에 저까지 헛소리를 했고요. 아가씨가 말하는 코트가 뭔지는 모르겠지만 옷장에 확인을 해보세요. 아가씨의 물건은 없어진 게 없어요."

가정부의 말이 끝나기가 무섭게 나는 옷장 문을 열었다. 그리고 내 눈을 의심할 수밖에 없었다. 늑대들과 여행하면서 입고 있었던 윗옷과 바지, 그리고 코트까지도 원래의 자리에 걸려 있는 게 아닌가. 그것도 새 옷 그대로.

"아니에요. 꿈이 아니에요. 당신은 누구죠? 안개군단과 거래를 했나요? 그런 거예요?"

"안개군단이요? 그건 또 뭐예요? 도대체 아가씨, 왜 이러시는 거예요? 분명 나아지고 계셨는데 다시 이상한 악몽을 꾸고 계시는 건가요? 제발 사모님께는 내색하지 마세요. 사모님께서는 식음을 전폐하고 아가씨를 돌보셨어요. 그래서 한동안은 건강이 나빠지셔서 사모님께서 위험하신 적도 있으셨다고요. 아가씨, 제발 그만하세요."

가정부는 애걸하다시피 말했다. 그 눈빛에 진지함이 느껴진다. 연기라고 할 수 없는 너무도 간절한 진심이 느껴진다. 나는 침대에 다시 누웠다. 정신이 없다. 이 현실의 진실이 무엇인지 도무지 갈피를 잡을 수가 없다.

"제가 아가씨의 이야기를 얼마든지 들어 들릴게요. 그러니 사모님 앞에서는 절대 이런 이야기를 꺼내시면 안 됩니다. 약속하세요."

가정부는 몇 번을 당부하고, 또 당부를 하더니 방을 떠났다. 나는 급히 옷을 갈아입고 아래층으로 내려왔다. 전부 확인을 해야 한다. 하지만 도대체 무엇을 어떻게 확인을 하고 증명할 수 있을지 모르겠다. 나는 가정부의 말을 들으면서 그녀의 말대로 내가 꿈을 꾼 것이라면 좋겠다는 생각을 잠시 했었다. 감당하기 어려운 사명에 대한 중압감이 내내 마음을 짓누르고 있었고, 되찾은 과거 기억속의 나는 추악한 태생에 가난하고 불행한, 수많은 후회로 가슴 아픈 보잘 것 없는 소녀이고, 늑대들과 앞날이 보장되지 않은 고단한 여정을 계속해야 하는 신세이다. 피할 수 있다면 피하고 싶고, 어딘가로 숨을 곳이 있다면 숨어버리고 싶었던 그때가 그저 꿈이고, 지금 내가 서 있는 이곳이 현실이라면 난 내게 허락된 모든 행복을 누리며 여기에 머물 것이다. 그러나 이 모든 것이 거짓이라면 난 기꺼이 고통스런 진실의 길로 나아갈 것이다. 왜냐하면 나는 조작된 행복을 원치는 않으니까 말이다.

"아가씨는 늘 예외적이네요. 사모님께서는 아가씨의 응석을 너무 받아주신단 말입니다. 그래서 아가씨가 너무 멋대로 행동하시고요. 요즘 들어 사모님의 관대함이 지나쳐 참으로 걱정입니다."

집사의 목소리다. 나는 등 뒤에서 비수가 꽂히는 오싹한 기분을 느끼며 천천히 뒤를 돌아 눈을 아래로 깔고 도도한 자세로 나를 쏘아보고 있는 집사를 쳐다보았다.

"오늘은 또 무슨 일로 응석을 부릴 생각이시죠?"

"당신은……."

"사모님께서 아가씨를 기다리고 계세요. 지금 거실에 계시니 가보세요."

집사는 여전히 고개를 꼿꼿하게 세우고 사무적으로 말했다.

"나를 죽이려고 했잖아요? 그런데 아직도 이 집에 머물고 있나요? 정원사 아저씨가 처리하시겠다고 하셨는데……."

나의 목소리는 억제된 분노와 두려움으로 떨렸다.

"네? 어젯밤에는 또 무슨 꿈을 꾸신 거예요? 악몽을 꿀 때마다 집안 사람들을 다 잡을 생각인가요? 언제까지 아가씨를 참아 줘야 하는 거냐고요!"

집사는 신경질적으로 말하더니 이내 뒤를 돌아 휙 가버렸다. 집사의 태도는 조금도 달라진 것이 없다. 그렇다면 어디까지가 현실이고, 어디까지가 꿈인 것일까.

거실 소파에 앉아 차를 마시던 양어머니가 나를 반기셨다.

"이리오렴. 잘 잤니? 많이 피곤했을 거야. 어제는 정말 근사하지 않았니? 그렇게 성공적인 자선파티는 근래 들어 드문 일이었지. 오늘 아침 지역 신문을 봤니? 우리 사진이 실렸더라. 기분이 좋구나."

양어머니가 들뜬 기분을 드러내며 말했다.

"이사를 언제 온 거예요?"

나는 자리에 앉자마자 대뜸 물었다. 어제의 자선파티라니. 전혀 생각이 나지도 않는 파티 이야기를 듣고 있자니 머릿속을 마구 뒤집어 놓은 것 같은 기분이다.

"우리가 여행 중에 이사를 왔잖니? 번잡한 것이 싫어서 너를 데리고 여행을 떠났던 거고. 이 저택에서 너와 함께 살게 되어 얼마나 좋은지. 너도 네 방, 발코니에서 바다를 바라보는 것을 좋아하잖니?"

"전 모르겠어요. 어머니와 여행을 떠난 기억이 없어요. 어젯밤에 자선 파티도 생각이 안나요. 마을 사람들이 모두 사라지고 전 혼자서 몇 날 며칠을 지냈어요. 전 어머니가 사라지셔서 얼마나 걱정을 했는지……."

"사라져?"

양어머니는 의아한 표정을 지었다.

"마을 사람들이 모두요. 그래서 제가 어머니를 찾아 나섰는데……."

"아가씨!"

언제 온 것인지 가정부가 나무라는 듯 소리쳤다. 그녀는 나에게 의미심장한 눈짓을 보내면서 고개를 저었다.

"어젯밤에 또 나쁜 꿈을 꾼 거니? 가여운 내 딸, 이리오렴. 악몽을 꾸는 것이 기분 좋은 일은 아니지. 어제 파티에서 많이 피곤했던 모양이구나."

양어머니가 나를 살포시 포옹했다. 나는 그녀의 따스한 체온을 느끼는 지금 이순간이 너무도 좋다. 하지만 정말 뭐가 뭔지 여전히 혼란스럽고 초조해서 미칠 것 같은 기분이다. 내가 머물고 있는 이곳이 어디인지 모르겠고, 현재의 내가 누구인지 모르겠다.

"두 분을 보니 제가 다 눈물이 납니다요."

가정부가 눈가를 훔치며 감격스런 목소리로 말했다.

"제가 많이 아팠다고 들었어요."

내 말에 양어머니의 눈길이 가정부에게로 향했다. 날카롭고 매서운 눈초리다.

“여기 어머니도 계시고……, 이젠 괜찮아요. 괜찮아진 거잖아요?”

나는 가정부를 힐끗 쳐다보며 가장된 목소리로 말했다.

“그래, 넌 이제 괜찮고말고. 누구나 아플 수 있는 거야. 그게 무슨 대수겠니? 지금 건강한 게 중요한 거지.”

“그런데 지난밤에 꾼 꿈이 너무나 선명해서 그러는지 자선파티에 간 것은 도무지 기억을 못하겠어요.”

“선택적으로 기억을 잃어버릴 수 있다는 구나. 후유증이 오래 갈 수도 있다고 주치의가 말하긴 했어. 그건 걱정하지 마라. 조금씩 나아지고 있으니까.”

양어머니가 약간 당황한 목소리로 말했다.

“어젯밤에는 많이 피곤했던 모양이에요, 어머니. 그래서 나쁜 꿈을 꾼 것 같아요.”

난 양어머니를 안심시킬 생각으로 거짓말을 했다. 지금 이 자리에서 진실을 확인하는 것은 불가능해 보인다.

“다행이구나. 과거는 과거에 묻어두렴. 이제는 새 인생을 살아야지. 내 딸로서 모든 것을 누리면서 말이다. 외출은 취소하고 집에서 쉬는 게 좋겠다. 그렇게 하자.”

“네, 어머니. 그랬으면 좋겠어요.”

“올라가 쉬어라. 테라스에서 저녁이나 함께 먹자구나. 날씨가 정말 좋아.”

양어머니는 자리에서 일어나더니 거실을 나갔다.

“아가씨!”

가정부가 갑자기 소리를 질렀다.

"아가씨 때문에 죽겠습니다. 제가 그렇게 당부를 했는데요. 제발 내색하지 마세요. 사모님께서 쓰러지시는 모습을 볼 생각이 아니면요. 어쨌든 마무리는 잘하셨어요. 앞으로도 제 당부를 잊지 마세요. 알겠죠?"

가정부가 흡족한 표정을 지으며 말했다.

"알았어요. 좀 쉬어야겠어요."

"네, 그렇게 하시는 게 좋겠어요."

"지금 정원사 아저씨는 어디에 계세요?"

나는 정원사에게 진실을 확인 할 생각이다. 그라면 나를 속이지 않을 것이다.

"사모님께서 심부름을 보내셨어요."

"어디로요?"

나는 실망하여 물었다.

"그런 것까지 아시게요?"

"언제 돌아오시나요?"

"시간이 좀 걸릴 거예요."

가정부가 뭔가 석연찮은 감정을 실어 말했다.

"무슨 일로 심부름을 가신 거예요?"

"사모님께서 심부름을 보냈으니, 사모님께 여쭤보세요. 저는 몰라요."

정원사가 양어머니의 심부름을 간 것은 이상할 게 없지만, 가정부가 내용을 모르고 있다는 것은 납득이 되질 않는다. 가정부는 정원사가 하는 일은 모르는 것이 없을 만큼 서로 친밀한 사이였던 것이다.

"무슨 일로 심부름을 간 것인지도 모르고, 어디로 가셨는지도 모른다고요?"

"그렇다니까요. 언제 돌아올지 기약도 없어요. 그 양반이 무슨 잘못을 했다고……."

가정부는 화가 잔뜩 나서 투덜거렸다.

"무슨 잘못을 하다니요?"

"사모님께서 하시는 일이에요. 저 같은 사람이 나서서 시비를 따지는 게 허락될 리 없지요. 무슨 일로 심부름을 간 것인지, 어디로 간 것인지, 언제 돌아올 것인지 아는 게 없어요. 전 그저 그 양반이 어서 빨리 돌아오기를 바랄뿐입니다."

가정부의 눈빛에 분노가 서려 있다.

"우리가 살던 마을은 여기서 먼 가요?"

"그럼요. 아주 멀리 이사를 왔지요. 그 마을은 개발이 된다고 들었어요. 그 마을이 경치 하나는 끝내주잖아요. 그래서 휴양지로 개발을 한다고 하던데요."

"농부 아저씨네 새 집도 헐릴까요?"

"잊어버리세요. 이미 떠나버린 마을인데……."

"그래도 고향인데. 저는 그 마을과 저택이 참 좋았어요. 그곳에서 너무 행복했잖아요?"

"맞아요. 그렇게 그리운 고향인데 이제는 언제 돌아갈 수 있을지……."

"그렇죠?"

나는 가정부를 예리하게 쳐다보았다. 난 그녀에게 유도심문을 하고 있는 것이다. 아무래도 수상쩍은 게 한두 가지가 아니다.

"그러니까 제 말은 다시 그곳에 가서 살 수 있으면 얼마나 좋겠냐는 거죠. 나중에 휴양지로 놀러 갈 수는 있겠네요."

가정부가 재빨리 말했다. 그녀는 내가 잡으려고 하면 할수록 빠져나갈 구멍을 찾고 있는 사람처럼 보인다.

"오늘따라 제가 왜 이러는지 모르겠어요. 저도 아가씨처럼 정신이 오락가락하네요. 사실 이곳이 좋기는 하지만 전 아무래도 태어나 자란 고향이라 그 마을이 그립지요. 사모님께는 비밀이에요. 제가 이러는 줄 알면 싫어하실 거예요. 사모님은 그 마을 이야기를 꺼내보지도 못하게 하셔서……, 알겠죠, 아가씨?"

"아, 네에……."

"바람이 좋아요. 저녁을 드시기 전에 산책이라도 다녀오세요. 야생화 벌판까지는 아니어도 여긴 인공적으로 꾸민 정원이 아니라 아가씨도 좋아하시잖아요? 하긴 그 양반만한 정원사도 드물지요. 지금의 정원사인지 뭔지는 겨우 잔디나 깎는 게 다이고……."

가정부는 찻잔을 챙겨 부랴부랴 거실을 떠났다. 난 이 저택이 어떻게 생겼는지 모른다. 이곳 거실도 처음이고, 정원은 나가본 기억이 없다. 선택적 기억 상실이라고 해도 내가 좋아한다는 정원의 풍경은 기억에 남아 있어야 하는 게 아닐까 싶다. 이것은 도대체 어떻게 이해를 해야 할지, 정리를 해야 할지 모르겠다. 게다가 정원사의 일은 더더욱 이해가 되지 않는다. 그는 양어머니의 가족이나 다름없는 분이시다. 그런데 무슨 심부름을 갔기에 언제 돌아올는지 기약도 없단 말인가. 난 그의 행방을 꼭 찾아내고 싶다. 양어머니 다음으로 보고 싶었던 사람이다. 그가 살았는지, 죽었는지조차 모르고 살 수는 없다.

집안의 모든 사람들은 예전과 다를 게 없어 보인다. 모든 것이 너무도 평화롭고 조화롭고 아름답다. 달라진 것은 오직 나 혼자이다. 나만이 저들이 말하는 비정상적인 세계를 오락가락하며 양어머니의 근심거리인 유일한 존재이다. 난 양어머니와 예전과 다르지 않은 나날을 보내고 있는데, 그녀의 근심을 덜어주기 위한 과장된 노력일 뿐이고, 여전히 이 납득할 수 없는 상황에 고민하고 있다. 사교모임을 통해 나는 모르지만 나를 알고 있는 많은 사람들을 만나는데, 오래 전 그들과의 교류는 전혀 기억나지 않지만 어제의 만남에서 무슨 대화를 나누었는지를 기억할 수 있고, 내가 즐겨 찾는다는 정원과 바깥 풍경을 감상하기 좋다는 내 방 발코니도 이제야 조금씩 익숙해져 가고 있는 이 현실을 납득하기에는 모든 게 너무도 혼란스러운 게 사실이다. 하지만 그렇다할지라도 양어머니를 안심시키기 위한 나의 노력을 멈출 수는 없다. 모든 전자기기를 사용하지도 못하게 하시고, 심지어 서재에 있는 책도 읽지 못하게 하시는 것이 내 병 때문이라는 말씀에 그저 순종하고, 병세가 호전되고 있는 게 분명하다고 말하는 주치의의 말에 고개를 끄덕여 보이면서 태연하게 이 현실로 되돌아 온 것처럼 행동하는 것은 오직 양어머니 때문인 것이다.

마음은 참으로 이상한 것이다. 거짓이 분명하다는 생각을 가지고 바라보던 세상은 온통 의심(을)할 만한 이유들로 가득했었는데, 의심할 수 없는 양어머니의 사랑에 보답하고자 노력하는 중에, 낯설던 환경이 익숙해져가면서 매일의 생활이 습관이 되고부터는 내 안의 의심이 사라지기 시작한 것이다. 나는 내가 병을 앓았고, 치유되는 과정에서 느낀 혼란과 갈등을 힘겹지만 잘 이겨냈고, 이제는 거의 완치된 것이라고 믿게 되었다.

점심식사를 끝내고 정원을 산책하던 나는 내 약혼자가 나를 기다리고 있다는 전갈을 받았다. 출장에서 돌아온 그가 내 방, 발코니에서 나를 기다린다는 이야기를 듣고 얼마나 놀랐는지 모른다. 약혼자라니, 이 무슨 말인가. 내 기억에는 약혼자에 대한 어떤 정보도 없고, 약혼식을 한 사진은커녕 그 누구도 내 약혼자에 대한 이야기를 한 적이 없다.

"출장이 많이 길어졌어요. 그대가 너무도 보고 싶어 모든 일을 다 제쳐놓고 돌아오고 싶었지요. 하지만 그런 마음을 이겨내려고 연락조차 하지 못한 나를 용서해 주실 거죠? 우리의 결혼식을 위해 준비가 한창입니다. 우리가 살 집도 거의 완성 단계에 있더군요. 잠시 둘러보고 오는 길입니다."

신사는 나에게 입맞춤을 하려고 했고, 나는 화들짝 놀라 뒷걸음을 쳤다. 신사는 난감한 표정으로 허탈하게 웃었다.

"역시 나를 쉽게 용서할 수 없다는 거군요. 약속할게요. 이제는 당신만 두고 이렇게 긴 시간 떠나있지 않겠습니다. 다음에는 같이 가요. 이제부터는 뭐든 함께 해요, 우리."

신사가 달콤한 목소리로 부드럽게 말했다.

"결혼식이 끝나면 당신에게 보여주려 했는데 내 마음이 더 조급하여 견딜 수가 없군요. 당신이 그토록 고대하던 정원 공사는 다 마무리가 되었으니 오늘 보러 가면 어때요?"

"저는 오늘 좀 피곤해서……."

나는 중얼거리듯 말했다. 이 상황을 좀 더 알아봐야 한다. 일단은 예의를 다하여 차분한 태도를 보이고는 있지만 지금 내 정신이 아니다.

"당신이 아프다는 걸 알고 시작한 사랑이었어요. 괜찮아요. 가끔은 이렇게 나를 기억해주지 못해도 당신의 진심을 의심하지 않을 만큼 우리의 사랑은 굳건하니 말입니다. 아주 섭섭하지 않다고는 할 수 없지만 난 모든 것을 감수하겠다고 스스로 맹세했습니다."

신사는 인내심을 보이며 다정하게 말했다. 그는 모든 면에서 빈틈이 없어 보인다. 호감이 가는 탁월한 외모에 센스가 엿보이는 고급스런 정장을 입고, 이보다 더 멋질 수는 없을 만큼 신사다운 태도를 보이고 있다. 여자라면 누구라도 이 남자를 보고 반하지 않을 수 없을 것이다.

"미안해요. 오늘은 좀 쉬고 싶어요. 다음에 함께 식사해요. 정말 미안해요."

"괜찮아요. 긴 출장에 전갈도 없이 불쑥 나타난 내 잘못이 크지요. 놀라게 해줄 생각이었는데 그대의 마음을 더 불편하게 만든 것 같군요. 안색이 안 좋아요. 쉬도록 해요. 당신을 위해 준비된 정원은 다음에 보러 갑시다. 내일 저녁 함께 식사하면 어때요? 그대가 좋아하는 식당에 예약을 잡아 두겠어요."

신사가 정중한 태도로 내 이마에 입맞춤을 했다. 나는 거부하지 않았다. 마음이 내키지는 않았지만 기분이 나쁘지는 않다.

"벌써 가시게요? 오랜만의 만남이 이래서야 되겠습니까?"

갑자기 나타난 양어머니가 신사를 향해 미안한 감정을 실어 말했다.

"아닙니다. 그동안 연락도 주지 않은 제가 쉽게 용서될 리가 없겠지요. 일이 바쁘기도 했지만 만사 제쳐놓고 이곳으로 달려오지나 않을까 두려운 마음에서 그리했던 것인데…… 저의 불찰입니다."

"저런, 저런! 그랬군요. 괜찮니, 아가? 안색이 좋지 않구나."

양어머니는 내 안색을 살피며 약간 과장된 느낌을 주는 목소리로 말했다.

"예전만큼 나쁘지는 않아요. 이 아이는 분명 좋아지고 있어요."

"알고 있습니다. 제 마음은 염려하지 마십시오. 모든 것을 알고 시작했고, 한 번도 후회해 본 적이 없으니까요. 이제 결혼식이 얼마 남지 않았으니 여러 가지 준비로 분주할 것입니다."

신사가 담담하게 말했다.

"내일 저녁식사를 함께하기로 했습니다. 내일 다시 오겠습니다."

신사는 변함없는 태도로 침착하게 말하고 자리를 떠났다.

"언제나 변함없는 마음이고 태도야. 네가 얼마나 행운아인지 알고 있지? 저 사람은 정말 최고의 신랑감이야. 그만한 돈과 명성에 저런 겸손을 갖추기는 쉽지가 않지. 무엇보다 너를 아끼는 마음은 비교할 수 있는 대상이 없을 정도이니. 내일 저녁식사를 같이 한다고? 멋진 드레스를 준비하고 예쁘게 머리도 좀 하자꾸나. 이번에는 출장이 좀 길긴 했지. 네게 미안한 마음이 많을 거야. 이럴 때는 투정도 부리는 게 좋아. 남자란 여자의 투정에 약한 법이거든. 그게 정당한 투정일 때는 꼼짝을 못하는 거지."

"저기, 어머니……."

나는 신사를 기억할 수 없다는 말을 하려다가 입을 닫았다.

"괜찮아. 주치의가 말하지 않던? 그래도 이제 거의 극복된 단계라고 말이다. 그 말을 들었을 때 마음이 얼마나 벅차고 기쁘던지. 아가, 이제 모든 게 다 잘 될 거야. 넌 예전의 영특하고 사랑스런 나의 딸로 되돌아오는 거고, 이렇게 엄마가 네 곁을 지킬 거니까."

양어머니가 나를 살포시 안았다. 그녀의 품은 언제나 이렇게 따뜻하다.

"난 너를 믿는다."

"네."

나는 순순히 대답했다. 아니, 순순히 대답할 수밖에 없었다. 하지만 앞으로가 문제이다. 난 이 현실을 어떻게 받아들여야 할지 모르겠다.

나는 잠을 잘 수가 없다. 뭔가를 기억해 보려고 애를 써보다가 신사의 모습이 아른거려 설레기도 한다. 주위의 모든 사람들을 실망시키지 않는 길은 기억에는 없어도 현실을 따르는 게 바람직하다는 생각이 들다가도 어떻게 기억이 이토록 엉켜버린 것인지 이해할 수가 없다. 불안정한 기억에 사람들을 실망시킬 수 없다는 생각이 들지만, 이런 상태로 결혼을 한다는 것은 아무래도 내키지 않는 일이다. 분명 신사는 멋진 사람이다. 그는 나의 마음을 설레게 할 만큼 충분히 매력적인 사람이지만, 지금 이 상태로 그의 아내가 된다는 것은 바람직한 일이 아닌 것 같다. 이 나이에 결혼이라니, 그것도 전혀 기억에도 없는 남자와 말이다.

"아가씨, 눈이 왜 그러세요?"

아침을 가지고 온 가정부가 측은한 표정으로 말했다.

"눈이요?"

"핏줄이 잔뜩 섰잖아요? 얼굴은 퉁퉁 붓고. 밤새 뭘 하시느라 잠을 설치신 거예요?"

"아, 네에……, 생각을 좀 하느라. 그렇게 안 좋아 보여요?"

"말이라고요. 그 상태로 약혼자와 저녁식사를 하실 수 있겠어요? 약을 드시고라도 잠을 좀 주무셔야 할 것 같네요."

가정부가 퉁명스럽게 말했다.

"그런데 제가 언제 약혼을 한 거예요? 어머니에겐 물어보지 못하겠더라고요."

"아가씨가 열병을 앓고 회복되신 지 얼마 되지 않아서요. 사모님께서 축하파티를 여셨죠. 이 저택에서요. 그 파티에 초대되어 온 손님들 중에 이 도시 최고의 미남인데다가 재력과 명성을 한 몸에 지니고 계신 그 분도 오셨지요. 이 도시에는 멋진 아가씨들로 넘쳐나는 데도 그 양반의 눈에는 아가씨만 보였던 거예요. 누가 알겠어요? 사람의 마음이 흘러드는 물길을 말입니다. 아가씨가 정상이 아니었는데도 그렇게 좋다는데 누가 또 말리구요."

가정부는 뭔가 석연치 않은 목소리로 헛기침을 해가며 말했다.

"그렇게 두 분은 사랑을 시작했지요. 아가씨만이 아니라 어느 여자라도 거부할 수 없는 매력을 지닌 분이시니, 아가씨도 곧 그 분의 구애를 받아들이신 거고요. 약혼식도 대단했습니다. 지금 계획 중인 결혼식에 비할 바는 아니지만요. 어쨌든 아가씨는 행운아시죠."

"그런데 약혼식 사진 한 장이 없어요."

"그건 말이죠……."

가정부는 생각이 잠긴 것 같은 표정으로 중얼거렸다.

"왜 사진이 한 장 없냐고요?"

나는 다그치듯 물었다.

"사고가 있었어요. 약혼식 날에 대형 사고가 있어서……."

"무슨 사고요?"

"약혼식이 거행되던 호텔에서 불이 나서는……."

가정부는 어찌할 바를 모르는 사람 같다.

"어쨌든 사람들이 대피하느라 아수라장이 되어서는……, 사진이고 뭐고……, 어쨌든 그때 아가씨는 기절을 하시고……"

"그 난리에 제 기억에 또 문제가 생긴 거군요. 그렇죠? 결혼식은 언제예요?"

나는 가장 궁금했던 질문을 했다.

"꼭 일주일이 남았네요. 내일이면 드레스도 도착할 거예요."

가정부가 길게 한숨을 쉬며 말했다.

"일주일이요?"

나는 놀라 침대에서 벌떡 일어났다.

"기억에 없으니 놀라실 만도 하겠지……."

가정부가 중얼거렸다. 그녀는 아주 작은 소리로 말했지만, 나는 그 소리를 들었다.

"기억에 없다는 말은 무슨 뜻인가요?"

나는 심각한 목소리로 물었다. 가정부는 자신의 입술을 손으로 막으며 놀란 표정을 지었다.

"무슨 말이요? 그렇잖아요? 아가씨는 또 기억을 잃어버리시고……, 그러니 당연히 결혼식도 잊고 있으신 거잖아요?"

가정부가 빠르게 말했다. 그녀의 눈빛이 불안하게 흔들렸다.

"뭔가 제가 모르는 것을 알고 있죠? 그게 뭔지 말해 주세요. 저는 결혼식뿐만 아니라 약혼식을 한 것도, 심지어 그 신사 분을 전혀 기억할 수가 없어요. 아무리 생각해도 그분은 만난 적이 없는 사람이에요. 모든 기억이 다 사라질 수는 없잖아요? 일부분은 기억할 수도 있는 거잖아요? 어떻게 하나도 기억할 수가 없는지 모르겠어요. 그 분이 멋진 분인 것은 알겠지만 이렇게 하나도 기억을 못하면서 결혼을 어떻게 해요? 그것도 일주일 후에. 미칠 것 같아요. 어머니에겐 말을 못하겠어요. 걱정하실 것 같아서……, 전 어떡해요? 좀 도와주세요."

나는 간절하게 간청했다.

"아가씨가 아직 아프셔서 그렇다니까요. 무슨 선택적 기억상실인지 뭔지……, 뭐 그런 병이라고 들었어요. 이런, 깜빡 잊고 있었네. 제가 이렇게 정신이 없다니까요. 일을 지시한다고 하는 게……, 아가씨, 어서 아침이나 드세요. 그리고 약을 가져다 드리라고 할 테니, 드시고 잠을 좀 주무세요. 그런 몰골로 외출은 안 돼요."

가정부는 나에게 눈을 마주치지도 않고 서둘러 방을 나갔다. 이제 방법은 하나뿐이다. 신사를 만나서 이야기를 해봐야겠다. 그 사람이 아니면 나의 이 혼란을 잠재울 방법을 제시해 줄 수 있는 사람이 없을 것 같다.

신사는 나를 고급스럽고도 품위가 있는 식당으로 데려갔다. 식당의 지배인이 직접 와서 신사에게 인사를 건넸고, 나에게도 안부를 물었다. 나이가 지긋한 지배인은 무척이나 점잖은 사람처럼 보이고, 친근하고도 정중하게 나에게 이런 저런 안부를 묻지만, 그는 나에게 또 다른 낯선 사람이다. 나는 평소처럼 예의를 다해 지배인의 안부에 답했다.

"당신은 이 식당을 좋아해요. 더구나 지배인에게 남다른 애정을 보여주곤 했죠."

"마음 쓰지 마십시오, 아가씨."

지배인이 인자한 미소를 지으며 말했다. 거짓이라고는 찾아볼 수 없는 친근한 태도 하나하나가 다시 나를 혼란스럽게 한다. 나는 지배인에게 미소를 지어보였다. 이 상황에서는 모르면서도 아는 척, 이런 애매한 미소가 제격이다. 세상을 살아가기 위해서는 아무리 납득할 수 없는 상황이라고 해도 다수의 의견이 더 진실성을 얻는 것은 너무도 당연한 것처럼 보인다. 주위의 모든 사람들이 나에게 말하고 있다. 잘못된 것은 저들 전체가 아니라 오직 나 하나뿐이라고.

"좀 피곤해 보여요. 그렇게 좋아하던 음식도 거의 먹지를 못하고……, 마음이 힘든 모양이군요?"

식사를 거의 마쳤을 때, 신사는 냅킨으로 입술을 닦아내며 우려하는 목소리로 말했다.

"어젯밤에 잠을 거의 자지 못했어요."

"생각이 많다는 걸 알아요. 하지만 자신을 그렇게 괴롭히면 안 돼요. 그저 이 현실을 편안하게 받아들여요. 더 이상 자신을 괴롭히지 말아요. 주위를 둘러봐요. 나를 비롯해서 당신을 걱정하고 사랑해 주는 사람들로 가득하잖아요? 당신이 믿어도 좋은 것은 바로 이 사랑이 아닌가요?"

"저는 그 사랑이 두려워요. 처음으로 두렵다는 생각이 들어요. 왜냐하면 이 현실을 받아들일 수가 없어서요. 어머니에겐 말을 못하겠어요. 어머니가 걱정하시는 게 싫으니까요. 어머니의 사랑을 너무도 잘 아니까요. 하지만 여전히 제 마음은 이 현실이 믿기지가 않아요. 더구나 일주일 후에 결혼식이라니…… 전 아직 너무 어리고, 제게 문제가 있다는 것을 인정한다고 해도 이런 식으로 결혼하기는 싫어요. 아무것도 납득할 수 없는데 어떻게 결혼을 해요? 아무리 생각해도 전 이 결혼을 할 수가 없을 것 같아요. 밤새 생각하고 또 해봤어요. 이건 결혼을 하는 거잖아요? 제가 좀 더 건강해진 다음을 기약해야 되는 것이 아닐까하고."

나의 이야기에도 신사의 표정은 무덤덤해 보인다. 마치 모든 것을 예상하고 있었다는 것 같은 표정이다. 나는 이런 신사의 태도에 당황스럽다. 심지어 섬뜩한 기분마저 든다.

"그래서 내린 결론은요. 결혼을 하지 않겠다는 것은 아니지만 지금부터라도 서로를 알 수 있는 시간을 가진 후에 결혼을 하고 싶다는 거예요.

제가 뭔가를 기억해 낼 수 있을지도 모르고, 새로운 감정이 생겨날 수도 있고……."

나의 얼굴이 화끈거린다.

"당신은 한 달 전에도 똑같은 말을 했어요. 그걸 기억할 수 없지요?"

"제가 한 달 전에도 같은 말을 했다고요?"

"당신의 기억은 늘 이런 식이에요. 우리 모두가 그 불안한 기억에 또다시 휘둘리기를 바라는 거예요?"

신사가 질색하는 표정을 지었다. 한 달 전에도 내가 같은 상황에 처했었다는 말인가. 도대체 내 기억은 어떻게 된 것일까. 내게 무슨 일이 일어난 것일까. 머릿속이 또다시 엉켜버리는 기분이다.

"아니요, 그건 아니에요. 다만 제게는 시간이 좀 더 필요한 것 같아요. 지금까지도 잘 참아 주셨잖아요? 조금만 더 기다려 주세요. 부탁이에요."

"내가 부탁할게요. 제발 나와 어머니를 믿고 따라와 줘요. 당신을 세상에서 가장 행복한 여인으로 만들어 줄게요. 나는 이 약속을 반드시 지킬 겁니다."

신사는 양보할 수 없다는 태도이다. 나는 순간적으로 이 믿음직한 남자에게 내 일생을 걸어도 좋지 않을까 생각했다. 하지만 내 마음이 내게 계속 말하고 있다. 아무리 그래도 일주일 후에 결혼식은 답이 아니라고.

"이 결혼은 여기에서 포기하는 게 낫겠어요. 어머니께서 실망하시겠지만 그래도 저는 이 현실을 받아들일 수가 없어요. 미안합니다. 저는 이 결혼을 받아들일 수가 없어요."

내가 단호하게 말했다.

"알아요. 당신이 한두 번 이랬다고 생각해요? 당신의 말을 그대로 받아들였다면 우리는 이미 남남이 되었을 겁니다. 하지만 난 당신을 사랑하고, 그 마음을 포기할 수 없었어요. 나의 마음이 더는 아프지 않게 해줘요. 부탁이에요."

신사는 진지한 목소리로 말했다.

"미안해요. 하지만 사랑이든 뭐든 기억이잖아요? 기억이 없이는 아무것도 할 수가 없어요."

"당신이 기억을 잃고 거리에서 동사할 지경인 것을 사모님께서 데려와 양녀를 삼았다고 들었어요. 어머니와 딸이 되는 것에 기억이 무슨 의미가 있었나요?"

"하지만 이 문제와 그것은……."

"괜찮아요. 당신의 모든 것을 알고 시작했잖아요. 분명한 것은 나에 대한 당신의 마음이 진실이라는 거예요. 만일 당신 마음에 대한 믿음이 없었다면 나도 당신을 놓아주었을 겁니다. 내 말을 믿어요. 내 말을 믿고 나와 결혼해 줘요."

나는 더 이상 말을 할 수가 없다. 신사의 태도에서 느껴지는 진지함에 마음이 흔들리고, 젊고 잘생긴데다가 열정까지 지닌 이 남자를 거부할 수 없는 기분이다. 여전히 마음 깊은 곳에서는 이 모든 상황을 끝내야 한다는 생각이 강하지만 나의 마음은 확실히 흔들리고 있다.

나를 집에 데려다준 신사는 양어머니의 초대로 그녀의 방으로 들어갔다. 나는 내 방으로 돌아왔다. 이렇게 긴 하루는 내 인생에 다시는 없을 것 같다.

노크소리가 들리더니, 곧 집사가 차를 들고 들어왔다. 난 혼란스러운 마음을 추스르지 못하고 집사를 멍하니 쳐다보았다.

"모두가 행복하기 위해서 하는 결혼인데 그만 고집을 접으세요."

"뭐라고 하셔도 전 집사님을 믿지 않아요."

"우리의 만남이 악연인 것은 맞지만 이젠 다 내려놓을 생각이에요. 난 손해 볼 것이 없거든요."

"무슨 뜻이에요?"

"글쎄요. 내가 진정으로 얻고 싶은 것을 얻을 수 있게 되었으니 더 이상 아가씨를 미워할 마음이 없다고나 할까요. 그래도 우리는 여전히 친해지기 어려울 것 같네요."

"운전사 아저씨를 말하는 거죠?"

"모든 것이 제자리를 찾게 되었으니 좋은 일을 하시는 거예요. 더는 고집을 부리지 마세요. 계속 고집을 부리시면 제가 가만히 있지 않을 겁니다."

"협박하시는 건가요? 지난번처럼 저를 죽이기라도 하시게요?"

"못할 것도 없지요. 내게 소중한 것을 지키고자 하는데 방해가 된다면 뭐든 못할 게 없지요."

나는 순간적으로 심장이 멈춘 것 같았다. 집사가 나를 죽이려 한 것을 인정하고 있는 게 아닌가. 그렇다면 이 현실은 호텔에서의 일처럼 안개군단이 개입되었다는 것이다. 이 모든 게 거짓이고, 꿈으로 믿고 있던 일들이 전부 진실이라는 것이다. 여기는 엄마의 마음속이다.

"사랑하는 사람과 헤어지는 것은 가슴 아픈 일이겠지요. 전 그런 사랑을 알지는 못하지만 분명 그럴 것이라고 생각해요. 운전사 아저씨가 사라졌을 때, 전 정말 어찌해야 할지 몰랐어요. 그때는 너무 무섭기만 해서 깊은 생각을 하지는 못했지만, 지금은 저를 원망했던 집사님의 심정을 이해할 수도 있을 것 같아요."

나의 말에 집사의 표정이 하얗게 질렸다.

"무슨 말씀을 하시는 거예요, 아가씨? 그 사람이 왜 없어져요. 아직도 꿈과 현실을 구별 못하시니 걱정이네요. 그런 아가씨라도 그렇게 좋다고 하니……, 내일이면 웨딩드레스가 도착할 거예요. 그렇게 멋진 신사와 결혼을 하는 아가씨는 행운아 중에 행운아지요."

집사가 재빨리 화제를 돌렸다.

"정원사 아저씨는 언제 돌아오시나요?"

나는 의도적으로 물었다.

"정원사! 그 늙은이를 아직도 생각하고 있으셨군요?"

"저는 정원사 아저씨가 언제 집으로 돌아오시는지 알고 싶을 뿐이에요. 그분은 가족과 마찬가지잖아요? 당연히 궁금해 할 수 있는 거죠."

"아가씨는 그 늙은이를 왜 그렇게도 신뢰하시는지 모르겠어요. 흙이나 파고 화초나 가꾸는 무식한 노동자 주제에 지식인 흉내를 내고 다녔던 허풍쟁이일 뿐인데."

집사의 미간이 일그러졌다.

"정원사 아저씨는 없는 말을 하시지는 않는 분이세요. 절대로!"

"그런가요, 아가씨? 그 늙은이는 나서야 할 때와 나서지 말아야 할 때를 언제나 혼동하죠. 덕분에 명을 재촉하는 거예요. 무모하고 어리석은 늙은이 같으니라고……."

"정원사 아저씨는 어디에 계신 거지요?"

"주무세요. 저는 더 이상 할 말이 없습니다."

집사는 굳어진 표정으로 방문을 향해 발걸음을 옮겼다.

"잠깐만요!"

나는 집사의 앞길을 막아서며 소리 질렀다. 집사를 그냥 보낼 수는 없다.

"정원사 아저씨가 어디로 가셨는지 말해 줘요. 그것만 말해 줘요."

"아가씨는 그 늙은이를 다시는 만날 수 없을 겁니다. 혹시라도 결혼식이 끝나면 만날 기회가 올지도 모르지요. 목숨을 부지하고 있다면 이 집으로 돌아올 기회를 한 번은 얻을 수도 있겠지요. 사모님께서는 그 늙은이에게 각별한 마음이 있으니까요. 그러니 결혼식이 끝난 후에 사모님께 부탁해 보세요."

"도대체 정원사 아저씨에게 무슨 일이 있는 거예요? 이 집에서 쫓겨난 것인가요? 그 분이 뭘 잘못하신 거죠?"

나는 화가 나서 소리쳤다.

"그 노인네 일은 아가씨가 나설 문제가 아니에요. 아무리 아가씨라고 해도 사모님이 하시는 일에 왈가왈부해서는 안 됩니다. 어머니에게 대들 생각이세요? 그러면 곤란하지요. 다 죽어가는 아가씨를 살려내서 양가집 규수로 만들어 놓은 분이신데. 그러니 이제 그만 고집 피우고 어머니 뜻을 따르세요."

집사가 사무적으로 말했다. 나는 날카로운 눈빛으로 집사를 노려보고 있다.

"아으, 무서워라. 아가씨가 아무리 나를 싫어해도 사모님이 살아계신 동안에는 이 집에서 날 내쫓지 못할 겁니다. 그 후에 일은……, 사람 일은 모르는 거지요."

집사가 비아냥거리듯 말했다. 그녀는 나를 비켜서 방을 나가버렸다. 이제 어떻게 해야 하나. 늑대들은 어디에 있을까. 모두 죽임을 당한 것은 아닐까. 이 집안의 모든 사람들이 안개군단의 수중에 있고, 정원사는 이들과 뜻을 같이 하지 않은 게 분명하다. 일단은 저택을 탈출해야 한다. 혼자서 상류로 가면 강을 건널 수는 있는 것일까. 늑대들의 도움이 없이 가능한 일일까. 책은 어떻게 찾아야 할까. 그걸 주머니에서 꺼내지 말았어야 했다. 그랬다면 안개군단에게 들키지 않았을 텐데. 늑대의 충고를 그렇게 쉽게 잊다니. 내 자신이 너무나도 한심하다.

나는 어머니 방 앞에 서 있다. 저택을 탈출하기 전에 양어머니를 한 번은 뵙고 싶다. 그녀가 아니었으면 여기까지 올 수도 없었다. 나를 지켜준 그녀에게 마음으로라도 작별인사를 하고 싶다.

노크를 하고 방으로 들어서니, 양어머니는 막 침대로 들어서려 하고 있었다. 나의 등장에 짐짓 놀라는 표정을 지었지만 짐작하고 있었다는 눈치다.

"아직 자지 않았구나."

"네, 죄송해요. 많이 늦은 시간인 줄 알지만 드릴 말씀이 있어서요."

"무슨 일이 있었던 거니? 안색이 안 좋아."

"상심시켜드려 죄송해요."

"괜찮다. 자식이란 그런 존재가 아니겠니? 네가 결혼을 하다니……, 처음 네가 나에게 온 날이 엊그제 같은데 말이다. 한편으로는 대견스럽고, 한편으로는 어린 너를 시집보내려니 심경이 복잡하구나. 난 네가 이 엄마의 뜻을 이해해줄 거라고 믿는다."

"네, 어머니."

"그래, 그래야지."

"제가 결혼을 해야 예전으로 돌아갈 수 있나요?"

"무슨 뜻이니, 그 말은?"

"아니에요. 어머니 뜻을 따르겠어요. 어머니께서 원하시는 일이니까 결혼을 할게요. 그런데 어머니, 정원사 아저씨를 심부름 보내셨다고 하던데……."

난 정원사의 안전이 염려된다. 그가 무사한지 알아야겠다.

"그건 왜 묻니?"

"제 결혼식에 참석하시면 좋겠어서요. 제게는 아버지 같이 다정하고 친절한 분이셨어요."

나는 양어머니의 안색을 살피며 말했다.

"고단하구나. 내일 다시 이야기하자. 올라가 자렴."

"집사님의 말로는 정원사 아저씨는 제 결혼식이 끝나야 이곳으로 돌아올 수 있을 거라고 했는데, 결혼식 전에 아저씨를 돌아오시게 하면 안 될까 해서요."

"집사가 그렇게 말했다고?"

양어머니 미간을 찡그리며 불쾌한 기색을 들어낸다.

"어쨌든 알겠다. 내일 다시 이야기하자. 어서 올라가 자도록 해."

나는 양어머니에게 다가가 그녀를 살포시 안았다. 양어머니는 내 등을 부드러운 손길로 토닥여 주었다. 난 양어머니와 함께할 수 있는 지금의 현실을 받아들이려고 했고, 그것으로 더 이상의 혼란과 갈등을 겪지 않을 것이라 믿었다. 하지만 낯선 남자와 결혼을 해야 한다는 사실 앞에서 이 현실은 나를 다시 혼란과 갈등 속으로 밀어냈다. 그리고 이제는 진실을 찾게 되었지만 다시는 되돌아 갈 수 없는 시절에 대한, 세상에서 가장 이상적인 엄마가 되어주었던 양어머니에 대한 향수가 벌써부터 가슴 저리게 그리워진다.

늑대들과 책을 찾으면 이 저택을 떠날 것이다. 오늘 밤부터 시작하는 이 일의 결말이 당장 오늘 안으로 끝날지, 이곳에 며칠 더 머물러야 할지 모르겠다. 하지만 양어머니를 보는 게 오늘 밤이 마지막이 될지도 모른다. 난 자리에 누워 눈을 감은 그녀를 한동안 바라보았다. 참으로 복잡한 감정이 얽혀있는 순간이다.

나는 모두가 잠든 것을 확인하고 서재부터 뒤지기 시작했다. 서재를 다 뒤져보고 나서는 비어 있는 방들을 뒤졌지만 내가 찾는 책은 없다. 양어머니 방에 있을 가능성이 있지만 지금은 들어가 볼 수가 없다. 내일 어머니가 외출을 하시면 뒤져봐야겠다. 집사의 방도 가능성은 있다. 아무래도 저택을 다 뒤지려면 하루의 시간은 더 필요할 것 같다.

나는 정원으로 나왔다. 저택은 바닷가를 한 눈에 내려다 볼 수 있는 얕은 절벽 위에 위치해 있고, 저택의 현관문이 나있는 방향으로 자동차가 바로 저택 앞까지 들어올 수 있도록 만들어진 도로가 나있다. 그 도로를 건너면 엄청난 크기의 정원이 펼쳐져 있는데, 정원은 최대한 자연 상태를 유지하도록 조성되었는지 몇 백 년은 된 것 같아 보이는 커다란 나무들이 많다. 깨끗하게 손질된 잔디밭과 조형미를 살린 나무들의 위치만 아니면 야생 그대로의 숲이다. 난 나무들 사이 푹신한 잔디밭 위를 천천히 걷고 있다. 마음이 너무 답답하다. 달빛은 유난히도 맑고 밝다. 곧 만월이 될 것 같다.

"아가씨!"

나는 심장이 멎는 기분으로 소리가 나는 쪽을 쳐다보았다. 나무 뒤에서 검은 그림자가 천천히 걸어 나왔다.

"접니다, 아가씨."

정원사다.

"아저씨!"

나는 정원사에게로 달려갔다. 벅차오르는 기쁨을 주체하기 힘들 지경이다.

"잠시 밖에는 머물 수가 없습니다. 아가씨, 괜찮으십니까?"

"어떻게 된 거예요?"

"저는 쫓기고 있습니다. 지금은 어디에도 안전한 곳이 없어요. 아가씨와 이야기를 할 수 있는 기회가 오기를 간절히 바라고 있었습니다. 이렇게 나와 주셔서 참으로 다행이고 기쁩니다. 아가씨를 다시 뵐 수 있어서 너무 좋습니다."

"괜찮으신 거예요? 여기는 안개군단의 소굴이 된 것 같아요. 모두들 거짓말을 하고 있어요."

나는 재빨리 말했다.

"긴 이야기를 할 시간이 없습니다. 나중에 기회가 되면 지난 이야기를 할 수 있을 겁니다. 지금은 제가 아가씨에게 전달해야 할 이야기만 들으세요."

정원사는 조급한 목소리로 말했다.

"뭔데요?"

"아가씨의 말씀이 맞습니다. 저택의 모든 사람들이 안개군단과 거래를 하고 있는 겁니다. 마을로 되돌아갈 수 있게 해주고, 아가씨를 되돌려 주겠다고 사모님을 설득한 겁니다. 결혼식이 언제라고 하던가요?"

"일주일 후라고 했어요. 제가 알지도 못하는 약혼자와 일주일 후에 결혼을 해야 한다고. 도대체 왜 결혼을 해야 한다고 하는지 모르겠어요."

"결혼을 하시면 아가씨는 이곳에 속하게 되어 영영 여기에 갇히게 될 것입니다. 아가씨는 이곳을 빠져나갈 수 없어요. 이곳의 일부분이 되고 맙니다."

"그러면 엄마는요?"

"세상에서의 삶을 마감하시는 거지요. 그리고 아가씨는 어머니의 일부분이 되어 여기에 영원히 갇히게 될 것입니다."

"정말인가요?"

"네. 어머니 기억의 일부분이 되면 아가씨의 존재는 이 우주에서 영원히 사라지게 됩니다. 아가씨, 어머니를 구하는 것이 아가씨를 구하는 길이라는 것을 잊으시면 안 됩니다. 저택의 사람들은 진실을 알지 못해요. 사모님께서는 안개군단의 말에 속으셔서 이렇게 하는 것이 아가씨를 위하는 것이라고 믿고 있어요. 사모님께서는 아가씨를 잃고 싶어 하지 않고, 무슨 수를 써서라도 아가씨를 곁에 두시려고 하시는 거예요."

"아저씨는 이 사실을 어떻게 아신 거예요?"

"학자님께서 제게 편지를 보내셨어요. 아주 상세한 이야기가 쓰여 있었지요. 저는 안개군단에 의해 마을을 떠난 것이 아닙니다. 학자님은 아가씨가 스스로 기억을 찾을 때까지 어떤 이야기도 하지 말라고 당부를 하셨어요. 아가씨가 준비되면 늑대들이 아가씨를 구하러 갈 거라고. 그래서 아가씨에게 아무 말도 없이 떠났고, 사모님이 안개군단과 이 일을 계획하는 걸 알고는 막으려 했습니다만……, 결국 못했지요."

"그렇군요."

"아가씨, 책을 잃으셨지요?"

"네."

나는 풀이 죽어 대답했다.

"안개군단이 책을 차지하지 못한 게 분명해 보입니다. 만일 저들이 책을 가져갔다면 아가씨를 속이고, 저들의 일부로 만들기 위해 이런 짓을 꾸몄을 리가 없지요."

"그렇다면 책을 누가 가져갔다는 말이지요?"

"모르겠습니다. 단지 안개군단에게 책이 들어가지 않은 게 분명하다는 것입니다. 저들이 아가씨를 여기 묶어두려고 하는 것을 보면 말입니다. 이제 어머니를 구할 수 있는 시간이 일주일 밖에 없습니다. 결혼식이 최후의 날이 분명해요. 학자님도 그 시간까지는 알지 못하고 계셨어요. 중요한 사실을 알게 되었으니 다행입니다. 서둘러 늑대들을 찾아내시고, 어서 저택을 떠나셔야 합니다."

정원사는 다급하게 말을 이었다. 멀리서 개들이 짖는 소리가 들려오기 시작하더니 점차 소리가 가까워지고 있다.

"늑대들이 어디에 있는지 몰라요. 게다가 책을 가져간 자를 모르는데 어떻게 하지요?"

"제가 살펴본 바로는 늑대들은 저택 안에 갇혀 있습니다. 책을 가져간 자가 누구인지는 모르지만, 존재하지만 인식되지 않는 땅으로 간 것은 분명합니다. 아가씨가 책을 가진 자를 찾을 수 있는 방법을 제가 가지고 있습니다. 아가씨를 빨리 따라잡을 겁니다."

개들이 무섭게 짖어대며 목전에 다다른 것을 알고 정원사는 급히 숲 속으로 사라졌고, 곧 운전사가 나타났다. 개들이 미칠 듯이 짖어대며 정원사가 사라진 방향으로 달려가려고 버둥거리지만, 천만 다행으로 운전사는 목줄을 놓지 않았다. 난 안도감에 가늘게 한숨을 내쉬었다.

"여기서 뭘 하시는 겁니까, 아가씨?"

운전사가 의심이 가득 찬 목소리로 물었다.

"잠이 안 와서 산책을 좀 하고 있었어요."

"이 시간에 혼자서 말입니까? 이 녀석들은 뭔가를 발견한 것 같은데요?"

운전사가 목줄을 풀어 주자, 개들이 정원사가 사라진 쪽으로 미친 듯이 날뛰며 달려갔다.

"조금 전에 사슴이 몇 마리 지나갔을 뿐이에요."

"사슴이요?"

"그렇다고 했잖아요! 산책도 편하게 못하나요? 제가 갇혀 있는 건가요? 저렇게 거칠기 짝이 없는 사냥개들을 몰고 이 난리를 치다니. 이 문제는 어머니 앞에서 다시 이야기해요. 전 이제 들어가 자야겠어요."

나는 최대한 침착하게 응수하려고 노력하고 있지만 손이 떨려 주먹을 세게 쥐었다. 운전사는 여전히 의심이 가득한 눈초리로 나를 쳐다보지만 나의 강한 반발에 약간 주춤하는 것 같다.

"사모님이 아시면 걱정하실 게 아닙니까? 몹시 추워 보이시네요. 어서 들어가세요. 제가 주변을 좀 살펴보지요."

"알겠어요."

나의 심장은 걷잡을 수 없이 뛰어 심장박동소리가 터져 나올 지경이지만 최대한 침착하게 말했다.

방으로 돌아온 나는 머리를 묶고, 튼튼하고 따뜻한 옷을 찾아 입었다.

지금 당장에 움직이는 것은 들킬 염려가 있기 때문에 생각도 정리하고, 시간도 벌 생각으로 일단은 소파에 앉아 휴식을 취할 생각이다. 모두가 잠들었다고 생각했는데 갑자기 운전사가 나타나서 얼마나 당황스러웠는지 모른다. 운전사는 어째서 이 시간까지 깨어 있는 것일까. 어쨌든 정원사가 무사하기를 간절히 바라고 또 바란다.

두어 시간이 지났다. 운전사도 잠이 들었을 것이다. 나는 방문을 살짝 열어 복도에 사람이 있는지 살폈고, 아무도 없는 것을 확인하고 조심스럽게 아래층 계단으로 내려갔다. 집사나 운전사가 불쑥 내 앞에 나타날까 두렵고 불안하지만 엄마를 구할 시간이 겨우 일주일 밖에 남지 않았다는 걸 알고도 이 밤을 허비할 수는 없다. 내가 이곳에서 모든 의심을 내려놓고 현실에 안주하려 했던 만큼의 시간이 사라져 버렸다. 부지런히 달려가도 부족했을 시간을 낭비나 하고 있었던 것에 정말로 화가 난다.

나는 누군가의 방해가 없이 지하까지 내려왔다. 늑대들이 집안 어딘가에 있다면 이 지하에 있을 가능성이 크다. 내가 아는 지하에는 와인창고와 식재료가 가득 들어 있는 식품창고가 있다. 한 번 내려와 본 적이 있지만 입구에서 슬쩍 안을 들여다보았을 뿐이라 구조나 크기는 모른다.

나는 우선 식품창고를 살펴보고 있다. 갖가지 식재료들이 깔끔하게 정돈이 되어 있고, 커다란 냉동 창고까지 갖춰져 있지만 특이할 만한 것은 없어 보인다. 그래도 꼼꼼하게 살펴보았다. 그리고 식재료 창고 옆에 있는 와인창고로 왔다. 와인창고는 입구에서 길게 뻗은 복도를 지나 좌우 양 갈래로 갈라지는 티자 모양의 복도가 나 있고, 좁은 복도 양쪽으로는 와인을 옆으로 뉘어 꽂아 둔 선반이 벽면을 모두 차지하고 있는데, 선반 위에 연도를 표시한 숫자가 적혀 있어 한 눈에 원하는 연도의 와인을 찾을 수 있게 되어 있다.

나는 천천히 양쪽 선반을 살피며 막다른 복도 끝까지 왔고, 우선은 오른쪽 방향의 복도부터 살펴보기 시작했다. 역시나 연도가 적힌 선반이 질서 정연하게 놓여 있고, 반대쪽 복도도 사정은 같아 보인다. 식량창고처럼 역시나 특이할 만한 것은 눈에 띄지 않는다.

나는 벽면에 기대어 바닥에 주저앉았다. 무모한 짓이라는 생각이 드는 이유는, 그런 등치의 늑대들을 가둘 만한 장소라면 어지간히 커야할 텐데, 식량창고로, 와인창고로 이미 충분한 공간을 차지하고 있는 이 지하에서 그럴 만한 공간을 찾는 것이 불가능해 보이기 때문이다. 하지만 이곳이 아니라면 저택 어디에 늑대들을 가둘 만한 장소가 있겠는가. 생각하기는 싫지만 늑대들은 이미 다 죽임을 당했을지도 모를 일이다.

아주 희미하기는 하지만 나는 어떤 소리를 들었다. 이게 무슨 소리일까. 나는 자리에서 벌떡 일어나 입구로 달려갔다. 계단으로 조심스럽게 발걸음을 옮기던 나는 다시 한 번 정체를 알 수 없는 소리를 들었다. 이 소리는 외부에서 들려오는 소리는 분명 아니다. 여기, 이 와인창고에서 나는 소리가 맞다.

나는 귀를 기울여 소리가 나는 방향으로 발소리를 죽여 가며 천천히 다가가고 있다. 정체를 알 수 없는 소리는 끊어졌다 이어졌다는 반복하고 있고, 왼 쪽으로 뻗은 복도 안쪽 깊숙한 곳에서 들리는 것 같아 이곳까지 왔는데, 지금은 아무런 소리가 들리지 않는다. 한참 신경을 곤두세우고 귀를 기울이고 있지만 나의 숨소리를 제외하고는 어떤 소리도 들리지 않는다. 이렇게 허무한 경우가 있을까 싶다. 나의 간절한 마음이 환청을 불러일으킨 것일까. 한숨이 나온다. 오늘은 더 이상의 탐색을 포기하고 내일을 기약하는 것이 좋을 것 같다. 하지만 쉽사리 포기할 수 없는 것은 시간이 얼마 남지 않았다는 사실을 알고 있기 때문이다. 일주일 안에 존재하지만 인식되지 않는 땅으로 가서, 그 누가 가져갔는지조차도 모르는 책을 찾고, 희망의 샘에 이르러 맞는 글귀를 써 넣어야만 한다. 그 전에 있을 시험인지 뭔지는 생각할 여유도 없다. 이 모든 일들을 일주일이라는 시간 안에 해내야 한다는 생각만으로도 초조해서 미칠 지경이다. 책을 빼앗기지 말았어야 했다. 이렇게 나는 다시금 후회의 감정에 사로잡히고 말았다.

나는 와인창고를 떠나려고 좁은 복도를 걸어 나오면서 의미 없는 눈길로 선반 위의 연도를 쳐다보았다. 선반의 표시는 연도 순서를 잘 지켜서 안쪽으로 들어올수록 생산된 해가 더해진다. 그런데 소리의 진원지를 찾아 들어온 왼쪽 복도의 마지막 선반에서 앞쪽으로 두 번째 선반 위의 연도는 순서가 바뀌어 있다. 앞쪽 선반에는 1787년이라고 적혀 있고, 뒤에는 1800년이라고 되어 있는데, 중간에 끼여 있는 선반에는 연도가 1945년이라고 표시되어 있는 것이다. 이상하다. 왜 이곳만 연도가 뒤죽박죽인지 모르겠다.

나는 와인 병을 하나 끄집어냈다. 와인 병에도 같은 연도가 표시되어 있다. 그것을 제자리에 꽂아두고 다른 칸의 와인 병을 끄집어냈다. 역시나 같은 연도가 표시되어 있다. 나는 와인창고의 선반이란 선반을 전부 다시 살폈는데, 이곳을 제외하고는 연도의 순서가 뒤바뀐 선반은 보지 못했다. 이상하다는 생각에 이것저것 와인 병을 꺼냈다 집어넣기를 수차례나 했지만 어떤 변화도 일어나지 않았다. 오늘은 일단 포기하는 게 좋을 것 같다. 곧 아침 해가 떠오를 것이다.

나는 힘없이 뒤돌아섰다. 그런데 아까 들었던 정체를 알 수 없는 소리가 다시 들리기 시작했다. 아까보다 더 크고 선명하게 들렸다. 이 소리는 늑대들의 울음소리가 분명한 것 같다. 나는 너무도 좋아 소리를 지를 뻔했다.

"내 목소리가 들려요?"

나는 소리가 나는 벽면으로 최대한 가깝게 다가가 너무 크지 않은 목소리로 물었다.

"아가씨!"

작게 들리기는 하지만 분명히 말을 하는 늑대의 목소리다.

"다들 괜찮아요? 제가 여러분을 꺼내 줄게요."

"아가씨, 와인 병이 열쇠에요. 연도의 순서대로 와인 병을 꺼내 보세요."

나는 서둘러 연도의 순서가 뒤바뀐 선반 앞으로 다가갔다. 이때, 바깥으로부터 사람들의 웅성거리는 소리가 들리기 시작했다. 저택사람들이 깨어난 것이 분명하다. 사람들의 발자국 소리와 떠드는 소리가 점점 가깝게 들리는 것 같다. 나는 급히 입구로 달려가 와인창고의 문을 닫았다. 하지만 문은 안으로 잠글 수 있는 잠금장치가 없어 한쪽 입구에 자리 잡고 있던 두 개의 커다란 술통을 밀어 지지대를 만들었다. 내가 늑대들이 갇혀 있는 곳에 문을 열 때까지 버텨주기를 바라는 심정으로 재빨리 연도순서가 뒤바뀐 선반 앞으로 달려왔다.

나는 첫 번째 선반에서 가장 왼쪽에 있는 첫 번째 와인 병을 꺼냈다. 문 앞에 놓아 둔 술통이 넘어지는 소리가 들린다. 곧이어 사람들이 쏟아진 와인을 밟고 들어오는 질퍽한 소리가 들린다. 저들의 질척거리는 발소리와 아우성 소리가 순식간에 밀려들어온다. 나는 서둘러 두 번째 칸에서는 아홉 번째 와인 병을 꺼냈고, 그렇게 세 번째, 네 번째까지 연도에 따른 와인 병을 차례로 꺼냈다. 사람들이 나의 눈앞에까지 이르러 손을 뻗쳐 나를 잡으려는 순간, 막다른 벽이 스르르 열렸고, 순식간에 나는 그리로 뛰어들었다. 벽이 다시 닫히는 데까지 몇 초도 걸리지 않았다. 늑대들이 일제히 나에게로 모여 들었다.

"아가씨, 해내셨습니다!"

나는 병들을 떨어뜨리면서 튄 와인에 흠뻑 젖은 처량한 몰골로 환하게 웃었다. 와인으로 목욕을 했지만 너무도 기쁜 마음에 날아갈 듯 행복하다.

"아니요, 아직은 아니에요. 와인 병이 열쇠였으니 달리 여길 들어 올 방법이 없겠지만, 사람들은 저 벽을 곧 무너뜨릴 거예요. 나가는 길이 달리 있을 것 같지도 않고요. 어쩌죠?"

"정면으로 맞서서 뚫고 나가야지요. 길은 하나밖에 없으니 말입니다. 제 등에 올라타십시오."

"네."

말을 하는 늑대가 자세를 낮추어 내가 쉽게 등에 올라탈 수 있게 해주었다. 벽이 허물어져 가고 있는 사이에 늑대들은 일제히 나를 태운 말을 하는 늑대 주변을 에워쌌다. 양어머니와 사람들이 다칠까 염려가 되는 순간이지만 다른 방법을 찾기에는 이미 늦어버린 것 같다. 양어머니를 설득하는 건 불가능하다는 생각을 했었다. 시간도 충분치가 않았다. 하지만 시도조차 해보지 않은 상태에서 내린 판단만으로 정말 이렇게 하는 게 최선인지는 모르겠다. 내가 한 지금의 선택을 후회하지 않을 자신이 없다.

벽이 순식간에 허물어지면서 몰려든 사람들을 피해 늑대들이 달리기 시작했고, 누군가에 의해 발사되는 총알을 맞은 늑대들이 쓰러지는가 하면, 늑대들의 날카로운 이빨에 물리어 비명을 질러대는 사람들로 피비린내와 와인 냄새가 뒤섞인 와인창고는 아수라장이 되었다. 나는 말을 하는 늑대의 등에 납작 엎드려 이 끔찍한 광경을 눈으로 쫓고 있지만, 이것이 현실인 것인지 아니면 악몽을 꾸고 있는 것인지 분별조차 할 수가 없을 지경이다. 이보다 더 끔찍한 광경은 없다.

말을 하는 늑대와 동료들이 현관문 앞까지 순식간에 달려왔지만, 나는 양어머니가 입구를 막고 서 있는 모습을 보는 순간 경악할 수밖에 없었다.

"아가, 이리 와!"

양어머니는 두 팔을 벌리고 나를 애타는 눈빛으로 쳐다보았다.

"어머니!"

"어서 그 무서운 짐승 등에서 내려오렴. 저들과 가면 안 된다! 넌 죽게 될 거야. 난 두 번 다시 내 딸을 잃을 수 없다. 어서 내려 와! 어서 내게로 와라."

"아니에요, 어머니. 어머니가 속고 있었던 거예요. 제가 어머니를 구할 거예요. 저를 믿어 주세요."

내가 간곡한 목소리로 말했다.

"그렇지가 않아. 나를 믿어야 한다. 넌 저들을 이길 수 없을 거야. 난 너를 지키기 위해 그런 거야. 절대로 가면 안 된다!"

"저를 믿으셔야 해요, 어머니. 어머니를 반드시 구할 게요. 제발 저희를 보내주세요."

"아가……."

"어머니를 사랑해요. 어머니를 구하기 위해 이러는 거예요. 제발 가게 해주세요. 가야만 해요."

나는 진심을 담은 눈빛으로 애걸하다시피 말했고, 양어머니의 눈빛이 흔들리는 것을 보았다. 허겁지겁 달려 나온 운전사의 손에는 총이 들려 있고, 그가 나에게 겨눈 총대를 밀쳐낸 것은 가정부였다.

"안 돼!"

양어머니가 공포에 질린 목소리로 소리를 질렀지만, 운전사는 가정부를 밀쳐내고 나를 향해 총을 발사 했고, 말을 하는 늑대 옆을 지키던 동료 늑대가 온 몸으로 총알을 받아내며 쓰러졌다. 나와 눈이 마주친 양어머니가 현관문을 열어 제치는 동안에도 운전사가 발사하는 총알이 빗발치고, 그 총알에 맞아 쓰러져가는 늑대들을 뒤로하고 무서운 속도로 저택을 빠져나가는 말을 하는 늑대의 목을 부여잡은 나는 형용할 수 없는 고통으로 울고 있다. 이 모든 것이 너무도 순식간에 일어나 내 눈으로 벌어지는 사태를 보고도 믿기 어려운 일들이고, 내 마음으로 느끼면서도 내가 무엇을 느끼는지조차 모르겠다.

말을 하는 늑대는 무서운 속도로 달렸다. 나는 늑대의 등에서 떨어지지 않기 위해 온 힘을 다해 목을 부여잡고 상체를 최대한 낮추었다. 양어머니는 나를 이해했을까. 아마도 그렇지 못했을 거다. 단지 내가 떠나야 한다고 하니까 보내줘야 한다고 생각했을 것이고, 어떤 희생을 치르더라도 나를 살리고자 하셨을 것이다. 사랑은 그런 것이다. 자신이 이해할 수 있는 만큼을 내어주는 것이 아니라 상대가 원하는 만큼을 내어주고 싶은 마음이 바로 사랑인 것을 이제야 알겠다.

얼마를 달렸을까. 어느 순간, 말을 하는 늑대는 속도를 낮추더니 천천히 멈추었다. 지금 세상으로부터 우리를 숨겨주는 것은 어마어마한 키를 자랑하는 갈대숲이다. 어디를 둘러봐도 갈대밖에는 보이지 않는 곳이다.

"이 모든 게 제 잘못이에요."

"너무 괴로워하지 말아요, 아가씨."

"정원사 아저씨를 만났어요. 이제 시간이 일주일 밖에 남지 않았다고. 제가 시간을 다 허비하고 있었어요."

"주위 사람들이 모두 아가씨를 속이려 드는데 진실을 찾기가 쉽지 않지요. 자신을 탓하지 마세요."

"아니요, 이 일은 제 잘못이에요. 전 의심을 하면서도 제가 틀리기를 바랐던 걸요. 사람들이 저를 속이고 있었지만, 저도 저를 속이고 있었던 거예요."

나는 맥없는 목소리로 말했다.

"그래도 진실을 알아내셨잖아요. 게다가 용감하게 저희를 구하셨고요."

"살아계셔서 정말 기뻐요. 정원사 아저씨에게 진실을 들었을 때에는 당신들이 살아 있지 않았을까봐 정말 무서웠어요. 살아 있어줘서 고마워요."

"아가씨가 포기하지 않아 주셔서 고맙습니다. 사모님께서 저희를 왜 살려두셨는지 몰랐는데, 아까 저희를 보내주시는 것을 보고 알았어요."

"저를 많이 사랑하시니까요. 친딸도 아닌 저를 그렇게나 사랑해 주셨어요. 제 엄마잖아요. 엄마는 어떻게 저를 그렇게 사랑하실 수가 있었을까. 아직도 잘 모르겠어요. 엄마에게 많이 미안해요. 저 같은 딸을 버리지 않고 그렇게 끝까지 참아만 주셔서. 저처럼 나쁜 딸을 사랑해 주셔서 너무 고맙고 미안해요. 좀 더 일찍 알았더라면 좋았을 텐데……."

"후회를 되돌릴 기회가 남았잖아요? 아직은 희망이 있어요. 게다가 낭비만 하고 있었던 것은 아니지요. 시간의 비밀을 알아낸 거잖아요?"

"그건 그저 우연히……, 벌써 해가 떠오르고 있네요. 이제는 6일 밖에 남지 않았어요. 정원사 아저씨의 말이 책은 존재하지만 인식되지 않는 땅에 있지만 누가 가져갔는지는 모른대요."

나는 불안한 감정을 숨기지 않았다.

"아가씨가 포기하지 않으면 희망은 아가씨를 배신하지 않을 것입니다."

"어머니는 괜찮으실까요? 운전사가 저를 죽이려고 했어요. 그 자를 믿은 적은 없지만 저를 죽이려고까지 할지는 몰랐어요. 어머니에게 해를 입힐까 두려워요."

"아가씨가 이 일을 완수하면 모두 무사할 것입니다. 저들은 아가씨 어머니의 마음이잖아요?"

"그건 그렇지만……, 전 아직도 혼란스러워요."

"이해해요. 차차 정리가 될 거예요. 시간이 많은 것을 해결해 준다고 말했지요? 이제 동료들을 불러봐야겠어요."

말을 하는 늑대가 목청을 높여 길게 울자, 늑대들이 하나 둘씩 몰려들었다. 처음 여행을 시작할 때보다 반수도 남지 않았다. 내 책임을 통렬하게 느끼게 되는 순간이다.

"많은 늑대들이 죽었군요."

"네."

말을 하는 늑대가 서글픈 목소리로 조용히 답했다.

"저들은 기쁘게 이 일에 동참했고, 죽음 앞에서도 비굴하지 않았어요."

"동료들을 잃어 마음이 아프죠? 미안해요. 저 때문에. 제가 책을 그 주머니에서 꺼내지만 않았어도 이런 일은 없었을 거예요."

"아가씨를 위해 시작한 여행이에요."

"알아요. 모두들 저를 위해 희생을 감수하고 있는데 저는 바보 같은 짓만 하고 있잖아요? 제 자신이 정말 싫고 부끄러워요."

"실수를 하니까 사람이에요. 자신을 너무 탓하지 말아요, 아가씨. 저와 제 동료들은 저희들에게 주어진 이 임무를 완수하기 위해서 죽기를 각오했습니다. 아가씨를 지키는 것은 이런 죽음 앞에서도 저희를 자랑스럽게 생각할 수 있는 긍지를 갖게 했어요. 그러니 누구도 아가씨를 원망하지 않습니다."

"무서워요. 저로 인해 누군가가 상처받고 다친다는 것이, 제 실수 때문에 죽을 수도 있다는 사실이, 그럼에도 아무것도 책임져주지 못하고 저는 이렇듯 살아 있다는 사실이요. 정말 이래도 되는 것일까. 이래야만 하는 것일까. 모르겠어요. 너무 겁이 나고 두려워서……."

"아가씨도 어머니를 위해 이 험난한 여정을 시작하셨잖아요?"

"엄마는 저 때문에……."

"책임을 지려고 노력하시는 거죠. 그렇지 않나요?"

"그래야 하잖아요? 친엄마에게 버려진 나를 거두어 사랑으로 키워주셨고, 그런 줄도 모르는 나 같은 딸 때문에 죽어 가시는데……, 제가 죽는다고 해도 엄마를 살리고 싶어요."

"아가씨는 무책임하지 않아요. 아가씨가 무책임해서가 아니라 단지 실수를 하는 사람이기 때문에 그런 거예요. 사람은 그렇게 실수를 하는 자신을 반성하면서 발전하고, 실패의 아픔을 딛고 일어서려고 노력하면서 성장하는 존재라고 학자님이 말씀하셨어요. 그러니 이제 그만 아파하세요. 갈 길이 멀어요. 오늘 안으로 반드시 상류에 도착해야 합니다. 그리고 강을 건너갈 것입니다. 이제 아가씨는 저희 등에 번갈아 가며 타세요. 아주 빠른 속도로 움직일 겁니다."

"네, 알겠어요. 당신이 제게 얼마나 고마운 존재인지 한 번은 말해 주고 싶었어요. 정말 고마워요."

나는 내 앞으로 다가와 타라고 자세를 낮춘 말하는 늑대의 동료인 한 늑대의 등에 재빨리 올라탔다. 나를 태운 늑대 뿐 아니라 모든 늑대들이 쏜살 같이 달리기 시작했다. 바람을 가르며 놀라운 속도로 강가를 따라 상류로 계속 올라가고 있다. 내가 다른 늑대를 갈아타야 할 때만 잠시 멈출 뿐이다.

강 상류로 올라갈수록 강폭이 좁아져서 강 건너의 풍경이 내 눈에도 들어오기 시작했다. 허허벌판이 끝도 없이 펼쳐져 있는 것 같다. 강 이편과 달라도 너무도 달라 보이는 황량하고 거친 광야만이 보인다. 무엇이 있을 법 하지가 않은 무한의 공간이 그곳에 펼쳐져 있고, 그 풍경에 의욕이 상실되어 가는 기분이다.

어느덧, 서쪽 하늘의 노을이 핏빛으로 물들어가고 있다. 아침 해가 떠오를 때에 출발해서 하루 종일을 쉬지 않고 달려왔다. 늑대들은 모두 지칠 대로 지쳐 있고, 나도 많이 지쳤다.

최대한 상류로 올라 온 우리는 건너가기에 적당한 장소를 발견했다. 강폭이 그다지 넓지 않고, 깊이도 얕아 보인다. 물살이 제법 세 보이는 것이 마음에 걸리기는 하지만 강바닥이 훤히 비춰 보이는 것이 건너가는 데 문제는 없어 보인다.

"물살이 제법 세 보여요. 그래도 깊은 것 같지는 않아 다행이에요."

나는 기대에 찬 목소리로 말했다.

"보이는 것이 전부는 아닙니다. 이 강은 그 속을 알 수가 없지요. 학자님이 당부를 하셨어요. 건너가는 동안에는 절대로 강바닥을 보아서는 안 된다고. 그러니 절대로 아래를 보지 마세요. 앞만 보고 건너가서야 해요. 명심하세요, 아가씨"

말을 하는 늑대가 비장한 목소리로 말했다.

"그게 제게 당부할 일이었군요."

"간단하고 쉬어보이는 것이 더 위험한 함정을 숨기고 있는 경우가 많지요. 이 강은 아주 위험하다고 학자님이 말씀하셨어요. 평화롭고 잔잔해 보이는 물결, 그 깊은 곳에서는 상상할 수도 없는 위험이 도사리고 있다고 말이죠. 이 강은 유혹의 심연을 감추고 있다고 했어요. 그러니 강을 건너는 동안은 절대로 아래를 내려다보지 마세요."

"알겠어요."

나는 힘차게 대답했다. 말을 하는 늑대의 당부를 잊어서는 안 된다는 것을 경험을 통해 알고 있다. 책을 주머니에서 꺼내보면 안 된다는 늑대의 당부를 잊는 바람에 많은 동료들을 잃지 않았던가. 이번만큼은 무슨 일이 있어도 늑대의 당부를 잊지 않을 것이다. 절대로 강바닥을 쳐다보지 않을 것이다.

늑대들은 일사불란하게 자신들의 몸으로 다리를 만들었고, 나는 몸을 엎드린 자세로 늑대들의 등을 타고 조금씩 앞으로 나아갔다. 넓은 늑대의 등을 타고 나아가는 것이 그다지 어려운 일은 아니어서 잔뜩 긴장하고 있던 신경이 조금씩 풀리고 있다. 게다가 곧 맞은 편 강가에 닿을 만큼 눈으로 보는 거리는 가까워 보인다. 강바닥을 내려다볼 이유가 없는데 무엇 때문에 그런 당부를 했는지 모르겠다. 나는 배를 타지 않겠다고 결정한 것은 정말 탁월한 선택이었다는 생각이 들면서 이 여행을 시작한 이후로 처음으로 내 선택을 자랑하고 싶은 감정이 들었다.

강의 중간쯤에 이르렀을 때, 갑자기 내가 올라탄 늑대의 등이 심하게 흔들리기 시작하더니 앞에 늑대와의 간격도 벌어졌다. 나는 아래를 보지 않으려고 애를 쓰면서 다음 늑대의 등으로 옮겨가려고 두 팔을 뻗었다. 벌어진 간격 때문에 두 손은 앞쪽 늑대 등의 털을 움켜쥐고, 두 발은 뒤쪽 늑대의 머리를 짓이기고 있는 상황이다. 나는 왼쪽 발로 뒤에 있는 늑대의 머리를 힘껏 밟은 상태에서 오른쪽 발로 앞에 있는 늑대 꼬리 부분을 딛고 등 위로 올라탈 생각이었지만, 늑대 꼬리 부분의 굴곡 때문에 발이 미끄러지고 말았다. 다시금 뒤에 있던 늑대의 머리가 심하게 흔들리면서 그나마도 지지대 역할이 되어 주었던 두 다리가 공중으로 미끄러지고 말았고, 난 털이 다 뽑힐 정도로 힘껏 앞쪽 늑대 등의 털을 부여잡고 있지만, 손바닥에서 나는 땀 때문에 빠르게 미끄러지고 있어 곧 강바닥으로 떨어질 지경이다.

이런 와중에 뒤에 있던 늑대가 내 옷을 입으로 물었고, 나는 앞쪽 늑대 털을 움켜쥔 손을 놓았다. 나는 강바닥을 보지 않기 위해 눈을 감은 채로 내 옷을 물고 있는 뒤쪽 늑대의 목을 팔로 감싸 안았다. 온몸으로 뜨거운 열기가 관통하는 기분이다. 늑대들은 중심을 잡기가 몹시 힘들어 보이고, 나는 기력이란 기력은 다 소진된 상태로 간신히 뒤쪽 늑대의 등에 올라탈 수 있었다.

나를 태운 늑대가 앞쪽 늑대와의 간격을 좁혀보려고 애를 써보지만 진동이 점점 심해지고 있어, 나는 더 적당한 때를 기다릴 수 없다는 판단을 내렸다. 나는 상체를 들어 흔들림 때문에 멀어졌다 가까워지는 늑대들 사이가 최대한 좁혀졌을 때를 이용하여 뒤쪽 늑대의 머리를 두 발로 힘껏 밀쳐내고 앞쪽 늑대의 등 위로 뛰어 올랐다. 하지만 나는 앞쪽 늑대의 꼬리를 간신이 부여잡았을 뿐이다.

엄마가 나를 포옹하시려 두 손을 뻗치셨다. 얼굴에는 인자하고 환한 미소가 가득하고, 너무도 행복해 보인다. 엄마는 어서 오라고 자꾸 손짓을 한다. 나는 엄마를 향해 달려간다. 엄마의 품에 안겨 용서를 구해야겠다. 엄마에게 사랑한다고 말해야겠다. 나는 너무도 기쁜 마음으로 힘겹게 잡고 있던 뭔가로 부터 두 손을 놓아버렸다.

누군가의 입이 나의 옷자락을 물었다. 그리고 어떤 늑대의 등 위로 안전하게 옮겨져서야 내 정신이 돌아왔다. 강물이 요동치며 거대한 소용돌이가 모두를 잡아먹을 듯 으르렁거리고, 늑대들이 그 소용돌이로 빨려 들어가고 있는 광경을 나는 지켜보고만 있다.

"기다려요! 저들이 빨려 들어가고 있어요. 그냥 가면 안 돼요! 제발 기다려요!"

나는 울면서 소리쳤지만, 나를 태운 늑대는 들은 척도 하지 않고 계속 강가 쪽으로 질주해갔다. 나는 모든 늑대들이 소용돌이에 휘말려 사라지는 모습을 무력하게 지켜보고 있을 뿐 아무것도 할 수 있는 게 없다.

나를 태운 늑대는 간신히 나를 강가에 내려놓았다. 말을 하는 늑대다. 그는 강가로 간신히 올라 왔지만 기진하여 자리에 쓰러지고 말았다.

"제발 죽지 말아요. 미안해요. 나 때문이죠? 내가 강바닥을 쳐다본 건가요? 그래서 당신 동료들이 죽은 거죠? 그렇죠? 어떡해요. 당신 말을 듣지 않아서 이렇게 되었어요. 이제 어떡해요."

"울지 말아요, 아가씨. 우리의 할 일은 여기까지인 거예요. 여기까지가 우리의 일이었어요. 그러니 울지 말아요."

말을 하는 늑대는 숨을 헐떡이며 간신히 말했다.

"밑을 보지 않으려고 했었는데, 정말 노력했었는데……."

"알아요. 아가씨가 노력하신 거 알아요. 그러니 이제 그만 울어요."

"죽지 않을 거죠? 당신은 죽지 않을 거죠? 나를 두고 가지 않을 거죠?"

"아가씨, 마음의 눈으로 봐야만 모든 것을 볼 수 있을 거예요. 눈에 보이는 것만 믿지 말고 마음으로 길을 내셔야 해요. 길을 찾는…… 유일한 방법은……."

말을 하는 늑대는 숨을 헐떡거리며 더 이상 말을 잇지 못했다.

"안 돼요! 죽지 마요. 제발 나만 두고 가지 말아요. 나 혼자서 할 수 없어요. 제발 죽지 말아요."

나는 말을 하는 늑대의 머리를 끌어안았다.

"할 수 있다는……, 믿음… 을……."

말을 하는 늑대의 머리가 축 늘어졌다. 나는 말을 하는 늑대의 목을 부여잡고 울었다. 생명을 가진 그 무엇도 용납할 것 같지 않는 황폐한 광야로부터 차갑고 황량한 바람이 불어와 내 눈물을 낚아채어 간다. 나는 내 어리석음 때문에 나를 보호하고 인도해 준 모든 동료를 잃은 슬픔에 더욱 절망한다. 내가 이렇게 만든 것이다. 절대로 잊지 않으려고 했다. 하지만 나는 다시 잊고 말았다. 후회하는 마음의 괴로움이 어떤 것인지를 이처럼 뼈저리게 느껴 본 적이 없는 것 같다. 단 몇 분 전의 일이다. 단 한 순간의 찰라와 같은 실수였다. 그런데 그 순간의 실수가 낳은 엄청난 결과 앞에서 나는 미칠 것 같은 후회와 고통을 느끼며 울고 있다. 되돌려 놓을 수만 있다면 무슨 짓이라도 할 수 있을 거라고 마음으로 다짐하고 또 해보지만 난 과거의 그 순간으로 돌아갈 수가 없다. 내가 무슨 짓을 했단 말인가.

어째서 마음먹은 대로 되지 않는 것일까. 내가 한 결심은 그렇게 나약하고 하찮은 것이었나. 사람이라는 것이 이렇게 연약한 존재라는 말인가. 앞으로도 나는 이렇게 계속 잘못하고 실수할 텐데 과연 엄마를 구하고, 나를 구할 수 있을까. 결국에는 해내지 못할 것이다. 나에게 더 이상의 희망은 남아있지 않다.

나는 말을 하는 늑대의 시체를 강물에 띄워 보냈다. 그리고 주린 배를 움켜쥐고 방향도 목적지도 없이 걷기 시작했다. 할 수 있는 것은 이것이 전부이다. 그렇게 해가 중천에 떠오를 때까지 걸었다. 그러다 나는 자리에 우뚝 선다. 소용없는 짓이다. 아무리 걸어도 무엇인가를 발견할 수 있는 곳이 아니다. 바싹 마른 목이 갈증으로 찢어질 것처럼 아프고, 허기진 배는 등짝에 들러붙은 것 같다. 기운이 없다. 그리고 희망도 없다. 나는 눈을 감았다.

얼마를 걸었을까. 모르겠다. 너무 피곤하여 더는 걸을 수 없을 것 같다. 나는 흙먼지 바닥에 누웠다. 태양은 나를 조롱이라도 하듯 뜨겁게 내리쬐고 있다. 나는 눈을 감는다. 이렇게 죽어가겠지. 엄마의 얼굴이 떠오른다. 다시는 만날 수 없을 것이다. 엄마가 보고 싶다. 다 버려도 좋을 것 같았던 내 인생이지만 이렇게 포기하기는 싫다. 난 하고 싶은 게 없다고 생각하며 살았지만 사실은 하고 싶은 게 많았던 거다. 정말 이렇게 죽기는 싫다.

아침 해가 떠오르자, 나는 다시 일어났다. 그리고 밤의 어둠이 내려앉을 때까지 걸었다. 그리고 어딘지도 모를 이 자리에 쓰러지듯 누워 눈을 감는다. 내일도 오늘과 다르지 않다면 이 무모하고 의미 없는 짓을 어디에서, 어떻게 멈추어야 할지 모르겠다는 생각을 하면서 난 무의식의 세계로 빨려들어 간다.

나는 해가 중천에 떠오를 때까지 잠에서 깨어나지 못했다. 이제는 일어 날 기운도 없다. 나는 누워 기억을 떠올린다. 양어머니와 저택사람들과 함께 했던 나날들이 주마등처럼 떠오른다. 언제나 내 곁을 지켜주었던 늑대들과 함께 했던 순간들도 바로 조금 전의 일처럼 기억할 수 있는데, 나는 지금 혼자이다. 말을 하는 늑대는 내가 이 일을 해낼 수 있을 거라고 말했다. 무엇을 보고 그런 믿음을 나에게 보여주었단 말인가. 도대체 무엇을 보고. 모두에게 미안하다. 늑대들의 희생을 이렇게 밖에 만들지 못해 미안하다.

"용서해 줘요, 모두들. 전 이제 할 수 있는 일이 없어요. 미안해요. 당신들의 죽음을 이렇게 헛되게 만들어서. 엄마, 미안해. 난 여기에서……."

나는 눈을 감았다. 이대로 여기에서 죽고 싶지 않다. 나를 대신해 죽음까지 불사한 저들 때문만이 아니다. 엄마를 살려야 한다는 사명감 때문만도 아니다. 나는 살고 싶다. 세상으로 돌아가 하고 싶은 일이 많다. 나는 내게 허락된 이 삶을 여기에서 내려놓기 싫다.

나는 눈이 아닌 마음으로 길을 내라고 했던 말을 하는 늑대의 마지막 말을 떠올렸다. 마음으로 길을 낸다는 것이 무슨 뜻일까. 눈이 아닌 마음으로 봐야 보이는 길은 어떻게 찾을 수 있을까. 중요한 것은 말을 하는 늑대가 진실만을 말했다는 것이고, 내가 그를 믿는다는 것이다. 이제 그 믿음을 시험해 봐야 할 것 같다. 아직은 그가 한 말의 뜻을 다 이해할 수 있는 것은 아니지만 그에 대한 나의 믿음을 보여줘야 할 때가 된 것이다.

나는 자리에서 벌떡 일어났고, 아무것도 없이 텅 비어 있는 이 무한의 공간에서 길을 찾으려고 한다. 나는 눈을 감고 마음으로 낸 길을 찾으려 한다.

17

처음에 나는 내 자신의 눈을 의심했다. 바로 내 눈앞에 펼쳐져 있는 이 광경은 정말로 믿기지가 않는다. 녹색 향기가 진동하는 숲과 초원 사이, 잘 가꾸어진 정원을 품은 거대한 저택이 당당한 위용을 자랑하며 서 있는데, 물빛 대리석으로 지어진 외관이 햇빛을 받아 신비롭게 빛나고 있는 것이다.

발밑 부드러운 녹색의 잔디에서 싱그러운 풀냄새가 솔솔 올라오고, 제각기 다양한 목소리로 노래를 부르는 새들의 합창소리는 조화롭고 청명하다. 멋진 조각 분수대에서 뿜어져 나오는 시원한 물줄기는 나의 갈증을 부추기고, 건조한 무더위에 지친 나의 얼굴로 상쾌한 바람이 와 닿는다.

나는 분수대 바로 옆, 야외용 식탁 위에 온갖 빛깔의 먹음직스러운 음식이 차려져 있는 것을 발견했는데, 그 식탁 앞으로 오직 하나의 의자가 놓여 있다. 누가 차려놓은 것인지, 누구를 위해 준비된 것인지는 모르겠지만 내 눈에는 식탁 위의 물 잔과 음식들이 춤을 추며 나에게 손짓을 하고 있는 것 같아 보인다.

나는 배가 터질 지경으로 음식을 먹고 나서야 분수대로 다가가 시원하게 뿜어져 나오는 깨끗한 물에 흙먼지를 뒤집어 쓴 머리와 얼굴을 씻어냈다. 뜨거운 햇볕에 사정없이 들어내었던 얼굴이 따끔거리지만 이제야 정신이 돌아오는 것 같다.

나는 마음으로 길을 냈다. 마음속으로 찾고자 했던 길은 책을 가지고 간 자가 머물고 있는 장소를 찾는 것이었다. 만일 제대로 길을 찾은 거라면 내가 보고 있는 저 거대한 저택이 책을 가져간 자의 처소일지도 모르고, 내가 먹어치운 음식의 주인은 바로 이 저택에 거하는 누구이거나, 이 저택을 찾아올 누군가가 분명해 보이는데, 어디에서도 사람의 인기척이 전혀 느껴지지 않는다. 이 고요함이 나를 긴장시킨다.

내 눈에 단층구조의 거대한 저택은 마치 두 팔을 벌리고 정원과 정원 앞으로 펼쳐진 끝이 보이지 않는 초원을 감싸고 있는 사람 같아 보인다. 정사각형 모양의 두 건물을 이어주는 것은 완만한 아치 형태로 출입문인 듯 보이는 아름다운 철제문이 정중앙에 하나 있을 뿐, 매끈한 물빛 대리석의 외관에는 단 하나의 창문도 보이지 않고, 이런 모양의 저택이 좌우로 길게 뻗어 숲속까지 연결되어 있는데, 어디까지 뻗어 있는지 지금으로서는 확인할 수가 없다.

나는 출입문 앞에 서서 몇 번 노크를 했다. 아무도 응답하지 않는다. 그래서 용기를 내어 문고리를 조심스럽게 돌려보았고, 반쯤 열린 문틈으로 안을 들여다보았다. 건물 안은 사물을 분간하기 힘들 정도로 어둡고,

기분이 나쁠 정도로 서늘하다. 엄마의 마음속으로 들어올 때, 그 집에서 느꼈던 느낌이 생생하게 되살아 날 정도로 아주 흡사한 느낌이다.

나는 과감히 집안으로 들어왔다. 내가 들어오자마자 실내가 밝아졌는데, 어디를 살펴보아도 불빛을 내는 등은 보이지 않는다. 천장과 벽, 바닥까지도 온통 물빛 대리석으로 역시 이음새가 없는 완전한 네모다. 건물은 중앙의 커다란 둥근 홀을 중심으로 모두 4개의 복도로 나뉘어져 있는데, 복도는 이 끝과 저 끝을 알 수 없을 만큼 길게 뻗어 있고, 철제 방문들이 일정한 간격으로 복도 양쪽에 일렬로 배치되어 있다.

나는 하나의 복도를 선택하여 안으로 걸어가고 있는데, 똑같은 모양의 방문들이 계속 이어져 있어서 어느 방으로 들어가 봐야 할지 모르겠다. 이런 이상한 건물 구조는 처음이다. 사람이 살기는 하는 것일까. 일단은 아무 방문이나 하나 열어보는 게 좋을 것 같다.

곱게 화장을 한 아름다운 신부는 눈물을 참으려고 무던히도 애를 쓰고 있다. 신부의 오른손은 그녀의 배에 머물고 있고, 다른 한 손으로는 질끈 감은 눈가를 문지르고 있다. 곧 나이가 들어 보이는 여인이 방안으로 들어섰다. 어디가 안 좋으니? 내 딸이 이렇게 신식으로 결혼식을 하다니 정말 좋구나. 여인은 부러운 눈빛으로 그녀의 딸을 바라본다. 기분이 어떠니? 네가 결혼을 한다니 기쁘고도 착잡하구나. 잘 살 거야. 넌 똑똑한 아이니까. 너를 아껴주는 남자와 결혼을 하는데 불평할 일이 뭐가 있겠니? 나도 네 나이 같은 때가 있었는데 말이다. 그 세월이 바로 어제 같은데. 세월이 그런 거야. 훌쩍 가버리지. 네 인생은 나보다는 낫겠지. 네가 늘 나에게 섭섭한 게 많다는 걸 모르는 게 아니다. 하지만 너도 자식 낳고 살아봐

라. 어쩔 수 없는 일들이 너무도 많은 게 인생이란 걸 알게 될 테니. 난들 좋은 엄마가 되고 싶지 않았겠니? 마음대로 되지 않는 게 이 놈의 팔자인 것을 어쩌겠어. 세상의 네 애비 같은 위인이 다시 있겠니? 너 좋다는 사람에게 가는 거니까 네 인생이야 뭐 아쉬울 게 있겠어. 안 그러냐? 여인은 복잡한 감정을 실어 말했다. 엄마는 절대로 몰라. 내가 이 결혼을 얼마나 끔찍해 하는지. 알 필요도 없어. 안다고 해도 달라질 것은 없으니까. 누구를 탓하겠어. 내가 이렇게 만든 것을. 더 이상 아무 말도 하지 마. 더 이상은 어떤 말도 듣고 싶지 않아. 신부는 울부짖었다. 얘가 왜 이래? 누가 이 결혼을 하라고 했니? 네가 하겠다고 한 결혼 아니니? 어디 결혼도 하지 않은 처녀가 덜컹 애를 배가지고 오지를 않나. 남부끄럽게 만든 게 누군데. 딱 제 애비를 닮아서 그런 거 아냐? 고약한 것은 죄다 제 애비를 닮아서 그렇지. 여인은 냉담하게 말했다. 제발 나가, 엄마! 제발 나를 혼자 내버려 두라고. 제발 더 이상……, 신부는 배를 움켜쥐며 고통스럽게 신음소리를 토해냈고, 여인은 투덜거리며 방을 나갔다. 신부는 운다. 화장이 모두 지워져 버릴 만큼 눈물로 얼룩진 얼굴에는 형용할 수 없는 고통으로 일그러져 있다. 그때 방문이 열리고 신랑인 듯 보이는 남자가 들어왔다. 남자는 서글픈 눈으로 여인을 바라보면서 오랫동안 서 있다. 미안해. 당신을 너무나도 사랑해서, 너무 좋아서 당신을 원했을 뿐인데, 당신을 이렇게 힘들게 만들었어. 그래도 내가 나쁜 놈이지. 변명을 할 자격도 없다는 걸 알아. 식을 올리기 전이니 당신이 원하는 대로 해주겠어. 떠나겠다면 보내주겠다고. 아이는 낳아. 아이는 내가 책임지고 키우지. 당신이 원치 않는다면 결혼식은 취소하자. 하지만 나는 당신을 여전히 사랑하고, 당신과 부부의 연을 맺고 싶어. 나를 받아주면 좋겠어. 남자는 비통한 목소리로 말

했다. 이제 와서, 이제 와서……, 무책임하고 야비한 사람! 이제 와서 나보고 어쩌라고! 신부는 분노에 차서 울부짖는다. 난 다 돌려놓고 싶어. 내 안에서 자라는 이 생명을 거부하고 싶다고. 당신과의 악연도 다 끝내고, 난 혼자 가버리고 싶어. 하지만 난 두려워. 내 안에서 자라고 있는 이 생명이 두려워. 함부로 할 수가 없다고. 당신이 내 인생을 이렇게 망쳐 놓았어. 무슨 권리로 나를 이렇게 처참하게 만든 거야? 당신이 무엇이라고 나를, 내 사랑을……, 신부는 배를 움켜쥐고 주저앉는다. 괜찮아? 남자가 여인의 어깨를 잡았지만, 여인은 거칠게 남자의 손을 뿌리쳤다. 제발 오늘로 끝내자. 당신이 내가 준 마지막 기회를 취할 생각이 아니라면 바로 이 순간부터 과거의 모든 악감정은 다 털어버리고 엄마로, 나의 아내로 살아줘. 이 순간을 마지막으로 제발 더는 이러지 말자. 부탁이다. 남자는 진심으로 말했다. 그리고는 조용히 방을 나갔다. 신부는 거울을 들여다보며 눈물을 닦아냈다. 신부의 눈빛에 결연한 의지가 반짝인다.

나는 신부가 신랑의 손을 잡는 것을 지켜보다가 방을 나왔다. 신부는 엄마가 분명하다. 결혼식 때 찍은 사진을 본 적이 있다. 이 방에는 엄마가 결혼식을 할 때의 기억이 들어 있는 것 같다. 이렇게 수많은 방들에 엄마의 기억들이 들어 있다니 놀랍다. 사람이 사는 나날이 얼마나 길다고 이렇게 많은 기억들이 쌓이고 더해지는 것인지 놀랍기만 하다.

나는 이 건물에는 엄마의 기억의 방들만 존재한다는 결론을 내렸다. 이곳에서 책을 가져간 자의 흔적을 찾을 수는 없을 것 같다. 그렇다면 이곳에 계속 머물러 있을 수는 없다. 엄마의 한 많은 기억들에 대한 관심이 없는 것은 아니지만 지금은 시간이 없다.

나는 저택을 빠져나왔다. 벌써 날은 어두워졌다. 환한 달빛을 받은 저택이 시리도록 푸른빛을 내고, 멀리 숲속에서 들려오는 동물들의 울음소리가 불안한 나의 마음을 더욱 초조하게 만든다. 이제 무엇을 해야 할지 너무도 막막하다. 어디로 가야 책을 찾을 수 있단 말인가.

"아가씨!"

갑자기 내 눈앞에 모습을 들어 낸 정원사의 모습에 나는 얼마나 놀라고 기쁜지 말을 제대로 할 수 없을 지경이다.

"아저씨!"

"이렇게 무사한 것을 뵈니 정말 기쁩니다, 아가씨."

"지금 아저씨를 만난 것이 제게 어떤 의미인지 모르실 거예요. 고마워요. 이렇게 와주셔서 너무 고마워요."

나는 감격에 겨워 정원사의 두 손을 잡았다.

"저는 운이 좋았습니다. 여기까지 오는 데 제게는 방법이 하나 밖에 없었으니까. 운이 나빴다면 강물에 수장됐겠지요. 다행히 뱃사공은 저를 강물에 버리지 않았습니다."

"다행이에요. 정말 다행이에요. 저와 함께 온 늑대들은 모두……."

"죽었군요."

"네, 제 실수 때문에요."

"너무 마음 아파하지 마세요. 저들은 저들의 역할을 잘 해냈습니다."

"하지만……."

"아가씨가 일부러 저들을 다치게 하려고 한 것이 아니잖습니까? 제가 말씀드린 적이 있었지요? 좋은 동기로 시작한 일이 좋지 못한 결과를 낳게 되더라도 너무 자신을 탓하지 마시라고요. 인간은 뭐든 시작할 수 있고, 열심히 좋은 열매를 바라며 노력할 수는 있지만 결과까지 마음대로 선택할 권리까지는 얻지 못한 것 같습니다. 그 마지막은 하늘의 뜻이 아니겠습니까?"

"그래요. 그렇지만 제가 잘못하지 않았다면 저들이 모두 죽지는 않았을 거예요."

"어쩔 수 없는 상황이었겠지요. 실수하기에 사람이 아닙니까? 그리고 아가씨가 실수하는 사람이기에 실수하는 다른 사람도 용서할 수 있는 겁니다."

"저들이 너무 그리워요."

"압니다. 쉽게 잊을 수는 없겠지요. 하지만 저들의 희생을 위해서라도 할 일을 해야지요."

정원사가 진지하게 말했다.

"알아요. 아직은 시간이 남아 있고, 아저씨를 만났으니 다행이에요. 전 마음으로 길을 내어 여기까지 왔는데, 저 저택에서 책을 가져간 자를 찾을 수 없었어요. 저기에는 엄마의 기억들이 간직되어 있는 것 같아요. 혼자서 무엇을 해야 할지, 어디로 가야 할지 얼마나 막막했는지 몰라요."

"그랬군요. 고생이 많으셨습니다."

"이렇게 아저씨가 와주셔서 얼마나 기쁜지 모르실 거예요."

"도움이 되면 좋겠습니다."

"옆에 있어주는 것만으로도 저는 힘이 나는 것 같아요."

나는 미소를 지었다.

"아가씨께서 잃어버린 것이 있지요? 이것을 전해드리기 위해서라도 전 살아서 여기까지 와야 했습니다."

정원사는 나침반을 내게 건네주었다.

"이걸 어떻게……, 제 외투 주머니에 있었어요."

"아가씨의 외투를 소각장에서 찾아냈습니다. 다행히 저들이 이것의 용도를 몰랐던 거 같습니다."

"정말요? 대단해요, 아저씨!"

나는 감격해서 말했다.

"이제 책을 가진 자가 있는 곳을 찾을 수 있을 거예요. 이건 나침반이니까."

"그런데 이 나침반을 어떻게 사용해야 하나요? 사용법을 물어보지 못했어요."

나는 정원사가 전해 준 구슬을 들어 보이며 말했다.

"이것을 두 손으로 감싸고 입김을 부세요. 그리고는 질문을 하시면 됩니다."

"질문이요?"

"네, 그렇게 사용해야 한다고 학자님의 편지에 적혀 있었습니다."

나는 정원사의 말대로 두 손으로 구슬을 감싸 안고 입김을 불었다. 그러자 은하계를 품고 있던 구슬이 열리면서 물 위에 둥둥 떠다니는 것처럼 보이는 글자가 하나씩 나타나기 시작했다. 글자는 오른쪽 모서리에서 형성되어 왼쪽 모서리까지 이르면 소멸되었고, 미처 알아차리지 못하고 놓친 처음 부분이 다시 생성되어 왼쪽으로 계속 지나가며 사라지고 있다.

"이 안에 글자가 지나가요. 알고 싶은 게 뭐냐고 하네요."

"이제 물어보세요."

"엄마의 책을 가져간 자가 어디에 있는지 알려주세요."

나의 말이 끝나자마자 새로운 글자가 하나씩 나타나기 시작했다.

"시작을 알 수 없는… 곳에서 떨어지는 물방울……, 이 안개가 되어 흩어지리라. 거대한 성, 아무도 알지 못하는 곳에서 은밀히 숨어서 지켜보던……, 자가 그대를 기다리고 있노라, 라고. 글자가 반복해서 지나가요."

"안개와 폭포라……, 아무래도 저 양쪽의 숲에서 찾아봐야 할 것 같습니다. 많은 물이 만들어 지려면 숲이 있어야 하니까요."

"여긴 달빛이라도 있지만 숲속으로 들어가면…… 손전등도 없고 어쩌죠?"

"그렇지요, 아가씨. 나무가 우거져서 이런 달빛에도 길을 잃기 쉬울 겁니다. 제가 가진 것은 이 작은 단도가 전부이고. 그래도 가봐야죠. 저는 아가씨보다는 숲을 잘 압니다. 달빛도 어느 정도는 도움이 될 것 같고요. 저 저택이 숲속까지 연결이 되어 있으니 저택과 최대한 가깝게 붙어서 움직이면 크게 도움이 될 것입니다. 먼저 오른쪽으로 가볼까요?"

"그렇게 해요, 아저씨."

"아가씨가 여기까지 오는 동안 고생이 얼마나 많았을지 짐작이 갑니다. 그처럼 곱고 단정하시던 아가씨의 모습이 이렇게나 초라해지시고……."

"그래도 살아 있잖아요? 죽을 고비를 몇 번이나 넘겼지만 이렇게 살아서 아저씨를 만나고……."

"네, 장하십니다. 살아계셔서 얼마나 감사한지 모르겠습니다."

나는 정원사와 숲을 향해 걸어가고 있다가 뒤를 한 번 돌아보았다. 누군가가 우리를 지켜보는 것 같았기 때문이다.

"저기 보세요! 저기 분수대 위에요."

난 분수대 위에서 환하게 빛이 쏟아지는 것을 보며 말했다.

"저건……, 가봐야겠습니다."

정원사가 분수대 위에서 가지고 내려온 것은 나뭇가지처럼 기다랗고 길이도 적당하며, 대리석처럼 매끈하고 차가운 감촉의 물체인데, 이 물체 자체에서 뿜어져 나오는 것 같은 빛이 웬만한 손전등과 비교할 수 없이 밝다. 무게는 가뿐하고, 손에 쥐기에 적당한 둘레의 손전등을 두 개나 얻은 것이다.

"누가 가져다 둔 것일까요?"

"글쎄요. 정말 필요한 때에 요긴한 물건을 얻었군요."

"제가 이곳에 도착했을 때, 분수대 옆에 놓여 있던 야외용 식탁에 잘 차려진 음식을 먹고 기운을 차릴 수 있었어요. 그 음식이 아니었으면……, 정말 죽을 것 같았거든요. 신경을 쓰지 않아서 몰랐는데 지금은 식탁이 치워져 있네요. 이곳에 누군가가 있는 게 분명해요."

"그랬습니까?"

"네, 분명히 야외용 식탁이 준비되어 있었고, 전 며칠을 굶었는데도 그 음식을 먹고 속이 불편해지지 않았어요. 맛도 기가 막히게 좋았고요."

"누군가가 아가씨를 돕고 있는 게 분명한 것 같군요."

"그런 것 같아요. 아까는 다른 누군가를 위해 준비된 식탁이라고 생각했었거든요. 제가 음식을 훔친 도둑이라는 생각이었지만 워낙 급해서……, 그런데 이 손전등을 보니 아저씨 말이 맞는 것 같아요."

"다행입니다, 아가씨. 누군지는 모르지만 아가씨 편이 있다고 생각하니 마음이 놓입니다."

정원사가 반기는 목소리로 말했다. 정원사도 옆에 있고, 내가 알지 못하는 누군가가 나를 도와주고 있다고 생각하니 마음이 든든하다. 못할 일이 없을 것 같다.

"아저씨, 이렇게 손전등도 얻었으니 양쪽 숲으로 나뉘어서 살펴보는 게 좋을 것 같아요. 시간을 절약해야지요."

"그건 좋은 방법이 아닌 것 같습니다. 숲속에 어떤 위험이 도사리고 있는지도 모르고."

"전 괜찮아요. 어서 서둘러 살펴보고 여기서 만나요."

"정말 괜찮겠습니까? 전 아무래도……."

"괜찮을 거예요. 여기까지 혼자서 잘 왔는걸요."

나는 기운이 남아도는 사람처럼 용기백배해서 당당한 목소리로 말했다. 어쨌든 내겐 나침반도 있고, 이렇게 우리를 위해 손전등을 가져다 놓은 도움의 손길도 있지 않는가. 지금은 시간을 아끼는 게 가장 중요하다.

"알겠습니다. 정 그러시다면 이 단도를 가지고 가시고, 세 시간이 지나기 전까지 여기 분수대 앞으로 돌아오십시오. 아무것도 발견하지 못하게 되더라도 더는 들어가지 마시고 돌아오세요. 제가 가늠한 숲의 크기로 봐서는 그 정도의 시간이면 충분히 끝자락까지 갔다 올 수 있을 것 같습니다."

정원사가 당부하듯 말했다.

"그럴게요. 어서 움직여요. 오늘 밤도 그리 길지 않을 것 같아요."

"네, 아가씨. 부디 무사하셔야 해요."

나는 정원사에게 자신감이 넘치는 미소를 지어보였지만, 그는 몇 번이나 근심이 가득한 눈빛으로 뒤돌아보며 무겁게 걸음을 옮겼다.

울창한 숲으로 들어오니 손전등이 제대로 된 위력을 발휘하기 시작했다. 숲으로 작은 오솔길이 나 있는 것을 보니 사람들의 왕래가 있었던 모양이다. 저택 옆으로는 커다란 나무들이 너무 많고, 억센 풀들이 빼곡하게 자라있어 몇 걸음도 제대로 옮겨 볼 수 없을 것 같다. 그래서 나는 이미 만들어진 오솔길을 선택했다. 이 오솔길을 지나간 누군가는 내가 찾고 있는 목적지로 갔을지도 모를 일이다.

한참을 숲 안쪽으로 들어왔다. 시계를 보니 벌써 한 시간 정도가 지났다. 처음 가는 길이라 멀게도 느껴지고, 시간은 무척 빠르게 흘러가는 느낌이 든다. 돌아 갈 시간을 생각해야 하므로 앞으로 삼십 분 정도 밖에는 갈 수가 없는데, 숲은 아직도 끝날 기미가 보이지 않는다. 이 숲 끝에서 책을 가져간 자의 흔적을 발견할 수 있다면 얼마나 좋을까.

난 갑자기 끝난 숲의 끝자락에서 멈춰 섰다. 내 앞의 펼쳐진 놀라운 광경에 두려움마저 느껴진다. 숲이 끝나고 뭔가가 나타나 주길 바라면서 온 것이 사실지만, 갑자기 내 눈앞에 나타난 풍경은 내 상상을 초월하는 것이다.

끝이 없을 것 같이 황량하고 적막해 보이는 드넓은 평야 위에 까마득히 높고 가파른 절벽이 여전히 같은 방향으로 끝없이 이어진 저택의 앞쪽으로 병풍처럼 드리워져 있는데, 암적색의 절벽은 마치 칼날을 세워 놓은 것 같이 날카로운 봉우리들로 들쑥날쑥 하늘을 향해 솟구쳐 있고, 놀랍게도 바로 그 날카로운 봉우리로부터 결코 발생할 수 없을 것 같은 물줄기가 까마득한 높이에서 떨어지고 있는 것이다. 그리고 그 물줄기가 떨어지는 곳에 커다란 구멍이 있는 것 같고, 그 구멍으로 떨어지는 물줄기는 안개가 되어 흩어지는 게 아닌가. 장엄하고 멋진 모습이지만 뭔지 모르게 섬뜩한 기운이 느껴지는 광경이다.

난 정원사를 만나기 위해 분수대 앞까지 한걸음에 달려왔다. 만나기로 한 세 시간은 이미 지났는데, 정원사는 아직 도착을 하지 못한 모양인지 그의 모습은 보이지 않는다. 조급한 마음 때문인지 시계만 계속 쳐다보고 있다. 이렇게 긴 일분일초를 겪어본 적이 없는 것만 같다. 제 시간에 오라고 당부하던 사람이 나타나지 않아 화가 나다가도 무슨 문제라도 생긴 것이 아닐까 하는 생각이 들면 심장이 죄는 것처럼 걱정이 되어 가만히 앉아 있을 수가 없다. 시간이 점점 더 흐를수록 무사히 돌아와 주었으면 하는 바람으로 심장이 타들어가는 것 같다.

벌써 한 시간이 훌쩍 지나갔다. 나는 이러지도 저러지도 못하고 여전히 같은 자리를 서성거리고 있다. 정원사가 약속을 지키지 못하는 이유를 생각하면 할수록 불길한 상상력으로 가득해지기만하고, 금쪽같은 시간은 쉼 없이 흘러가고 있다. 더 기다리는 게 좋을지, 정원사가 간 숲으로 가보는 게 좋을지 판단이 서지 않는다. 길이 엇갈릴까 걱정이 되어 꼼짝도 못하겠고, 혹시나 안개군단에 잡혀갔을지도 모른다는 생각에 이르면 정원사를 구할 방법도 없지만, 그를 구하러 가는 것보다 우선적으로 해야 할 나의 사명에 대한 압박감으로 더욱 초조해지고, 또다시 고개를 쳐드는 후회의 감정에 몸서리가 쳐진다.

난 한 시간을 더 기다렸다. 이제 더 이상은 기다릴 수 없다. 그렇다고 그를 찾으러 갈 수도 없다. 지금은 내 마음이 가는 대로 선택을 할 때가 아니라는 걸 너무도 잘 알기 때문이다. 난 내가 발견한 폭포를 향해 발길을 옮겼다. 마음의 무게만큼이나 발걸음이 무겁지만 난 빠른 걸음으로 숲을 향해 걸었고, 아까보다 더 빨리 숲을 관통하여 숲의 끝자락에 도착했다. 달빛을 받은 암적색의 절벽과 무서운 속도로 떨어지는 폭포의 물줄기가 섬뜩해 보인다.

달빛이 유난히 밝다. 다행히 절벽까지 이르는 길에 나를 숨겨 줄만한 큰 바위들이 흩뿌려 놓은 것처럼 듬성듬성 흩어져 있어, 나는 최대한 자세를 낮추고 바위 사이를 재빨리 이동해가며 절벽과 가장 가까운 거대한 바위 뒤에 몸을 숨길 수 있었다. 폭포가 그 크기를 가름하기 힘들 만큼 커다란 구멍으로 떨어지면서 안개가 형성되어, 희뿌연 안개로 주변의 사물을 정확히 분간하기는 힘들지만 거대한 성 같은 것은 보이지 않는다. 폭포를 보면 나침반이 알려준 장소가 맞는 것 같은데, 거대한 성은 어디에도 보이지 않아 이 장소가 아닐지도 모른다는 불안한 생각이 고개를 쳐든다.

내가 고민하면서 이리저리 궁리를 하고 있는 사이에 폭포가 떨어지면서 안개가 되어 흩어지는 구멍으로부터 형체가 뚜렷하지 않은 형상들이 폭포 중간 정도의 높이로 떠오르더니, 대열을 짓는 것처럼 일사불란하게 움직이기 시작했다. 내가 전에 본 적이 있는 인간형상의 검은 안개가 분명하다. 저들은 마치 휘파람소리 같기도 하고, 문틈으로 새어 들어오면서 날 것 같은 거칠고 음울한 거센 바람소리 같기도 한 불쾌한 소리를 지르면서, 합해질 때는 뭉쳐 있는 연기처럼 보이기는 하지만 분명한 사람의 형상이 되었다가, 흩어지면서는 보다 뚜렷한 작은 사람의 모습을 취하면서 대열을 정리해 가고 있다. 안개군단이 분명해 보인다. 그렇다면 여기가 안개군단의 소굴이고, 책을 가져간 자는 안개군단이거나 이들과 관련이 있는 누군가라는 말이 아닌가. 정원사는 분명히 안개군단이 책을 가져가지 않았을 거라고 말했었는데 어떻게 된 것일까. 정원사의 판단이 잘못된 것인지, 아니면 안개군단이 책을 빼앗아 간 것인지는 알 수가 없지만, 어쨌든 나침반이 알려 준 장소가 이곳이라면 책을 가져간 자가 이곳 어딘가에 있을 것이다.

갑자기 절벽으로부터 장엄하게 쏟아지던 폭포가 거짓말처럼 멎더니,

절벽의 한 부분에서 커다란 굉음과 함께 모서리가 둥근 형태의 발코니가 돌출했다. 그곳으로 사람인 듯 보이는 형체가 걸어 나왔다.

"나의 전사들이여, 그대들은 들으라. 그대들의 여왕인 나의 명령을 듣고 따르라. 지금까지 수고가 많았다. 곧 이 일이 마무리될 것이다. 곧 저 하늘의 달이 차올라 그대들이 소망하는 바를 이룰 수 있게 될 것이다. 드디어 우리들의 때가 온 것이다. 이 얼마나 영광스런 날이 될 것인가. 하지만 아직은 축배를 들기에 이르다. 성공을 목전에 두고도 이 일이 실패할 수도 있다는 말이다. 이유는 그대들이 더 잘 알 것이다. 마을 사람들을 그렇게 허술하게 관리한 것은 크나큰 실수였다. 그대들이 저들을 제대로 회유하지 못한 책임을 피할 수 없을 것이다. 그 아이가 시간의 비밀을 알게 한 것은 절대로 해서는 안 되는 실수였다. 그 아이가 이미 존재하지만 인식되지 않는 이 공간에 들어와 무한의 광야를 헤매고 있다는 보고를 받았다. 우리의 본거지를 찾을 방법이 없다고 확신하고 있지만 나침반의 행방을 모르는 지금의 상황에서는 안심할 수 없다. 너희는 가서 그 아이를 찾아라. 우리의 성공을 확실하게 매듭짓기 위해서는 너희가 그 아이를 먼저 찾아야 한다. 그러나 한 가지 명심해라. 내 명령이 없이 그 아이를 해치는 자는 용서받지 못할 것이다. 그 아이를 내 앞에 산 채로 데려와야 한다. 가라! 가서 내 입에서 나간 이 명령을 수행하라!"

거리가 멀어 형체를 분간하기는 어렵지만 여왕의 목소리는 어린 여자아이 같다. 그런데도 위엄이 넘치는 목소리에는 압도적인 힘이 느껴진다. 여왕의 명이 떨어지기가 무섭게 안개군단은 순식간에 흩어져 멀리 사라졌다. 여왕이 떠나자마자 돌출된 발코니도 절벽 안으로 감춰지고, 다시금 엄청난 폭포의 물줄기가 쏟아져 내리기 시작했다. 대단히 장엄한 광경이 아닐 수 없다.

"잘 돼가요?"

등 뒤에서 속삭이듯 말하는 남자의 목소리에 난 비명을 지를 뻔했다. 그리고 두려운 눈빛으로 누구인지를 확인한 나는 지금 기절할 지경이다. 이 무슨 상상도 할 수 없는 일이란 말인가.

"아저씨는!"

시헌은 태평스런 표정으로 웃고 있다.

"도대체 여긴 어떻게 온 거예요?"

난 최대한 목소리를 낮추고 주변을 살피며 물었다.

"시은보다 먼저 왔어요."

"저보다 먼저요?"

난 더 놀라 소리쳤다. 시헌이 손가락을 자신의 입술에 가져가며 주변을 살폈다.

"알았어요. 미안해요. 그런데 어떻게 된 거예요?"

내가 이런 곳에서 시헌을 만나게 될 줄은 상상도 하지 못했다. 그렇더라도 이보다 더 위안이 되는 일이 있을까. 난 늑대들과 정원사의 도움이 없었다면 여기까지 올 수 없었을 것이다. 저들의 지혜와 위안과 곁을 지켜준 애정에 힘입어 난 용기를 내고, 희망을 붙들고, 포기하지 않을 의지를 지켜낼 수 있었던 것이다. 혼자서 이곳에서 무엇을 어떻게 해야 할지 모른 채 얼마나 막막하고 두려웠는지 모른다. 나는 천군만마를 얻은 기분으로 시헌을 바라보았다.

"우리가 다시 만날 거라고 했잖아요."

"그래도 여기에서 볼 줄은 몰랐어요. 정말 이런 일이 생길 거라고는 상상도 못했어요."

나는 여전히 감탄하며 말했다.

"안개군단이 이곳을 떠나 다행이에요. 기회가 좋은데요."

"네, 그래요. 저들은 제가 여기까지 온 것을 모르는 것 같아요. 다행이에요. 그리고 아직도 믿기지는 않지만 와줘서 고마워요. 근데 아저씨는 정체가 뭐예요?"

나는 시헌을 만나지 않았다면 엄마의 마음으로 들어오게 되지 못했을 것이다. 아무리 호기심을 자극하는 집이라고 해도 남의 집에 함부로 들어갈 용기를 낼 수는 없었을 테니까. 난 시헌의 정체가 정말로 궁금하다.

"나에 대해 알고 싶어요? 곧 알게 될 거예요. 지금은 더 시급한 일이 있잖아요? 안개군단이 떠나 있는 동안 어서 빨리 여왕을 만나야 해요."

"여왕을 만나요? 저 안개군단의 여왕을 만난다고요? 저는 이곳에 책을 가져간 자를 찾아 온 거예요."

"책을 가져간 자가 여왕일겁니다."

나는 난감한 표정으로 시헌을 뚫어져라 쳐다보았다.

"여왕이 책을 가져간 게 확실한가요? 안개군단이 책을 가져간 것 같지는 않다고 정원사 아저씨가 말했어요. 그래서 저들이 저를 붙잡아 둔 것 같다고. 여왕이 가져갔다면……."

"나를 믿어요. 지금은 설명할 시간이 없으니 가면서 차차 이야기해요. 어서 갑시다."

시헌이 앞장을 서며 말했다. 일단은 시헌의 말대로 하는 것 밖에 달리 방법을 모르겠다.

"혹시 어디로 들어갈 수 있는지 아세요?"

“애석하게도 우리가 들어 갈 수 있는 유일한 통로는 안개군단이 나왔던 저 구멍밖에 없어요.”

“저 무시무시한 폭포가 떨어지는 구멍을 말하는 거예요?”

“네, 맞아요. 다행히 폭포의 물살이 직접 닿지 않는 빈틈이 있어요. 튀는 물방울을 피할 수는 없어도 폭포를 직접 맞지는 않아도 되니 괜찮을 거예요.”

“그 밧줄은 타고 내려가려고 준비하신 건가요?”

나는 시헌이 어깨에 메고 있는 엄청난 길이의 밧줄을 쳐다보며 말했다.

“이 정도로 해결이 되면 좋겠어요. 여기, 매듭 부분을 양 손으로 하나씩 잡고, 여기에 걸쳐 앉으면 돼요. 내가 천천히 내려줄 거니까 너무 겁먹지 말고요. 바닥에 닿으면 밧줄을 흔들어요. 그러면 바로 내가 따라 내려갈 거니까.”

나는 고개를 끄덕였다. 깊이를 가늠할 수 없는 저 어둠 속으로 밧줄 하나에 의지하여 내려가야 한다. 죽음이란 무엇일까. 난 죽고 싶다는 생각을 할 때가 많았다. 하지만 정말 죽고자 했던 때는 없었던 것 같다. 죽음의 세계는 내 삶과 존재만큼이나 알 수가 없는 미지의 세계이고, 알지 못하는 만큼 두려운 세계이다. 지금 이 동굴 속은 내게 죽음처럼 두려운 어둠의 세계이다. 하지만 지금은 내가 죽을 수도 있다는 사실보다 엄마를 구할 수 없게 되는 것이 두렵다. 죽음은 모든 사람에게 찾아온다. 지금 죽지 않아도 언젠가는 엄마도 나도 죽을 것이다. 하지만 그 전에 나는 엄마와 화해하고 싶다. 한 번은 용서를 구하고 싶고, 한 번은 내 진실한 마음을 말해 주고 싶다. 내가 엄마에게 얼마나 감사하는지, 사실은 엄마를 얼마나 사랑하고 있는지를 말하고 싶다. 이 말을 하고 싶기 때문에 난 엄마를 구할 수 있는 이 마지막 기회를 놓치고 싶지 않다.

폭포의 물줄기가 직접 닿지는 않지만 사방으로 튀는 물방울의 위력에 나는 눈을 제대로 뜨기가 힘들다. 설사 눈을 뜬다고 해도 보이는 것은 아무것도 없다. 세상의 어둠이 아닌 내가 선택한 어둠에 숨고 싶어서 나는 눈을 감았다. 하지만 나의 온 감각은 이 어둠으로부터 도망칠 수 없다. 무엇이 기다리고 있을지 모르는 미지의 세계는 이렇게 두렵기만 한 어둠, 그 자체이다.

뭔가 딱딱한 물체가 발끝에 닿았다. 나는 오른쪽 발바닥으로 바닥을 짚어보았다. 발바닥에 확실히 단단한 뭔가가 느껴진다. 나는 두 발을 딛고 일어섰고, 여러 차례 밧줄을 세차게 흔들어 시헌에게 내가 바닥에 닿았음을 알렸다.

밧줄에 매달려 내려온 시간이 얼마나 흘렀는지 모르겠지만 내게는 영원과도 같은 시간이었다. 결코 끝이 있을까를 의심했던 만큼 불안하고 힘든 시간이었다. 그럼에도 두 발을 바닥에 짚고 선 지금 이 순간에 나는 전혀 새로운 감정을 만나고 있다. 익숙하지 않은 환경에 놓여 익숙하지 않은 어둠을 만났지만 눈으로 볼 수 있는 것이 없어도 내 마음에는 빛이 있고, 색깔이 있고, 형체가 있다. 이것이 희망이라는 것일까. 이것이 소망한다는 것일까. 내 마음이 다만 이 어둠과 같았던 때가 너무도 많았다. 마음으로 아무것도 보이지 않던 그 괴롭던 순간을 떠올리면 눈으로 볼 수 없는 것은 정말 아무것도 아니라는 생각이 든다. 난 지금 소망이라는 빛으로 마음을 밝혔고, 이 어둠은 조금도 문제가 되지 않는다는 것을 알았다. 마음으로 길을 낸다는 것은, 마음으로 빛을 품는다는 것은 바로 이런 것이 아닐까.

"시은, 괜찮아요? 어디에 있어요?"

시헌의 목소리다.

"정말 빨리 왔네요!"

나는 놀라 말했다.

"무사한 것 같아 다행이네요. 역시 예상했던 대로 어둡군요."

"아, 제게 손전등이 있어요!"

나는 코트 안주머니에 넣어 둔 손전등을 꺼냈다. 이걸 잊고 있었다니.

"잘됐군요. 난 입구를 찾는 중에 이 밧줄을 발견했어요. 우리를 위해 누가 일부러 가져다 둔 것이에요. 저들에게 필요한 물건은 아니잖아요?"

"정말요? 분수대 위에서 발견한 이 손전등도 누가 가져다 둔 것 같았는데. 정원사 아저씨 말이 누군가 나를 돕고 있는 것 같다고 하셨거든요."

나는 기분이 좋아 밝은 목소리로 말했다.

"곧 시은을 도와주려던 자를 만나게 될 겁니다. 그런데 정원사라는 분은 어디에 있어요?"

"양쪽 숲으로 서로 갈라져서……, 나침반이 가르쳐준 책을 가져간 자를 찾으려고요. 우리는 분수대에서 다시 만나기로 했는데요. 무슨 일이 있는지 아저씨가 오시지 않았어요. 저는 기다리다 할 수 없이 혼자서 이곳으로 왔고요. 잘한 일인지 모르겠어요."

나는 시무룩해져서 작은 목소리로 중얼거렸다.

"안개군단에게 발각이 되었을지도 모르겠네요. 하지만 시은이 이리로 온 것은 잘한 일이에요. 하나를 취하고, 다른 하나를 내려놓아야 할 때를 위해 마음으로 우선순위를 정해야만 해요. 그렇다고 해도 갈등하고 고민하는 게 사람이지만 우선순위가 정해져 있으면 최선의 선택을 할 수 있게 되지요."

"네, 그렇기는 한데……, 최선의 선택을 한다고 해도 마음이 편하지는 않아요."

"맞아요, 시은. 사람이니까 당연히 그런 거지요. 그래도 자신이 무엇을 위해, 어디로 가고자 하는지를 잊으면 안 돼요. 목적지로 향해 있는 길이 곧지 않거나, 뚜렷하지 않아서 길을 잃는 게 아니에요. 수많은 샛길을 기웃거리고, 그런 샛길에서 행복을 느끼는 순간이 되면 정작 자신이 어디로 가고자 했는지를 잊는 게 사람이거든요."

"네, 그런 것 같아요."

"어쨌든 여긴 그리 오래 머물 수 있는 곳은 아닌 것 같아요."

시헌이 손전등으로 주변을 살펴보면서 말했다. 우리가 딛고 선 바닥으로 물이 줄줄 흐르고 있고, 단단해 보이는 돌 같은 검은색 물체에는 완만한 굴곡이 나있다. 이 바닥으로 식물 줄기 같은 것이 거미줄처럼 엉겨 있는데, 넓이는 제법 되지만 마치 공처럼 보이는 바닥 사방으로 까마득한 낭떠러지가 어둠에 묻혀 있다.

"이것은 석상의 머리네요."

시헌은 확신을 가지고 말했다.

"석상이요?"

"맞아요. 석상의 머리예요. 이곳을 내려가야 진짜 바닥이 드러날 것 같아요."

시헌이 진지하게 말했다.

"여길 어떻게 내려가죠? 밧줄은 사용할 수가 없을 것 같은데."

나는 밧줄을 흔들어 보았다.

"이곳에서는 나도 자유롭게 움직일 수가 없어서요."

시헌이 난감한 표정으로 말했다.

"어디라도 자유롭지 못하죠. 사람인데."

나는 웃었다.

"이 줄기를 잡고 내려가는 게 좋겠어요."

시헌은 식물 줄기가 단단한지 잡아 당겨 보면서 말했다.

"전 학교 다닐 때 철봉에 오래 매달리기를 잘했어요."

"좋아요. 내가 바로 밑에서 바싹 붙어 내려갈 테니 필요할 때는 내 어깨를 밟아요. 알겠죠?"

시헌은 손전등을 입으로 물었다. 손전등이 나뭇가지처럼 길쭉한 것이 이럴 때 요긴하게 쓰이는구나 싶다.

물이 줄줄 흐르는 상태라 줄기가 많이 미끄럽다. 신발은 특히나 미끄러워서 헛발질로 시헌의 어깨뿐 아니라 머리도 몇 번이나 밟았다. 난 시헌에게 계속 사과를 하면서 아주 천천히 내려가고 있는데, 석상의 얼굴을 확인하고는 놀랄 수밖에 없었다. 이 석상은 엄마다. 미간에 새겨져 있는 주름살까지 생생하게 살아 있는 엄마의 모습이다. 그것도 내가 마지막으로 보았던 엄마의 모습이다.

"엄마!"

내가 석상이 엄마라는 것을 깨닫는 순간, 다른 줄기로 옮겨가려던 손이 미끄러져 공중으로 붕 떠올랐다. 이런 나를 시헌이 안고 굴렀다. 나의 목이 식물 줄기에 끼이기는 했어도 시헌이 온몸으로 나를 감싸준 덕분에 크게 부딪친 곳이 없이 바닥으로 떨어질 수 있었다.

"괜찮아요?"

시헌이 입에 물고 있던 손전등을 손으로 가져가더니 내 몸, 구석구석을 살펴보며 걱정스럽게 물었다.

"아저씨는 괜찮아요?"

나는 재빨리 시헌을 살피며 물었다.

"나는 괜찮아요."

"왜 그렇게 바보 같은 짓을 해요? 아저씨가 죽을 수도 있었어요."

난 막힌 숨을 내쉬며 말했다.

"시은이가 무사해서 다행이에요."

나는 시헌의 태도에 깊은 감명을 받았다. 나를 위해 그런 위험을 감수하다니. 나는 시헌이란 사람이 더 궁금해진다. 도대체 누구이기에 나를 위해 이렇게까지 하는 것일까. 늑대들은 단지 나를 돕기 위해 목숨을 바치고, 정원사는 생명의 위험에도 불구하고 나를 찾아왔다. 나는 나를 위해 저들이 보여주는 놀라운 희생에 깊은 인상을 받았다. 하지만 늑대와 정원사는 엄마의 마음의 일부분이니 그렇다고 쳐도 이 남자는 왜 이렇게까지 하는 것일까.

손전등으로 비춰 보니 우리가 떨어진 곳은 석상의 손바닥이다. 양손바닥이 위를 향해 뭔가를 받아내려고 하는 것처럼 펼쳐져 있다. 우리는 바로 그 손바닥으로 떨어진 것이다.

"저를 구하려고 엄마가 준비하고 계셨던 것 같아요."

"그런 것 같네요."

"엄마는 저를 믿고 기다리고 계시겠죠? 제발 엄마를 구할 수 있었으면 좋겠어요."

나는 잠시 석상에 등을 기대고 앉았다.

"부모의 마음에서 자식이란 그렇게 전부를 내주어도 아깝지 않은 존재니까요."

"전 친딸이 아니에요. 그걸 여기 와서야 알았어요. 그 사실을 알았을 때는 정말 죽고 싶은 심정이었어요. 제 자신이 너무나 초라하고 더럽게 느껴져서 미칠 것 같은 심정이었거든요. 엄마에게 고통을 준 여자의 딸인 저를 어떻게 받아들였는지 모르겠어요. 그리고 어떻게 그런 내색을 한 번도 하지 않은 것인지……, 저는 아무리해도 엄마의 마음을 이해할 수가 없어요."

목소리가 잠긴다. 난 울지 않으려고 노력하고 있지만 도저히 복받치는 감정을 추스르기가 어려워 눈물을 흘리고 말았다.

"제가 이런 사람인 줄 몰랐죠?"

"내가 시은을 비난할 까 걱정돼요?"

나는 시헌을 쳐다보았다. 누구라도 내 출생에 대해 안다면 비난하는 게 당연하다. 나라도 그럴 테니까.

"누구라도 당연히……."

"그렇지 않아요. 시은이가 잘못한 게 아니잖아요. 살다보면 자신의 선택이 아닌 그 누군가의 선택으로 운명 지어진 서글픈 처지와 마주하게 되지요. 이유를 묻고 싶겠죠. 그러나 그 누구도 시원한 답을 내놓을 수 없을 거예요. 묻고 싶은 것은 많기도 한데 그 답을 얻기란 쉽지가 않은 게 또한 인생이니까. 하지만 분명한 한 가지를 나는 말해 줄 수 있어요. 어떤 식의 탄생도 세상에 오게 된 참된 목적과 가치를 흐려놓을 수 없다는 것이지요. 누구에게 어떻게 태어났든 그것으로 자신의 가치를 매기면 안 돼요. 스스로에게 어떤 선택의 삶을 부여할 것인지에 가치를 두어야지."

"하지만 그건 쉽지 않은 문제예요."

나는 한숨을 쉬었다.

"시은은 시은이가 속한 세상에서 영원을 살지 않아요. 세상이 만들어 낸 기준에서 벗어날 때가 오죠. 세상은 수많은 편견과 무지와 이기심, 그리고 세상이 만들어 낸 기준에 사람을 가두지요. 하지만 영원한 세상에는 세상의 기준이 아닌 영원의 질서와 원리가 있어요. 그 질서와 원리 안에서 시은은 결코 더럽지도 초라하지도 않아요."

시헌은 진지하게 말했다. 나는 어떤 거짓이나 가식이 느껴지지 않는 진심을 느낄 수 있다.

"영원한 세상이라……, 이 세상의 일도 잘 모르겠는데 영원한 세상 이야기를 하니 좀 멀게 느껴져요. 하지만 고마워요."

"이 세상에서의 삶도 영원한 삶의 일부분이니 시은이 느끼는 감정을 이해할 수 있어요. 어느 순간도 소중하지 않은 순간이 없고, 어느 문제도 그리 가벼울 수는 없지요. 하지만 시은의 마음으로 길을 내봐요. 어머니는 시은을 그런 마음으로 품어 안았어요. 세상의 시선과 편견에 매이지 않고 마음으로 당신만의 길을 내신 거예요."

"마음으로 길을 내라고 늑대가 말했어요. 눈으로만 보지 말라고. 아저씨도 같은 말을 하네요. 아직은 그것이 어떤 것인지 정확히 알지는 못하지만 이곳까지 올 수 있었던 것은 제 마음의 소리를 듣고, 제 마음으로 길을 찾으려고 했기 때문에 가능했어요. 그 말의 의미를 아주 조금은 알 것 같아요. 처음에 제 사명에 대해 들었을 때는 그것이 무엇인지 몰랐지만 피하고 싶은 생각뿐이었죠. 하지만 저는 피하지 않았어요. 진실을 알기 위해 학자님의 집으로 갔던 거예요. 제 마음이 진실을 찾으려고 했으니까요. 매

순간이 막막하고 두렵지만 제게 이 일이 주어진 것에 감사해요. 엄마의 운명과 함께할 수 있어 다행이고요. 죽음이 지금처럼 편안하게 느껴진 적이 없어요. 하지만 저는 살고 싶어요. 엄마를 살리고 싶고, 제가 속한 세상으로 돌아가 하고 싶은 일이 많아졌어요. 이런 기분은 처음이에요."

나는 천천히 진심을 담아 말했다.

"그 마음이 시은을 희망의 샘으로 데려다 줄 겁니다. 시은은 이 일을 잘 해낼 거예요. 끝까지 용기를 잃지 말아요. 포기하지 않으면 반드시 해낼 수 있을 겁니다. 세상에는 부모보다 나은 자식도 있고, 제대로 사랑하는 법을 몰라 비뚤어진 방식으로 자식을 비탄과 절망에 빠뜨리는 부모도 있지만, 그렇다고 해도 부모의 사랑을 다 담아낼 수 있는 크기의 그릇을 가진 자식은 흔치 않아요."

"그 말은 맞는 것 같아요."

나는 웃었다.

"이제 숨을 좀 돌렸으니 마저 내려가 볼까요?"

나는 다시 물기가 줄줄 흐르는 식물의 줄기를 부여잡았다. 시헌과 몇 마디 대화를 했을 뿐이지만 믿기 어려울 만큼 속이 후련해졌다. 나는 내 존재가 처음으로 더럽게 느껴지지 않는다. 그리고 내게 이런 기회를 준 엄마에게 다시금 고마운 마음이 든다. 엄마는 내가 세상 앞에서 당당하기를 원하고 계시고, 이 사명을 통해 나의 가치를 인식하기를 바라고 계신 것 같다. 엄마가 옳다. 나는 정말 점점 나아지고 있다. 앞으로 나아갈수록 내 초라한 존재감에서 서서히 헤어나고 있는 것을 느낄 수 있다.

바닥까지 내려와 보니 석상의 크기가 생각보다도 더 엄청나다는 걸 알았다. 이 거대한 석상을 내려온 것이 대견할 정도이다. 하지만 나의 온몸은 물기에 흠뻑 젖어있고, 이곳의 차디찬 냉기 때문에 뼈 속까지 얼어붙을 지경이다. 바닥까지 내려왔다는 안도감에 긴장이 풀려서인지 난 사시나무 떨듯 온몸을 부들부들 떨고 있다.

"큰일이네요. 뭔가 몸을 녹일 만한 장소를 찾아야 할 것 같은데……."

시헌이 말을 채 끝내기도 전에 나는 재채기를 하느라 정신을 차릴 수 없을 지경이다. 감기가 단단히 든 모양이다.

"그보다 어디로 가야할지가 더 걱정이에요. 물줄기 아래로 가야 할지 아니면 저 위쪽으로 가야할지 갈피를 잡을 수가 없잖아요?"

나는 연신 재채기를 해대며 말했다.

"그렇죠. 일단 바닥까지 잘 내려오기는 했는데 방향을 전혀 모르겠네요."

"나침반이 알려준 바에 의하면 거대한 성이 있다고 했어요. 어딘가에 거대한 성이 있을 거예요. 그 성을 찾아야 해요."

나는 이를 딱딱거리며 말했다. 정말이지 못 견딜 지경이다.

"우리 위쪽으로 가볼까요?"

시헌이 손전등을 비추며 말했다.

"지금은 뭐든 해봐요."

"좋아요. 일단은 가보자구요."

우리는 석상을 마주보고 서 있는 곳에서 물이 흘러드는 위쪽 방향으로 걷기 시작했다. 석상 위에서 뚝뚝 떨어지는 물과 바닥을 흐르는 물이 만나 어디론가 계속 흘러가고 있는데, 바닥의 물이 발목을 잠길 정도의 깊이여서 물살에 발걸음은 더뎌도 앞으로 계속 나아갈 수 있어 다행이다.

우리는 한참을 걸어 올라왔다. 오직 손전등 하나에 의지하여 조금씩 움직였다. 손전등은 건전지를 사용하는 것도 아니고, 태양 빛을 모으는 것 같지도 않다. 다만 사람의 몸에 닿으면 빛이 더 환하게 밝아지는 것을 보니, 아마도 사람의 몸에 흐르는 기를 이용하는지도 모른다는 생각이 든다. 어쨌든 여전히 밝은 빛을 내주는 손전등의 도움이 아니었으면 이곳에서는 한발작도 움직일 수가 없었을 것이다.

드디어 물줄기가 없는 거대한 광장까지 이르렀다. 바싹 마른 땅바닥에 발을 딛고 보니 발걸음이 얼마나 가뿐해졌는지 기분이 이상할 정도이다.

"우리가 제대로 온 것 같은 기분이 들어요. 그냥 기분뿐이지만."

나는 한결 기분이 나아져서 말했다.

"저 천장은 인공적으로 만들어진 것 같아요. 평평해 보이죠?"

시헌이 손전등을 높이 쳐들어 천장을 살피며 말했다. 그런데 갑자기 둥근 빛기둥 같은 것이 천장에서 쏟아져 내리는가 싶더니, 내가 다시 눈을 뜬 지금, 내가 보고 있는 이 모든 게 실제인지 판단이 서지 않는다. 이곳의 크기를 가늠하기는 어려울 것 같고, 이 안의 모든 가구들과 장식품의 고급스러움과 화려함은 일찍이 본 적이 없을 정도다.

"놀랐나?"

길게 늘어진 붉은 색의 아름다운 드레스를 입은 여자아이가 시헌과 내 앞으로 다가서면서 태연하게 말했다.

"너는?"

나는 후들거리는 목소리로 간신히 물었다.

"네 몰골이 참 처참하군 그래. 일단은 몸을 좀 추슬러야 할 것 같군."

여자아이가 손짓을 하자 두 명의 여자가 내 옆으로 오더니 따라오라고 앞장을 섰다. 나는 더는 버티고 서 있을 힘도 없어 상황 파악은 뒤로 미루고 두 여자를 따라가고 있다. 지금은 얼이 빠진 듯이 멍한 정신으로 제대로 된 판단을 할 수 없는 상태이지만 여왕으로 보이는 여자아이가 나를 죽이려고 하는 것 같지는 않아 보였다. 설사 죽이려한다고 해도 도망을 칠 힘은 내게 남아 있지 않다.

두 여자는 축축한 내 옷을 전부 벗기더니, 훈훈하고 향긋한 김이 올라오는 욕탕으로 들어갈 수 있게 손을 잡아 주었고, 몸까지 씻겨 주었다. 그리고 보송보송한 감촉만으로도 기분 좋은 쾌적한 옷을 입혀주었다. 나는 두 여자가 하는 대로 내버려 두었다.

내가 두 여자의 권유로 몸을 편안하게 감싸주는 소파에 앉자, 한 여자가 내게 따뜻한 차를 내밀었다. 나는 역시 어떤 의심이나 거부감 없이 그녀가 내민 차를 다 마셨다. 차를 마시고 나니 몸 안에 따뜻한 온기가 순식간에 퍼지면서 감기 기운이 싹 달아나 버리는 게 아닌가. 이렇게 몸과 마음이 가뿐해질 수 있다니 놀라울 따름이다.

"이 차는 무슨 약인가요? 정말 거짓말 같이 몸이 편해졌어요."

내가 날아갈 듯 가벼운 기분으로 명랑하게 말했다.

"그건 회복의 차입니다. 이제 저희를 다시 따라오십시오."

한 여자가 정중히 말했다.

"아까 그 여자아이가 혹시 안개군단의 여왕인가요?"

내가 물었다.

"네, 맞습니다."

"그렇다면……."

"여왕님이 기다리시니 일단 함께 가시지요."

"그런데 내 옷에……."

나는 나침반이 생각나서 욕실로 뛰어 들어가려 했다. 그러자 두 여자가 내 앞길을 가로 막더니 자신들을 따라오라고 했는데, 그 순간에 나는 여자아이가 나를 죽일지도 모른다는 생각이 들었다. 안개군단의 여왕이 무슨 근거로 나를 죽이지 않을 거라고 생각했던 것일까.

"나와 함께 있던 남자는 어디 있어요?"

어떻게든 시헌을 만나야 한다는 생각뿐이다.

"저희는 더 이상 드릴 말씀이 없습니다."

두 여자가 사무적으로 대답했다. 불안감이 점점 커진다.

나는 여왕인 여자아이의 맞은편 식탁에 앉아 있는 시헌을 보자, 그가 무사한 것에 반갑고, 그가 여왕을 만나야 한다고 했던 말이 생각났다. 지금 두 사람 사이에 살기나 긴장감 같은 것은 느껴지지 않는다. 시헌이 여왕을 전부터 알고 있었던 것일까. 알고 있다면 어디서 만난 사람들일까. 두 사람을 보고 있는 나는 정말 많은 생각으로 머릿속이 복잡해진다.

나는 두 사람이 마주 앉아 있는 식탁으로 천천히 걸어가고 있다. 그런데 여자아이가 낯이 익다. 나는 안개군단에게 명령을 내릴 때의 여왕 목소리만 들을 수 있었지 모습까지는 확인할 수 없었다. 저 아이를 어디서 본 것일까.

"여기까지 온 그 용기에 찬사를 보내지."

여왕이 박수를 치며 말했다. 비꼬는 것 같은 인상은 아니지만 기분은 좋지가 않다.

"몸은 괜찮아요?"

시헌이 자리에서 일어나 내게로 다가오며 물었다.

"괜찮아요."

"다행이군."

나는 시헌에게로 최대한 가까이 다가서서 그의 귀에 속삭였다.

"어떻게 된 거예요?"

"일단 식탁에 앉아 뭐라도 좀 먹어요."

나는 시헌의 말대로 순순히 식탁에 자리를 잡았다. 하지만 무엇을 먹고 싶은 생각은 전혀 없다.

"기운이 넘쳐 보이는군. 이제 이것들을 좀 먹은 후에 다음 단계를 의논해 보는 게 좋겠어."

난 의아한 눈으로 여왕을 한 번 쳐다보았고, 시헌에게 눈을 돌려 눈빛으로 여왕의 말이 무슨 뜻이냐고 물었다.

"걱정 말아요, 시은. 이 아이를 만났으니 된 거예요."

"아저씨?"

나는 여전히 어리둥절하여 두 사람을 번갈아 쳐다보았다.

"여기, 네 동생이며 내 동생인……."

"내 동생이요? 그리고 아저씨 동생이라는 말은……."

"그래, 이 아이는 네 동생이고, 나는 네 오빠야. 많이 놀랐지?"

"오빠요? 오빠는 어릴 때 죽었어요. 아저씨는 청년이잖아요? 그리고 여왕이 내 여동생이라니……."

난 극도의 혼란을 느끼며 말했다. 시헌이 하는 말을 도무지 이해할 수가 없다. 지금 꿈을 꾸는 것일까.

"보이는 것은 그렇게 중요하지 않아, 시은아."

"하지만……."

"지금은 많이 혼란스러울 거야. 이제부터 내가 설명해 줄게."

난 여왕이라는 여자아이를 어디에서 봤는지 드디어 기억을 해냈다. 엄마가 황량한 광야를 헤매다 발견한 그 집에서 만났던 여자아이가 분명하다. 난 심장이 멎는 기분으로 여왕을 쳐다보았다. 그러고 보니 엄마를 우물에서 꺼내 준 청년의 얼굴을 뚜렷하게 기억할 수는 없지만 시현이 분명한 것 같다. 도대체 뭐가 뭔지 모르겠다.

"엄마는 네 동생을 가졌다는 걸 몇 번이나 확인하려고 하셨는데, 의사로부터 진단을 받기 전에 수면제를 드신 거야. 그때는 뱃속의 아이를 생각할 여유가 없으셨던 거고, 정말 죽으려고 약을 드신 게 아니었지."

"엄마가 저 아이를 만났을 때를 보았어요. 저 아이는 엄마를 우물에 빠뜨려 죽이려고 했어요. 내 눈으로 똑똑히 봤어."

"그때의 저 아이는 엄마가 만들어 낸 죄의식이었을 뿐이야."

시현은 담담하게 말했다.

"그래, 이 오빠 말이 맞아."

"그러면 지금의 너는……."

"엄마가 마음속에서 키워낸 딸이지. 네 양어머니가 내 엄마였어."

난 여왕인 여자아이의 말에 얼이 빠진 사람처럼 말을 잃고 말았다.

"놀라운 사실이지?"

여왕이 아무렇지 않게 말했다.

"그런데 어떻게 실종된 거지?"

"나를 납치한 것은 장군이었어. 그 자가 나를 배에 태워 망각의 강을 건너게 한 거야. 엄마에게 되돌아가지 못하도록 하기 위해서. 안개군단이 나를 거두어 돌봐주고, 저들의 여왕으로 만들어 주지 않았다면……"

"장군이라고?"

"그래, 그 장군이 마을 사람들을 납치하는 일에 적극 나서서 안개군단을 지원해 준 거라고."

"장군이란 자가 누구야? 혹시……."

"그 자가 여기까지 올 줄은 몰랐어. 안개군단을 장악하고 있는 수하들을 시켜 나를 감시만하고 있었는데……."

여왕의 낯빛이 어두워졌다.

"그 자가 이곳으로 왔다고?"

"내가 책을 가져온 것을 눈치 챈 거지."

"책을 네가 가져왔다고?"

나는 너무 흥분하여 소리를 질렀다.

"저들에게 빼앗기지 않으려고 그런 거야. 네가 책을 주머니에서 빼낸 순간에 저들이 냄새를 맡았어. 내 신복이 재빨리 먼저 가져오지 않았다면 저들이 가져갔을 테지. 장군은 엄마를 구하는 열쇠가 그 책이라는 사실을 그때에나 알게 되었던 거야. 학자의 입을 어떻게 열게 했는지는 몰라도……, 상상할 수도 없이 잔인하게 다뤘겠지."

"그런 일이……, 학자님은 살아 계셔?"

"내가 구해내기는 했어. 하지만 네가 이 일을 성공하지 못하면 다시 살아나기 힘드실 거야."

"정원사 아저씨는 어떻게 됐어?"

"그가 어디에 있는지 몰라. 장군이 이곳으로 온 이후로는 제 멋대로 일을 처리하고 있으니까. 장군 때문에 난 제대로 된 보고를 받지 못하고 있어. 내가 안개군단을 여기에서 내보낼 수 있었던 것은 지금 장군이 이곳에 없기 때문에 가능했던 거야."

여왕이 말했다.

"그래, 시은아. 네 동생은 너를 도와주려고 안개군단을 내보낸 거야. 네가 나침반을 가지고 있다는 걸 알고 있었으니까."

시헌이 어른스럽게 말했다.

"그렇다면 책을 내게 돌려 줄 거지?

"애석하게도 말이야. 나에겐 책이 없어."

여왕이 시무룩하게 말했다.

"장군에게 빼앗긴 거야?"

내가 절망스럽게 물었다.

"그래, 그 자가 가져갔어. 계속 내 심복을 통해 책의 행방을 찾고 있었어. 아직은 밝혀낸 게 없어. 하지만 네가 왔으니……."

"내가 온 게 무슨 소용이야? 책을 빼앗겼는데……."

"진정해, 시은아. 아직 방법은 있어."

시헌이 내 어깨에 손을 얹었다.

"없어, 오빠. 나침반도……."

나는 벗어 둔 내 옷 주머니 속의 나침반을 떠올렸다.

"여기 있어."

여왕이 나침반을 들어 올리며 말했다.

"아, 다행이다. 나침반이 여기를 알려줬어. 그러니 감춰진 책의 위치를 알려줄 거야"

난 안도의 한숨을 내쉬었다. 나는 여왕에게 나침반을 받아 양손에 쥐고 입김을 불어 나침반을 열었다.

"책을 어디에 감추었는지 알려줘요."

"뭐라고 해?"

"음……, 보내는 자는 저를 다시 볼 수 없고, 떠나는 자는 후일을 기약하지 못 하리, 라고 했고……, 더 있다! 스스로 들어가려는 자는 영원한 안식을 위해서이지만, 강제로 들어가는 자에게는 영원한 형벌이 되리라."

내가 말을 끝내기가 무섭게 여왕이 한숨을 내쉬었다.

"여기가 어딘데 그래?"

"영겁의 우물이야."

"영겁의 우물? 거기가 어딘데?"

"한 번 들어가면 영원히 빠져나올 수 없는 곳이지. 장군이 거기에다 책을 감추었군. 역시나 교활한 자야."

"한 번 들어가면 영원히 못 나온다고?"

내가 놀라 물었다.

"그래, 들어갈 수는 있어도 나올 방법이 없지. 입구는 있지만, 출구가 없으니까. 네 나침반은 세 번을 다 사용한 거야?"

"아니, 한 번 더 남았어."

"그건 다행이네. 너만 들어가면 돼. 나침반이 출구를 만들어 줄 거니까."

"그곳에 가서 책을 찾는 것은 가능할까?"

"그곳이 어떤 곳인지 나도 몰라. 다만 그곳은 영겁의 우물이라 그 끝이 없다는 것만 알 뿐이지."

"그런 곳에서 책을 찾으려면 나침반의 도움이 필요할 텐데……."

"내게 지도가 있어. 이 지도는 내가 가고자 하는 길을 알려주지. 영겁의 우물까지 안내를 해줄 거고, 이후에는 이 지도를 네게 줄게. 이것도 나침반처럼 네게 보내주려 했었는데, 네가 움직이는 경로를 알고자 내가 간직하고 있었던 거야."

여왕이 담담하게 말했다.

"음식과 손전등을 보낸 게 너로구나? 오빠가 발견한 밧줄도 네가 보낸 거지? 그럼 책도?"

"그랬지. 하지만 책은 내가 보낸 게 아니야. 희망의 샘을 수호하는 존재들이 보냈을 거야."

"희망의 샘을 지키는 수호자라고?"

"나도 저들을 만난 적이 없어. 저들이 어떤 존재인지도 모르고, 희망의 샘이 어디에 있는지도 몰라. 희망의 샘은 오직 네게만 스스로 모습을 드러낼 거야."

"어쨌든 책을 먼저 찾아야 하잖아?"

"맞아."

"안개군단은 도대체 어떤 자들이야? 왜 모습이 그런 거지?"

"저들은 망각의 강을 건너와 기억의 저택에 머물던 엄마의 기억들이야. 사실 갇힌다는 의미보다는 기억의 저택에서 관리된다고 하는 의미가 강하기 때문에 탈출도 가능한 거지. 저들은 한 번 망각의 강을 건너오면 다시는 되돌아 강을 건너면 안 돼. 그건 금지되어 있거든. 그런데 저들은 저택을 빠져나와 금지된 강을 다시 건너면서 부정적인 압박에 짓눌려 안개로 변해버린 거야. 저들 본래의 본질이 어떠했든 사악한 힘이 너무 강하게 저들을 압도해서 괴물이 되고 만 거지. 하지만 저들을 더 끔찍한 괴물로 만든 것은 장군이야. 그 자가 안개군단을 꼬드겨서 자신의 욕망을 채우려는 수단으로 이용하는 거지."

"그렇구나."

"넌 잘할 거야, 시은아."

시헌이 내 어깨를 감싸 안았다. 오빠를 다시 보다니 믿을 수가 없다. 엄마가 술에 취한 날이면 오빠 이야기를 많이 했다. 그녀가 오빠를 얼마나 그리워하는지를 가슴 저리도록 지켜보며 살았다. 그래서 난 얼굴도 기억나지 않는 오빠를 질투하면서도 그리워했다. 오빠와 함께 자랐다면 그렇게까지 외롭지 않았을 거라고 생각하면서. 시헌의 말처럼 내가 오빠를 부른 게 맞다. 어렵고 힘든 일을 겪을 때마다, 특히나 가족 안에서 불행할 때마다 난 오빠를 더 많이 그리워했다. 오빠와 함께라면 내가 가진 불행을 이겨낼 방법을 찾을 수도 있을 거라고 생각했다. 우리가 함께 짊어지면 현실의 슬픔을 좀 더 쉽게 감당할 수 있을 것 같았다.

"오빠가 많이 그리웠어."

나는 오빠의 품에 안겨들었다.

"나도 너를 만나고 싶었어. 너를 늘 지켜보고 있었지. 네 아픔을 지켜보면서 너와 함께 많은 길을 걸었어."

"오빠와 함께 있는 나는 어때?"

여왕이 우리 둘을 갈라놓으며 말했다.

"넌 최고로 사랑스런 내 동생이지."

"그렇지?"

"그럼!"

시헌과 여왕은 서로 마주보고 한바탕 웃었고, 나도 둘을 바라보며 웃었다. 형제가 있다는 게 이렇게 좋을 줄 몰랐다. 세상에서 함께 할 수는 없지만 지금 이순간이라도 우리가 만나 하나의 목적을 바라보며 힘을 모을 수 있다는 것이 얼마나 좋은지 모르겠다. 세상을 다 얻은 기분이다.

"자, 어서 움직이자."

시헌의 말에 여왕과 나는 서로를 마주보며 고개를 끄덕였다.

"영겁의 우물 입구까지는 함께 가줄 수 있지만, 오빠와 내가 영겁의 우물로 들어 갈 수는 없어. 나침반이 만들어 주는 출구는 오직 나침반의 주인만 사용할 수 있으니까. 어쨌든 나침반이 만들어주는 출구는 기억의 저택으로 너를 데려다 줄 거야. 그리고 네가 선택한 모양으로 희망의 샘이 너를 찾아 올 거야."

여왕이 말했다.

"내가 선택한 모양으로? 그게 무슨 뜻이지?"

"나도 정확히는 몰라. 다만 너의 선택이 시험이 되고, 또한 답도 된다는 것이지."

"어렵다."

내가 중얼거렸다.

"나는 저택 앞에서 너를 기다리고 있을 거야, 시은아. 내가 끝까지 너와 함께 할 거니까 걱정하지 말고."

"정말이지, 오빠? 함께 가 줄 거지?"

"그래, 그럴 거야. 우리는 같은 운명이잖아."

나는 시헌이 마지막까지 나와 함께 한다는 말에 용기를 얻었다. 이보다 더 반가운 말이 있을까 싶다.

"자, 지도야. 영겁의 우물로 우리를 안내해 줘. 최대한 빠른 지름길로 안내해 줘."

여왕이 말하자, 아무런 표시도 없던 낡은 종이 위로 건물들이 나타나고, 길이 나타나더니 화살표가 깜박거리며 나아갈 길을 안내해 주기 시작했다. 우리는 지도의 화살표가 가리키는 방향으로 성안의 깊숙하고도 은밀한 구석으로 점점 깊이 들어가고 있는데, 지도가 아니라면 도저히 이런 장소가 숨어 있을까 싶을 정도로 복잡하다.

"지도가 아니면 벌써 길을 잃었겠네. 내가 이 일을 잘 마치면 넌 마을로 돌아갈 거지?"

내가 작은 목소리로 물었다.

"난 못 돌아가. 안개군단처럼 안개로 변해버리고 말 테니까."

"정말이야?"

"응."

"너 혼자 남아 있으면……."

"괜찮아. 이제 엄마도 나를 잊고 살아야지."

여왕이 담담하게 말했다. 늑대의 지혜로움에 감탄했던 것처럼 난 동생의 의젓함에 감동을 받았다. 하지만 마음 한구석이 텅 비어버린 것처럼 허전해지는 기분이다. 엄마가 동생에 대한 죄의식에서 벗어나는 것은 좋은 일이지만 세상을 보지도 못한 이 아이를 기억해 주는 사람이 없다는 것은 서글픈 일이다.

"나는 너를 절대로 잊지 않을 거야."

나는 여왕의 손을 잡았고, 그녀는 나에게 미소를 지어보였다.

막다른 통로 앞에 멈춘 화살표가 바로 우리가 서 있는 벽면 아래를 가르치며 깜박거렸다. 막다른 벽면은 벽돌을 쌓아올린 그대로 빈틈이 전혀 보이지 않는 그야말로 벽일 뿐이다.

"지도의 화살표는 여기서 아래로 가라는 건데……."

여왕이 중얼거렸다.

"혹시 단검 같은 게 있어?"

"이걸로 뭘 하려고?"

시헌이 작은 칼을 꺼내 내게 건네주며 의아하다는 표정으로 물었다.

"여기 벽돌 사이를 긁어보려고. 같은 원리라면……."

나는 벽돌 사이사이를 칼끝으로 긁기 시작했다.

"이 지도를 봐! 여기 이 모양대로 긁어보면 어떨까?"

여왕이 지도를 내밀며 말했다. 그러고 보니 정말 기하학적인 무늬 같은 게 지도에 나타나 있다. 나는 지도에 나타난 모양대로 벽돌 틈을 긁기 시작했다. 그러자 정중앙에 있던 벽돌이 옆에 있는 벽돌 사이로 감춰지더니 순차적으로 벽돌이 벽돌을 먹어치우듯 사라지기 시작했다.

순식간에 벽이 다 사라져 버리고 어둠의 공간이 나타났는데, 그곳으로부터 차고 습한 바람이 확 실내로 밀려드는가 싶더니 갑자기 우리를 끌어당겨 어둠의 공간 속으로 낚아채 갔고, 벽면은 순식간에 본래의 상태로 회복되어 모든 빛이 사라져 버렸다.

공중에 붕 떠 있는 느낌이다. 믿기지 않지만 난 지금 공중에 떠 있는 게 분명하다. 공중에 떠서 서서히 밑으로 내려가는 느낌이 드는데, 팔과 다리가 자유롭게 움직이는 것을 보니 뭔가에 묶여 있는 것은 아닌 것 같고, 내 몸을 받치고 있는 어떤 힘이 작용하는 것 같은 느낌이다. 이것은 마치 압축해 놓은 공기 같기도 하고, 형체 없는 바람이 힘을 주어 나를 붙잡고 있는 것 같기도 하다. 기분이 묘하다.

시헌이 꺼낸 손전등에서 퍼져 나오는 빛이 칠흑 같은 어둠 속에 별빛처럼 빛나기 시작했다. 무어라 형용할 수 없이 아름다운 광경이다. 내 마음에는 처음의 공포감이 사라지면서 고요한 평화가 찾아들기 시작했는데, 이런 종류의 자유로움을 느껴본 적이 없다. 한 치의 두려움이 없는, 그 어떤 근심이나 고통이 없는, 그저 한껏 자유롭고 편안하며 행복하기만 한 이런 느낌이 가능하다는 것이 놀랍기만 하다.

바닥에 사뿐하게 내려진 나는 어둠에 묻혀 있는 공중을 바라보고 서 있다.

"정말 좋았던 모양이네?"

시헌이 물었다.

"이상했어. 공중을 그렇게 날 수 있다는 사실도 놀랍지만 어떻게 마음이 그렇게 편안했는지 모르겠어."

"두려움이 없다는 것은 그런 거야."

"응, 두려움이 없었어. 아무리 행복한 것 같은 순간에도 어느 구석인가에 박혀 절대로 사라지는 법이 없었던 그 두려움이 없었어. 누군가가 내게서 그 두려움을 다 낚아채어 간 것 같이 말이야."

"그랬구나. 네가 신과 만난 순간이었던 거지."

시헌이 부드럽게 말했다.

"그랬나? 이상하게도 어느 순간이 되자 아무런 생각도 떠오르지 않았어. 내 머릿속이 순백색으로 텅 비어졌는데, 내 마음 깊숙한 곳에서 뭔가가 올라왔어. 전에는 그런 게 내 마음에 있는지조차 몰랐는데 말이야. 그것은 형체도 잡히지 않고, 색깔도 없지만 분명한 무엇이었어. 빛 같은 거야. 따뜻하고 환하고, 무엇보다 편안한 빛. 그런 게 내 마음에 있었어. 그게 신이라는 거야?"

"그건 모든 사람의 마음속에 원래부터 있는 거야. 이 우주의 모든 생명체와 하나가 되게 해주는 본질의 빛이지."

"난 그런 것을 들어 본 적이 없어."

"세상이 흐려놓은 어둠에 익숙해져서 그런 거지."

시헌이 진지하게 말했다.

"그런 게 있었구나. 그게 오빠의 말대로라면 신이 내 안에 있었다는 말이네?"

"그래, 시은아. 언제나 네가 품고 있었지. 살아가면서 네가 찾아내야 할 인생의 과제 중 가장 본질적인 신의 속성을 넌 느껴본 거야. 그 마음의 빛으로 네 영혼을 밝히고, 네 인생의 길을 밝히게 될 거다."

"그럴까……, 난 그래서 언제나 행복해질 수 있을까?"

"네 마음을 설계해서 길을 내는 것은 바로 너 자신이야."

"알 것 같아. 그 말의 의미를 조금은 알 것 같아. 기분이 참 좋다."

"잘했어, 언니 오빠. 근데 우리는 이러고 있을 시간이 없어. 어서 가자!"

여왕이 퉁명스럽게 말했다.

"여기, 지도를 보면 이제 얼마 남지 않았어. 생각보다 쉽게 왔군."

여왕이 지도를 들여다보며 말했다.

"바람의 길 덕분이야. 들어 본 적은 있었지만 나도 처음이었어. 이제 이 지도는 네가 가지고 가는 게 좋겠어."

여왕이 내게 지도를 건네주었다.

"벌써 책을 얻은 기분인가? 축배를 너무 서두르면 실망이 큰 법이지."

등 뒤, 어둠 속에서 들리는 차갑고 강인한 목소리에 소름이 돋았다. 시헌이 목소리가 난 방향으로 손전등을 높이 쳐들었고, 나는 그곳에 서 있는 남자의 모습을 알아보는 순간, 경직되고 말았다.

"어린 계집애가 여기까지 오다니 대단하군."

"장군을 알아?"

여왕이 의아하다는 목소리로 물었다.

"운전사 아저씨야."

나는 운전사를 늘 경계하고 있었고, 그가 양어머니 앞에서 내게 총을 쏠 때에는 집사와 한통속이어서 나를 죽이려 한다고 생각했었다. 그리고 여왕이 장군에 대한 이야기를 할 때는 혹시 운전사가 동일 인물이 아닐까 잠시 의심도 했지만 곧 내 의심을 털어버렸다. 운전사가 좋은 사람은 아니지만 이렇게까지 무서운 자일 거라는 생각은 너무 과민한 것이라고 여겼기 때문이다.

"여왕에게 제안을 하나 할까? 저 계집아이를 내게 순순히 넘겨준다면 지금의 자리를 지켜주지. 거절을 한다고 해도 내 손아귀를 벗어날 수는 없을 것이지만 말이야."

장군이 매서운 눈빛으로 나를 노려보며 말했다. 마치 먹잇감을 앞에 둔 야수 같다.

"시은아, 저 자는 내가 맡을 테니 동생을 데리고 어서 여길 벗어나는 게 좋겠어."

시현이 작은 목소리로 내게 속삭였다.

"무슨 소리야, 오빠? 혼자서 저 자를 당할 수 없어. 저 자는 무척 거친 자라고. 게다가 혼자 온 게 아닐 거야."

여왕이 흥분하여 말했다.

"내 손아귀를 벗어날 궁리를 하는 건 쓸데없는 짓이다. 곧 안개군단이 이리로 올 것이다. 내가 불렀거든. 여왕, 무모한 짓은 하지 않는 게 좋아. 안개군단은 네가 저들을 배신했다는 걸 알아. 몰라서 널 그냥 둔 게 아니란 말이다. 하지만 네가 그 계집을 내게 넘기면 저들의 무모한 충성심이 계속 되도록 너를 봐주도록 하지."

장군의 말이 끝나기가 무섭게 그가 휘두른 채찍이 내 몸을 휘감았다. 극심한 통증이 온 몸을 조여 오고, 내가 장군이 휘두른 채찍에 휘감겨 끌려가지 않으려 버둥거리는 사이에 시헌이 채찍을 붙잡아 팽팽한 줄다리기가 시작되었다. 시헌이 버티고 있는 사이에 여왕은 내 몸에서 채찍을 풀어내려고 애쓰고 있다.

"내가 준 기회를 잡지 않겠다는 건가, 여왕?"

장군의 채찍을 간신히 풀어내자, 그는 분노에 찬 목소리로 소리쳤다.

"어서 가!"

시헌이 소리침과 동시에 장군에게로 달려들었고, 나는 여왕의 손을 잡고 영겁의 우물을 향해 달아나기 시작했다. 뭔가를 생각해보고 판단할 정신이 없었다.

영겁의 우물은 어설프게 돌로 쌓아 놓은 낮고 크기도 작은, 초라해 보이기까지 하는 우물이다. 나는 숨을 고르며 지도를 다시 한 번 확인했다.

"여기가 맞아. 지도의 화살표가 여기에 멈춰 있어."

"꼭 성공하길 바란다."

여왕이 담담하게 말했다.

"이제 넌 어떡하니? 안개군단도 너를 따르지 않는다면……."

"난 저들의 여왕이야. 쉽게 나를 어떻게 하지는 않을 거야."

"하지만……."

"걱정하지 마, 언니. 난 안개군단이 다시 내게 충성을 다할 수 있도록 만들 수 있어. 어서 가. 가서 꼭 책을 찾고……."

난 동생을 포옹했다. 이제 두 번 다시는 만날 수 없는 동생이다. 이 아이가 아니었다면 난 책을 찾으러 여기까지 오지도 못했을 것이다. 그 존재조차도 몰랐던, 그래서 더 마음이 아픈 내 동생과의 만남을 이제는 여기서 끝내야 한다는 사실에 눈물이 난다.

"정말 고마워. 네가 아니었으면 여기까지 올 수도 없었어. 너를 만나서 정말 기뻤어. 너 같은 동생이 있어 얼마나 기쁜지 몰라. 내가 이 일을 꼭 이룰게."

"여왕님, 그 자를 넘겨주십시오!"

까맣게 몰려든 안개군단이 일제히 한 목소리로 소리치고 있다. 나는 두려운 눈빛으로 동생을 쳐다보았다.

"그대들의 여왕인 나의 말을 들으라, 나의 제군들이여! 나는 이 아이를 영겁의 우물에 가두려는 것이다. 이곳에 들어가면 나올 수 없다는 것을 너희도 알 것이다. 이 아이를 이곳에 가두면 우리의 성공은 바로 이곳에서 확정되는 것이다. 오늘 밤이 지나면 하루밖에는 남지 않았다. 그대들은 세상을 다 차지하게 될 것이고, 내일까지 기다릴 것도 없이 바로 여기에서 우리의 성공에 축배를 들 것이다."

동생은 위엄 있는 목소리로 담대하게 말했다.

"저 자에게 나침반이 있는 것을 압니다. 저 자를 넘겨주십시오. 그렇게 하신다면 저희는 여왕님을 따를 것입니다. 저 자를 넘겨주십시오."

"그대들은 나를 믿지 못하는가? 나는 그대들의 여왕이다. 나와 그대들을 배신한 것은 장군이다. 그 자는 우리를 이간시켜 자신의 목적을 달성

하려는 것이다. 그 자를 믿어서는 안 된다."

"여왕이 우리를 배신했다! 여왕이 우릴 배신했다!"

안개군단이 일제히 외치며 우리에게 덤벼들었고, 누가 먼저랄 것도 없이 나와 동생은 재빨리 우물 안으로 뛰어 들었다.

우물 안으로 떨어진 나는 동생이 어디에 있는지 알 수가 없다. 뭔가 물컹거리면서 찐득한 물질 안으로 빨려 들어가는 느낌이 든다. 물처럼 느껴지지만 물은 아닌 것 같다. 농도가 좀 더 짙다. 마치 피부에 닿는 느낌이 묽게 쑨 찹쌀가루 풀과 같다는 생각이 든다. 이 물질이 나의 몸에 달라붙지는 않는다. 아래로 내려가는 속도는 너무 빠르지도, 그렇다고 너무 느리지도 않다. 그다지 나쁜 기분은 아니다.

얼마를 내려왔을까. 어느 순간, 나는 푹신한 의자 위에 정확하게 떨어졌고, 동생도 나와 마주보고 있는 의자에 앉아 나를 멀뚱하게 쳐다보고 있다. 우리는 그렇게 서로를 멍하니 마주보고 앉아 정신을 추스르고 있다. 우리가 앉은 선명한 노란색의 의자를 제외하고는 주변이 온통 하얗다. 실내가 굉장히 크기는 하지만 완만한 곡선 형태인 것을 알아볼 수 있고, 천장도 둥근 형태이다. 바닥이고 벽면이고 이음새조차 보이지 않는 완전한 백색의 공간으로 빛은 사방에서 자연적으로 발생된 것처럼 보이는데, 지나치게 환해서 한 낮의 태양 아래 있는 것처럼 눈이 부시다.

"여기가 영겁의 우물이야?"

내가 의아해하며 말했다.

"영겁의 우물로 떨어진 것은 맞아."

동생이 주변을 두리번거리며 말했다. 그녀는 의자에서 일어나 사방을 살피기 시작했고, 나도 자리에서 일어나 주변을 둘러보고 있다. 하지만 우리가 있는 공간에는 노란색의 의자 두 개와 우리를 제외하고는 아무것도 없는 것 같다.

"여기에 책은 없는 것 같아. 도대체 여기가 어디지?"

나는 의자에 주저앉으며 말했다.

"영겁의 우물에 대해서 알려진 바가 없어. 이곳에 들어온 자 중에 밖으로 나간 자가 없으니까."

"오빠는 어떻게 되었을까? 오빠를 두고 오는 게 아니었는데……."

내가 허탈감에 빠져 맥없이 중얼거렸다.

"방법이 없었잖아."

"알아, 알면서도 후회가 돼. 여기까지 오면서 여러 번 이런 일을 겪었어. 실수를 해서, 혹은 어쩔 수 없는 상황이어서 누군가의 희생을 지켜봐야 했지. 또 어쩔 수 없이 너를 이곳에 두고 가야 하잖아. 이런 것은 정말 못 참겠어."

난 절망스럽게 말했다. 참담하고 괴로운 심경이다.

"나약한 소리 하지 마! 네 손에 너와 엄마의 운명만 맡겨져 있는 게 아니야. 오빠는 이곳에 오면서 산 사람처럼 되었어. 여길 못 나가면 너처럼 영원히 이곳에 갇히는 거야. 엄마가 영원히 존재하시니 여길 빠져나가지 못해도 너와 오빠는 이곳에서 영원히 살아갈 수 있겠지. 그렇지만 넌 너를 그렇게 포기할 거니? 네 스스로의 존재가 아닌 엄마의 부속물이 되어 영원을 살고 싶으냐고 묻는 거야."

나는 동생의 말에 충격을 받았다. 세상에서 영원히 사라져 버렸으면 하고 바랐던 순간이 얼마나 많았던가. 차라리 태어나지 않았으면 하는 생각을 수도 없이 많이 하지 않았던가. 그런데 지금의 나는 스스로의 존재가 아닌 상태로 영원을 살고 싶지 않다. 내 존재에 대한 애착과 책임감을 동시에 느끼고 있는 것이다. 난 비로소 살아 있는 사람이 된 것 같은 느낌이다.

"나는 이곳에서 영원한 휴식을 취할 거야. 엄마도 이젠 나에 대한 미련과 집착을 내려놓고 살아야지. 엄마의 마음에서 나를 내려놓으실 때가 됐어."

"네가 나보다 더 어른스러운 것 같아. 제발 오빠가 무사했으면 좋겠어. 난 장군이라는 자가 운전사일 거라고는 상상도 못했어. 그 자가 어떻게 안개군단의 지지를 받은 거지?"

"안개군단에 장군의 형들이 있어."

"정말이야?"

"장군의 형들이 나를 이곳으로 끌고 온 자들이었어."

"운전사가 농부의 아들인가?"

"그건 나도 몰라. 내가 아는 건 삼형제가 이 일을 도모했다는 거야."

"그랬구나. 이제야 어떻게 된 것인지 알겠다."

내가 작은 목소리로 중얼거렸다.

"이러고 있을 시간이 없어. 지도에게 책의 위치를 알려달라고 말해."

"그렇지! 지도가 있었어. 책이 있는 곳으로 안내해달라고 하면 되겠다."

나는 재빨리 지도를 펼쳐 책이 있는 곳으로 안내해 달라고 말했다. 백지의 지도 위로 물결 같은 것이 나타나고, 군데군데에 원반 같은 것이 그려지더니 화살표가 깜박이기 시작했다. 그런데 화살표가 물아래를 가르치면서 깜빡이는 게 아닌가.

"여기는 아닌 것 같아."

"그래, 여기는 아니야. 여길 빠져나가야 해."

동생이 말했다.

"어디 빈틈이 있는지 살펴보자."

우리는 완만한 둥근 벽을 따라 천천히 걸으며 혹시 빈틈이 있는지 살피기 시작했다. 뭐라도 반드시 찾아내야 한다는 생각으로 온 신경을 집중해서 꼼꼼히 살펴보고 있지만 특이할만한 것을 찾지 못하겠다. 또다시 불안감이 심장을 죄어오는 느낌이다.

"여기 와봐!"

동생이 다급한 목소리로 나를 불렀다.

"뭔데?"

나는 동생이 가르치는 벽면을 유심히 살폈다.

"이건 마치……, 달걀인 것 같아. 달걀 껍데기에는 숨구멍이 있잖아. 이게 달걀의 숨구멍이라면……."

"언니, 내 생각도 같아. 만일 이곳이 달걀 안이라면 여길 어떻게 빠져나가지?"

"깨뜨려야지. 이게 정말 달걀이라면 깨뜨려야 해."

내가 자신감 있게 말했다.

"깨뜨려?"

"그래. 달걀이라면 깨뜨려야지. 달걀을 깨는 방법을 생각해 보자. 뭔가 단단한 물체로 두드리면 쉽게 깨지지. 물론 밖에서만 가능한 방법이지만. 안에서 나가는 것은……, 부화야! 병아리는 안에서 껍질을 깨고 밖으로 나가잖아. 우리도 그렇게 하면 돼!"

내가 들떠서 말했다.

"그럴듯한 추리기는 한데, 진짜 병아리도 아닌 우리가 무슨 수로 부화를 하지?"

"병아리는 껍질을 깨고 나올 때 가지고 있는 모든 힘을 사용한다고 들었어. 반드시 그래야만 살 수 있대. 우리는 병아리처럼 생각해야 할 것 같아. 병아리처럼 새로운 삶을 향해 나아가기 위해 모든 노력을 아끼지 말아야 하고, 최선을 다해야 한다는 의미일 거야. 우리 안에 답이 있어. 우리의 새로운 결심이 답인 거야. 내가 이곳까지 오게 된 동기와 바람이 답이고, 네가 엄마를 돕고 싶어 하고, 나를 여기까지 이끄느라 네 모든 것을 버린 마음이 답인 거야. 우리가 답이야. 우리는 이 달걀 껍데기를 깰 수 있어. 너와 내가 할 수 있는 거야."

"제법 똑똑한데, 언니?"

"우리의 추리가 옳다면 우리가 통과해 온 우물물은 흰자위인 거고, 우리가 노른자인 거야. 우리는 부화해야 하는 거야. 이 의자에 앉은 우리가 노른자니까. 이 의자로 벽을 내리치면 될 것 같아."

나는 의자를 들면서 말했다. 동생도 의자를 집어 들었다. 우리는 함께 벽면을 의자로 내리치기 시작했는데 생각보다 만만치 않은 작업이다. 그래도 포기하지 않고 땀이 나도록 내리치고 내리치기를 반복하자 조금씩 금이 가기 시작했다. 난 동생을 보며 웃었다. 이렇게 나를 기쁘게 한 땀방울도 처음인 것 같다.

한 번 금이 가기 시작한 벽은 순식간에 무너져 내렸고, 곧 물속으로 자취도 없이 사라졌다. 우리는 둥근 원반 위에 서 있는데, 어디에서 시작되는지 알 수 없는 물결이 지나쳐 갈 때마다 원반이 흔들리고 있다. 하늘도 물빛도 잿빛이고, 어디를 봐도 크고 작은 잿빛 원반들로 가득 차 있다.

사방이 온통 잿빛이다. 이렇게 우울한 장소가 있을까 싶다. 동생을 이곳에 두고 갈 수 있을까. 정말 내키지 않는 일이다.

"화살표가 물속을 가르치고 있어. 바로 여기야."

물속을 들여다보니 수많은 사람들이 잠들어 있는데, 저들은 물속에 둥둥 떠서 눈을 감고 있지만 창백한 얼굴에는 놀랍게도 평온한 표정이 어려 있다. 이렇게 편안한 표정으로 잠들어 있어서인지 전혀 무섭지가 않다.

"여기는 무덤이구나."

나는 다시 동생을 무덤에 홀로 두고 갈 생각에 가슴이 죄어오고, 며칠 동안 잠을 제대로 못 자서 그런지 주체할 수 없이 졸음이 몰려온다. 이대로 원반 위에 누워 한숨만 잘 수 있다면 더 바랄 게 없을 지경이다. 눈꺼풀은 한없이 무겁고, 가슴속에 돌덩이 얹은 것처럼 뻐근하다. 머릿속은 안개를 가득 채워 넣은 것처럼 깜깜하고, 눈앞이 가물거려 더는 눈을 뜨고 있을 수가 없다.

"여기 있다!"

동생이 소리치는 바람에 나는 정신을 가다듬었다. 하지만 동생이 가리키는 물속을 들여다 본 나는 기절할 것처럼 놀라 비명을 질렀다.

"아버지?"

"아버지가 여기로 책을 가지고 오신 거네. 난 몰랐어."

"아버지!"

"한 번 잠들면 다시는 깨지 못할 거야. 여긴 휴식의 장소니까. 네가 여기까지 와주길 바라고 계셨던 것 같아."

"난 아버지를 원망할 때가 많았어."

나의 눈에서 눈물이 흘러내린다.

"그런 아픔조차 누려보지 못한 사람도 있어."

동생이 서운한 감정을 드러내지 않고 무덤덤하게 말했지만, 난 그 말에 다시 눈물이 난다.

"미안해……."

"괜찮아. 난 모든 것을 용서했어. 그런 운명에 화가 났던 나까지도."

"네가 나보다 어른스러워. 이런 네가 내 동생이어서 고맙고, 네가 너무 자랑스러워."

"언니답게 말하네? 어서 서둘러. 시간이 얼마 없어."

난 동생의 말에 고개를 끄덕여 보였다. 아버지는 책을 감싸 안은 두 팔을 가슴에 모으고 평온하게 누워 있다. 나는 물속으로 손을 집어넣었다 재빨리 뺐다. 얼음장도 이런 얼음장이 없다. 물에는 젖지도 않았는데 손은 벌겋게 얼어 있다. 감각이 느껴지지 않을 정도이다. 나는 다시 결심을 하고 손을 집어넣어 아버지의 팔 밑에서 책을 끄집어내려 했다. 그런데 꼼짝도 하지 않는다. 다시 두 손을 물 밖으로 뺄 수밖에 없었다.

"꼼짝도 안 해. 얼어붙은 것 같아."

"아버지, 이제 책을 놓으셔도 돼요. 아버지 딸이 왔어요. 엄마를 구하려고 온 거예요. 이제 아버지의 할 일을 다 하셨으니까 책을 돌려주세요."

동생이 말을 마치자, 아버지의 팔이 스르르 풀렸다. 나는 다시 물속에 손을 집어넣어 책을 가볍게 들어 올렸다.

"고마워요, 아버지"

내가 말했다. 기억일 뿐이지만 아버지가 잠들어 있는 모습을 보고, 동생이 아버지처럼 이곳에 잠들 것이라 생각하니 마음이 편치 않다. 도저히 혼자서는 떠날 수 없을 것 같은 기분이다. 내 마음을 읽었는지 동생이 말했다.

“이제 나침반에게 나가는 길을 물어봐.”

동생의 얼굴에 잔잔하고 편안한 미소가 머물러 있지만, 그녀의 눈가에도 견딜 수 없는 졸음이 몰려있다.

“너도 몹시 졸린 모양이야. 나도 지금 간신히 참고 있거든.”

“어서 빨리 이곳을 빠져나가는 것이 좋겠어. 잠들면 깰 수 없을 것 같아. 어서 가, 언니!”

동생이 단호하게 말했지만, 나는 지도를 펼쳐들고 지도에게 명했다.

“이곳을 빠져나가는 길을 보여줘요.”

“뭐하는 거야?”

“이 지도를 잊고 있었어. 잠시 기다려봐. 이 지도가 나가는 길을 알려줄 거야.”

지도 위로 나타난 화살표가 춤을 추듯 정신없이 요동을 치고 있다. 눈이 핑핑 돌 지경이다. 전혀 방향을 찾지 못하는 것 같다. 이렇듯 정신없이 화살표가 종이 바깥으로 튕겨 나올 것처럼 요동을 치더니, 갑자기 어딘가에서 불꽃이 일어 순식간에 지도를 태워버렸고, 재가 사방으로 흩어져 사라져 버렸다.

“소용없는 짓이야. 이곳에는 밖으로 나가는 출구가 없어. 나침반은 없는 출구를 만들어 주는 거라고.”

동생이 의욕을 잃어버린 목소리로 말했다.

“어떻게 널 이런 곳에 두고 가니? 난 못하겠어.”

“괜찮아, 언니. 곧 우리를 잡으려던 안개군단들도 이리로 들어 올 거야. 난 저들과 이곳에 잠들 거고. 안개군단은 또 다시 생겨나겠지만 빛과 어둠이 균형을 유지하면 엄마가 위험해지는 일은 없을 거야. 언니는 엄마가 희망의 빛을 포기하지 않도록 만들 책임을 가지고 가는 거야. 엄마의 목숨만 구하는 게 아니야. 엄마가 품어야 할 미래의 희망도 가져가야 한다는 걸 잊지 마."

나는 동생을 안았다. 아무리 참으려고 해도 도저히 눈물을 참을 수가 없다. 가슴이 미어지는 심정이다.

"너를 절대로 잊지 않을 거야. 사랑해."

"고마워, 언니. 나도 언니를 사랑해."

나는 눈물을 훔치고, 나침반 구슬을 양손에 쥐고 입김을 불었다.

"이곳을 빠져나가는 출구를 만들어줘요."

"뭐라고 쓰여 있어?"

"공중으로 쏘아 올린 작은 우주가 무한의 빛을 끌어 모아 새로운 삶으로 나아가게 해주리라, 라고 되어 있어. 이건 무슨 뜻이지?"

"그 나침반을 공중으로 집어 던져!"

"이것을 던지라고?"

"어서!"

나는 나침반을 공중으로 던졌다. 그러자 나침반이 날아간 공간으로 서서히 형형색색의 빛줄기가 모여 들더니, 서로 엉키면서 거대한 오로라 빛 소용돌이가 형성되었다. 난 동생을 뒤로 하고 빛의 소용돌이 속으로 뛰어들었다.

18

가슴에 뻐근한 통증을 느끼며 나는 잠에서 깨어났다. 나는 기억의 저택 바로 앞에 있는 정원 바닥에 책을 깔고 엎드려 있었다. 어서 빨리 오빠를 찾아야 한다는 생각과 책을 되찾았다는 기쁨에 더하여 두고 온 동생에 대한 생각으로 마음이 뒤죽박죽으로 복잡하다.

아침 해가 떠오르고 있다. 이제 이 하루를 남겨두었을 뿐이다. 어서 오빠를 찾아야만 하는데, 그의 모습은 어디에도 보이질 않는다. 장군에게 붙잡혔으면 어떻게 하나 걱정이 되어 안절부절못하겠다.

존재하지만 인식되지 않는 공간으로 오기만 하면, 책을 찾기만 하면 모든 것이 다 잘될 것이라 생각했다. 그때는 그것만이 가장 절실했으니까. 하나의 계단을 오르면서 그 위에 또 다른 계단이 있다는 것을 생각할 여유가 없었다. 그저 나는 그 하나의 계단을 오르기 위해 가슴 졸이며 최선의 노력을 기울여야 했을 뿐이다. 문득 인생도 이와 같을지 모른다는 생각이 든다. 하나의 산을 넘으면 강을 만나고, 그 강을 건넜다 싶으면 또 다른 산이 기다리고 있는. 이렇게 끝도 없이 밀려드는 문제들과 맞서 싸우기가 왜 이리도 피곤하게 느껴지는 것일까. 여기서 지치면 안 되는데, 아직도 해야 할 일이 남아 있는데……, 사랑하는 사람들을 뒤에 두고 떠나면서 뒤를 돌아보아서도 안 되고, 잠시 멈추어 서서 숨을 고를 여유는 사치라고 앞만 보고 달려가라 채찍질하는 이 사명 앞에서 나는 지쳐버린 나를 본다.

난 정원사가 갔던 숲을 바라본다. 지금 그는 어디에 있을까. 무사히 살아 있는 것일까. 내가 이 일을 성공한다고 해도 그가 마을로 다시 돌아갈 수 없다는 것을 알고 있다. 그는 동생처럼 이곳에 영원히 갇히거나 금지된 망각의 강을 건너 안개군단처럼 안개가 되어버리겠지. 오직 나를 위해 여기까지 달려와 준 고마운 사람인데 난 그를 위해 해줄 수 있는 것이 없고, 그가 무사한지조차 모른다.

오빠를 두고 온 숲을 바라본다. 나를 위해 장군과 맞선 그는 어떻게 된 것일까. 분명 이곳에서 나를 기다리겠다고 했다. 그런 그가 보이지 않는다. 불길한 생각을 하지 않으려고 노력하고는 있지만 장군은 교활하고 거친 자다. 오빠를 두고 도망치는 게 아니었다. 왜 이렇게도 많은 어쩔 수 없는 상황들에서 나는 늘 사랑하는 이들의 희생을 지켜보면서도 마치 당연히 그래야 하는 것처럼 나 홀로 빠져나와 이렇게 살아남아야 한단 말인가. 내가 이 사명을 완수해야 할 사람이라는 그 이유 하나만으로 말이다. 모르겠다. 양어머니를 그렇게 두고 떠날 수밖에 없었던 이유도, 나의 실수로 늑대들을 강물에 장사지내고도 이렇게 살아남아야 했던 이유도, 정원사의 희생을 지켜주지 못한 이유도, 그리고 오빠를 극악한 자의 손에 내버려 두고 도망을 치고 동생을 영겁의 우물에 두고 올 수밖에 없었던 이유도.

뒤를 돌아 볼 시간이 없다는 걸 모르는 것은 아니다. 남아 있는 시간이 오늘 이 하루뿐이라는 것을 모르는 것이 아니다. 그렇더라도 난 오빠가 무사한지 확인을 해봐야겠다. 정원사를 찾으러가지 않았던 것을 내내 후회하지 않았던가. 오빠가 붙잡혀 있다고 해도 무사한지만 확인을 해야겠다. 나를 위해 존재, 그 자체를 내게 걸었던 오빠다. 그런 그가 살아 있는지 확인을 해야 다음 단계로 나아갈 수 있을 것 같다.

내가 안개군단의 본거지가 있는 숲을 향해 막 첫발을 떼려는데, 어디에서 날아온 것인지 알 수 없는 수많은 나비들이 내 주변을 에워싸고는 같은 방향으로 돌기 시작했다. 나는 넋을 잃은 사람처럼 세상 어디에서도 본 적이 없는 아름다운 나비들을 쳐다보고 있다. 누구라도 이 아름다운 나비들에 현혹되지 않을 수 없을 것이다. 나비들은 제각기 색깔이 다른데, 저들이 돌면서 무지개 빛깔의 소용돌이를 만들어 내는 것만 같다. 이 아름다운 광경에 도저히 눈을 뗄 수가 없다.

나는 정신이 없이 나비들을 바라보고 있었다. 그런데 갑자기 나비들이 원을 벗어나 뿔뿔이 흩어지더니 꽃들에게로 날아가기 시작했다. 나비들만큼이나 눈이 부시게 아름다운 형형색색의 꽃들이 세상을 다 차지한 것처럼 제 멋을 뽐내며 피어 있는데, 꽃들과 나비들이 어우러져 있는 모습이 마치 군데군데 무지개다리를 드리운 것만 같고, 멀리 보이는 폭포 물줄기가 햇살에 부서지면서 선명한 무지개다리가 드리워져 있다. 세상이 온통 무지개 빛깔로 눈이 부시다. 그러나 무엇보다 나의 마음을 사로잡는 것은 하늘색이다. 눈이 시리도록 파란 하늘에는 구름 한 점이 없다. 마음까지도 파랗게 물들일 것 같은 청명한 하늘 빛깔에 나는 넋을 잃었다. 어디선가 바람이 불어온다. 마음을 가득 채우는 평안과 잔잔한 사랑의 설렘을 실어 온 바람에는 향기로운 꽃향기가 묻어난다. 나는 볼을 부드럽게 간질이는 바람을 느끼며 눈을 감았다. 이렇게 평온하고 가슴 벅차도록 행복한 기분을 언젠가 분명 느껴보았던 것도 같다. 결코 익숙할 것 같지 않음에도 뭔가가 익숙한, 참으로 이상한 기분이다. 마치 내 안에 깊숙이 감춰두고 있던 어떤 본질적인 행복감이 갇혀 있던 틀을 벗어나 자유를 얻은 기분 같기도 하고, 내가 늘 꿈꾸던 절대적인 축복을 허락받은 것 같기도 하다. 아, 이것은 내가 공중을 날 때의 그 기분이다. 그때 느꼈던 자유로움과 평화로움이다. 그때의 기분을 다시 느끼게 될 줄은 몰랐다.

그런데 난 지금 어디에 있는 것일까. 나비들이 나를 끝없이 펼쳐진 초원으로 이끌고 있다는 인식을 잠시 하기는 했었다. 그런데 지금은 이 낯선 풍경 속에 내가 서 있다. 너무도 아름답고 환상적인 풍경에 취하여 꿈인지 생시인지 분간을 할 수가 없다. 난 지금 꿈을 꾸고 있는 것이 분명하다. 이렇게 한가하게 꿈이나 꾸고 있을 시간이 없다. 어서 깨어나야겠다. 어서 깨어나 오빠의 생사를 확인한 후, 희망의 샘으로 가서 이 일을 마무리 지어야 한다.

"힘든 길을 오셨습니다."

진실하고도 차분한 중저음의 남자 목소리가 등 뒤에서 들려왔다. 나는 천천히 뒤를 돌았다.

"반가워요."

남자는 따뜻하고 부드러운 미소를 짓고 서 있다. 완벽하다고 밖에는 표현할 수 없는 잘생긴 외모에 은빛 머리카락이 허리까지 내려올 만큼 길다. 남자는 바닥까지 닿는 긴 순백색의 옷을 입고 있는데 다이아몬드 가루를 뿌려 놓은 것처럼 눈부신 빛으로 가득하다. 얼굴은 무척 흰 편이지만 혈색이 건강해 보이고, 부드럽고 따뜻한 인상의 얼굴에는 잔잔한 미소가 머물러 있다. 이렇게나 신비롭고 아름다운 모습에 매료되지 않을 사람이 없을 것 같다. 나의 볼이 후끈 달아오르고, 무섭게 뛰는 심장의 박동소리가 세상의 모든 소리를 잠재운 것만 같아 어찌할 바를 모르겠다. 지금 이것도 꿈일까.

"많이 지쳐 보이는 군요. 피곤하지요?"

나는 엉망으로 뒤엉켜 있는 머리카락을 손가락으로 빗고, 얼굴을 손바닥으로 쓸었다. 내 모습이 어떨지 상상하기도 싫은 기분이다.

"괜찮아요. 내 눈에 시은의 모습은 충분히 아름다워요. 용기와 강한 의지로 빛나는 당신의 눈동자는 세상 무엇보다 아름답답니다. 이곳이 마음에 들어요?"

남자는 엷은 미소를 지으며 말했고, 나는 내 손등을 꼬집어보았다. 아프다. 그렇다면 내 앞에 서 있는 이 남자가 실재한다는 말이다. 나의 얼굴에 나도 모르는 미소가 번지는 느낌이 든다.

"네, 아주 많이요. 이렇게 아름다운 곳이 있다는 게 믿기지 않아요. 저는 꿈을 꾸는 줄 알았는데……, 꿈이 아니지요?"

"꿈이 아니에요. 시은이 실재하는 것처럼 이곳의 모든 존재는 시은이가 보고자 하는 그대로 실재한답니다."

"이곳에 다른 사람들도 있나요?"

나는 주변을 두리번거렸다.

"수많은 존재들이 있지요. 곧 만나게 될 것입니다."

"당신의 이름은 무엇이지요?"

"우리에겐 이름이 없습니다. 우리는 그저 희망의 샘과 함께 존재할 뿐입니다."

"그렇다면 희망의 샘이 이곳에 있군요! 제가 제대로 찾아 온 거예요."

나는 너무도 기뻐서 어찌할 바를 모를 지경이다. 이렇게 쉽게 희망의 샘을 찾다니. 지금까지의 여정을 생각하면 믿기지 않을 만큼 쉽게 얻은 수확이 아닌가.

"네, 제대로 찾아온 게 맞습니다."

남자는 담담하게 말했다.

"그러면 저를 희망의 샘이 있는 곳으로 안내해 주실 수 있나요?"

"아직은 시간이 충분합니다. 준비된 식사를 하시고, 당신을 위해 준비해 놓은 옷으로 갈아입으세요. 그리고 잠시 휴식을 취하셔도 됩니다."

이 남자의 말이 옳다. 난 이제 막 아침 해가 떠오른 이 시각에 희망의 샘이 있는 이곳에 도착했다. 자정까지의 이 하루는 많은 것을 할 수 있는 하루가 되어 줄 것이다. 지금 난 이 남자가 나를 쳐다보는 것이 창피해서 쥐구멍으로 숨어버리고 싶을 만큼 몰골이 엉망이라는 것을 알고 있다. 당장이라도 씻을 수 없겠냐고 묻고 싶은 심정이지만 그것보다 더 급한 게 있다. 뭐라도 좋으니 갈증을 풀어 줄 시원한 물과 이 고픈 배를 채워줄 음식을 먹을 수 있었으면 좋겠다.

"알겠어요. 사실은 배가 너무 고파요. 그리고 몸을 좀 씻었으면 좋겠어요. 이렇게 순조롭게 희망의 샘을 찾을 것이라고는 생각도 못했는데……, 운이 좋은 것 같아요."

나는 밝게 웃었다. 가슴 가득 벅차오르는 희망에 더불어 이제 다 됐다는 안도감이 밀려들면서 그동안의 긴장감을 한순간에 내려놓은 것 같다.

"함께 가실까요?"

남자가 앞장을 서며 말했다. 나는 그의 옆에서 보조를 맞추어 걷고 있는데, 발이 땅을 딛고 있는 것 같지가 않다. 이런 기분은 처음이다.

"이름을 갖고 싶어요?"

나는 오빠 생각이 나서 대뜸 물었다.

"하나 지어 주시겠어요?"

"원하신다면……."

"당신이 지어준 이름을 갖게 된다면 이보다 기쁘고 영광스러운 일이 없지요."

남자가 기대감에 부풀어 말했다. 그는 정말 내가 지어주는 이름을 갖고 싶은 모양이다.

"음, 그렇다면……, 진현, 어때요?"

나는 문득 초등학교 때, 내 짝이었던 송진현의 얼굴이 떠올랐다. 진현은 귀공자 같은 아이였다. 혈색이 별로 없던 얼굴빛이 창백하리만치 하얗던 남자아이였다. 난 그 아이를 좋아했다. 어린 내 가슴을 처음으로 뛰게 만들었던 그 아이가 백혈병으로 죽었다는 소식을 전해들은 날을 나는 잊지 못한다. 내 심장을 도려내는 것처럼 아팠다. 나는 그날 내내 눈이 퉁퉁 붓도록 울었고, 그 후로도 며칠 동안 밥을 제대로 먹을 수가 없었다. 그리고 그 이후로도 아주 오랫동안 나는 진현을 그리워하며 살았다. 난 이 남자에게 그 아이의 이름을 준다. 이유는 진현이가 죽지 않고 성장했다면 이 남자와 같았을지도 모른다는 생각이 들어서 일거다. 이 남자에게서 진현의 어린 시절 모습을 보는 것 같아서 일거다.

"진현……, 멋지네요. 아주 마음에 듭니다. 시은이 내게 부여해준 이름이니까요. 고마워요. 내게 그 이름을 주어서."

진현은 의미심장한 눈빛으로 나를 쳐다보았다. 심장이 멎는 기분이다. 이렇게 가슴 벅찬 설렘을 느낄 수 있다니 놀랍고도 당황스럽다.

야외용 식탁에 차려진 음식들을 보는 순간, 나는 앞뒤 생각할 수가 없었다.

"천천히 먹어요. 아무도 빼앗아 가지 않으니까."

진현은 웃었다.

"같이 안 드세요?"

"이 모든 것은 시은을 위해 준비된 거예요. 속을 편안하게 달래줄 거예요."

동생이 준비해 준 음식도 그랬다. 오래 굶어서 위장에 탈이 날 수도 있었는데, 그 많은 음식을 먹고도 전혀 문제가 없었고, 오래도록 배가 고프지도 않았다.

"기억의 저택 앞에서 동생이 차려놓은 음식을 먹고 살 수 있었어요. 그때는 몰랐지요. 제게 동생이 있다는 사실을 몰랐어요. 그 아이가 아니었다면 여기까지 올 수도 없었을 텐데, 전 그 아이를 영겁의 우물에 두고 왔어요. 참 잔인한 짓이었어요. 마음이 얼마나 아픈지……."

나는 우울한 목소리로 말했다.

"그랬군요. 힘들었겠어요."

"나 때문에 죽은 늑대들과 나 때문에 마음 아픈 양어머니, 나 때문에 영겁의 우물에 갇힌 동생과 생사를 알 수 없는 오빠까지. 이렇게밖에 방법이 없었을까를 생각해 보게 돼요. 오빠와 기억의 저택 앞에서 만나기로 했었는데……, 오빠가 오지 못한 것인지, 제가 나비들에 정신이 팔려 이곳으로 와버린 것인지……."

"시은의 오빠는 무사하니 걱정하지 말아요."

"정말인가요?"

"네, 정말이에요."

"오빤 어디에 있는 거예요?"

"중요한 것은 시은의 오빠가 무사하다는 것이에요."

진현이 진지한 목소리로 말했다. 방금 만났을 뿐인데 난 이 남자의 말을 믿고 있는 나를 본다. 오빠가 무사하다는 그의 말에 편안하게 근심을 내려놓는 나를 본다.

"오빠가 무사하다니 정말 다행이에요."

"이곳이 마음에 들어요?"

진현은 아까 했던 질문을 내게 다시 물었다.

"네, 아주 마음에 들어요. 이런 세상에서 지낼 수 있는 시간이 단 하루뿐이라니……, 말할 수 없이 아쉬워요."

나는 진현과 보낼 수 있는 시간이 이 하루뿐이라서 아쉽다는 말을 하고 싶었다.

"얼마를 보내면 만족할 것 같은가요?"

나는 진현의 질문에 웃었다.

"이 하루가 일 년쯤 되면 좋겠어요. 백 년도 아쉽겠지만."

"이 하루는 일 년이에요. 일 년 동안 여기에 머물러요."

"네?"

나는 진현을 뚫어져라 쳐다보았다.

"시은이 정했어요. 이 하루는 일 년이에요. 여기서 보내는 일 년은 당신에게 남은 하루일뿐이라는 거예요."

"무슨 그런……."

나는 믿을 수 없다는 표정으로 중얼거렸다.

"내 말을 믿어도 돼요. 시은은 이곳에서 선택할 수 있는 존재예요. 당신이 정한 것대로 될 것입니다."

"정말인가요?"

"네, 정말이에요. 이곳의 존재들은 거짓말을 하지 못해요."

진현의 말이 진실인 것 같다. 이 하루가 일 년이라니. 이 얼마나 멋진 일인가. 진현과 일 년을 보낼 수 있다는 말이다. 그것도 내가 상상하던 천국에서.

"만일 당신이 내게 거짓말을 하는 거라면……."

"거짓말을 할 수 없다고 했잖아요? 걱정하지 말아요."

진현은 어떤 거짓도 없이 진솔하게 말했고, 내가 그에게서 듣고 싶은 말을 다시금 확인하는 순간이다.

"그건 이 자의 말이 맞습니다. 결정은 아가씨가 하시는 거예요. 하지만 신중하기를 말씀드리고 싶군요."

등 뒤에서 들리는 여자의 목소리에는 날이 서 있다. 나는 신경이 곤두서서 의자에서 재빨리 일어났다. 뒤를 돌아 목소리의 주인공을 쳐다보니, 신화에서나 나올법한 아름다운 여자가 심각한 표정으로 나를 쳐다보며 서 있는 게 아닌가. 진현과 마찬가지로 그녀의 모습은 살아 있는 존재처럼 느껴지지 않을 정도로 완벽한 아름다움을 내뿜고 있다. 지금 처음으로 만났을 뿐인데도 난 이 여자가 예사롭지 않게 느껴진다. 사실 신경이 무척 쓰인다. 이렇게 예쁜 여자가 진현 주위에 있는데 어떻게 무덤덤할 수 있겠는가.

"당신은……."

"만나서 반갑습니다, 아가씨. 저 역시 알려드릴 이름을 가지고 있지 않군요. 저에게도 이름을 하나 주시겠습니까?"

여자의 부드러운 것 같으면서도 예리한 말투에 신경이 예민해진다.

"제 말투가 신경 쓰이십니까? 그럴 필요 없습니다. 아가씨가 원하시기만 하면 전 언제든 아가씨의 발이라도 닦아 드려야 할 신세이니 말입니다."

"당신은 너무 무례하군. 그만두었으면 좋겠어."

진현이 불쾌한 표정을 지었다.

"내가 틀린 말이라도 했나? 만일 아가씨께서 불쾌하셨다면 사과드립니다. 제 말투는 원래 이렇습니다. 본심이 말투만큼 고약하지는 않으니 너무 불쾌해하지 마세요."

여자가 당당하게 말했다.

"괜찮아요. 아직은 이곳이 낯설고……."

"그러시겠지요. 이곳에서 일 년을 지내실 거라니 곧 모든 것이 익숙해질 것입니다. 습관이란 무서운 것이지요. 어느 순간이 되면 언제나 이곳에서 살아 온 것처럼 익숙해져서 나날이 일상이 되고, 자신이 왜 이곳에 왔는지조차 잊어버리게 될 것이니까요. 여기서는 길을 잃기가 쉽다는 걸 명심하시는 게 좋을 것입니다."

"길을 잃기 쉽다고요?"

나는 기분이 상해서 불쾌한 목소리로 말했다.

"네, 아주 쉽지요. 이 이상을 말씀드릴 권한이 제게는 없군요. 어쨌든 이곳에서의 시간이 아가씨의 앞길에 장애가 되지는 않기를 바랄 뿐입니다."

"당신은 여길 떠나는 게 좋겠어."

진현이 예민한 목소리로 말했다.

"알았어. 지금 곧 사라지지. 그렇게 정색을 할 필요는 없다고. 아가씨, 좋은 시간 가지십시오."

여자는 진현에게 하던 말투와는 달리 상당히 부드러워진 목소리로 내게 인사를 건네고는 유유히 사라졌다.

"마음에 담지 말아요."

진현은 당황하는 눈치이고, 나는 뒤통수를 맞은 사람처럼 얼이 빠져서 있다.

"많이 피곤할 텐데 좀 쉬는 게 좋겠어요."

"네, 고마워요."

진현이 손짓을 하자, 손을 씻을 물을 가져다 준 여자와 그 옆에 서 있던 여자가 함께 내게로 가까이 다가와 공손히 인사를 건넸다.

"따라가세요."

두 여자는 조용히 따라오라는 몸짓을 하더니 앞장서서 걷기 시작했다. 나는 혼란스러운 기분으로 두 여자의 뒤를 따라가고 있다. 게다가 지금은 정신을 차릴 수 없을 정도로 졸음이 쏟아지고, 정신은 그 어떤 생각도 담아낼 수 없을 정도로 멍하다.

난 지금 믿을 수 없는 광경에 정신이 번쩍 들었다. 나를 안내해 온 두 여자가 양어머니의 저택 현관문을 열고는 나에게 안으로 들어가라는 몸짓을 하는 게 아닌가. 바닷가의 저택이 아니라 마을에 있던 바로 그 저택이다. 나는 어리둥절하여 저택과 주변 풍경을 번갈아 쳐다보았다. 저택을 제외한 주변 풍경은 분명히 다르다. 정원사의 솜씨가 돋보이던 정원은 어디에도 보이지 않고, 그 어떤 정원사의 솜씨로도 재현할 수 없을 것 같은 완벽한 아름다움을 품은 무한의 정원 가운데에 양어머니의 저택이 우뚝 서 있는 것이다.

"아가씨를 위해 준비된 것입니다. 저희에게는 거처가 없습니다. 음식을 먹을 필요도, 잠을 잘 필요도 없으니까요."

"당신들은 먹지도 않고, 잠도 자지 않는다고요?"

"네, 저희에겐 필요치 않습니다. 저희는 스스로 존재하니까요. 저희들의 주인이 영원을 존재하듯이 저희도 그렇습니다. 내일 다시 이야기해도 늦지 않습니다. 지금은 따뜻한 목욕물에 피로를 푸시고 주무시는 게 좋겠어요."

여자가 잔잔한 미소를 지었다. 나는 힘없이 고개를 끄덕였다. 그녀의 말이 옳다. 지금은 무슨 이야기를 들어도 귀에 들어오지 않는다. 난 지금 의식의 단계를 지나 무의식으로 잠겨들고 있다. 곧 아무것도 더 이상 인지할 수 없게 될 것이다.

나는 두 여자의 도움으로 목욕을 마치고, 내가 세상에서 가장 좋아하는 내 침대에 누웠다. 뭔가 짧은 기억들이 순식간에 오는가 싶으면 흩어지기를 반복하다가 곧 아무 느낌도, 생각도 할 수 없는 상태가 되었다.

달콤한 잠에서 깨어날 때의 기분이 이렇게 좋은지 몰랐다. 기분이 날아갈 듯 가볍고 상쾌하다. 그런데 지금은 몇 시나 된 것일까. 부드러운 어둠이 내려앉은 내 방, 내 침대이불에서 맡는 마른 햇살내음이 싱그럽고 산뜻하다. 내가 무척이나 좋아하는 냄새다. 오늘은 다른 날보다 이불에서 나는 향기가 더 정겹게 느껴진다. 밤새 아주 많은 꿈을 꾼 것 같다.

나는 일어나 커튼을 열었다. 눈부신 햇살이 쏟아져 들어와 아찔한 어지럼증을 일으킨다. 오후가 다 된 것 같다. 또 늦잠을 제대로 잔 모양이다. 양어머니가 오늘 무슨 계획이 있다고 하셨던 것 같은데, 왜 누구도 나를 깨우지 않은 것일까.

"일어나셨습니까?"

낯이 익은 여자직원이 차를 들고 서 있다.

"편히 주무셨습니까?"

"아, 네에. 오늘 어머니께서 아침 일찍 모임에 가셔야 한다고 하지 않았어요? 내가 늦잠을 자서……, 혹시 혼자서 가신 거예요? 도대체 아무도 깨우지 않고……."

나는 약간 신경질적으로 말했다.

"아가씨?"

"아, 여기는……."

나는 창문 바깥 풍경을 쳐다보고서야 현실감을 되찾았다. 정말 무엇이 꿈이고, 무엇이 현실인지 분간하기가 힘든 나날이었다. 지금도 난 여전히 꿈을 꾸는 기분이다.

"시장하지는 않으십니까?"

그녀의 말이 떨어지기가 무섭게 배에서 꼬르륵 소리가 났다.

"제가 늦잠을 잔 것 같네요."

"3일을 꼬박 주무셨어요."

"3일이요?"

내가 놀라 묻자, 여자가 고개를 끄덕였다.

"그렇게 오래 잠을 자다니……."

"식사가 준비되어 있습니다. 이 옷으로 갈아입으시고 저희를 따라 오시지요."

여자는 내게 진현이 입고 있는 것 같은 눈부시게 희고 아름다운 드레스를 건네주며 말했다.

"진현은?"

"아가씨를 기다리고 계십니다."

"그래요? 그런데 당신을 뭐라고 불러야 할지 모르겠어요. 당신도 이름이 없나요?"

"이름이 필요하지 않으니까요."

"그러면 어떻게 서로가 소통을 하지요? 상대를 불러야 할 때는 어떻게 하나요?"

"저희는 서로의 필요사항을 이해합니다."

"텔레파시 같은 걸로 서로 대화를 나누나요?"

"저희는 원래는 하나였습니다. 지금은 필요에 의해 분리되어 있을 뿐이지요. 그래서 지금은 직접 대화를 나누지요."

"하나였다고요?"

"네, 하나이면서 동시에 여럿이지요."

"아직도 난 모르는 게 너무도 많군요."

"이곳의 모든 존재는 아가씨가 보는 그대로는 아닙니다. 아가씨는 아가씨가 이해될 수 있는 방법으로 저희를 보는 것뿐이지요."

난 이 여자의 말을 어느 정도는 이해할 수 있다. 꿈과 현실의 경계가 분명하지 않은 것처럼 이곳에서의 나는 내가 보는 모든 것이 내 눈에 비치는 그대로가 아니라는 걸 이제는 안다. 하지만 난 내가 눈으로 볼 수 있는 것만이 현실처럼 느껴진다. 만일 지금의 현실을 이대로 받아들이지 못하면 더 큰 혼란에 빠지고 말 것이다. 난 이곳에서의 모든 것을 다 이해할 수는 없기 때문이다. 아무리 이해하려고 해도 내가 지닌 상식과 이해력으로는 분명 한계가 있다. 난 그저 저들이 그렇다고 하면 그런 줄 알고 믿을 뿐이다.

"잘 잤어요? 당신이 지금 얼마나 아름다운지 알고 있나요?"

진현이 환하게 웃었다. 나의 심장은 사정없이 뛰고 얼굴이 화끈 달아오른다.

"그렇게 여러 날을 잠만 자다니 믿을 수가 없어요."

"이제 기분이 나아졌나요?"

"믿을 수 없을 만큼 개운한 기분이에요. 저택은 저를 위해 준비해주셨다고 들었어요. 잠에서 깨어났을 때는 잠시 혼동을 일으켜서……."

"당신에게는 집이 필요하니까요."

"네, 맞아요. 제겐 필요한 게 많아요."

나는 웃었다.

"그게 불편한가요?"

"말도 못하게 불편하지요. 그게 사람인걸요."

"난 그런 시은이 부러운데요."

"난 당신들이 부러워요. 필요한 것이 없는데도 모든 것을 가지고 있잖아요?"

"그런가요?"

진현은 알 수 없는 미소를 지었다.

"이곳에서는 일 년도 금방 가버릴 것 같아요."

"그 시간 동안 뭘 하고 싶어요?"

"뭘 해도 상관없을 것 같아요. 그냥 이곳에 머물 수 있는 것만으로도 좋아요."

나는 얼굴을 붉혔다. 진현과 함께 있을 수 있어서 좋다는 말을 하고 싶었다. 이런 내 마음이 낯설고도 신기해서 나는 어색하게 웃었다.

"나와 함께 여행을 가면 어때요?"

"여행이요?"

"네, 여행이요. 시은이 원한다면 어디든 갈 수 있지요."

나는 여행이라는 단어를 듣는 순간, 가슴이 뛰기 시작했다. 나는 늘 여행을 꿈꾸었다. 그게 어디라도 떠날 수만 있다면 나는 언제라도 떠났을 것이다. 집을 떠날 수만 있다면 어디든 상관없을 것 같았다. 내가 알지 못하는 세상에 대한 동경이 언제나 내 마음에는 살아 꿈틀거렸다. 어딘가 내가 속해 있지 않은 세상에 내가 찾는 행복의 파랑새가 있을 것이라 믿었다. 난 언제나 그 책의 결말에 강한 거부감을 지니고 살았다. 행복의 파랑새가 자신의 집 정원에 있다니. 그것을 모르고 사는 게 사람이라니. 그런데 난 이곳에 와서 그 책의 결말에 진실이 있을지 모른다는 생각을 처음으로 하게 되었다. 내가 찾는 행복의 파랑새가 내가 알지 못하는 세상의 어느 곳이 아니라 내 집 정원에 있을지도 모른다는 생각을 하기 시작한 것이다. 그리고 그 행복의 파랑새는 대체로 자신의 모습을 쉽게 드러내지 않을 뿐만 아니라 찾으려고 노력하지 않는 사람에게 나타나는 법이 없다는 것도 서서히 이해해 가고 있다.

난 지금 내가 꿈꾸던 천국에 있다. 그런데도 진현이 여행을 이야기했을 때, 가슴이 뛰었다. 여행이란 현실에서 도망치기 위해서만 존재하는 것은 아니라는 생각이 처음으로 들었다. 지금 난 이곳에서 도망치고 싶지 않지만 여전히 여행을 꿈꾸고 있다. 현실에서 도망치기 위해서가 아닌 여행이 무엇인가를 찾고자하는 최상의 기회라면 아직도 내가 찾고 싶은 것은 무엇일까. 아마도 그건 진짜 나일지도 모르겠다. 여행을 통해 진짜 나를 만나 내게 부여된 인생에 대한 정의를 얻을 수 있기를 바라고 있는지도 모른다. 언제나 의문만 던져왔다. 이제는 내가 던진 의문들에 답을 하나씩 얻어내고 싶은 것이다.

"무슨 생각을 그렇게 해요?"

진현이 물었다.

"여행에 대해서요."

"함께 가겠어요?"

"네, 가보고 싶어요. 예전에는 현실로부터의 탈출이자 행복을 찾을 수 있는 방법으로 여행을 꿈꾸곤 했었는데……, 전 별로 행복하지 못한 사람이었거든요. 부모님과 함께 사는 게 많이 힘들었어요."

"어떤 것이 괴롭다고 생각하기 시작하면 그 고통은 더욱 확대되지요. 그 현실을 벗어나야만 해결책이 있을 거라고 굳게 믿게 되고요. 그런데 그게 고통이든, 행복이든 그 진실을 만들어 내는 건 자신의 마음이에요."

"그럴지도 모른다는 생각을 해요. 하지만 아무리 마음을 내 뜻대로 설계한다고 해도 먹지 못하면 배가 고픈 것처럼 부모님의 불행이 저에게 전달될 수밖에 없어요."

"맞아요. 하지만 시은이 설계한 마음은 소망이라는 등불을 밝혀 새로운 길을 내게 해주지요."

"이곳에서 만난 모든 이들이 그런 말을 해주었어요. 어떻게 다들 같은 생각을 하는지 모르겠어요."

"근원이 하나이니까요."

"엄마를 말하는 거죠? 그렇군요. 엄마의 생각이 그러셨어요. 그런데 엄마는 왜 이런 생각을 품고 있으면서도 그렇게 밖에 할 수 없었을까요?"

"사람이니까요. 사람이라서 그런 거예요. 마음에 품은 이상을 현실에서 실현할 수 있는 것도 사람이지만, 이상은 이상일 뿐 현실로 만들지 못하는 게 대부분의 사람이지요. 그러니까 시은은 자신의 부족함을 너무 탓하지는 말아요. 다만 잘못을 반성할 줄 아는 사람이 되고, 그 잘못을 극복하기 위해 최선을 다하면 되는 거예요. 사람은 그저 자신이 할 수 있는 최선을 다하는 것으로 된 것입니다. 시은이가 사는 세상에서는 성공의 여부가 결과로 증명되지 못하는 경우가 많을 거예요. 하지만 좋은 나무에서 좋은 열매가 맺히는 것이고, 그 열매를 취할 수 있는 것은 오직 씨를 뿌린 당사자인 것이 이 우주의 질서이지요. 세상에서는 그 열매를 제대로 맛볼 수 없다고 해도 실망하지 말아요. 이 우주는 질서에 따라 운행되며 사람들처럼 그 질서를 무너뜨리거나, 그 어떤 욕망으로 타협을 하지도 않으니까요. 사람이 연약할 수밖에 없는 것은 바로 욕망 때문이 아닌가요? 고결한 영혼이 이상을 좇아도 욕망 덩어리 육체는 현실을 좇는 것이 사람이지요."

진현이 진지하게 말했다.

"그런 것 같아요. 아니, 그래요. 저도 그러니까요. 양어머니나 학자님처럼 좋은 분들이 계셨던 것처럼 집사나 운전사처럼, 또 안개군단처럼 고약한 존재도 엄마의 마음 안에 다 들어 있는 것처럼 저도 그래요."

나는 크게 고개를 끄덕이며 말했다.

"그래요, 시은."

나는 진현을 바라보며 잔잔한 미소를 지었다. 마음이 여유롭다. 이제는 더 이상 내 출생으로 인해 괴롭지도, 나의 부족함으로 인해 절망스럽지도 않다. 정말 부끄러워해야 하는 게 무엇인지를 알 것 같아서이다. 여기까지 오는 내내 아무리 버리려고 노력해도 다 버려지지가 않는 무거운 고뇌가 내 마음을 차지하고 있었다. 바로 나의 추악한 출생의 비밀이었고, 나의 수많은 잘못과 실수였다. 난 이제 나를 용서할 수 있을 것 같다. 사람이 무엇으로 살아야 하고, 또 무엇으로 살아가야 하는지 조금씩 깨달아가고 있기 때문이다. 난 여전히 수많은 실패의 기억과 싸워야 하지만 마음을 어떻게 설계해 나가야 하는지를 배우고 있는 중이다. 나는 부족한 나를 용서하고, 불완전한 세상과 나처럼 부족한 엄마를 용서하려 한다.

"우리가 함께하는 여행은 무척 즐거울 거예요."

"네, 그럴 것 같아요. 생각만으로도 가슴이 벅차요."

진현이 웃었고, 나도 그를 마주보며 웃었다. 이보다 더 달콤할 수 없을 만큼 향긋하고도 부드러운 바람이 나의 볼을 스쳐 지나간다. 난 이 바람이 좋다.

"여행을 정말 하고 싶지만 꼭 이곳으로 다시 돌아오고 싶어요. 이곳은 제게 완전한 천국이거든요."

"돌아올 거예요. 여행이잖아요? 여행은 제자리로 돌아와 본연의 자신을 제대로 책임지기 위한 깨달음의 시간이자, 자신에게 부여하는 영혼의 휴식이지요."

"멋진 말이에요. 정말 기대가 되네요."

"난 시은이 행복하길 진심으로 바라고 있어요."

난 진심으로 행복하다고 눈빛으로 말하고 있다. 이곳이 내게 더할 나위 없이 완벽한 천국이 된 것은 바로 진현 때문이라고 말하고 있다. 지금 나는 그 무엇도 욕망할 필요가 없는 완전한 만족감을 느끼고 있는데, 이렇게 흡족한 삶이 가능한 것은 바로 진현이 내게 가져다 준 행복 때문이라고 말하고 있는 것이다.

"우리는 어디로 여행을 떠날 건가요?"

내가 물었다.

"예전에는 어디로 여행을 가보고 싶었어요?"

"유럽에 가보고 싶었어요. 캐나다도요. 미국하고 중국도요. 아프리카도요. 어디라도 가보고 싶었어요. 텔레비전과 사진으로 보았을 뿐이지만 정말 아름다운 곳이 세상에 많다는 생각이 들었거든요. 세상은 넓고, 가보고 싶은 곳은 정말 많은데, 제 인생은 늘 같은 자리를 맴돌고 있었죠. 그리고 제 처지로는 평생 여행을 가볼 수 있을까 생각하면서도 어른이 되면 반드시 기회를 만들어 보자고 결심도 했었어요. 제가 꿈꾸는 미래는 불가능이 없을 것 같았어요. 상상으로 만든 미래니까요. 제 스스로의 선택으로 모든 게 가능한 미래를 꿈꾸었던 거죠. 어른이 되어 제가 스스로 선택을 할 수 있으면 제가 무엇을 꿈꾸든 그 모든 것을 이룰 수 있을 것 같았어요. 매일매일 살아가는 게 그렇게도 힘겨웠는데도 전 꿈을 꾸고 있었어요. 이상하네요. 지금 생각해 보니, 어떻게 제가 꿈을 꿀 수 있었는지 모르겠어요. 그렇게 현실과 정반대되는 꿈을 품을 수 있었다는 게 놀라워요."

"그게 가능성이죠. 사람은 태어나기 전부터 가능성이라는 선물을 부여받은 거예요. 그 가능성으로 사람이 된 거고, 더 높은 곳을 향하여 진

보해갈 수 있게 된 거죠. 시은은 저기 보이는 나무와 같은 존재였어요."

"제가요?"

나는 믿을 수 없다는 표정으로 진현을 쳐다보았다.

"네, 우주의 모든 존재들은 원래부터 뿌리가 같지요. 하지만 가능성의 여부에서 사람이 되기도 하고, 식물이나 동물이 되기도 한 거예요. 이 우주는 그 모든 존재들을 품어 안은 집이라고 할 수 있지요."

"집이요?"

"네, 집이요."

"이런 이야기는 처음 들어요. 정말 그럴까 의심이 되면서도 그럴 수도 있겠다 싶기도 하고. 모르겠어요, 진현. 그저 제가 세상에 나가 배워야 할 것이 정말 많겠구나 싶어요. 세상을 다 아는 것처럼 생각한 때가 많았었거든요. 저는 세상으로 향해 있는 문을 걸어 잠그고 꽁꽁 숨어서는 제 멋대로 세상을 판단하고, 정의하고……, 그랬어요."

나는 잔잔한 미소를 지으며 진현을 쳐다보았다.

"시은은 진리라는 방에 비밀 열쇠를 찾을 것 같군요."

"재미있는 표현이네요. 제가 만일 그 열쇠를 찾을 수 있다면 당연히 그 진리의 방을 열거예요."

"정말 그럴까요?"

난 이 여자의 목소리를 기억한다. 처음 이곳에 온 날, 불청객처럼 불쑥 나타나 불쾌감을 던져주고 갔던 그 여자다. 언제나 예고도 없이 불쑥 나타나 남의 대화에 끼어들다니, 도무지 그녀의 방식이 마음에 들지 않는다.

"방해가 되었다면 미안해요."

여자는 전과 달리 많이 공손해진 태도로 말했다.

"어쩐 일로?"

진현은 못마땅한 표정을 지었다.

"의원들이 당신과 이야기를 하고 싶어 하는군. 지난번 회의에는 참석도 하지 않았다면서? 이러면 곤란하지. 당신은 우리의 일부이며 우리의 대표이기도 해. 당신의 선택에는 우리 전체의 운명이 달려 있다는 걸 알잖아? 위험한 생각을 하지 말라고 부탁하는 거야."

여자가 심각한 표정을 지으며 단호한 목소리로 말했다.

"나중에 이야기하지. 지금은……."

"그럴 사안이 아닌 것 같은데? 도대체 아가씨와 단둘이 뭘 하겠다는 거지?"

"그만! 내가 곧 간다고 전해. 그 이야기는 우리끼리 하자고."

진현이 단호하게 말했다. 하지만 여자는 떠날 생각이 없는 것 같다.

"혹시 제게 어떤 이름을 주실지 생각은 해보셨어요, 아가씨?"

여자가 나를 보며 말했다.

"재희요."

나는 얼떨결에 친구 이름을 말해버렸다.

"재희, 좋은데요? 저를 위해 지어 준 그 이름을 감사하게 받겠습니다."

재희는 고개를 숙여 보이며 흡족한 표정의 미소를 지었지만, 나는 두 사람 간에 흐르는 긴장감에 초조한 기분이다. 도대체 이들이 무슨 말을 하고 있는 것인지 모르겠다.

"그럼, 저는 먼저 실례하겠습니다. 다음에 또 뵙지요."

재희는 진현에게 뭔가 심상치 않은 눈짓을 보내는가 싶더니 곧 가버렸다.

"두 분의 이야기가 무슨……."

"마음 쓸 것 없어요. 우리가 여행을 하면서 타고 갈 자동차가 저기 있군요. 어때요? 마음에 들어요?"

진현이 가리키는 곳으로 커다란 캠핑카 한 대가 스르르 미끄러지듯 천천히 우리에게로 다가왔다.

"이것은 캠핑카네요! 너무 근사해요. 전 이런 캠핑카를 타고 세계를 여행해보는 게 꿈이었어요. 이런 자동차가 제 집이면 좋겠다는 생각도 한 걸요. 멋진 곳에 머물러 살다가 떠나고 싶을 때면 언제든 떠나는 거예요. 그렇게 세상을 떠돌면서 살면 얼마나 자유롭고 편할까를 생각했었어요."

"안으로 들어 가볼까요?"

진현과 함께 캠핑카 안으로 들어 온 나는 절로 감탄사를 내뿜고 말았다. 운전석 뒤로 최고급의 푹신한 아이보리색 소파가 디귿자 형태로 놓여져 있고, 맞은편에는 거실 탁자 위에 텔레비전까지 걸려 있다. 소파와 붙어 있는 것은 개수대로 보인다. 조금 더 걸어 안으로 들어가니 기역자 형태의 싱크대 옆에는 커다란 냉장고가 갖춰져 있고, 맞은편에는 마주보고 있는 두 개의 의자 사이에 식탁도 보인다. 버스의 가장 뒤편에 자리 잡은 욕실은 상상을 초월하게 멋지고 고급스러워 보인다. 투명한 샤워부스에 좌변기도 갖춰져 있다. 난 침대가 소파 안에 감춰져 있어 어떤 장치를 누르면 자동으로 침대로 바뀔 거라고 상상했고, 진현은 나의 상상이 맞는 것을 확인시켜 주었다.

"정말 제가 상상한 그대로예요. 너무 멋져요!"

나는 손뼉을 치며 좋아했다.

"운전도 해보고 싶어요?"

나는 양어머니의 자동차를 몰고 대문을 들이박았던 때를 기억하고는 몸서리쳤다. 정말 끔찍한 경험이었다.

"실패의 경험이 언제나 가장 큰 걸림돌이죠. 나중에 조금씩 그 나쁜 기억을 이겨내도록 해요. 쉽지는 않겠지만 불가능한 것은 아니에요."

"사고 난 것을 알아요? 어떻게 알아요?"

"내내 당신을 지켜보고 있었으니까요."

"나를 지켜보셨다고요?"

"네, 그랬어요. 당신은 정말 용감한 사람이에요. 언제나 불굴의 의지로 역경을 이겨내려 애쓰는 당신의 모습을 좋아했어요."

이미 오래 전부터 나를 보아왔다는 진현의 말에 나의 얼굴이 다시 달아오른다. 나를 지켜보면서 나의 모습을 좋아했다는 이 남자를 향해 나의 심장은 뛰고 있다. 나는 벅찬 감정을 이기지 못하고 진현의 볼에 입을 맞추었다.

"시은……."

진현이 나를 포옹했다. 눈부시게 밝고 뜨거운 태양이 내 심장을 불태우고, 나의 머릿속은 텅 비어버렸다. 너무도 커다란 행복감 앞에 지금 나는 나의 존재감조차 느낄 수가 없다.

진현과의 여행은 시간을 인식할 수 없는 순간들의 조합이다. 내가 바라보는 산에도, 강에도, 하늘에도 진현의 모습이 조각되어 있다. 난 진현을 바라보는 순간에도 이 남자가 그리울 만큼 사랑하고, 그 사랑으로 내 자신을 완전히 잊을 만큼 행복한 나날을 보내고 있다.

우리가 여행을 떠나 온 지가 얼마나 되었는지 모르겠다. 난 그 날들을 헤아린 적이 없다. 난 이런 풍경이 유럽일 거라는 생각을 하며 유럽으로 보이는 수많은 도시와 농촌을 여행했고, 미국처럼 보이는, 이집트처럼 보이는, 중국처럼 보이는 지역을 진현과 함께 여행하고 있다. 우리가 탄 버스는 물 위에서는 배로, 땅에서는 버스로, 하늘 위에서는 비행기로 변한다. 모든 것이 내가 상상한 그대로다. 나는 많은 날을 버스에서 자기는 하지만 호텔이나 휴양지의 별장 같은 곳에서도 내가 원하는 만큼 머문다. 여행의 고단함 같은 것은 전혀 없다. 우리에겐 시계도 없고, 달력도 없다. 어디를 가든 친절하고 상냥한 사람들과 어울리고, 어디라도 가장 최상의 쾌적함과 편안함이 있다. 난 날짜를 헤아려야 할 필요성을 전혀 느끼지 않는다. 이 모든 행복을 진현과 함께 누리고 있지 않은가.

"우리가 왔던 곳으로 돌아가면 나와 결혼해 줄래요?"

석양이 너무도 아름다운 서쪽 하늘을 나는 넋을 빼고 바라보고 있었다. 진현의 청혼에 나는 멈춰버린 시간처럼 숨을 멈추었다. 숨소리조차 감당이 되지 않을 것 같은 순간이다. 내 얼굴의 표정이 어떨지를 신경 쓸 수가 없을 만큼 행복한 표정으로 나는 진현을 쳐다보았다.

"나와 결혼해 줄 수 있어요?"

진현의 물음에 난 끝내 눈물을 흘리고 말았다. 이 순간을 얼마나 간절한 마음으로 기다렸던가.

"네."

나는 고개를 끄덕이며 감격의 목소리로 이 짧은 한마디를 간신히 전할 수 있었다. 진현이 내 손등에 키스를 했다. 우리는 오랜 시간을 함께 여행하고 있음에도 불구하고 그가 내 입술에 입맞춤을 한 적이 없다. 난 진현을 사랑하며, 진현 또한 나를 사랑한다는 것을 알고 있기에 난 늘 그 이유가 궁금했지만 차마 물어볼 수는 없었다.

"우리가 결혼식을 하는 날, 결혼의 약속으로 당신의 입술에 입맞춤을 할 거예요. 키스는 우리 사랑의 맹세이며 앞으로도 언제까지나 우리가 함께 할 것이라는 약속이 될 겁니다."

진현의 말에 난 그저 고개를 끄덕여보였지만 역시나 아쉬운 마음은 어쩔 수가 없다.

"섭섭해요?"

"아니요, 그런 것이 아니라……."

나의 얼굴이 달아오른다.

"섭섭해 하지 말아요. 이제 며칠 후면 우리는 영원히 함께할 거예요."

"네, 그럴 거예요."

나는 어색하게 웃어 보였다.

19

진현과의 여행은 참으로 멋진 경험이었다. 난 여행이 주는 모든 기쁨과 혜택과 기회를 누린 것 같다. 그 어떤 아쉬움이나 후회를 남기지 않을 만큼 멋진 여행을 했고, 어느 순간에도 지루하거나 피곤하다는 느낌이 없었다. 그럼에도 진현과 내가 집으로 돌아오자 나는 여행이 끝났다는 사실을 이렇게나 기뻐하고 있다. 여행을 떠날 때의 설렘을 집으로 돌아와서도 느끼게 될 줄은 몰랐다. 집이란 묘한 곳이라는 생각이 든다. 그토록 멋지고 아름다운 여행지보다 이 익숙한 편안함이 주는 안도가 나를 이렇게 행복하게 해주다니. 여행을 하는 동안 집에 대한 생각을 한 적이 없고, 그리워한 적도 없다. 진현과 함께하면서 멋진 풍경들과 이색적인 체험, 그리고 유쾌하고 가벼운 단순한 만남들을 얼마나 즐기고 있었던가. 그런데도 집으로 돌아온 것이 이처럼 기쁘다니, 결혼식에 대한 기대감과 설렘 때문만은 아닐 것이다.

결혼식 준비로 나날이 분주하다. 나는 세상에서 가장 귀하면서도 최고로 멋진 결혼식 드레스를 이미 맞추었고, 여행지에서 눈여겨보았던 예쁜 그릇과 가구들을 주문하고, 저택을 청소하고 가구들을 새로 교체하는 일에 동원된 일꾼들에게 이것저것 지시를 내리는 일로도 하루가 짧은 매일을 보내고 있다. 이것저것 신경 쓸 일도 많고, 밤마다 거의 죽은 사람처럼 쓰러져 잘 정도로 몸은 고단하지만 정말로 행복한 나날이다.

오늘은 드디어 그렇게도 고대하던 결혼식 날이다. 난 밤새 잠을 이루지 못했다. 그렇게 긴 밤은 다시없을 것이다. 새벽에 일찌감치 일어난 나는, 저택에 머물며 나를 돌봐주고 있는 지수에게 결혼식에 차질이 없도록 이런 저런 지시를 이미 내려놓았음에도 안절부절 못하여 공연히 저택 안을 오락가락하며 분주한 시간을 보내고 있다.

내가 결혼식에 입을 드레스를 살펴보고 있는데, 예고도 없이 찾아온 어떤 여자가 나를 만나고 싶어 한다는 통보를 받았다.

"내가 기억에 나지 않는군요? 아가씨가 이름을 지어주었잖아요?"

난 여행이라도 오래 머물면서 지속적인 만남을 이어 간 많은 사람들에게 이름을 지어 주었다.

"내게 준 이름, 재희를 기억하지 못하나요?"

"재희!"

나는 몇 번이나 나를 당혹하게 만들었던 이 여자를 기억해냈다.

"미안해요. 이제 기억이 나네요. 제가 오래 이곳을 떠나 있었죠? 잘 지냈어요?"

"결혼식 준비는 다 되었나요? 아가씨는 행복해 보이는군요. 이제 만족하십니까?"

재희는 단단히 뒤틀린 사람처럼 비아냥거렸다.

"무슨 일이 있나요?"

"의원들이 진현을 추방하기로 결정했어요."

"의원들이요?"

"네, 위원회의 의원들이요. 진현은 위원회의 대표이지만 그렇다고 그의 뜻대로만 할 수 없어요. 저희들은 하나여야만 해요. 모든 뜻에서 하나가 아니면 이 세계를 지탱해 주는 질서가 완전히 무너지는 거예요. 그의 선택은 결코 용납될 수 없는 것이에요."

재희가 심란하게 말했다.

"그의 선택이라면……."

"아가씨와 결혼을 한다는 그의 결정이요. 그것 때문에 결국에는 의원들이 그를 추방하기로 결정을 내렸어요. 그는 우리 전체를 배신했어요. 지금까지는 불안하게 지켜만 보았지만 이제 더는 용납할 수 없는 지경에 이른 거예요."

"무슨 말인지 이해할 수가 없어요. 왜 우리의 결혼이 용납되지 않는다는 거죠?"

"그건 금지된 일이니까요. 아가씨는 그의 선택을 받아들이지 말아야 해요."

"그러니까 왜 안 되는 것이냐고 묻잖아요?"

나는 불안한 기분에 사로잡혔다. 그리고 화가 난다. 도대체 이들이 뭐라고 나와 진현의 선택에 이렇게 반응한단 말인가.

"아가씨는 길을 잃으셨어요. 제가 처음에 말했었죠? 이곳에서는 길을 잃기가 더 쉽다고 말예요. 제가 우려했던 일이 일어나고 말았어요."

"도대체 그게 무슨 뜻인지 정확하게 말해 줘요. 난 당신이 무슨 말을 하는지 모르겠어요."

"직접 그 말을 할 수 있으면 좋겠어요. 하지만 그건 저희가 할 수 있는 말이 아니에요. 아가씨의 선택이잖아요? 해답도 아가씨가 찾아야지요. 누구도 아가씨의 선택에 반기를 들 수가 없어요. 하지만 진현과 결혼하시면 안 돼요. 절대로 그러시면 안 됩니다."

재희는 안타까운 심경을 그대로 드러내며 말했다. 난 도무지 이 여자가 하는 말을 이해할 수가 없지만, 감정을 추스르지 못할 정도로 점점 불안감에 휩싸였다.

"오늘 아가씨를 찾아왔다는 것이 밝혀지면 나도 추방되고 말 거예요."

"도대체 제게 왜 이러는 거예요?"

"제 진심을 아가씨가 믿어 주셔야 해요. 제발 기억해 내세요."

나는 재희의 말에 인내심을 잃어가고 있다. 그녀가 말하는 내가 기억해야 할 것이 무엇이란 말인가.

"진현을 추방한다면 그는 어디로 갈 수 있는 거죠?"

"저희들에게 추방이란 이곳을 떠나는 것이 아니에요."

"그렇다면 당신들에게 추방이란 것은 뭐죠?"

"사라지는 거죠. 저희들은 저희들의 일부분을 도려내는 거예요. 그것도 우리의 대표자를요."

"사라져요? 죽는다는 건가요? 그를 죽인다는 거예요?"

나는 심장이 오그라드는 기분이 되어 재희를 쏘아보았다. 우리가 결혼을 한다는 이유로 진현을 죽이려 한다니 믿을 수가 없는 일이다.

"저희는 존재하거나 존재하지 않아요. 아가씨가 이해하는 죽음과는 달라요. 아가씨는 죽는다고 해도 영원을 사는 영혼을 지니고 있으니까요. 아가씨에게 죽음은 그저 한 과정에서의 끝이면서 동시에 다른 과정으로의 시작일 뿐이지요."

"그렇다면 당신들은요? 존재하게 되지 않는다는 말은……."

"사라지는 것이죠. 마치 존재한 적도 없었던 것처럼. 그게 우리의 운명이에요."

재희가 사무적으로 말했다.

"당신들은 어떻게 그렇죠? 당신들은 서로 하나라면서요? 그런데 어떻게 자신들의 일부분을 사라지게 하죠? 그게 말이 되는 거예요?"

나는 너무도 흥분하여 소리를 질러댔다. 진현이 사라지기 전에 그를 찾아야 한다는 생각으로 정신을 차릴 수가 없다.

"진현은 어디에 있어요? 그를 가두었나요? 어디에다 가둔 거예요?"

나는 재희의 팔을 잡았다. 어떻게든 그를 찾아서 여기를 떠나야 한다는 생각만 든다. 어디로 가야할지는 모르겠지만 그를 사라지게 할 수는 없다. 절대로 용납할 수 없는 일이다.

"말해 줘요!"

내가 소리치자, 재희는 놀라는 표정으로 나를 쳐다보았다. 나는 그런 그녀를 금방이라도 잡아먹을 것처럼 쏘아보았다.

"아가씨는 진심이군요. 어째서……."

"사랑을 가짜로 하는 사람도 있나요? 그리고 어떻게 오는 사랑을 막아요? 제발 말해 줘요. 진현은 지금 어디에 있는 거예요? 그를 만나야겠어요. 재희, 제발 저를 도와줘요."

나의 심장이 타들어가는 것 같다.

"그가 어디에 있는지 아무도 몰라요. 저희는 서로의 존재를 느낄 수 있어요. 그런데 진현에 대한 느낌을 받을 수가 없어요. 그가 스스로 사라져 버린 것인지도 몰라요."

"아니야! 그럴 리가 없어. 절대로 그럴 리가……."

나는 재희 팔을 붙잡고 미친 듯이 소리를 질렀다. 보이는 게 아무것도 없다.

"이제 시간이 거의 다 되었다는 걸 아세요?"

재희는 안타까운 눈빛으로 나를 쳐다보았다. 나도 안다. 결혼식은 오늘 자정이다. 왜 그 밤중에 결혼식을 해야 하느냐고 진현에게 물었었다. 진현은 그 이유를 결혼식이 끝난 후에 말해주겠다고 대답했다. 난 개의치 않았다. 언제, 어디에서 결혼식을 하느냐는 내게 중요하지 않다. 내게 중요한 것은 오직 진현과 결혼을 한다는 사실뿐이니까. 그런데 오늘 난 사랑하는 사람을 잃어버린 신부가 될지도 모른다. 결혼식 자체가 중요한 것은 아니다. 중요한 것은 진현을 잃어버리는 것이다. 그를 잃어버리고 살 수는 없다. 나는 심장을 도려내어 조각조각으로 흩어지는 것 같은 고통을 느끼면서도 완전히 얼이 빠진 것처럼 정신이 멍하다. 누군가가 내 안에서 나를 끄집어내어 도망쳐 버린 것 같은 기분이다.

"의원들이 오고 있어요. 나를 잡아가려는 거예요."

재희가 안절부절 못하며 피할 곳을 찾고 있는 순간, 검은색 옷을 입은 여러 명의 남자들이 들이닥쳐 순식간에 재희를 둘러쌌다. 나는 저들의 행동을 멍하니 쳐다볼 뿐 뭘 어떻게 해야 할지 모르겠다. 재희는 저들의 손에 붙잡혀가면서도 나에게 눈을 맞추었다. 그녀의 애처로운 눈빛 속에는 많은 이야기가 담겨 있고, 나는 그런 그녀의 눈빛을 잊을 수 없을 것 같다. 모든 것이 순식간에, 일사불란하게 진행되는 동안에 저들은 이 모든 것을 지켜보는 나를 마치 보이지 않는 투명인간 취급하는 것처럼 전혀 상관하지 않았다.

나는 후들거리는 다리를 주체할 수 없어 한 손으로 난간을 부여잡고 간신히 버티고 서 있다가 소파에 힘없이 주저앉았다. 나를 보살피는 시종 지수가 내게 물 잔을 건네주었다. 난 그녀가 건넨 물 잔을 받아 손에 쥐고는 마실 생각도 못한 채, 방금 전에 일어난 일들을 되뇌어보고 있다. 무슨 일이 일어난 것일까. 상황을 정리해 보려고 아무리 애를 써도 도무지 뭐가 뭔지 모르겠다. 재희는 왜 끌려간 것이고, 진현은 정말 사라져 버린 것일까. 내게 한마디의 말도 없이 사라져 버리다니. 어떻게 그럴 수가 있단 말인가. 난 재희의 말을 믿을 수가 없다. 진현은 절대로 나를 내버려두고 스스로 사라질 사람이 아니다.

"진현……."

나는 소파에서 벌떡 일어났다. 이렇게 앉아서 넋을 놓고 있을 일이 아니다. 그를 찾아야만 한다.

"어디 가시려고 그러십니까?"

지수가 걱정스러운 목소리로 물었다.

"우리의 캠핑카가 어디에 주차되어 있죠?"

"캠핑카는 없습니다, 아가씨."

"진현과 여행하면서 타고 갔던 그 캠핑카가 없어요?"

"네."

"그게 왜 없어요?"

"그건 목적을 다했기 때문에 사라진 것 것입니다."

"목적을 다해요?"

"더는 필요로 하지 않으시기 때문에……."

"누가요? 누가 더는 필요로 하지 않는다는 말이에요?"

"당연히 아가씨께서……."

지수의 목소리는 두려움에 떨리고 있다. 나는 소파에 다시 주저앉았다.

"그 분은 사라지지 않았을 겁니다. 저도 그 분의 존재감을 느낄 수는 없지만 그 분이라면 저희로부터 자신을 감출 수도 있으니까요. 쉬운 일은 아니지만 불가능하지는 않습니다. 그 분의 능력이라면 충분히 가능합니다. 그러니 너무 염려하지 마세요, 아가씨."

"난 당신이 무슨 말을 하는지 모르겠어요. 재희의 말도, 이 상황도 모르겠어요. 왜 진현과의 결혼이 문제가 되는지 모르겠어요. 모든 것이 너무도 완벽했는데……."

나는 중얼거리듯 말했다. 집에 돌아와 행복했는데, 결혼식이 바로 오늘인데, 이보다 더 만족스러울 수는 없을 만큼 가슴 벅찬 기대감으로 충만했는데, 모든 것이 뒤집히고 말았다. 납득할 만한 이유도 없이 모든 게 엉망이 되어 버렸다. 난 이 현실 앞에서 할 수 있는 것이 아무것도 없다. 주체할 수 없는 무력감이 나의 영혼을 순식간에 점령해 버리고 말았다.

"말해 줘요. 무슨 일이 일어난 것인지. 왜 이런 일이 일어난 것인지."

"저는 이미 제가 해서는 안 되는 말을 해드렸어요. 죄송합니다, 아가씨. 저라도 아가씨 곁을 끝까지 지켜드리고 싶어요."

지수는 조심스럽게 말했다.

"재희처럼 당신도 끌려가게 할 수는 없지요. 이곳은 정말 이상한 곳이네요. 진실을 말할 수 없는 당신들은 도대체 뭔지……."

나는 갑자기 소파에서 벌떡 일어났다. 그리고 주변을 둘러보았다. 여기는 양어머니의 저택이다. 나는 왜 여기에 있는 것일까. 갑자기 온갖 기억들이 뒤엉키면서 현기증이 난다.

"내가 여기로 온 이유가 있었는데……."

나는 서재로 뛰어 들어갔다. 텁텁하면서도 묵은 종이 냄새가 난다. 아득한 기억의 조각들이 햇살속의 먼지조각들처럼 나의 머릿속을 둥둥 떠다닌다. 늑대들이 소용돌이치는 물살에 떠내려가는 모습이 보인다. 한 가닥 밧줄에 매달려 어둠에 잠긴 동굴 속을 내려갈 때의 내 모습도 떠오른다. 공중을 날 때 느꼈던 자유로움이 되살아나고, 잔인한 운전사에 맞서 달려들던 오빠의 모습과 차디찬 회색빛 영겁의 우물에 동생을 두고 떠나올 때의 장면도 생각난다. 그리고 처음 진현을 만났을 때의 그 가슴 설레던 순간도 떠오른다.

나는 엄마를 구하려고 희망의 샘을 찾아 여기에 온 것이다. 난 그것을 잊고 있었다. 내가 잊고 있었던 것이 바로 이것이다. 어떻게 이 사실을 잊을 수가 있었는지 모르겠다. 어떻게 이 모든 것을 잊고 살았는지 모르겠다. 내가 어떻게 된 것일까.

"아가씨, 괜찮으세요?"

나를 뒤따라온 지수가 물었다.

"엄마의 책을 찾아야겠어요. 시간이 얼마나 남은 거죠?"

"오늘 자정까지입니다."

지수의 목소리에 생기가 느껴졌다. 그녀가 기뻐하고 있다는 걸 느낄 수 있다.

"자정까지요? 자정이면 결혼식이 시작되는 시간이잖아요?"

나는 놀라 지수를 쳐다보았다.

"네, 아가씨."

"이 무슨……."

"그나마도 아가씨 곁에 있으려면 더 이상은 말씀드릴 수 없습니다. 죄송해요."

"책을 찾아서 희망의 샘에 가야 해요. 책을 어디에 두었는지 생각이 안 나요. 희망의 샘이 어디에 있는지도 모르고. 자정까지 이 일을 할 수 있을까요? 어떻게 하면 좋을지 모르겠어요. 어떻게 엄마의 일을 잊을 수가 있는지 믿을 수가 없어요. 어떻게……."

나는 내 자신에게 크게 실망하여 이런 내 자신으로부터 도망쳐버리고 싶은 심정이다. 믿기지 않는 일이다. 지난 일 년의 세월이 벌써 다 가버린 것도 놀랍지만, 어떻게 엄마의 일을 까마득하게 잊고 살아올 수 있었는지 모르겠다.

"뭐든 좋으니 알고 있는 걸 다 말해 줘요. 부탁이에요. 시간이 없다고요!"

나는 소리 질렀다.

"이 모든 것은 아가씨의 선택이었어요. 지금 아가씨께서 이곳에 온 목적을 기억하신 것도 아가씨의 선택이지요."

"내 선택이었다고요? 기억을 해낸 것도 내 선택이고?"

나는 지수를 뚫어지게 쳐다보았다.

"네, 아가씨. 이곳의 모든 것들은 아가씨가 만들어 내신 거예요. 저희가 존재하는 것은 분명 사실이지만 저희에게 이런 모습과 이곳의 이런 풍경을 부여하신 것도 아가씨고요. 무엇보다 이곳에 와서 겪은 이 마지막 시험을 아가씨가 선택하셨다는 것입니다. 이곳에 책이 있는 것도 분명하고, 희망의 샘이 있는 것도 분명해요. 그렇다고 해도 저는 책을 찾아드릴 수도 없고, 희망의 샘이 어디에 있는지를 말씀드릴 수도 없어요. 왜냐하면 저는 모르니까요. 안다고 하면 제 존재가 사라진다고 해도 아가씨께 말씀드렸을 겁니다. 하지만 책을 찾는 일도, 희망의 샘을 찾는 일도 아가씨만이 하실 수 있어요."

"이 모든 게 내 선택이었다는 말이군요. 그래, 내 마음에 두려움이……, 있었어요. 사랑하는 사람들을 지키지 못한 것에 화가 났고, 저들을 내버려 두고 여기까지 오면서 너무 많이 지쳐 있었던 거예요. 난 도망치고 싶었어요. 마지막까지 잘 버텨 왔음에도 불구하고 그 마지막 순간에 도망칠 궁리를 하고 있었던 거예요. 그래서 내 마음은 그런 설계를 하고……, 그래요. 이 모든 게 다 내가 선택한 것이 맞아요."

나는 힘없이 의자에 주저앉았다.

"이제 저도 곧 의원들에게 붙잡혀 갈 거예요, 아가씨. 혼자서라도 결코 포기하지 마세요. 아직 이 하루가 남아 있어요. 이 하루는 처음 아가씨가 이곳에 왔을 때에 남아 있던 그 하루와 같아요. 그러니 그 시간을 잃어버린 것은 아닙니다."

"하지만 책이 어디 있는지 몰라요. 진현이 아직 살아 있는지 알고 싶고, 어떻게든 그를 다시 만나고 싶어요."

"그분과 결혼을 하시면 아가씨는 이곳에서 영원히 살 수 있어요. 아가씨가 누리고 싶은 모든 것을 누리면서요. 이곳은 아가씨의 뜻대로 뭐든 가능하게 될 것이고, 아가씨는 그 선택을 후회하지 않을지도 모르지요. 저희들은 아가씨의 뜻을 따를 수밖에 없는 존재들이니 아가씨의 마음을 불편하게 해드릴 일은 일어나지 않을 것이고요. 그러나 그 분을 향한 마음을 버리지 않으시면 책을 찾지 못할 거예요. 둘 다를 선택하실 수는 없습니다. 아가씨의 마음으로 보셔야 해요. 그 마음의 소망이 인도하는 길을 따라 가셔야 희망의 샘도 찾을 수 있어요. 아가씨는 선택을 하셔야 해요."

지수의 말이 끝나기가 무섭게 재희를 데려갔던 때처럼 순식간에 여러 명의 남자들이 들이닥쳤고, 저들은 지수를 데리고 가버렸다. 이제는 정말 나 혼자 남았다. 마지막이라도 좋으니 진현을 만날 수 있으면 좋겠다. 지수의 말처럼 그는 자신을 잘 숨기고 있는 것일까. 그의 존재가 사라진 것은 아닐까. 다시는 볼 수 없게 된다고 해도 제발 그가 사라진 게 아니었으면 좋겠다. 만일 그가 자신을 잘 숨기고 있어 내 앞에 모습을 드러낼 수 있다고 해도 그를 만나서는 안 되고, 만나고 싶다는 바람을 가져서도 안 된다. 그가 모습을 드러내자마자 재희나 지수처럼 붙잡혀 갈 것이고, 그 존재감이 영원히 사라지게 될 것이다. 난 그가 존재하지 않는 이곳을 기억하고 싶지 않다. 하지만 진현이 너무도 보고 싶다. 이상과 욕망은 절대로 함께 공존할 수 없는 것인가.

진실을 알게 되면 언제라도 그 진실을 따를 것이라 결심하고 있었다. 내가 내 자신에게 얼마나 비굴해질 수 있는지를 지금처럼 뼈저리게 느낀 적이 있을까. 선택을 할 수 있는 특권이 얼마나 무거운 것인지를 수도 없이 겪어왔다. 하지만 지금처럼 괴로웠던 적은 없었던 것 같다. 난 지금 이런 시험을 선택한 내 자신이 너무나 밉다. 이런 식의 도피처를 만드는 게 아니었다. 이런 식으로 숨어버려서는 안 되는 것이었다.

나는 식사 때마다 우리가 늘 함께하던 야외 식탁을 향해 걸음을 옮기고 있다. 아침 해가 떠오르는 모습을 지켜보며 아침식사를 하고, 나무 가지들이 스스로 움직여 풍성한 나뭇잎으로 시원한 그늘 막을 쳐주던 오후와 해가 지는 서쪽 하늘을 바라보며 저녁을 먹던 곳이다. 진현은 나를 위해 함께 식사를 해주었고, 나와 같은 시간에 잠을 잤다.

벌써 한낮의 태양이 하늘에 걸려 있다. 평소처럼 나뭇가지들이 그늘 막을 쳐주었고, 식탁 위에는 맛깔스런 음식이 가득 차려져 있다. 오늘은 아무것도 먹지 못했음에도 식욕이 당기지도 않고, 배도 고프지 않다. 지금 내 눈에는 음식들이 색을 입혀 놓은 돌덩이처럼 보일 뿐이다.

나는 진현과 마주보는 내 자리에 앉았다. 주인이 없는 그의 좌석이 쓸쓸해 보인다. 저 자리에 앉아 나를 향해 웃어주던 그의 모습이 아른거린다. 우리가 함께 한 일 년이라는 그 짧은 시간 속에 믿을 수 없을 만큼 많은 추억이 쌓여있다. 지금 내가 미래로 가져갈 수 있는 것은 오직 그 추억뿐이다. 추억의 주인은 없고, 오직 세월에 서서히 희미해질 기억만이 내가 가져갈 수 있는 전부이다. 이대로 떠나고 싶지 않다. 하지만 난 떠나야 한다. 엄마와 오빠를 위해서 나는 떠나야 한다. 만일 나를 위해서였다면 난 이곳에 남아 진현과 함께 영원히 존재해 갈 것이다. 사람으로서의 삶을 포기해도 좋을 만큼 그를 사랑하기 때문이다. 나는 지금 사랑은 내가 가진 모든 것을 잃어도 좋을 만큼 강력한 힘을 지니고 있다는 것을 깨달았다. 이제야 엄마의 선택이 얼마나 대단한 희생이었고, 얼마나 큰 사랑이었는지 알게 되었다. 일생을 통해 그보다 더 간절할 수 있을까 싶은 그녀의 사랑을 포기하게 만들면서까지 그녀의 선택을 받은 내가 갚아야 할 이 사랑 앞에서조차 흔들리는 형편없는 딸이지만 결국 난 엄마를 구하는 길을 선택할 것이다. 아직도 온전히 마음을 정하지 못해 이렇듯 방황하고 갈등하지만 난 엄마를 절대로 배신하지 않을 것이다. 나는 지금 내 마음을 제대로 설계하기 위해 노력하고 있다.

나는 다시 저택으로 돌아왔다. 이제부터 책을 찾을 것이다. 엄마의 책을 찾고, 희망의 샘을 찾아낼 것이다. 처음으로 들어 온 방은 서재다. 책을 이곳에 두었을 확률이 가장 높기 때문이다. 나는 모든 책장의 책을 꼼꼼하게 살피고, 책상과 탁자 위와 의자들, 바닥과 카펫 속까지 살피고 있다. 지수는 내가 진현을 내 마음에서 완전히 내려놓아야 책을 찾게 될 것이라 말했다. 엄마를 구하는 것으로 마음의 결정을 하고 책을 찾고는 있지만 내 마음에서 진현을 완전히 버릴 수는 없다. 그래서 내가 책을 보지 못하는 것인지, 아니면 이곳이 아닌 다른 곳에 두었는지를 모르겠다. 마음을 아무리 열심히 재설계해도 사랑하는 사람에 대한 미련을 완전히 버리기는 어렵고, 어서 빨리 책을 찾아야 한다는 압박감은 점점 심해져서 견뎌내기가 너무도 힘들다. 나는 책을 찾다가도 주저앉고, 또 찾다가도 주저앉기를 수도 없이 되풀이 하고 있다.

저택의 모든 방을 다 뒤졌음에도 난 책을 찾지 못했다. 무작정 책을 찾아 구석구석 빠짐없이 뒤졌지만 찾지 못했다. 이렇게 소용없는 짓이라는 자포자기 단계까지 이르는 동안에 내 마음이 겪은 고통을 무엇이라 표현할 수 있을까. 난 지금 살아 있다는 것 자체가 괴롭다.

야외 식탁으로 발걸음을 옮기고 있는 지금, 가득 찬 달이 거의 하늘 정중앙에 떠 있는 광경에 숨이 멎을 것처럼 불안하다. 시간이 이렇게까지 지났는지 몰랐다. 만일 식탁 주변에서 책을 찾지 못하면 엄마와 오빠를 구하는 일은 불가능해지는 것이다. 나의 심장이 타들어 가고 있다. 만일

이 일을 해내지 못하면 나는 결코 나를 용서하지 못할 것이다. 난 그 후회의 고통을 견뎌내지 못할 것이다. 이 세상에서 가장 큰 고통이 후회하는 고통이라는 것을 이제는 안다. 아무것도 되돌릴 수 없는, 두 번 다시는 기회를 부여받지 못하는 것을 후회밖에는 할 수 없을 때처럼 비참하고 절망적인 것이 있을까.

나는 내 눈을 의심하며 서 있다. 책이, 엄마의 책이 진현과 마주보고 앉아 사랑을 키우고, 언제나 즐거운 마음으로 음식을 음미하던 식탁의 내 의자 바로 옆에 놓여 있는 게 아닌가. 이곳이라도 책이 있기를 간절히 바라면서 다시 온 것은 분명하지만 정말 이곳에 있을 것이라고는 생각하고 싶지 않았다. 그 동안 눈을 감고 있었던 것은 바로 나였다는 것을 다시금 뼈저리게 인식하는 지금보다 더 잔인한 순간은 다시없을 것이다.

나는 책을 집어 올렸다. 그리고 가슴에 끌어안았다. 눈물이 난다. 가슴이 미어지는 것처럼 걷잡을 수 없는 슬픔이 밀려든다. 어째서 이런 감정이 드는 것인지 모르겠다. 이제 엄마를 구할 수 있게 되었지만, 진현을 영영 잃어버리고 떠나야 하는 이 순간에 내가 느끼는 슬픔 때문에 엄마에게 미안하다. 하지만 이번만큼은 엄마도 나를 이해해주지 않을까 생각한다. 내가 장하다고 말해주지 않을까 생각한다.

나는 눈을 감았다. 그리고 마음으로 길을 낸다. 나의 진실한 소망이 만든 길을 달려 희망의 샘에 이르기를 바라면서. 지금은 오직 하나의 소망을 품는다. 하나의 길을 찾는다. 난 온 마음을 집중하여 희망의 샘으로 가는 길을 만들고 있다. 이제까지 지나온 세월에 작별을 고한다. 내가 겪은 모든 일들이 지금의 나를 만들었다는 걸 안다. 나의 과거는 충분히 소중하고 가치 있었다는 걸 안다. 가슴 미어지도록 가슴 아픈 후회도 많았다. 그러나 난 나의 과거를 더 이상은 후회하지 않으려 한다. 그 모든 일들을 무사히 겪어낸 것으로 감사한다.

나는 눈을 떴다. 난 진현과의 결혼식장에 서 있고, 우리의 결혼서약이 이루어질 단상이 놓여 있었던 위치에 작고도 평범해 보이지만 안으로부터 희미한 빛이 새어나오는 신비롭고도 아름다운 샘을 바라보고 있다. 샘 안으로부터 새어나오는 빛은 달빛을 반사해낸 것이 아니다. 희미하기는 하지만 샘물 깊숙한 곳으로부터 자체적으로 뿜어져 나오는 빛이 분명하다. 틀림없는 희망의 샘이다.

샘물에는 펜처럼 보이는 물체는 보이지 않지만 나는 샘물 안으로 손을 집어넣어 뭔가가 잡히는지 휘저어 보았다. 손끝에 뭔가가 닿는 느낌이 있기는 한데, 어떤 형체인지 명확하지가 않다. 그렇다고 물의 감촉은 분명 아니다. 나는 손바닥을 펴서 그 물체를 움켜잡았고, 물컹거리는 젤리 같은 감촉의 물체를 샘물 밖으로 끄집어냈다. 샘물에서 방금 뺀 내 손은 젖어 있지 않고, 젤리 같은 느낌의 형체가 없던 물체는 내 손 안에서 서서히 쥐기에 적당한 크기의 펜으로 변했다.

나는 재빨리 엄마의 책을 바닥에 내려놓고, 백지가 시작되는 페이지를 펼쳤다. 이제 내가 결정한 마음의 소리를 적어 넣기만 하면 되는 것이다. 난 간절히 소망한다. 내 마음의 소리가 엄마를 살릴 수 있는 글귀이기를 온 마음을 다하여 소망한다.

"시은!"

내가 막 첫 글자를 적으려고 하는데, 등 뒤에서 내 이름을 부르는 진현의 목소리가 들려왔다. 난 재빨리 머리를 돌려 초췌한 안색에 서글픈 눈빛으로 나를 바라보는 진현을 쳐다보았다.

"진현!"

나는 뭐라 형용할 수 없는 감정의 소용돌이 속으로 빠져들었다.

"어디에 있었던 거예요? 당신을 잡으려고 의원들이……."

나의 목소리에 물기가 촉촉하다. 가슴이 미어지는 것 같다.

"당신에게 돌아오기 위해서 그렇게 허무하게 사라질 수는 없었어요. 지금 우리는 우리의 결혼식장에 있어요. 이제 결혼서약만 하면 우리는 영원히 함께할 수 있어요."

"미안해요. 정말 미안해요."

나의 두 볼을 타고 눈물이 흘러내린다. 진현이 내게 더 가까이 다가오려고 발을 뗐다. 나는 손짓으로 더는 다가오지 말라고 그를 제지했다.

"시간이 없어요, 진현. 저는 이 마지막을 끝내야 해요."

"나를 이대로 두고 떠날 수 있어요? 정말 그럴 수 있나요?"

"그래야만 해요. 미안해요, 진현. 저는 가야해요. 당신 곁을 떠나고 싶지 않지만, 정말 결코 떠나고 싶지 않지만 떠나는 게 옳은 일이라는 걸 알아요. 제가 이곳에 온 목적이니까요. 왜 여기에 온 것인지를 분명히 기억했으니까요. 어떨 때는 길을 잃어도 그곳에서 새로운 삶을 시작할 수 있을지 모르겠어요. 여행을 하면서 그곳에 그냥 머물러 살고 싶다는 생각을 했던 때가 있었던 것처럼 말예요. 하지만 잠시 길을 잃었다고 해도 목적을 잃어버리면 안 되는 경우가 있다는 것을 알았어요. 제가 집으로 돌아와 그토록 멋졌던 여행지에서보다 행복하다는 느낌을 받았을 때처럼 말예요. 진현, 이대로 저를 보내 주세요."

"그렇군요. 당신에겐 나보다 그 목적이 더 중요하다는 것이군요. 내가 사라지는 것은 당신에게 전혀 상관이 없다는 말이군요."

"그렇지 않아요!"

나는 진현의 가슴에 안기어 그의 곁에 남겠다는 말을 하고 싶은 것을 참아 내기가 너무도 힘들다.

"당신이 재희와 나를 돌봐준 지수처럼 사라질지도 모른다는 생각을 하는 게 얼마나 끔찍한 고통인지 모를 거예요. 당신을 두 번 다시 볼 수 없다는 게 얼마나 슬픈 일인지 말로 다 설명할 수가 없어요. 하지만 저는 엄마와 오빠를 버릴 수는 없어요. 영겁의 우물에 갇혀 영원히 잠들어 있을 동생을 배신할 수 없어요. 미안해요."

"축하해요, 아가씨!"

나는 환하게 웃으며 나의 주변으로 몰려드는 사람들 속에서 재희와 지수를 데려간 남자들뿐 아니라 재희와 지수도 보았다. 난 놀란 눈으로 저들을 번갈아 쳐다볼 뿐이다.

"당신들, 나를 속였군요? 나를 철저히 속였어! 진현, 당신은……."

난 분노의 목소리로 소리쳤다. 진현과의 사랑이 연극일 뿐이었다니. 정말 참담한 심정이다.

"아가씨, 화내지 말아요. 이 마지막 선택도 아가씨가 한 거예요."

재희가 말했고, 나는 그녀를 뚫어지게 쳐다보았다. 그런 말도 되지 않는 말은 당장에 그만두라고 하고 싶었지만 나는 입을 다물고 말았다. 그녀의 말이 틀리지 않다는 것을 누구보다 내 자신이 잘 알고 있으니까.

"사람은 언제나 그렇게 자신을 속이지요. 하지만 그렇게 속이는 것도 진실이에요. 그것도 당신의 마음이니까요. 자신을 부끄러워하지 말아요. 언제나 중요한 것은 그런 수많은 자신의 진실 속에서 가장 가치 있는 진실을 지켜내려고 노력하고 선택하는 아가씨의 용기예요. 지금까지 아가씨는 정말 잘 해내셨어요."

재희가 부드러운 목소리로 말했다.

"그래요, 시은. 당신은 정말 잘 해냈어요. 어서 마지막 일을 끝내요. 시간이 다 됐어요."

진현이 쓸쓸한 미소를 지으며 조용히 말했다. 내가 떠나도 그가 사라지지 않을 것이라는 사실에 안도하면서도 난 그의 진심을 확인하고 싶다. 난 진심으로 그를 사랑했다. 그 누군가를 사랑하면서 결코 버릴 수 없는 욕심은 그 사람이 나처럼 진심으로 나를 사랑했는지에 대한 진실이다. 사랑은 주는 것으로 충분히 행복한 것이지만 주는 만큼, 아니, 그 이상으로 사랑받고 싶다는 욕심을 버리기가 무척 어려운 일이기도 하다. 그래서 더더욱 엄마가 지닌 사랑의 깊이와 그 크기를 헤아리는 게 내게는 어려운 것이다. 언젠가는 나도 엄마의 사랑을 충분히 이해할 수 있는 날이 올지도 모르지만 아직은 아닌 것 같다.

나는 서둘러 펼쳐 놓은 백지 위에 글자를 적어나가기 시작했다.

엄마, 제가 잘못했어요. 저를 용서해 주세요. 저는 엄마를 많이 미워했어요. 엄마를 이해할 수가 없어서요. 엄마의 마음을 몰라서요. 하지만 이제는 조금이지만 알 것 같아요. 엄마를 전부 이해한다고 아직은 말할 수 없지만 노력할 거예요. 엄마, 저는 정말로 엄마를 사랑해요. 엄마가 제 곁에 더 오래 계셔주시기를 바라요. 엄마, 눈을 떠요. 눈을 뜨고 저를 좀 보세요.

난 글쓰기를 마쳤다. 그리고 눈을 떼지 않고 책을 쳐다보고 있다. 그런데 내가 쓴 글귀 다음으로 아무것도 써지지 않고 있다. 이 글귀가 틀린 것일까. 아니면 시간이 넘어버린 것일까. 심장이 타들어간다.

"다 틀린 것 같아요. 시간이 넘어버린 건가요?"

"시간은 정확했어요."

지수가 대꾸했다.

"그렇다면 제가 쓴 글귀가 맞지 않는다는 거겠죠? 일이 이렇게 되다니……."

나는 자리에 주저앉아 머리를 떨구었다. 모든 게 이렇게 허무하게 끝나버리다니. 난 울 수도 없는 참담한 심경으로 깊은 절망감속으로 끌려들어가고 있다. 너무 많은 생각들이 동시에 떠오르면서 도리어 그 무엇도 정확히 어떤 생각인지, 감정인지를 모르겠다. 깜깜한 어둠이 나를 뒤덮어 버렸다.

"이것 봐요!"

사람들이 일제히 소리쳤다. 내가 고개를 들어보니 희망의 샘으로부터 강렬한 빛이 쏟아져 나와 주변이 눈부신 빛의 향연으로 가득 차 있고, 책을 들여다보니 내가 쓴 글귀에 이어서 백지 위에 계속해서 글이 써지고 있는 것이 아닌가.

내 딸이 내 귀에 속삭인다. 봄바람처럼 따스하고 부드러운 목소리로. 내 딸이 처음으로 내게 사랑한다고 말했다. 그 말이 얼마나 듣고 싶었는지 모른다. 보고 싶다, 내 사랑하는 딸. 이제 이 빛도 없는 곳에서 벗어나 눈을 뜨고 나의 사랑하는 딸을 봐야겠다. 그 아이에게 사랑한다는 말을 해줘야겠다. 이제 눈을 뜨고서…….

글이 계속 써지고 있다. 엄마의 의식이 돌아왔다는 말이다. 나는 이제야 눈물을 흘린다. 이 눈물은 진정한 기쁨의 눈물이고, 진정한 위로와 안도의 눈물이다. 그리고 나를 칭찬하는 자부심의 눈물이다.

"축하합니다!"

내 주변을 에워 싼 사람들이 일제히 환호성을 질러댔다.

"이제 그 책과 펜을 희망의 샘에 넣으세요. 어서 돌아가셔야 합니다."

재희가 나섰다. 하지만 나의 눈은 진현을 찾고 있다.

"어서요, 아가씨!"

지수가 소리쳤다. 나는 책과 펜을 조심스럽게 우물 안에 넣었다. 그러자 한줄기의 빛이 내 키 정도의 공중으로 쏘아 올라가면서 무지개의 찬란한 빛으로 뭉쳐지더니 거대한 소용돌이가 되어 돌기 시작했다.

"저 곳으로 들어가시면 됩니다. 행복하세요, 아가씨!"

지수가 큰 목소리로 소리쳤다. 난 소용돌이로 뛰어들려다가 다시금 진현을 찾았고, 그와 눈이 마주치자 동작을 멈추었다. 난 그에게 다가갔고, 조용히 그의 품에 안겼다. 진현의 두 팔이 나의 허리와 등을 부드럽게 감쌌다. 난 진현의 품에서 벗어나 그의 눈을 한 번 더 바라보았다. 내가 말로 할 수 있는 그 어떤 것보다 많은 이야기를 내 눈빛에 담아 그에게로 보냈고, 진현의 눈빛에도 내가 확인하고 싶었던 그의 진실이 담겨 나에게로 전달되었다. 이제 충분하다. 이것으로 충분하다.

"시은, 사랑해요. 영원히 당신을 사랑합니다."

내가 빛의 소용돌이로 뛰어드는 순간, 나는 마지막으로 진현의 말을 들었다.

에필로그 –

젊은 시절, 내가 늘 조급하고 두려운 마음으로 힘겹게 오르던 그 언덕 길을 걸어 올라가고 있다. 이 언덕 반대편에 있던 산동네가 신도시로 거듭나면서 높은 아파트 건물들이 산등성이 위로 우후죽순처럼 솟아 있는 모습이 새삼스러워 보인다. 이 언덕 반대편에서 일어난 커다란 변화와는 달리 이 언덕은 달라진 것이 거의 없어 보인다. 오래된 마을의 주택들도 그대로고, 그 오래 된 주택들의 정원도 여전히 그대로다. 난 예전처럼 엉성한 철제 대문 덕분에 그 안의 정원을 들여다 볼 수 있었던 그 때의 집 앞에 다시 섰다. 푸른 잔디밭 가에 크고 작은 바위들로 경계를 삼고, 그 주변에는 언제나 다양한 들꽃을 가득 심어두곤 했던 이국적인 풍경의 정원을 가진 집이다. 예전의 그때처럼 은은한 빛깔의 소박한 들꽃들이 나를 보며 웃고 있다. 나도 꽃들에게 미소로 답했다.

나는 곧 두 개의 언덕을 이어주는 작은 평지에 다다랐고, 그 집이 있던 숲으로 들어왔다. 그때와는 달리 새로 심어진 지 오래되어 보이지 않는 키 작은 나무들이 빼곡하게 들어 차 있다. 사람들의 왕래로 자연스럽게 만들어 지는 오솔길조차 보이지 않는 것을 보니 세상으로부터 잊혀 진지 오래 된 것 같다.

내가 빛의 소용돌이로 뛰어 들어갔을 때가 바로 조금 전의 일처럼 떠오른다. 축축하게 젖은 푹신한 낙엽 위에서 눈을 떴을 때, 엄마의 마음속으로 들어갔던 그 집은 어디에도 보이지 않았다. 무슨 이유인지 알 수가 없지만 난 숲에서 잠이 들었고, 내 기억을 채우고 있는 것들이 꿈인지 실제인지 그때도 알 수가 없었고, 지금도 알 수가 없다. 분명한 것은 그날 이후로 나 자신이 달라졌다는 것이고, 나의 가족들도 달라졌다는 사실이다.

급하게 집에 도착했을 때, 나는 아버지로부터 엄마가 병원 응급실에 계시다는 소식을 들었다. 아버지는 휴대폰으로 내게 지속적으로 연락을 취하셨지만, 내가 응답이 없어 집으로 돌아와 나를 기다리고 있었다고 하셨다. 아버지는 왜 내가 밖에서 밤을 지냈는지를 묻지 않으셨다. 다만 내가 무사한지를 살피셨다. 난 아버지의 달라진 태도에 놀라면서도 나를 걱정해 주는 마음에 위안을 받았다.

아버지와 함께 병원으로 달려갔을 때, 엄마는 나를 보자마자 눈물을 흘리시면서 내 손을 잡았다. 그리고 고맙다고, 나를 사랑한다고 말했다. 그녀는 깜깜한 절망의 암흑 속에서 나를 기다렸다고도 말했다. 그때 나는 내 기억을 채우고 있던 일들이 꿈이 아닐지도 모른다는 생각이 들었다. 하지만 분명한 것은 아무것도 없었다.

엄마는 알코올 중독 치료를 받으셨고, 몸과 마음이 건강해지셔서 집으로 돌아오셨다. 그리고 얼마 지나지 않아 그녀는 내 친엄마에 대해 말했다. 그녀는 내 출생의 비밀을 아주 조심스럽게 밝히면서 친엄마가 나를 만나고 싶어 한다고 말했다. 그녀는 내가 받을 상처를 염려하여 애처로울 정도로 근심이 가득한 낯빛으로 말했지만, 정작 담담한 나의 반응에 대단히 놀라워했다.

난 친엄마를 만났고, 그녀를 마음으로 받아들였다. 하지만 난 결혼을 하기 전까지 아버지와 나를 키워 준 엄마와 함께 살았다. 신도시 개발로 산동네의 우리 집을 떠날 때까지 몇 년의 세월을 그 초라한 집에서 살았지만 난 진정한 천국에서 행복한 나날을 보냈다. 나의 진정한 천국은 값비싼 건축물에 있지 않았다. 그것은 마음을 열고 최선의 노력으로 지키려 한 가족의 사랑 안에 숨겨져 있었다.

지금 나는 그때의 나와 같은 나이의 딸아이를 키우는 엄마가 되어 있다. 아들도 하나 있다. 난 세상에 그 무엇보다 두 아이를 사랑한다. 난 늘 내 부모와 살 때의 나를 기억한다. 어쩌면 잊지 않기 위해 매일 노력하는지도 모른다. 내가 잊지 않으려고 노력하는 것은 내 부모의 실수이다. 원망하는 마음 때문이 아니라 같은 실수를 반복하지 않기 위해서다. 그리고 결코 잊을 수 없는 한 가지를 엄마가 되어 알게 되었다. 그것은 바로 엄마의 사랑이다. 그 깊이와 그 크기를 이제야 비로소 제대로 알게 되었기 때문이다.

시간은 바람에 날리는 깃털처럼 순식간에 달아나 버리고, 내 얼굴에 새겨지는 세월의 주름만큼 지혜가 깊어지는 것인지는 모르겠다. 하지만 한 가지는 분명히 알 것 같다. 세상을 천국으로 만들 책임이 내게 있고, 내가 만들어 갈 수 있다는 것을.

초판 1쇄 인쇄일 2013년 08월 26일
초판 1쇄 발행일 2013년 08월 29일

지은이 유시옥
펴낸이 김양수
편집디자인 이정은

펴낸곳 도서출판 맑은샘
출판등록 제2012-000035
주소 경기도 고양시 일산동구 마두동 827-5번지 1층
대표전화 031.906.5006 **팩스** 031.906.5079
이메일 okbook1234@naver.com
홈페이지 www.booksam.co.kr

ISBN 978-89-98374-25-9 (03810)

「이 도서의 국립중앙도서관 출판시도서목록(CIP)은 서지정보유통지원시스템 홈페이지(http://seoji.nl.go.kr)와 국가자료공동목록시스템(http://www.nl.go.kr/kolisnet)에서 이용하실 수 있습니다.(CIP제어번호: CIP2013015806)」